MW01714733

CATHERINE

IL SUFFIT D'UN AMOUR... *

★

Juliette Benzoni est née avenue de La Bourdonnais mais a passé toute son enfance à Saint-Germain-des-Prés.
Juliette Benzoni fréquenta d'abord le « cours » élégant des demoiselles Désir puis l'aristocratique collège d'Hulst, rue de Varenne, où elle resta jusqu'à son baccalauréat ; elle y prit l'horreur des mathématiques, la passion de l'histoire et des lettres. De là, Juliette Benzoni passa à l'Institut catholique où elle entama une licence. Après un passage météorique comme auxiliaire à la Préfecture de la Seine, elle se retrouva mariée à un médecin de Dijon, le docteur Maurice Gallois, enfouie jusqu'au cou dans la bonne société bourguignonne et bientôt mère de deux enfants.
Pendant cette période de sa vie, Juliette Benzoni passa des heures dans les bibliothèques, étudiant l'histoire de la Bourgogne au Moyen Age.
C'est au cours de ces études qu'elle découvrit la légende de l'ordre de la Toison d'Or qui devait, plus tard, donner naissance à la série des Catherine.
Quelques années après la Libération, Juliette Benzoni perdit son mari et se rendit au Maroc où son mari avait de la famille. Elle entra à la rédaction publicitaire d'un poste de radio : Radio-Internationale. Elle fit la connaissance d'un officier, le capitaine Benzoni, et l'épousa. Elle rentra à Paris et se lança dans le journalisme. Elle travailla simultanément pour L'Histoire pour tous, Journal du Dimanche, *et pour* Confidences *où elle écrivit de nombreux articles historiques.*
Une grande émission télévisée la fit mieux connaître et décida un éditeur à lui demander un roman historique. Ce fut Il suffit d'un amour... *le premier de la série* Catherine. *Depuis, Juliette Benzoni n'a pas cessé d'écrire. Le succès a été grandissant et les lecteurs se comptent par millions.*

Il suffit d'un amour encore enfantin mais déjà idéal pour arracher Catherine Legoix, petite bourgeoise parisienne, à sa vie douillette et calme dans la maison de ses parents, sur le Pont-au-Change. Il suffit d'un amour pour la lancer dans les plus terribles aventures. Du Paris insurgé de 1413, affolé par la parole violente de l'écorcheur Caboche et de l'universitaire Pierre Cauchon à la cour fastueuse des ducs de Bourgogne, Catherine va poursuivre le rêve qui, sans cesse, lui échappe. L'époque est terrible. C'est la pire période de la guerre de Cent Ans. Le roi Charles VI est fou et Isabeau la Bavaroise ouvre à l'Anglais le royaume affamé, exsangue et déjà déchiré par l'inexpiable lutte des Armagnacs et des Bourguignons. Le meurtre et le sang sont le pain quotidien. Et, dans ce pays frappé de démence, Catherine trace son chemin pénible et obstiné.
Auprès d'elle se lèvent des personnages étranges et attachants. Qui sont Sara la Noire et Barnabé le coquillard ? Comment la gamine des berges de la Seine s'élèvera-t-elle jusqu'à l'amour d'un prince, peut-être le plus puissant d'Occident ? Autant de questions auxquelles ce roman apporte une réponse. Autour de Catherine, le faste et la grandeur côtoient la souffrance et la misère, mais, pour elle, rien n'existe de tout cela. *Il suffit d'un amour...*

Paru dans Le Livre de Poche :

CATHERINE : IL SUFFIT D'UN AMOUR..., Tome I.
CATHERINE : IL SUFFIT D'UN AMOUR..., Tome II.
BELLE CATHERINE.
CATHERINE DES GRANDS CHEMINS.
CATHERINE ET LE TEMPS D'AIMER.
PIÈGE POUR CATHERINE.

JULIETTE BENZONI

Catherine

Il suffit d'un amour...

★

ROMAN

ÉDITIONS DE TRÉVISE

© *Opera Mundi, Paris 1963.*
Toute reproduction même partielle strictement interdite
sans accord préalable d'Opera Mundi.

PROLOGUE

“DIES IRAE”

CHAPITRE PREMIER

LE PRISONNIER

VINGT hommes vigoureux s'étaient attelés au bélier, une énorme poutre de chêne prise à un chantier voisin. Ils reculaient de quelques pas puis, avec ensemble, se ruaient de toute leur vitesse sur les vantaux armés de fer qui résonnaient comme un gigantesque tambour, rythmant leur effort de « Han... » durement scandés. Sous les coups redoublés dont la fureur populaire augmentait la cadence, les portes de l'hôtel royal gémissaient. Un craquement, déjà, s'était produit malgré les pentures de fer aux immenses volutes qui renforçaient les battants.

C'était une haute et double porte de chêne épais sous une ogive de pierre que gardaient deux anges agenouillés, mains jointes, de chaque côté des armes royales de France dont l'azur fleurdelisé d'or brillait doucement sous le soleil d'avril. Plus haut, au-dessus des créneaux d'où les archers de garde tiraient sur la foule, c'était l'envol des toits, la dentelle flamboyante et fantastique des hautes lucarnes de l'hôtel Saint-Pol, la cime des arbres, le ciel sur lequel flottaient les grandes bannières de soie brodée. Là-haut, c'était la douceur d'un jour de printemps, le chaud soleil qui dansait sur les murs enluminés comme des pages de missel, le vol rapide des hirondelles... en bas, le sang coulait, la colère grondait, la poussière, brassée par des centaines de pieds, montait en suffocants nuages.

Une flèche siffla. Tout près de l'endroit où se tenaient Landry et Catherine, un homme tomba lourdement, la gorge traversée, avec un affreux cri rauque qui s'acheva en gargouillis. La jeune fille cacha précipitamment son visage entre ses mains pour ne plus voir, se tassa contre son compagnon dont le bras protecteur entoura ses épaules.

« Ne regarde pas, fit Landry. J'ai eu tort de t'emmener, pauvrette. Ce ne sera sûrement pas le dernier. »

Tous deux s'étaient hissés sur un banc de pierre, à l'entrée d'un boyau qui serpentait, noir et gluant d'humidité, entre l'échoppe d'un tailleur et la boutique, dûment cadenassée, d'un apothicaire. De là, ils pouvaient tout voir. Aucun des mouvements des hommes attelés au bélier ne leur échappait. Mais, des créneaux de l'hôtel, les archers tiraient maintenant avec une sorte de rage. Flèches et carreaux d'arbalètes faisaient pleuvoir sur la foule révoltée une grêle meurtrière, ouvrant de brèves lézardes tôt refermées, dans la masse des corps. Prudemment, Landry fit descendre Catherine de son perchoir, se noya avec elle dans la foule.

La fatigue et la peur commençaient à se faire

sentir chez les deux adolescents. Ils avaient quitté, tôt le matin, leurs maisons du Pont-au-Change, profitant de l'absence de leurs parents. La fièvre, dont brûlait Paris depuis la veille, avait attiré ceux-ci qui à la maison aux Piliers, qui chez sa voisine en mal d'enfants, qui dans les milices populaires. Mais ni Catherine ni Landry ne reconnaissaient leur ville dans cette cité chauffée à blanc d'où la fureur et le carnage jaillissaient à chaque carrefour pour un mot ou une chanson.

Leur univers quotidien, c'était le Pont-au-Change, avec son entassement de maisons aux toits aigus délimitant une rue étroite où défilait, entre le Palais et le Grand Châtelet, toute la ville. Le père de Catherine, Gaucher Legoix, y était orfèvre à l'enseigne de l'Arche-d'Alliance comme d'ailleurs celui de Landry, Denis Pigasse, et leurs boutiques étaient voisines. Elles faisaient face aux échoppes des changeurs, lombards ou normands qui occupaient l'autre côté du pont.

Jusqu'à ce jour, Catherine n'avait guère poussé ses expéditions avec Landry au-delà du parvis de Notre-Dame, des sinistres ruelles de la Grande Boucherie ou des ponts-levis du Louvre. Les quinze ans du garçon, par contre, lui avaient permis des études beaucoup plus poussées sur les lieux bizarres de Paris et il connaissait chaque recoin de la capitale comme sa propre poche. C'était lui, qui avait eu l'idée d'amener sa petite amie devant l'hôtel Saint-Pol, ce vendredi matin, 27 avril 1413.

« Viens donc, lui avait-il dit. Caboche a juré qu'aujourd'hui il entrerait dans la maison du roi pour en arracher les mauvais conseillers de Mgr le dauphin. Il suffira d'entrer derrière lui et tu pourras voir, à ton aise, toutes les belles choses qu'il y a là-bas. »

Caboche !... Autrement dit Simon le Coutellier,

l'écorcheur de la Grande Boucherie, le fils de la tripière du marché Notre-Dame, l'homme qui avait soulevé les masses populaires contre le pouvoir illusoire du malheureux Charles VI, le roi fou, et la puissance aussi réelle que désastreuse d'Isabeau la Bavaroise.

C'était grande pitié, en effet, au royaume de France, en ces jours troublés. Le roi dément, la reine inconsciente et débauchée et, depuis le meurtre, six ans plus tôt, du duc d'Orléans par Jean sans Peur, duc de Bourgogne, le pays livré à l'anarchie. Insoucieux du péril anglais toujours prêt à revenir, les partisans de l'un et de l'autre prince, Armagnacs et Bourguignons, se livraient à travers la France qu'ils ravageaient à l'envi une lutte sans pitié ni merci. A cette heure, les Armagnacs cernent Paris, tout dévoué au malin autant que démagogue Jean de Bourgogne. Par la riche corporation de bouchers dont il a fait ses fidèles, il orchestre les troubles. En nom, le pouvoir appartient au Dauphin, Louis de Guyenne, un garçon de seize ans nettement dépassé par les événements. En fait, le roi de Paris, c'est Caboche l'écorcheur, avec la bénédiction de l'Université que mène son turbulent recteur Pierre Cauchon.

Ils sont là tous les deux, Caboche et Cauchon, à la tête de la meute qui assiège l'hôtel royal. Debout devant les gardes de la porte, désarmés et ficelés, que maintiennent des garçons bouchers aux tabliers de cuir tachés de sang caillé, Caboche hurle des ordres, rythmant le balancement forcené du bélier. Tirée par la main sans douceur de Landry, rasant les murs des maisons pour trouver un observatoire à l'abri des flèches, Catherine pouvait voir, par-dessus le moutonnement des têtes, l'imposante carrure du meneur, ses épaules de lutteur sous la casaque verte, barrée d'une croix de Saint-André blanche, aux couleurs de Bourgogne, le visage écarlate, convulsé par la fureur et ruisselant de sueur. A la main, il tenait une bannière blanche, emblème de Paris, qu'il agitait furieusement.

« Plus fort ! hurlait-il, tapez plus fort ! Enfoncez-moi ce nid de charognards ! Par la mordieu ! Plus fort ! Ça craque déjà !... »

En effet, la porte venait de rendre un son fêlé qui annonçait sa prochaine rupture. Les vingt hommes, tendus par l'effort, reprirent du champ, reculant profondément dans la foule pour se lancer de plus loin. Landry eut juste le temps de jeter Catherine derrière l'arc-boutant d'une chapelle pour qu'elle ne fût pas écrasée par le reflux contre la muraille. Elle se laissait faire sans résistance, hypnotisée par l'écorcheur dont les hurlements avaient atteint une telle violence qu'on ne comprenait plus ce qu'il disait. D'un geste brusque, il ouvrit son pourpoint, découvrant des muscles épais couverts de poils roux puis, retroussant ses manches, planta profondément la bannière en terre avant d'aller s'atteler à la tête de la poutre.

« Allez ! brailla Caboche... Avec moi et que nous aide monseigneur Saint-Jacques !...

— Vive monseigneur Saint-Jacques, vive la Grande Boucherie ! » hurla Landry emporté par son enthousiasme. Catherine le regarda avec mécontentement.

« Ne crie pas « Vive Caboche », sinon je m'en vais.

— Pourquoi donc ? fit Landry sincèrement surpris. C'est un grand chef !

— Non ! C'est une brute ! Mon père le déteste, ma sœur Loyse aussi, qu'il recherche en mariage et, à moi, il me fait peur. Il est trop laid !

— Laid ? » Landry ouvrit de grands yeux. « Qu'est-ce que ça peut bien faire ? On n'a pas besoin d'être beau pour être un grand homme. Moi, je trouve Caboche magnifique. »

Furieuse, l'adolescente tapa du pied.

« Pas moi ! Et si tu l'avais vu, hier soir, chez nous, criant et menaçant mon père, tu ne le trouverais pas magnifique du tout.

— Il a menacé maître Legoix ? Mais pourquoi ? »

Instinctivement, Landry avait baissé la voix de plusieurs tons, bien que personne ne fît attention à eux et que le vacarme fût intense. Catherine en fit autant. A voix basse, elle raconta à son ami comment, la veille au soir, alors que la nuit était presque en son mitan, Caboche était venu chez eux avec Pierre Cauchon et le cousin Guillaume Legoix, le riche boucher de la rue d'Enfer.

Les trois chefs de l'insurrection parisienne avaient une intention bien arrêtée en franchissant le seuil de l'orfèvre : obtenir l'adhésion de Gaucher Legoix à leur mouvement. Cinquantenier de la milice parisienne, Gaucher était l'un des chefs communaux les plus respectés et les mieux écoutés. Peut-être parce qu'il était un homme calme, ami de la paix et qui avait toute violence en horreur. La vue du sang le faisait défaillir bien qu'il fût brave et doué d'un tranquille courage.

Cette horreur physique du sang était la raison pour laquelle ce fils de grand boucher avait abandonné la corporation et la maison paternelle pour se placer comme apprenti chez maître André d'Epernon, le grand orfèvre, créant ainsi, avec les orgueilleux Legoix, incapables de comprendre ses délicatesses, une totale rupture.

Peu à peu, le talent de Gaucher avait amené l'aisance dans la maison du Pont-au-Change. Couvertures d'évangéliaires, plats ouvragés, gardes d'épées ou de poignards, salières, nefs de table sortaient de plus en plus fréquemment de son modeste atelier pour des destinations toujours plus élevées. En vérité, le renom de Gaucher Legoix grandissait sur la place de Paris et son appui n'était pas négligeable pour les trois meneurs.

Ils s'étaient heurtés à un refus net. Sans grandes phrases, Gaucher leur avait signifié son intention de demeurer fidèle au roi et au prévôt de Paris qui était justement André d'Epernon.

« Je tiens ma charge de par le Roi et de par Messire le Prévôt, je ne ferai pas marcher mes hommes contre la demeure de mon souverain.

— Ton souverain est fou, son entourage traître, avait fulminé Guillaume Legoix, le cousin boucher. Le vrai roi c'est Mgr de Bourgogne. Hors lui, point de salut !... »

Gaucher ne s'était pas troublé devant le gros visage, rouge de colère, du maître-boucher.

« Quand Mgr de Bourgogne aura reçu l'onction sainte, alors je plierai le genou devant lui et l'appellerai mon roi. Mais jusque-là je ne reconnais pour maître que Charles, sixième du nom, que Dieu veuille rendre en santé et sain jugement ! »

Ces simples paroles avaient eu le don de déchaîner la fureur des trois visiteurs. Tous s'étaient mis à crier comme des sourds à la grande terreur de Catherine et des femmes qui, tapies au coin de l'âtre, attendaient la fin du débat.

Comme ces hommes lui semblaient méchants, dressés tous trois, grands et forts, autour de la frêle silhouette de son père. Mais, dans sa petite taille, c'était encore lui qui était le plus grand parce que son visage ferme demeurait serein et qu'il ne criait pas.

Caboche, soudain, avait brandi un poing noueux sous le nez de l'orfèvre.

« Vous avez jusqu'à demain soir pour vous décider, maître Legoix. Si vous n'êtes pas avec nous, vous serez contre nous et en subirez les conséquences. Vous savez ce qui arrive à ceux qui tiennent pour les Armagnacs ?

— Si vous voulez dire que vous brûlerez ma maison, je ne pourrai vous en empêcher. Mais vous ne me ferez pas marcher contre ma conscience. Je ne suis pas Armagnac, pas plus que Bourguignon. Je suis bon Français de France, craignant Dieu et servant son roi. Jamais je ne lèverai les armes contre lui ! »

Laissant aux mains de ses compères l'obstiné orfèvre, Caboche s'était alors approché de Loyse. Contre son propre corps, Catherine avait senti se raidir celui de sa sœur quand l'écorcheur s'était planté devant elle. A cette époque où il était courant, dans les grandes familles, de marier les filles à peine formées, les treize ans de l'adolescente pouvaient comprendre bien des choses.

D'ailleurs Simon Caboche ne cachait nullement le goût qu'il avait pour Loyse. Il ne manquait pas une occasion de la poursuivre quand, par hasard, il pouvait la rencontrer. Ce qui n'était pas toujours facile car Loyse, hormis pour se rendre aux offices à la proche église Saint-Leufroy, située au bout du pont, ou bien pour aller porter des secours à la recluse de Sainte-Opportune, ne quittait pratiquement jamais la maison de ses parents. C'était une fille silencieuse et secrète dont les dix-sept ans avaient plus de gravité que bien des âges mûrs. Elle allait et venait dans la maison, à pas légers, sans faire plus de bruit qu'une souris, ses yeux bleus continuellement baissés, le béguin de toile toujours étroitement serré sur les nattes d'un blond pâle, menant déjà auprès des siens la vie du cloître à laquelle, depuis son plus jeune âge, elle aspirait.

Catherine admirait sa sœur mais la craignait un peu et ne la comprenait pas du tout. Loyse eût été jolie et fraîche si elle n'avait tant aimé les mortifications et si elle avait su sourire. Mince sans maigreur, avec un joli corps souple et flexible, elle avait des traits fins, le nez un peu trop long mais une bouche bien dessinée et un teint très blanc, presque transparent. Catherine, qui éclatait de vitalité, qui n'aimait que le bruit, le mouvement, la gaieté et les chansons, ne s'expliquait pas ce qui pouvait, en cette future nonne, attirer le gigantesque, le tonitruant Caboche si visiblement jouisseur et matérialiste. Quant à Loyse elle-même, il était bien évident que Caboche lui faisait horreur et qu'elle n'était pas loin de voir en lui l'incarnation du Diable. Elle se signa d'ailleurs précipitamment quand il vint vers elle. Caboche fit la grimace.

« Je ne suis pas messire Satan, ma belle, pour qu'on m'accueille de la sorte. Et vous auriez meilleur temps en persuadant votre père de mettre sa main dans la mienne. »

Les yeux rivés à la pointe de ses souliers, Loyse murmura :

« Je ne saurais ! Ce n'est point à une fille de conseiller son père. Ce qu'il fait est bien fait... »

Dans la poche de son tablier, elle cherchait furtivement son chapelet sur lequel ses doigt se refermèrent. Puis elle se détourna pour secouer les bûches dans l'âtre, faisant bien comprendre à Caboche qu'elle ne souhaitait pas poursuivre l'entretien. Un éclair de colère brilla dans les yeux pâles de l'écorcheur.

« Demain à pareille heure, on sera peut-être moins fière, la Loyse, quand mes hommes viendront vous arracher à votre lit pour s'amuser de vous ! Mais soyez tranquille, c'est moi qui serai le premier... »

Il recula subitement parce que Gaucher Legoix l'avait saisi au collet pour le tirer dehors. L'orfèvre était blanc de colère et la rage décuplait ses forces. Sous sa main maigre Caboche chancela.

« Hors d'ici, cria-t-il la voix tremblante d'indignation, hors d'ici vil pourceau ! Et que je ne te voie plus rôder autour de ma fille !

— Ta fille, ricana Caboche, je l'aurai demain à mon plaisir et bien d'autres après moi si tu n'entends pas raison. »

A la grande terreur de Catherine, Gaucher fou de rage lui sautait déjà au visage mais Cauchon interposa sa robe noire entre les deux hommes, les séparant de toute la longueur de ses grands bras.

« Assez ! fit-il froidement. L'heure n'est pas à ce genre de dispute. Caboche est trop brutal et Legoix trop impulsif, trop entêté aussi. Nous allons nous retirer. La nuit, sans doute, portera conseil à chacun. Et toi Gaucher Legoix, j'espère que tu entendras la voix de la raison. »

Assis sur une borne, Landry avait écouté Catherine sans l'interrompre.

Cette histoire lui donnait à penser et troublait le cours de ses idées. Il admirait profondément Caboche mais l'opinion de Gaucher Legoix avait son importance à ses yeux. De plus, les menaces proférées contre les habitants de l'Arche-d'Alliance lui déplaisaient.

Un craquement sec suivi d'un vacarme retentissant coupa le fil de ses pensées. La porte de l'hôtel Saint-Pol venait de s'effondrer et, avec un cri de victoire, la masse populaire se ruait par la brèche ainsi ouverte, comme un torrent qui vient de briser son barrage. En un instant, Catherine et Landry se trouvèrent seuls en face d'un vaste espace vide. A terre demeuraient les cadavres et les blessés, les chiens faméliques qui léchaient les flaques de sang et la bannière blanche que Caboche avait plantée devant la porte. Tout le reste s'était engouffré en un clin d'œil dans les jardins de l'hôtel royal. Landry prit Catherine, figée de terreur, par la main.

« Tu viens ? Ils sont entrés... »

La petite eut un mouvement de recul. Ses yeux sombres fixaient la porte arrachée avec une sorte d'angoisse.

« Je crois que je n'en ai plus envie, dit-elle d'une très petite voix.

— Ne fais pas la sotte ! Que crains-tu ? Et jamais tu ne reverras rien de pareil. Allons viens ! »

Landry était rouge d'excitation. Il avait hâte maintenant de suivre les autres et de prendre sa part du pillage. Son irrépressible curiosité de gamin de Paris jointe au goût de la violence qu'il portait en lui était prête à l'emporter. Catherine comprit qu'il la laisserait seule, au besoin, au milieu de la rue, si elle refusait de le suivre. Alors elle se décida.

D'ailleurs, la rue Saint-Antoine était loin d'être vide. Un peu plus loin que l'hôtel Saint-Pol, tassée entre l'hôtel des Tournelles, la porte Saint-Antoine, les tours crénelées de la Bastille et l'hôtel du Petit-Musc, une autre masse populaire assiégeait la forteresse encore neuve dont les murs blancs s'élevaient si haut au-dessus de sa tête. On savait que l'ancien prévôt de

Paris, Pierre des Essarts, accusé de trahison par les émeutiers s'y était enfermé avec 500 hommes d'armes pour tenir la ville en échec. Une foule sans cesse grossie grondait aux portes, traînant des armes, décidée à démolir la Bastille, pierre par pierre, pour en arracher des Essarts. De l'autre bout de la rue, vers la place de Grève, d'autres groupes arrivaient en courant. Certains s'engouffraient dans l'hôtel Saint-Pol, d'autres couraient sus à la forteresse.

Une fenêtre s'ouvrit dans la façade de l'hôtel royal. Un bahut en jaillit qui s'écrasa sur le sol dans un tintamarre de vaisselle métallique. Cette vue et ce bruit décidèrent Catherine tout à fait. Saisissant la main de Landry, elle se précipita sous le porche dont les portes arrachées pendaient à leurs gonds énormes. La curiosité dominait maintenant la peur chez la jeune fille et elle ouvrait de grands yeux, ravis d'avance de ce qu'ils allaient découvrir.

Mais le vaste jardin dans lequel ils se trouvèrent, une fois les murailles franchies, était déjà dévasté par la ruée de la foule. Les plates-bandes ceinturées de petits buis qui avaient dû enfermer des lis, des roses et des violettes, ne montraient plus que la terre foulée, des tiges brisées, dépouillées de leurs feuilles, des pétales souillés, écrasés. Lis et roses gisaient dans la boue, piétinés.

Au-delà, Catherine découvrit le monde en réduction qu'était l'hôtel Saint-Pol, petite ville dans la ville. Autour de jardins, de vignes et de bosquets coupés de cloîtres, de cours et de galeries ajourées, il déployait un énorme ensemble de résidences et de chapelles, de métairies, d'écuries et de communs où logeait une armée de serviteurs. Il y avait aussi des ménageries pleines de lions, de léopards de chasse, d'ours et d'autres animaux étranges, des volières remplies d'oiseaux exotiques. Trois demeures distinctes composaient la résidence royale : l'hôtel du roi bordant les jardins du côté de la Seine, celui de la reine sur la petite rue Saint-Pol et celui du dauphin, que l'on nommait aussi hôtel de Guyenne et qui donnait directement sur la rue Saint-Antoine.

C'était vers ce bâtiment que se portait, pour le moment, tout l'assaut de la foule. Dans les jardins, entre l'hôtel de Guyenne et les autres demeures, des hommes d'armes se massaient en courant pour interdire le passage vers le roi ou la reine. Mais la foule n'en avait cure, elle avait, pour le moment, ce qu'il fallait à se mettre sous la dent.

Les cours et les escaliers de l'hôtel de Guyenne étaient pleins de monde. Le vacarme y était effroyable, répercuté par les voûtes de pierre et l'immensité des salles. Catherine mit ses mains à ses oreilles. Des cadavres de serviteurs en cottes de soie violette jonchaient déjà le sol tandis que les précieux vitraux des fenêtres volaient en éclats. Aux murs des escaliers de pierre blanche, les tapisseries à personnages pendaient, arrachées, les fresques se trouaient de coups de hache ou de cette masse ferrée qui servait à abattre les bœufs à l'écorcherie. Dans une vaste salle, la table, toute servie pour le festin, était mise au pillage. On glissait dans les flaques de vin et de sang, dans les sauces grasses et les confitures, on s'arrachait les pâtés et les pièces rôties, on butait dans les armes et les plats jetés un peu partout quand ils n'étaient pas d'or ou d'argent. On s'écrasait. Mais, grâce à leur agilité et à leur souplesse, Landry et Catherine parvinrent jusqu'au premier étage sans avoir été trop molestés. Catherine s'en tirait avec une estafilade à la face et quelques cheveux arrachés. Le garçon était même parvenu à s'emparer, sur un coin de table, de quelques petits pains à la frangipane qu'il partagea équitablement avec son amie. Ils furent les bienvenus : Catherine mourait littéralement de faim.

Tout en croquant ce ravitaillement inattendu, ils se trouvèrent poussés, par un remous de la foule, dans une grande pièce d'où partaient des cris et des éclats de voix. Cette salle parut à Catherine le comble de la magnificence. Elle n'avait jamais rien vu de comparable aux immenses tapisseries de soies multicolores, parfilées d'or, qui pendaient aux murailles. Elles représentaient de belles dames, en robes rutilantes, se promenant dans des prairies émaillées de fleurs avec de grands chiens blancs ou bien, écoutant de la musique, assises sous un dais à glands d'or. Une énorme cheminée de pierre blanche, découpée aussi finement qu'une dentelle occupait tout le fond de la pièce avec un grand lit surélevé de trois marches et tout drapé, depuis le baldaquin jusqu'aux degrés, de velours violet à crépines d'or. Les armes de Guyenne et de Bourgogne étaient frappées sur le chevet. Tout autour de la pièce, ce n'étaient que dressoirs chargés de vases, de coupes ciselées et rutilantes de pierreries et aussi de ces vases aux formes fantastiques, venus de Venise et dont les verreries irisées luttaient d'éclat avec les plus beaux joyaux. Les yeux de Catherine brillaient comme des étoiles en contemplant toutes ces choses mais elle n'eut guère le loisir de s'y attarder longtemps. La scène à laquelle ce beau décor servait de cadre était suffisamment dramatique.

Dans les deux personnages debout devant la cheminée, Catherine reconnut le duc de Bourgogne et son fils, Philippe de Charolais, qu'elle voyait souvent passer sur le pont, devant la maison de ses parents. Mais jamais elle n'avait vu de si près le redoutable Jean sans Peur. Bien planté sur ses jambes courtes, regardant toutes choses de ses yeux à fleur de tête, il semblait tenir tout le fond du décor. Il y avait, dans cet homme, quelque chose d'implacable comme le destin.

Très différent de son père était le comte Philippe de Charolais. Il était grand pour ses dix-sept ans, mince et blond, avec un regard fier et un maintien imposant, des traits fins et une bouche spirituelle qui devait aimer sourire. Vêtu de vert et d'argent, il se tenait un peu en arrière de son père, dans une attitude déférente. Le regard de Catherine s'attarda un instant sur lui parce qu'elle le trouvait beau et d'agréable tournure. Mais auprès d'eux, s'adressant au duc d'une voix tremblante de colère et de douleur, il y avait un gros jeune homme de seize ou dix-sept ans, vêtu d'un costume somptueux, mi-partie écarlate, mi-partie noir et blanc, barré d'un grand baudrier d'or. Le chagrin et la fureur impuissante étaient peints sur les traits mous de ce garçon qui, Landry le chuchota à son amie, était le dauphin Louis de Guyenne.

Autour des trois personnages où se centralisait le drame, des émeutiers maîtrisaient à grand-peine plusieurs seigneurs, blessés et sanglants, mais se débattant encore furieusement. Un corps poignardé gisait sur le dallage de marbre noir et blanc, perdant son sang lentement. Et le contraste était saisissant entre l'impassibilité apparente des deux Bourguignons, la fureur des émeutiers et les larmes que versait le dauphin dont les mains se tendaient maintenant en un geste d'imploration. Au premier rang des furieux Catherine pouvait voir s'agiter Caboche, son chaperon blanc en bataille, la chemise trempée de sueur, contrastant, avec la robe noire, les gestes mesurés et le maintien glacial de Pierre Cauchon. C'est ce dernier, si calme, qu'elle jugea effrayant.

Le tumulte était à son comble. Les révoltés s'étaient emparés de plusieurs hommes de tous âges et les entraînaient vers la rue après les avoir étroitement ligotés. Deux d'entre eux s'étaient attaqués à un très jeune homme qui pouvait avoir au plus seize ans. Une jeune femme tentait de lui faire un rempart de son corps malgré les efforts qu'il faisait pour l'écarter. Elle était brune et charmante, enfantine encore malgré la lourde robe de damas mordoré qui l'écrasait un peu et la haute coiffure à deux cornes drapées de mousseline blanche. Elle pleurait en essayant de retenir contre elle le jeune homme, suppliait qu'on le lui laissât. Comme les émeutiers portaient les mains sur elle pour lui faire lâcher prise, la colère du dauphin éclata. Arrachant son épée du fourreau, il bondit, vif comme la foudre, transperça de deux coups rapides les hommes qui avaient osé toucher son épouse, puis tourna la lame sanglante vers Jean sans Peur.

« Quel misérable êtes-vous donc, mon cousin, pour laisser ainsi rudoyer sous vos yeux ma femme, votre propre fille ? Cette émeute se fait sur votre conseil et vous ne pouvez vous en défendre car je vois là, avec ces gens, ceux de votre hôtel. Mais soyez sûr qu'une fois il m'en souviendra et que la besogne n'ira pas toujours à votre plaisir. »

Philippe de Charolais avait, instinctivement, tiré son épée lui aussi pour se porter au secours de sa sœur. Il s'en servit pour écarter doucement la pointe dardée sur la poitrine de son père. Le duc n'avait pas bronché. Seulement haussé les épaules.

« Quoi que vous en pensiez, Louis, je ne puis rien dans la conjoncture actuelle. Je reconnais que les événements me dépassent et que je ne suis plus maître de ces brutes. Sinon, je sauverais au moins les serviteurs de ma fille... »

A l'impuissante fureur de Catherine, fascinée, le jeune homme que voulait défendre la dauphine avait enfin été capturé. Trouvant le chemin libre, quand les deux hommes étaient tombés sous la lame du dauphin, il avait couru vers une fenêtre pour sauter dans le jardin mais trois écorcheurs et deux mégères échevelées s'étaient pendus à lui. Ecroulée en travers le lit, la petite duchesse sanglotait éperdument.

« Sauvez-le, mon père, je vous en supplie. Pas lui... pas Michel, c'est mon ami... »

Mais le duc eut un geste d'impuissance qui arracha à Catherine un cri indigné. Mme la dauphine lui plaisait beaucoup, elle eût voulu l'aider. Ce duc qui laissait pleurer sa fille devait vraiment être un mauvais homme... Le comte de Charolais était pâle jusqu'aux lèvres. Il était lui-même marié à la sœur du dauphin, la princesse Michelle, et le chagrin de Marguerite lui était pénible. Mais il ne pouvait rien faire. Caboche et son acolyte, Denisot de Chaumont, venaient de mettre eux-mêmes la main au collet du jeune prisonnier. Ils l'enlevèrent à ceux qui étaient occupés à lui lier les mains derrière le dos, le maintinrent debout entre eux deux. D'une secousse, le jeune homme les bouscula. Catherine poussa un cri que nul n'entendit. C'était, pour son âge, un garçon singulièrement développé et vigoureux que Michel de Montsalvy. Les bouchers écartés une brève seconde, il courut au duc de Bourgogne, se planta devant lui. Sa voix furieuse domina le tumulte.

« Tu n'es qu'un lâche, duc de Bourgogne, traître et félon à ton roi dont tu laisses souiller la demeure. Et je te déclare indigne de porter les éperons de chevalier... »

Revenus de leur surprise, Caboche et Denisot récupéraient leur prisonnier sans douceur. Ils voulurent l'obliger à s'agenouiller devant celui qu'il venait d'insulter. Il se débattit comme un démon malgré ses liens, jouant si vigoureusement des pieds qu'une fois de plus les bouchers s'écartèrent. Il se rapprocha de Jean sans Peur, comme s'il avait encore quelque chose à dire. Celui-ci, le visage crispé, ouvrit la bouche pour dire quelque chose, mais il n'en eut pas le temps. On le vit blêmir, porter la main à son visage au plein duquel Michel de Monsalvy venait de cracher...

Catherine comprit obscurément que le jeune homme venait de signer son arrêt de mort !

« Emmenez-le ! ordonna le duc d'une voix rauque. Faites-en ce que vous voudrez ! Les autres seront conduits à mon hôtel où, pour cette nuit, ils seront mes hôtes. Je vous en réponds, beau-fils. »

Sans répondre, le dauphin Louis lui tourna le dos et s'en alla cacher son visage contre le manteau de la cheminée. La petite duchesse sanglotait toujours, refusant les consolations que son frère tentait de lui prodiguer.

« Je ne vous pardonnerai jamais !... Jamais ! balbutiait-elle entre deux sanglots. » Cependant Caboche et Denisot avaient récupéré à la fois leurs esprits et leur prisonnier, avec l'aide de quelques compagnons. Ils l'entraînaient maintenant vers l'escalier.

Catherine glissa une main tremblante dans celle de Landry, et chuchota :

« Que vont-ils lui faire ?

— Le pendre et un peu vite j'espère ! C'est tout ce qu'il mérite ce sale Armagnac. Tu as vu ? Il a osé cracher au visage de notre duc... » Et, incontinent, Landry se joignit au chœur forcené qui, dans l'escalier criait déjà « A mort !... » D'une secousse Catherine arracha sa main. Elle était devenue écarlate jusqu'à la racine de ses cheveux blonds.

« Oh !... Tu me dégoûtes, Landry Pigasse !... »

Avant que Landry, stupéfait, ait eu le temps de se reconnaître, elle lui avait tourné le dos et s'était perdue dans la foule, ouverte un bref instant pour laisser passer le cortège du captif. Elle se lança dans son sillage.

Au prix de sa vie, Catherine eût été incapable d'expliquer ce qui se passait dans son âme enfantine. Jamais, jusqu'à ce jour, elle n'avait vu Michel de Montsalvy, elle ignorait encore jusqu'à son nom dans l'heure précédente et, cependant, elle avait l'impression de l'avoir toujours connu. Il lui semblait aussi familier, aussi cher que son père Gaucher ou sa sœur Loyse. C'était comme si, tout à coup, des liens mystérieux et invisibles s'étaient tissés entre le jeune noble et la fille de l'orfèvre. Des liens ancrés dans la chair et qui pouvaient faire mal... Catherine ne savait qu'une chose : il fallait qu'elle suivît le prisonnier, qu'elle sût, à tout prix, ce qu'il allait advenir de lui. Tout à l'heure, quand les écorcheurs l'avaient lié, et ensuite, quand il avait insulté le duc, elle l'avait vu de tout près, dans la pleine lumière des vitraux. Elle s'était sentie toute bête tandis que de grands cercles rouges passaient devant ses yeux, tout comme le jour où elle avait essayé, par jeu, de regarder le soleil en face. Un garçon pouvait-il vraiment être aussi beau ?

Il l'était, certes, et en démesure avec son visage pur aux traits nets et fins. Des traits qui eussent peut-être été quelque peu féminins sans l'énergie du menton, la bouche serrée et les fiers yeux d'azur qui ne devaient pas se baisser aisément. Les cheveux blonds, coupés très courts au-dessus de la nuque et des oreilles, formaient cette ronde et brillante calotte d'or alors à la mode et qui permettait aisément le port du casque. Sous la hucque de soie violette, frappée de feuilles d'argent, les épaules se dessinaient, athlétiques tandis que les chausses collantes, mi-partie gris et argent, moulaient des cuisses musclées de cavalier. Les mains liées au dos, la tête fièrement redressée, les yeux froids et la lèvre méprisante, il avait l'air entre ses deux bouchers d'un archange aux mains d'esprits malfaisants. Catherine se souvint tout à coup d'une image peinte qu'elle avait admirée un jour dans un bel évangéliaire auquel son père faisait une couverture d'or ciselé. Elle représentait un jeune chevalier blond, vêtu d'une armure d'argent et foulant aux pieds un dragon qu'il transperçait de sa lance. Gaucher avait dit à sa fille que c'était là Mgr saint Michel terrassant le Malin. C'était à lui que ressemblait le jeune homme... le jeune homme qui s'appelait Michel lui aussi...

Cette idée galvanisa Catherine, ancrant en elle le désir de faire quelque chose ou, tout au moins, de rester auprès de lui, le plus possible.

Un groupe compact d'hommes et de femmes hurlant à la mort avait emboîté le pas au prisonnier et Catherine, bousculée, tiraillée dans cette foule, avait bien du mal à ne pas se laisser distancer. D'un élan, elle parvint même à se faufiler jusque derrière le large dos de Caboche, s'accrocha à sa ceinture malgré la peur qu'il lui causait. Tout entier à son triomphe, l'écorcheur ne s'en aperçut même pas. Pas plus que Catherine elle-même ne sentit les horions qu'elle recevait, dans la presse, et les pieds qui écrasaient les siens. Son bonnet était perdu depuis longtemps et l'on tirait parfois ses cheveux dénoués. Toute sa force vitale semblait venir de ce garçon blond qui marchait devant elle, et y retourner.

D'autres prisonniers précédaient ou suivaient Michel de Monsalvy : le duc de Bar, cousin du dauphin, Jean de Vailly, chancelier de Guyenne, Jean de la Rivière, chambellan du dauphin, les deux frères de Giresmes, en tout une vingtaine de personnes que l'on chargeait de chaînes et que l'on entraînait comme des malfaiteurs au milieu des injures et des crachats. En franchissant une porte de chêne sculpté qui fermait l'escalier à mi-hauteur, Catherine reconnut au passage la robe noire et la longue figure morose de maître Pierre Cauchon. Il se tassait contre le chambranle, luttant pour ne pas être emporté par le flot mais l'adolescente remarqua l'étrange regard dont le recteur avait, au passage, enveloppé le prisonnier. Ses petits yeux glauques s'étaient mis soudain à briller, eux toujours si ternes, comme si la vue de ce garçon jeune, beau, noble, que l'on traînait au supplice, eût été pour Cauchon une bien douce joie, une sorte d'intime revanche... Une vague nausée souleva le cœur de Catherine. Elle n'aimait pas Cauchon, mais c'était la première fois qu'il l'écœurait.

Au passage des portes de l'hôtel, la poussée se fit sauvage. Catherine fut arrachée de Caboche, se trouva refoulée en arrière. Elle poussa un cri qui se perdit dans le tumulte. Mais l'instant suivant, le soleil et la chaleur frappant son visage lui apprirent que l'on était revenu à l'air libre. Le flot se fit moins serré, s'éparpillant un instant, sur le sable du jardin avant de se tasser à nouveau pour franchir la porte arrachée. Comme un bon petit soldat à l'assaut, Catherine reprit haleine un instant mais put voir, avec chagrin, que le prisonnier et sa garde franchissaient déjà le portail. Elle distinguait encore la tête blonde de Michel entre les fers brillants des fauchards et les casques d'acier bleu mais il s'éloignait. Bientôt elle ne le vit plus, poussa un cri d'angoisse et voulut se jeter en avant. Mais une main vigoureuse posée sur son épaule la retint de force.

« Enfin je te retrouve ! s'écria Landry. Qu'est-ce que tu m'as fait faire comme mauvais sang ! C'est bien la dernière fois que je t'emmène avec moi, tu sais. Tu as vraiment le diable au corps... »

Landry avait dû avoir du mal à se tirer de l'énorme bousculade de l'hôtel de Guyenne car il offrait un œil tuméfié, une manche déchirée, un genou nu et saignant. Quant à la belle casaque verte à croix blanche, aux couleurs de Bourgogne, dont il était si fier le matin même, elle avait cet air lamentable d'une chose qui a beaucoup servi et traîné un peu partout. En outre, il était très rouge, il avait lui aussi perdu son bonnet et ses cheveux noirs se dressaient bien raides sur sa tête. Mais Catherine était au-delà de ces détails vestimentaires. Essuyant les larmes qui couvraient son petit visage à un pan de sa robe déchirée, elle leva vers son ami une figure désolée.

« Aide-moi, je t'en supplie, Landry, aide-moi à le sauver ! »

Landry considéra la petite avec un sincère ahurissement.

« Qui ? Cet Armagnac que Caboche veut pendre ? Ah ça, mais tu es tout à fait folle, ma pauvre ? Qu'est-ce que ça peut bien te faire qu'on le pende ou non ? Tu ne le connais même pas.

— Non, c'est vrai, je ne le connais pas. Mais je ne veux pas qu'il meure. Le pendre... Tu sais ce que ça veut dire ? Ils vont l'accrocher là-haut à Montfaucon, à ces horribles chaînes rouillées entre les gros piliers...

— Mais enfin, pourquoi ? Il ne nous est rien. »

Catherine secoua la tête, rejetant en arrière sa longue chevelure dénouée dans un geste d'une grâce inconsciente mais qui frappa le jeune homme. Les cheveux de l'adolescente étaient, avec ses yeux, sa seule vraie beauté, mais quelle beauté ! Jamais, à une enfant si jeune, on n'avait vu pareille nappe d'or vivant, traversée de flèches lumineuses quand le soleil s'y accrochait. Quand ils étaient déroulés, les cheveux de Catherine formaient comme un manteau merveilleux, fait de soie douce et tiède qui l'enveloppait jusqu'aux genoux et l'habillait d'une clarté d'été. Une clarté parfois lourde à traîner.

Quant aux yeux de Catherine, sa famille n'était pas encore parvenue à décider une bonne fois de leur couleur. Quand l'enfant était paisible, ils paraissaient bleu sombre, avec des reflets pourpres et veloutés comme des pétales de violette de Carême. Quand elle était gaie, des milliers d'étoiles dorées y brillaient, évoquant alors un rayon de miel au soleil. Mais lorsque Catherine se jetait dans une de ces colères soudaines dont elle avait le secret et qui avaient le don de stupéfier les siens, ses prunelles devenaient alors d'un noir d'enfer aussi peu rassurant que possible.

Ceci mis à part, elle était, pour le reste, une adolescente comme toutes les autres, une gamine grandie trop vite avec des membres anguleux, des gestes maladroits de jeune faon instable sur ses pattes et des genoux de garçon, un peu trop gros et perpétuellement écorchés. Elle avait une drôle de frimousse triangulaire, une bouche trop grande et un petit nez court qui lui faisaient une physionomie de chat. La peau était claire, légèrement ambrée et abondamment parsemée de taches de rousseur. L'ensemble, malgré tout, avait un charme certain auquel Landry commençait à s'avouer secrètement qu'il résistait mal. Il lui passait chaque jour un peu plus de caprices et de fantaisies baroques. Mais il faut avouer que ce qu'elle demandait maintenant dépassait toutes les limites de l'imaginable...

« Pourquoi tiens-tu tellement à sa vie ? répéta-t-il plus bas, avec une nuance de jalousie.

— Je ne sais pas, avoua Catherine avec une grande simplicité. Mais si on le tue, j'aurai de la peine. Je crois que je pleurerai beaucoup... et longtemps. »

Elle disait cela d'une petite voix tranquille, mais avec une telle conviction que Landry, une fois de plus, renonça à comprendre. Il savait qu'il ferait tout ce qu'elle voudrait, bien que ce fût vraiment une pilule plutôt dure à avaler. Il fallait voir ce que cela représentait dans la réalité, ces trois petits mots qui franchissaient si aisément les lèvres de sa petite amie : sauver le prisonnier ! Cela voulait dire l'arracher au peloton d'archers rangés autour de lui depuis qu'il avait franchi les portes de l'hôtel, à la foule qui suivait, à Caboche et son compère Denisot qui étaient gens capables de l'assommer lui, Landry, et Catherine par-dessus le marché, d'un seul revers de main. En plus de quoi, en admettant qu'on y parvînt, il faudrait encore cacher le jeune homme au milieu d'une ville insurgée qui donnait la chasse à ses pareils, lui faire quitter Paris ensuite, passer les chaînes tendues, les portes fermées, les remparts garnis d'hommes d'armes, éviter le guet, la dénonciation... Landry se disait que c'était beaucoup, même pour un garçon de quinze ans particulièrement débrouillard.

« Ils l'emmènent à Montfaucon, fit-il, pensant tout haut. La route est longue mais pas éternelle. Ça ne nous laisse pas beaucoup de temps. Comment veux-tu que nous le tirions d'affaire avant le grand gibet ? Nous ne sommes que deux et il y a une armée autour de lui.

— Suivons-les toujours ! s'entêta Catherine. On verra bien !

— C'est bon, soupira Landry, en prenant la main de son amie. Allons-y, mais il ne faudra pas m'en vouloir si on échoue.

— Tu veux essayer ? Tu veux vraiment essayer ?

— Oui, grogna le jeune garçon. Mais c'est la dernière fois que je sors avec toi. La prochaine fois tu serais capable de me demander de prendre la Bastille à moi tout seul... »

Prenant leurs jambes à leur cou, les deux enfants se précipitèrent à la suite du sinistre cortège qui heureusement, gêné par son ampleur, n'allait pas très vite.

Quand Landry et sa compagne débouchèrent dans la rue Saint-Denis, ils étaient hors d'haleine d'avoir tant couru, mais ils eurent la satisfaction de constater qu'ils avaient rattrapé l'escorte de Montsalvy. Celle-ci, fort heureusement, avait été arrêtée plusieurs fois par des bandes de gens, chantant et vociférant. Certaines de ces bandes montaient vers la Bastille pour se joindre à ceux qui encerclaient la forteresse, et les autres se dirigeaient vers la demeure du duc de Bourgogne : l'hôtel d'Artois, rue Mauconseil.

Une fois de plus, quand Catherine et Landry s'y joignirent, le funèbre cortège était à l'arrêt. Le bourreau Capeluche, pris en cours de route, avait imposé cette halte pour récupérer un moine augustin passant par hasard afin que le condamné pût faire sa paix avec Dieu avant de mourir. Le moine avait mis quelque répugnance à se laisser convaincre. Seule la crainte l'avait décidé et, quand le cortège reprit sa route, il marchait auprès du condamné, disant son chapelet à mi-voix.

« Nous avons une chance, chuchota Landry, c'est qu'ils l'emmènent à pied. S'ils avaient eu l'idée de le traîner sur la claie ou bien de le hisser sur un tombereau, nous n'aurions sûrement rien pu faire.

— Tu as une idée ?

— Peut-être. La nuit commence à tomber et si je peux trouver ce dont j'ai besoin, nous avons une chance de réussir. Mais ensuite il faudra songer à le cacher... »

Une bande de filles folles et d'étudiants qui arrivaient en courant pour suivre, eux aussi, la marche au supplice les rejoignit et Landry se tut par prudence. Précaution inutile : filles et escholiers étaient superbement ivres après avoir mis à sac un cabaret, ils ne songeaient qu'à chanter à tue-tête en zigzaguant d'un mur à l'autre de la rue.

« Le mieux serait, chuchota Catherine, de l'installer chez nous, dans la réserve qui est sous la maison et qui a une petite fenêtre sur la rivière. Bien sûr, il ne pourrait pas y rester longtemps mais... »

Landry se chargea de continuer. L'idée de Catherine avait été un trait de lumière pour lui et la suite de l'opération se présentait tout naturellement à son esprit.

« ... Mais cette nuit je volerai une barque et je viendrai m'installer sous ta maison. A l'aide d'une corde le prisonnier descendra dans le bateau et il n'aura plus qu'à remonter le fleuve jusqu'à Corbeil, où campe le comte Bernard d'Armagnac, après m'avoir laissé sur une grève. Evidemment, il faudra qu'il passe les chaînes tendues entre la Tournelle et l'île Louviaux mais il n'y a pas de lune en ce moment. Et puis... c'est vraiment tout ce que nous pouvons faire et à la grâce de Dieu ! Si déjà on peut l'amener jusque-là, ce sera un beau résultat... »

Pour toute réponse, la jeune fille serra silencieusement la main de son ami, envahie d'un espoir tout neuf qui la faisait trembler d'excitation. La nuit venait très vite mais des torches s'allumaient un peu partout, dansant sur les encorbellements des maisons, les enseignes peintes et dorées, les petites vitres enchâssées de plomb et les visages rouges des passants. Le tintamarre devenait assourdissant et n'était guère propice aux derniers moments d'un homme marchant à la mort. Soudain Landry qui venait d'apercevoir ce qu'il cherchait eut un large sourire de satisfaction.

« En voilà un, fit-il. J'espérais bien qu'avec tout ce charivari ils seraient encore dehors... »

Ce qui motivait tant de contentement n'était autre qu'un bon gros cochon qui venait d'apparaître au coin de la rue des Prêcheurs, poursuivant activement un trognon de chou. C'était l'un de ceux du couvent Saint-Antoine. Durant toute la journée, ces respectables bêtes parcouraient, deux par deux, les rues de Paris sous la garde d'un frère, pour dévorer les ordures et les détritus de toute sorte. En fait, ils étaient les seuls agents de la voirie parisienne.

Comme tous ses confrères de l'hospice Saint-Antoine, le nouveau venu portait au cou le Tau d'émail bleu, emblème du saint. Pour déguster son trognon de chou, il s'était arrêté aux pieds d'une grande sculpture de bois appliquée contre une maison d'angle et qui représentait l'arbre de Jessé. Landry lâcha la main de Catherine.

« L'autre cochon ne doit pas être loin. Continue sans moi, je te retrouverai à la hauteur du couvent des Filles-Dieu. On y arrête toujours les condamnés qui vont à Montfaucon pour leur donner un peu de réconfort. Les nonnes leur offrent un verre de vin, trois morceaux de pain et un crucifix à baiser, celui qui est près du porche de l'église. Il y a toujours un peu de relâchement dans la garde à ce moment-là. Je vais essayer d'en profiter. Tiens-toi prête à filer à cet instant précis !... »

Tout en parlant, il gardait un œil sur le cochon. Celui-ci, son repas terminé, était rentré dans la rue des Prêcheurs où son compagnon et le frère gardien devaient se trouver. Catherine vit Landry se jeter sur les traces de l'animal et tous deux disparurent bientôt dans l'ombre de la rue. Elle se remit alors en marche. Mais cette fois elle sentait sa fatigue, peut-être parce qu'elle était momentanément privée de Landry et de sa force rassurante. Ses pieds étaient douloureux, les muscles de ses jambes tiraient, durcis par l'effort. Mais la flamme d'une torche fit soudain briller, au loin, les cheveux blonds de Michel et Catherine sentit brusquement le courage lui revenir. Elle se força même à marcher plus vite, se coula dans les derniers rangs de la foule et, forte d'une soudaine détermination, s'infiltra peu à peu dans ses profondeurs.

Ce n'était ni facile ni agréable, car tous ces gens surexcités se bousculaient à qui mieux mieux et défendaient leur place vigoureusement. Mais l'adolescente était poussée en avant par quelque chose de plus fort que la peur des coups. Elle réussit à prendre la suite immédiate des archers d'escorte. A quelques mètres, maintenant, entre les corsets de fer de deux hommes d'armes, elle pouvait voir la haute silhouette du prisonnier. Il marchait lentement, calmement, l'échine raidie, la tête droite, si fier dans son allure que Catherine l'admira éperdument. Tout en marchant, elle marmottait à toute vitesse toutes les prières dont elle pouvait se souvenir, déplorant de n'avoir point l'érudition religieuse de Loyse qui avait des oraisons pour les moindres circonstances et pour tous les saints du Paradis.

On arriva bientôt devant le couvent des Filles-Dieu. Prévenues, elles attendaient le condamné. Une dizaine de statues noires et blanches aux yeux baissés, érigées sur les marches de la chapelle autour de la mère abbesse, crosse en main. L'une présentait des morceaux de pain sur un plat d'étain, une autre portait un pichet et un gobelet. Les archers s'arrêtèrent en face d'elles. Le cœur de Catherine s'arrêta aussi. C'était le moment... mais nulle part elle ne voyait Landry.

Capeluche saisit le bout de la corde qui liait Michel et l'enroula autour de son poing pour conduire le jeune homme vers l'église. Alors, juste comme l'escorte s'ouvrait pour leur livrer passage, un tonnerre de hurlements déchira l'air. Surgis en trombe d'une ruelle, poussant des grognements affreux, deux pourceaux fonçaient droit sur les soldats et avec une force tellement irrésistible qu'ils en envoyèrent quatre mordre la poussière. Les pauvres bêtes portaient chacune à la queue un paquet d'étoupe enflammée, cause de leur frénésie et de leurs hurlements. Des torches furent renversées, brûlant quelques personnes dans la foule tandis que les animaux, au paroxysme de la douleur, continuaient à culbuter les assistants. La confusion fut telle pendant quelques instants que personne ne vit Landry se glisser dans le sillage des cochons du bon Saint-Antoine, un couteau à la main, trancher la corde que tenait le bourreau et pousser le condamné dans un étroit boyau sombre ouvert contre le mur du couvent. Chacun était occupé à retrouver ses esprits et à dénombrer ses contusions tandis que quelques courageux tentaient de capturer les deux animaux. Seule Catherine aux aguets avait suivi l'action foudroyante qui faisait si grand honneur à l'esprit de décision et au courage de Landry. A son tour, elle se jeta dans le boyau, trébuchant dans l'ombre sur une boue grasse, truffée de pierres et de choses indéfinissables.

La voix de Landry lui parvint, étouffée.

« C'est toi Catherine ? Grouille... Il faut faire vite !

— Oui, je viens ! »

L'ombre était si épaisse qu'elle devinait plus qu'elle ne voyait les deux silhouettes, l'une longue et l'autre plus petite. La ruelle serpentait, semblait s'enfoncer dans les entrailles de la terre. Des formes fantastiques de maisons à demi écroulées se dessinaient de chaque côté comme des ombres maléfiques. Il n'y avait aucune lumière dans ces artères bizarres et inconnues. Les portes branlantes étaient closes, les fenêtres, aux volets arrachés, aveugles. Catherine était si lasse que son cœur lui faisait mal. Mais, dans le lointain encore proche, les glapissements de la foule qui avait enfin découvert la fuite du condamné se faisaient entendre, donnant des ailes aux trois fuyards.

Dans l'obscurité, Catherine trébucha sur un pavé, s'étala de tout son long avec un gémissement de souffrance. Des larmes au bord des yeux, elle fut aussitôt relevée par la main vigoureuse de Landry, entraînée à nouveau dans la course folle.

Les ruelles se succédaient, s'enchevêtraient, coupées d'escaliers noirs qui s'ouvraient, raides et visqueux sur des profondeurs louches, formant une sorte de labyrinthe dont il paraissait impossible de sortir. Toujours traînée par Landry, haletante et terrifiée, Catherine grimpa encore trois marches, suivit une ruelle coudée à angle droit qui, soudain, s'élargit, déboucha sur une place fangeuse et puante, cernée de masures informes qui paraissaient s'affaisser les unes sur les autres. Les toits pointus se crevassaient, montraient des vides comme d'énormes dents ébréchées, les murs faits de pierres mal équarries jointoyées de boue se gonflaient comme des abcès sous le poids des charpentes enflées d'eau. Quelques gouttes se mirent à tomber.

« S'il pleut, ça ne peut que nous arranger », dit Landry en s'arrêtant et en faisant signe aux autres d'en faire autant. A bout de souffle, haletants, ils s'appuyèrent contre une maison pour reprendre haleine. Ils avaient tant couru que leur poitrine leur semblait sur le point d'éclater. Il régnait dans cet étrange quartier un profond silence dont, soudainement, ils prirent conscience. Impressionnée Catherine chuchota :

« On n'entend plus rien. Tu crois qu'ils ne nous courent plus après ?

— Si. Mais la nuit est close et ils ne viendront pas ici. Pour le moment on ne craint rien.

— Pourquoi ? Où sommes-nous ? »

Les yeux de la jeune fille s'étaient accoutumés à l'obscurité. Elle distinguait à peu près les immondes masures, plus que lépreuses, qui composaient le décor. De l'autre côté de la place, un lumignon brillait faiblement dans une cage de fer aux flèches tordues, ses flammes couchées à demi par le vent acide. Au ciel noir, des nuages fumeux se poursuivaient, fuyante couverture de cette île du silence autour de quoi grondait la ville. Landry, d'un grand geste, embrassa la place.

« Ici, dit-il, c'est la Grande Cour des Miracles. Il y en a plusieurs dans Paris, dont une entre la porte

Saint-Antoine et le Palais des Tournelles. Mais celle-ci est la plus importante, le fief personnel du roi de Thune.

— Mais, fit Catherine mi-surprise mi-effrayée, il n'y a personne.

— Il est trop tôt. Les truands ne regagnent leurs tanières que lorsque tout le monde est rentré chez soi... et encore. »

Tout en parlant, Landry s'activait à trancher les liens de Michel. Le jeune homme, inerte, se laissait aller, adossé au mur, respirant avec peine. Il avait fourni un violent effort car il n'est pas facile de courir avec les mains liées dans le dos. Quand le couteau de Landry le libéra, il poussa un profond soupir et frotta ses poignets douloureux.

« Pourquoi avez-vous fait cela ? demanda-t-il d'une voix lasse. Pourquoi m'avez-vous sauvé ? Et qui êtes-vous donc pour prendre un tel risque ? Ne savez-vous pas que vous risquez la corde ?

— Oh ! fit Landry désinvolte, on a fait ça comme ça... parce qu'on a trouvé que vous étiez trop jeune pour faire un pendu, messire. Moi je me nomme Landry Pigasse. Elle c'est Catherine Legoix. On habite tous les deux le Pont-au-Change où nos pères font métier d'orfèvrerie. »

La main de Michel chercha la tête de l'adolescente et s'y posa doucement.

« La petite fille aux cheveux d'or !... Je l'avais remarquée tout à l'heure pendant qu'ils me liaient. Jamais encore je n'ai vu des cheveux comme les tiens, petite », murmura-t-il d'un ton qui bouleversa Catherine plus encore que le contact de sa main. Tandis que celle-ci caressait doucement la soie emmêlée de la tignasse, elle s'écria :

« Nous voulons vous sauver. Nous vous ferons quitter Paris, cette nuit même. Landry vous l'a dit, nous habitons le pont. On vous cachera dans la petite pièce qui est sous la maison de mon père et qui sert de cave. Il y a une lucarne. De là, vous pourrez descendre au moyen d'une corde, jusque dans le bateau que Landry amènera à la minuit. Et vous n'aurez plus qu'à remonter le fleuve jusqu'à Corbeil où est Mgr d'Armagnac... »

Elle avait jeté tout cela d'un trait, sans reprendre haleine, toute au désir de voir le jeune homme leur faire confiance. Il y avait, dans sa voix à lui, quelque chose de désespéré qui lui faisait peur. Elle sentait obscurément que, frôlé de si près par l'aile noire de la mort, il n'était pas encore complètement dégagé de l'ombre maléfique. Et puis ce sauvetage, à première vue, était tellement insensé !

Dans l'ombre elle vit briller les dents blanches du jeune noble, comprit qu'il souriait.

« C'est bien imaginé et j'ai peut-être là une vraie chance. Mais avez-vous songé un instant au danger que vous faites courir à vos familles et à vous-même, si jamais votre plan est découvert ?

— Quand on réfléchit trop, grogna Landry, on ne fait jamais rien. Maintenant, c'est décidé et on ira jusqu'au bout.

— Sage parole ! fit une voix moqueuse qui paraissait venir du Ciel, encore faut-il s'arranger pour mettre toutes les chances de son côté. Allons, n'ayez pas peur, je ne vous veux aucun mal. »

La figure qui venait d'apparaître au-dessus de la tête des trois jeunes gens, encadrée dans une lucarne drapée de toiles d'araignée, n'avait cependant rien de rassurant. Une chandelle de suif éclairait un long visage basané, plissé de rides en étoiles dont les principaux ornements étaient un nez immense, ponctué d'une grosse verrue, et deux petits yeux extrêmement vifs sous des sourcils en accent circonflexe. De longues mèches noires, dépassant un capuchon crasseux complétaient le portrait du personnage qui avait assez l'air, ainsi éclairé, d'une des gargouilles de Notre-Dame. Mais, si cette face était inquiétante, elle n'était pas autrement antipathique parce qu'un large sourire la fendait en deux, montrant des dents de carnassier d'une blancheur inattendue. Landry poussa une exclamation de surprise.

« Comment Barnabé, c'est toi ? Tu es déjà rentré ?...

— Comme tu vois, mon fils. J'avais la gorge un peu prise aujourd'hui, cela nuisait à la beauté de ma complainte. J'ai préféré garder la chambre. Mais, une minute, je descends... »

Le lumignon qui, durant les dernières paroles s'était aimablement agité, disparut. Il y eut un grincement d'huis mal graissé que l'on referme.

« Tu le connais ? fit Catherine avec stupéfaction.

— Bien sûr ! Toi aussi d'ailleurs ! C'est Barnabé le Coquillard. Tu sais bien, ce bonhomme au vieux manteau cousu de coquillages qui mendie tous les jours sous le porche de Sainte-Opportune ? Il se prétend pèlerin revenant de Compostelle et vend des reliques, à l'occasion. »

Catherine voyait maintenant à qui l'on avait affaire. Elle connaissait bien le bonhomme. Il lui souriait toujours quand elle se rendait à vêpres ou à complies à Sainte-Opportune avec Loyse, ou encore quand elles portaient du pain à Agnès-la-Recluse avec qui le Coquillard bavardait souvent. Pendant ce temps Barnabé était sorti de sa maison dont il refermait la porte derrière lui avec le soin d'un bon bourgeois. Vu de plain-pied, il était très grand et maigre, ce qui le forçait à se tenir un peu voûté. Ses jambes immenses et ses bras de faucheux étaient à demi dissimulés sous une vaste houppelande effrangée, mais faite d'un lainage épais, sur laquelle étaient cousues une bonne vingtaine de coquilles Saint-Jacques. Sa maison fermée, il souhaita le bonsoir à Landry et à Catherine puis, levant la lanterne dont il s'était muni, éclaira le visage de Michel qu'il considéra un moment avec attention.

« Tu n'iras pas loin, mon jeune seigneur, si tu continues à te promener ainsi attifé, fit-il goguenard. Peste ! Des feuilles d'argent fin et les couleurs de Mgr le dauphin. A peine hors du royaume d'Argot tu te feras repiquer. C'est très joli de blanchir la marine [1] et de brûler la politesse à Capeluche. Encore faut-il s'arranger pour que ça dure sinon c'est du temps de perdu. Le plan des mions est assez bon mais, jusqu'au Pont-au-Change, t'as au moins neuf chances sur dix de te faire poisser par les gaffres [2]. »

Les longs doigts maigres, étrangement souples de Barnabé, soulevaient avec dédain les découpures savantes de la hucque de soie violet et argent.

« Je vais la retirer », fit Michel qui voulut joindre le geste à la parole. Mais le coquillard haussa les épaules.

« Il faudrait aussi retirer ta tête. Tu sens le chevalier à quinze pas. Quant à ces deux-là, je me demande s'ils ne sont pas un peu fous de s'être fourrés dans cette histoire.

— Fous ou pas, on le sauvera ! s'écria Catherine au bord des larmes.

— ... et puis, continua Landry furieux, on perd du temps. Tout ça, c'est des paroles. Il y a mieux à faire. Faudrait qu'on pense un peu à rentrer. Il fait

1. Echapper à la justice dans l'argot des coquillards.
2. Sergents.

nuit noire maintenant. Tu devrais nous aider à sortir d'ici, Barnabé. »

Visiblement Landry commençait à penser à la raclée paternelle qui pouvait les attendre au retour, lui et Catherine. De plus, il fallait aussi faire entrer Michel dans la resserre des Legoix. Pour toute réponse, Barnabé déroula un paquet qu'il portait sous le bras. C'était une houppelande grise, assez semblable à celle qu'il portait avec cette différence qu'elle était peut-être un peu moins sale. Il la jeta sur les épaules de Michel.

« Je vais te prêter mon beau costume des jours de fête, ricana-t-il. M'étonnerait qu'on devine qui tu es là-dessous. Quant à tes chausses, elles sont assez crottées maintenant pour qu'on n'en voie plus la couleur. »

Avec une visible répugnance, le jeune homme passa les manches du vêtement, non sans faire tinter les coquilles, rabattit sur sa tête le capuchon sous lequel il disparut complètement.

« Le beau pèlerin de Saint-Jacques que voilà ! » goguenarda Barnabé, puis changeant de ton : « Et maintenant, en route ! Suivez-moi de près, je vais souffler la lanterne. »

Il prit la tête de la petite bande, serrant fermement dans sa grande patte la petite main de Catherine. On traversa la place fangeuse. Ici et là une lumière tremblotante s'allumait, signalant le retour de la vie dans le dangereux quartier. Des ombres confuses glissaient le long des murailles suintantes. A grands pas, Barnabé s'engagea dans une nouvelle ruelle, sœur jumelle de toutes celles parcourues jusque-là. Toutes les voies du royaume des truands se ressemblaient, peut-être à dessein, pour mieux tromper les archers. Parfois le chemin s'engouffrait sous une voûte ou bien enjambait un ruisseau puant. Des silhouettes indécises, cahotantes et d'aspect fantastique dans ces ténèbres, croisaient les fugitifs, de plus en plus nombreuses. Barnabé, parfois, échangeait avec eux d'incompréhensibles paroles, sans doute le mot de passe que le Ragot[1] avait dû édicter pour cette nuit-là. L'heure était venue du retour des faux estropiés, faux pèlerins, vrais mendiants et authentiques voleurs vers leurs repaires sordides. Bientôt l'ancien rempart de Philippe-Auguste profila sur le ciel noir sa silhouette délabrée, encore couronnée, de place en place, d'une échauguette croulante. Barnabé s'arrêta.

« Maintenant, chuchota-t-il, va falloir faire gaffe ! Nous sommes à la limite du territoire des Gueux. Est-ce que vous vous sentez encore assez de cœur au ventre pour courir ? »

Landry et Michel, d'une seule voix, se déclarèrent prêts mais Catherine sentait le cœur lui manquer. Une invincible fatigue pesait sur ses paupières, alourdissait ses membres. Sa main se crispa dans celle du coquillard tandis qu'une larme roulait sur sa joue.

« Elle n'en peut plus, fit Michel apitoyé. Je vais la porter. Elle ne doit pas être bien lourde. »

Déjà, il enlevait l'adolescente dans ses bras.

« Mets tes bras autour de mon cou et tiens-toi bien », dit-il en souriant.

Avec un soupir de bonheur, la jeune fille glissa ses bras autour du cou du jeune homme, laissant sa tête rouler contre son épaule. Une joie profonde faisait place à la fatigue, jointe à un délicieux engourdissement. Elle pouvait voir, de tout près, le profil net du jeune noble, elle sentait l'odeur chaude, légè-

1. Ragot : titre que portait au Moyen Age le roi des truands, c'était le nom d'un truand pendu jadis.

rement parfumée d'ambre de sa peau. Une odeur raffinée de garçon soigné, habitué à user abondamment des étuves, et que ne parvenait pas à éteindre le relent de crasse du vêtement dont il était affublé. Personne ne sentait aussi bon parmi tous ceux que connaissait Catherine ! Landry méprisait trop le savon pour dégager autre chose que des effluves plutôt fortes. Caboche sentait le sang et la sueur, Cauchon la poussière rancie, la grosse Marion, la servante des Legoix, la fumée et les odeurs de nourriture, Loyse enfin la cire froide et l'eau bénite. Même Gaucher et sa femme ne sentaient pas aussi bon que Michel ! Mais celui-ci venait d'un monde à part, clos et secret, où tout était doux, facile et délicieux. Un monde dont l'enfant rêvait souvent quand elle voyait passer, dans leurs litières tendues de soie, les belles dames de la cour, toujours scintillantes de brocarts et de bijoux.

Sous les jambes rapides des trois coureurs, les rues et les places défilaient. Nul ne songeait à s'étonner de cette course éperdue. L'agitation était toujours intense dans la ville. On pouvait même dire qu'elle augmentait encore. La Bastille investie, l'hôtel Saint-Pol envahi, les familiers du dauphin capturés, tout cela jetait le peuple dans une joie fiévreuse qui se traduisait en cortèges délirants, en chants et en danses autour des fontaines et dans les carrefours. Personne ne faisait attention à ce groupe pressé qui ne s'agitait, tout compte fait, pas beaucoup plus que les autres. Mais l'aspect des choses changea quand, après avoir contourné le Grand Châtelet par la rue Pierre-à-Poisson, on fut en vue du Pont-au-Change. Les torches qui brûlaient, fichées dans le mur près de la voûte du Châtelet, éclairaient les armes de deux archers postés à l'entrée du pont. L'un d'eux se préparait même à tendre la lourde chaîne pour le fermer durant la nuit, isolant ainsi la Cité du reste de Paris. Aucun des fugitifs n'avait prévu que le pont pourrait être gardé militairement ce soir. Les deux soldats portaient le tabard de la Prévôté de Paris : autant dire qu'ils étaient tout dévoués aux insurgés...

Michel posa Catherine à terre et regarda ses compagnons. Barnabé fit la grimace.

« Je ne peux plus vous aider en rien, les enfants. Je vois là des gens à qui j'aime autant ne pas me frotter. Alors, je me tire, c'est plus prudent ! Vous vous débrouillerez mieux sans moi avec les gaffres. Et toi, prends bien soin de mon beau costume », ajouta-t-il avec une grimace comique à l'adresse de Michel.

Les quatre complices s'étaient arrêtés, franchie la voûte du Châtelet, à l'abri d'un contrefort de l'église Saint-Leufroy dont le chevet s'alignait sur les maisons du pont. Le ciel pluvieux avait par endroits de curieuses lueurs rouges, là où des feux avaient été allumés en plein vent. D'épais nuages, d'un noir de plomb, s'y détachaient. La pluie se remit à tomber. Barnabé s'ébroua comme un chien maigre.

« Cette fois, ça va flotter pour de bon ! Je me rentre ! Le bonsoir, les enfants et bonne chance aussi, à vous trois !... »

Avant que les autres eussent trouvé le temps de dire un seul mot, il s'était évanoui dans l'ombre aussi silencieusement qu'un fantôme et sans qu'il fût possible de savoir par où il avait disparu. Catherine s'était assise sur une borne pour attendre ce qu'on allait décider. Ce fut Michel qui parla le premier :

« Vous avez couru assez de dangers comme cela, tous les deux. Rentrez chez vous ! Puisque nous voici à la Seine, je vais descendre sur la berge et voler une barque. Je m'en sortirai, j'en suis certain... »

Mais Landry lui coupa la parole.

« Non, vous n'y arriverez pas. Il est trop tôt et puis il faut savoir où l'on peut voler une barque sans difficulté.

— Il paraît que vous savez, vous ? sourit Michel.

— Bien sûr. Les grèves et le fleuve, je les connais bien. Je suis toujours à traîner dessus. Vous ne pourrez même pas gagner la berge, il y a encore trop de monde dehors. »

Comme pour lui donner raison, des clameurs se firent entendre derrière le Châtelet tandis que, sur la berge, au-delà du pont, des groupes porteurs de torches accouraient. Une seconde plus tard, une voix tonnante éclatait, dominant le tumulte si bien qu'elle fut bientôt seule à se faire entendre.

« Ecoutez, fit Catherine, c'est Caboche qui harangue le peuple ! S'il vient par ici et nous voit, nous sommes perdus. »

Michel de Montsalvy hésitait. Comparativement à la voix menaçante dont il ne pouvait comprendre les paroles, à la force dangereuse qu'elle dénonçait, le pont obscur, gardé seulement par deux hommes, semblait rassurant. Très peu de lumières se montraient aux fenêtres de ses maisons soit parce que les habitants, mêlés aux manifestants, étaient absents soit parce que, terrifiés, ils étaient déjà couchés. Landry saisit la main du jeune homme.

« Venez, ne perdons plus de temps ! Il faut risquer ça, c'est votre seule chance. Laissez-moi faire, surtout, je saurai quoi dire aux soldats. Surtout ne dites pas un mot. Vous avez une façon de parler qui sent son seigneur d'une lieue. »

Il n'y avait rien d'autre à faire. La foule devait s'amasser derrière le Châtelet. Il arrivait encore du monde, sur les berges. Avec un regard de regret à l'eau noire du fleuve, Michel se rendit. D'un même mouvement les trois jeunes gens se signèrent rapidement. Michel saisit la main de Catherine, tira son capuchon jusqu'au menton et suivit Landry qui s'avançait déjà, hardiment, vers les gardiens du pont.

« Je vais prier très fort Madame la Vierge pendant que Landry parlera, chuchota Catherine. Il faudra bien qu'elle m'écoute ! » Depuis que le danger les environnait de si près, il s'était passé quelque chose en elle. Rien ne l'intéressait plus que le salut de Michel.

Comme ils atteignaient la chaîne du pont, les nuages qui, depuis une heure se contentaient de verser quelques gouttes par-ci, par-là, crevèrent brusquement en une véritable trombe d'eau. En un instant la poussière devint boue et les deux gardes coururent se mettre à l'abri sous l'auvent de la première maison.

« Hé là ! vous deux ! cria Landry, on voudrait bien passer ! »

L'un des deux hommes s'avança méfiant et furieux d'être ainsi ramené sous la douche, traînant son arme.

« Qui êtes-vous ? Que voulez-vous ?

— Passer sur le pont. On y habite. Moi, je suis Landry Pigasse et mon amie est la fille de maître Legoix, l'orfèvre. Dépêchez-vous, on va être trempés, sans compter qu'on va sûrement recevoir une bonne raclée pour rentrer si tard.

— Et celui-là ? Qui c'est ? » fit le garde en désignant Michel immobile, les mains au fond de ses larges manches, la tête modestement baissée sous le capuchon. Landry ne se démonta pas. Sa réponse était toute prête.

« Un mien cousin, Perrinet Pigasse. Il arrive tout juste de Galice où il est allé prier Mgr Saint-Jacques pour son âme pécheresse et je le ramène à la maison.

— Pourquoi ne parle-t-il pas lui-même ? Il est muet ?

— Presque ! C'est un vœu qu'il a fait en traversant la Navarre où des bandits ont voulu le mettre à mal. Il a promis de ne pas sonner mot pendant une année s'il pouvait revoir le pays. »

Ce genre de vœu n'avait rien de rare et le soldat n'y trouva pas à redire. Et puis il en avait assez de parlementer sous la pluie qui tombait de plus en plus fort. Il souleva la lourde chaîne.

« C'est bon, passez ! »

En sentant sous leurs pieds le sol raboteux du pont, Landry et Catherine auraient volontiers dansé de joie malgré la pluie qui leur dégoulinait dans le cou. Ils entraînèrent Michel au pas de course jusqu'à la maison des Legoix.

Dans la cuisine, qui servait aussi de pièce commune et faisait suite à l'atelier d'orfèvre de Gaucher Legoix, Loyse s'activait devant l'âtre, remuant dans la grosse marmite de fer pendue au-dessus des flammes, un appétissant ragoût. Quelques gouttes de sueur perlaient sur le front de la jeune fille près de la racine des cheveux blonds. Se détournant, elle regarda Catherine comme si l'adolescente revenait d'un autre monde et resta sans voix. Dans sa robe déchirée, couverte de boue et inondée de la tête aux pieds, la jeune fille avait l'air de sortir d'un égout. Mais, voyant que Loyse était seule, Catherine respira à fond et sourit à sa sœur le plus naturellement du monde.

« Où sont les parents ? Tu es toute seule ?

— Veux-tu me dire d'où tu viens, et dans cet état ?

articula enfin Loyse, revenue de sa surprise. Voilà des heures qu'on te cherche ! »

Désireuse, à la fois, de mesurer l'étendue des reproches qui l'attendaient, de faire le point de la situation et de masquer sous la conversation le léger grincement de la trappe, située dans l'atelier et que Landry devait ouvrir en ce moment pour faire descendre Michel dans sa cachette, la jeune fille répondit par une autre question, élevant un peu plus la voix.

« Qui me cherche ? Papa ou maman ?

— Non. C'est Marion ! Je l'ai envoyée aux nouvelles. Père n'est pas encore revenu de la maison aux Piliers, il ne rentrera peut-être pas de la nuit. Mère est allée chez dame Pigasse qui va mal. Pour qu'elle ne se soucie pas, Marion lui a dit que tu étais chez ton parrain. »

Catherine soupira de soulagement en constatant que les choses allaient beaucoup moins mal qu'elle ne l'avait craint. Elle s'approcha du feu, tendit ses mains mouillées. Elle frissonnait dans ses vêtements trempés. Loyse se mit à bougonner.

« Déshabille-toi au lieu de rester à grelotter. Regarde comment tu es faite. Ta robe est perdue et tu as l'air d'avoir traîné dans tous les ruisseaux de la ville.

— Je suis seulement tombée dans un seul. Mais il pleut tellement ! J'ai voulu voir ce qui se passait, voilà tout, alors je me suis promenée... »

Sans savoir pourquoi Catherine se mit à rire. Elle ne craignait pas Loyse qui était bonne et ne dirait rien de son escapade. Et puis c'était bon de rire, cela soulageait les nerfs trop tendus ! On aurait dit qu'il y avait des années qu'elle n'avait ri tant cela lui parut tout à coup nouveau et délassant. Tant de choses terribles étaient passées devant ses yeux au cours de cette journée... Elle se détourna et commença à dégrafer sa robe tandis que Loyse, toujours maugréant, ouvrait un coffre placé près de l'âtre pour en tirer une chemise propre et une robe de toile verte qu'elle tendit à sa sœur.

« Tu sais très bien que je ne dirai rien pour ne pas te faire gronder mais ne recommence pas, Catherine. J'ai eu... très peur pour toi ! Il se passe aujourd'hui des choses si abominables ! »

L'angoisse de la jeune fille était réelle. Catherine éprouva soudain des remords. Loyse, ce soir, était plus pâle que de coutume et de larges cernes entouraient ses yeux bleus. Un petit pli triste marquait le coin de ses lèvres. Elle avait dû se tourmenter tout le jour à cause des menaces de Caboche. Spontanément, Catherine lui sauta au cou et l'embrassa.

« Je te demande pardon ! Je ne recommencerai pas !... »

Loyse lui sourit, sans rancune puis, prenant une mante épaisse, la jeta sur ses épaules :

« Je vais jusque chez les Pigasse voir comment va dame Magdeleine. Les choses se présentaient mal tout à l'heure. En même temps je dirai à maman que que tu es rentrée... de chez ton parrain. Je n'en aurai pas pour longtemps. Mange un morceau et couche-toi... »

Catherine eut envie de retenir Loyse encore un moment mais son oreille fine ne décelait plus aucun bruit suspect dans l'atelier. Landry avait eu largement le temps de faire descendre Michel, de refermer la trappe et de rentrer chez lui. Loyse s'en alla à son tour.

Restée seule, la petite courut à la huche, y tailla un bon morceau de pain, puis elle emplit une écuelle du ragoût qui mijotait et qui était du mouton au jaunet (safran). Puis elle chercha dans un coffre un pot de miel, emplit un pichet d'eau fraîche. Il fallait profiter de cette solitude inespérée pour donner à manger à Michel. Il aurait grand besoin de ses forces cette nuit.

L'idée qu'il était là, sous ses pieds, à quelques pas d'elle, emplissait Catherine d'une joie profonde. C'était un peu comme si le toit de la maison était devenu une sorte de génie tutélaire dont les ailes protectrices s'étendaient à la fois sur elle et sur le fugitif. Il n'était pas possible qu'il arrivât rien de mauvais à Michel tant qu'il resterait sous l'égide de l'Arche-d'Alliance.

Un instant, devant le miroir pendu au mur de la cuisine, elle s'arrêta, considérant attentivement son visage étroit ! Ce soir, pour la première fois de sa vie, elle aurait voulu être jolie, mais jolie comme ces filles que les escholiers suivaient dans les rues et accostaient avec de grands rires. Avec un soupir, Catherine hocha la tête en tâtant son corsage qui se gonflait à peine. Ses chances de subjuguer Michel étaient minces ! Elle reprit son chargement et se dirigea vers le magasin.

L'atelier de Gaucher était vide et silencieux. Les établis étaient rangés le long des murs avec leurs escabeaux, les outils soigneusement accrochés à des clous. Les grandes armoires, armées de ferronneries qui renfermaient les précieux objets orfévrés et que l'on ouvrait dans la journée pour exposer leur contenu aux clients, étaient bien fermées. Seule la petite balance dont Gaucher se servait pour peser les pierres demeurait sur le comptoir. Les épais volets de chêne étaient mis. Et la porte par laquelle Loyse rentrerait tout à l'heure n'était que poussée.

Dans le sol une trappe pourvue d'un gros anneau

de fer se découpait. Catherine, armée d'une chandelle qu'elle venait d'allumer à un tison et d'un grand plat sur lequel elle avait déposé toutes ses provisions, alla soulever la lourde pièce de bois, non sans peine, puis prenant bien garde de ne pas tomber sur l'échelle, elle descendit au sous-sol.

Elle ne vit pas Michel tout de suite parce que la resserre, prise dans une pile du pont, était plutôt encombrée. On y rangeait le bois, l'eau, les légumes de réserve, le saloir qui contenait un cochon tout entier et aussi des outils, des échelles. Cela formait une longue pièce basse et étroite, éclairée sur l'arrière par une petite fenêtre tout juste suffisante au passage d'un garçon mince.

« C'est moi, Catherine », chuchota-t-elle pour qu'il n'eût pas peur.

Quelque chose remua vers le tas de bois.

« Je suis là, derrière les fagots. »

Elle le vit aussitôt, à la lueur de sa chandelle. Il avait ôté sa défroque de faux pèlerin et s'était couché dessus, le dos appuyé aux fagots. Les feuilles d'argent de sa tunique brillaient doucement dans l'ombre et la lueur jaune de la chandelle les tachait d'or pur. Il voulut se lever mais la jeune fille lui fit signe de ne pas bouger. Elle s'agenouilla auprès de lui, posant à terre le lourd plateau ; le ragoût fumait et sentait bon.

« Vous devez avoir faim, dit-elle doucement. Il vous faudra des forces et j'ai profité de ce que ma sœur était allée chez une voisine pour descendre. La maison est vide pour le moment. Mon père est à la maison aux Piliers, ma mère chez celle de Landry qui est en mal d'enfant et Marion la servante je ne sais où. Si cela continue, vous n'aurez aucune peine à quitter Paris cette nuit. Landry reviendra vers minuit. Il n'est que dix heures.

— Cela sent bon, dit-il avec un sourire qui combla Catherine de joie. J'ai vraiment très faim... »

Tout en attaquant le mouton à belles dents, il bavardait.

« Je ne peux pas encore croire à ma chance, petite Catherine ! Tout à l'heure, quand on m'emmenait, j'ai tellement pensé ma dernière heure venue que j'étais réellement prêt à quitter la vie. J'avais dit adieu à tout. Et voilà que vous m'avez ramené sur terre. C'est étrange ! »

Il avait l'air, tout à coup, très lointain. La fatigue et l'angoisse avaient tiré ses traits, mais, sous la lumière tremblante de la chandelle, ses cheveux brillaient autour de son beau visage. Il s'efforçait de sourire. Pourtant Catherine voyait dans ses yeux quelque chose de désespéré qui, soudain, lui fit peur.

« Mais... vous êtes content, n'est-ce pas, d'être ici ? »

Il la regarda, la vit tout angoissée, frêle sous la parure brillante de sa chevelure répandue qui, en séchant, prenait tout son éclat. La robe verte qu'elle portait maintenant, lui donnait un aspect attendrissant de petite divinité des forêts, et aussi ces yeux immenses aux profondeurs liquides qu'elle ouvrait sur lui. Ils étaient semblables à ceux des biches qu'il aimait poursuivre à la course quand il était enfant.

« Je serais bien ingrat si je n'étais pas content, dit-il doucement.

— Alors... mangez un peu de miel. Et aussi, dites-moi à quoi vous pensiez, tout de suite. Vous aviez des yeux si tristes.

— Je pensais à mon pays. Sur le chemin de Montfaucon, c'était aussi à lui que je pensais. Je me disais que je ne le reverrais plus jamais et c'était cela, surtout, qui me faisait mal.

— Mais vous savez que vous le reverrez, maintenant, puisque vous allez être libre. »

Michel sourit, prit une bouchée de pain qu'il trempa dans le miel et mâcha distraitement.

« Je sais, mais c'est plus fort que moi ! Il y a au fond de mon cœur quelque chose qui me dit que je ne retournerai jamais là-bas, à Montsalvy.

— Il ne faut pas penser à ça, fit Catherine sévèrement. Vous avez des idées noires parce que vous êtes fatigué, affaibli. Quand vous aurez repris vos forces, et que vous serez en sûreté, tout ira mieux. »

Mais le peu qu'il avait dit de son pays avait excité la curiosité de sa compagne. Elle était incapable de résister au besoin impérieux qu'elle avait d'en savoir davantage sur ce garçon qui la fascinait. Elle se glissa auprès de lui, le regardant avidement vider la cruche d'eau.

« Comment est-ce votre pays ? Vous voulez bien m'en parler ?

— Bien sûr ! »

Michel ferma les yeux un moment, peut-être pour mieux revoir les chères images de son enfance. Il les avait appelées si ardemment, durant son interminable voie douloureuse qu'elles se formèrent aisément sur l'écran sombre des paupières closes.

Avec des mots simples, il évoqua pour Catherine son haut plateau battu des vents, sa lande granitique trouée de combes toutes ouatées de verts châtaigniers, son pays d'Auvergne hérissé de cratères éteints, le village de Montsalvy et ses maisons de lave tassées autour de leur abbaye, la forteresse familiale au flanc du puy et la petite chapelle de la Fontaine sainte. En l'écoutant, Catherine croyait voir les champs de blé noir, les ciels lilas, au crépuscule, quand la chaîne des monts devient un cortège de fantômes bleutés, les eaux qui jaillissent, si blanches parmi les pierres toujours lavées, pour devenir noires en se perdant au fond des lacs, sertis de mousse et de granit comme de sombres escarboucles. Elle entendait aussi le vent du midi chantant de roche en roche, la plainte des tourmentes hivernales sur les chemins de ronde du château fort. Michel disait encore les troupeaux de moutons pâturant dans la lande, les bois hantés de loups et de sangliers et les ruisseaux tumultueux où sautaient les truites roses et argent. Et Catherine, fascinée, l'écoutait bouche bée, oubliant le lieu, oubliant l'heure qui passait.

« Et vos parents ? demanda-t-elle quand il se tut. Vous les avez toujours ?

— Mon père est mort, il y a maintenant dix ans et je m'en souviens mal. C'était un vieil homme de guerre, toujours sombre. Il avait passé sa jeunesse à chasser l'Anglais avec le grand connétable et, après Châteauneuf-de-Randon qu'ils assiégeaient ensemble et où Bertrand Du Guesclin trouva la mort, il avait raccroché son épée au mur parce qu'aucun chef ne lui semblait plus digne d'être servi. Ma mère, elle, a tenu la terre et m'a fait homme. C'est elle qui m'a envoyé auprès de M. de Berry, notre suzerain, au service de qui je suis demeuré un an avant d'être cédé au prince Louis de Guyenne. Ma mère mène tout là-bas, de main de maître et garde encore auprès d'elle mon jeune frère... »

Saisie d'un respect soudain, un peu triste aussi de le sentir tellement au-dessus d'elle, Catherine demanda :

« Vous avez un frère ?

— Oui. Il est mon cadet de deux ans et brûle de se battre. Oh ! ajouta Michel avec un sourire qui s'attendrissait, il fera un fameux capitaine ! Il faut le voir monter à cru les gros chevaux des métairies et entraîner à l'assaut les garnements du village. Il est déjà fort comme un Turc et ne rêve que plaies et bosses. Mais je l'aime bien, mon petit Arnaud !... Bientôt il entrera, lui aussi, dans la carrière des armes. Ma mère demeurera seule. Elle est trop haute et trop fière pour une plainte. »

En évoquant les siens, le visage de Michel s'était éclairé d'une telle lumière que Catherine, extasiée, ne put s'empêcher de demander :

« Votre frère, est-ce qu'il est aussi beau que vous ? »

Michel se mit à rire, caressa doucement la tête blonde.

« Bien plus ! Cela ne se compare pas. Et il est tendre aussi sous son aspect farouche, de cœur chaud, fier et passionné. Je crois qu'il m'aime beaucoup ! »

Sous la main qui caressait sa tête, Catherine, tremblante, n'osait bouger. Brusquement Michel se pencha, posa ses lèvres sur le front de la petite, tout près des tempes.

« Malheureusement, dit-il, je n'ai pas de petite sœur à aimer !

— Elle vous aurait aimé fort, elle aussi », commença Catherine extasiée. Mais elle s'arrêta, épouvantée. Au-dessus de sa tête, un pas résonnait. Elle avait oublié la fuite du temps et Loyse devait être rentrée. Il fallait remonter. Michel, d'ailleurs, avait entendu lui aussi et écoutait, la tête levée vers les poutres. Rapidement, pour justifier sa présence dans la resserre, Catherine ramassa quelques bûches, se hâta vers l'échelle en posant un doigt sur ses lèvres pour recommander le silence au fugitif. Derrière elle la trappe et l'obscurité retombèrent sur lui. Mais lorsque la petite, ses bûches dans les bras et sa chandelle dessus, parvint à la cuisine, elle vit que c'était Marion qui était rentrée. Celle-ci la regarda avec un mélange de surprise et de colère.

« Comment... tu es là ? Mais d'où sors-tu ?

— Tu vois : de la cave, fit Catherine suave. J'ai été chercher du bois. »

La grosse Marion avait un drôle d'aspect, ce soir. Très rouge, sa large figure couperosée presque vernie, le bonnet en bataille, elle avait de nettes difficultés d'élocution. Son regard, vacillant, avait du mal à fixer quelque chose. Elle n'en attrapa pas moins Catherine par un bras pour la secouer d'importance.

« T'as de la chance que tes parents aient été dehors toute la sainte journée, petite malheureuse ! Sinon, les fesses auraient pu t'en cuire. Aller traîner comme ça, tout le jour, avec un garçon. »

Elle se penchait vers Catherine suffisamment pour que celle-ci sentît son haleine fortement parfumée de vin. D'un geste sec la jeune fille dégagea son bras, posa sa chandelle sur un escabeau et ramassa deux bûches qui avaient roulé à terre.

« Et aller boire au cabaret avec les commères ? Tu crois que c'est mieux ? Si j'ai de la chance, tu en as au moins autant que moi, Marion, et, à ta place, j'irais me coucher avant que maman ne revienne. »

Marion se savait en faute. Ce n'était pas une mauvaise créature. Née un peu trop près des vignes de Beaune, elle aimait le vin plus qu'il ne convient à une femme. Ce n'était pas souvent qu'elle se laissait aller à son penchant parce que Jacquette Legoix dont elle était la sœur de lait et qui, lors de son mariage avec Gaucher Legoix l'avait amenée avec elle depuis la Bourgogne, la surveillait de près. Deux ou trois fois, Marion s'était fait surprendre en état d'ébriété avancée et Jacquette l'avait menacée de la renvoyer chez elle, sans autre explication, à la prochaine récidive. Il y avait eu des pleurs, des supplications, des serments sur la statue de Notre-Dame. Marion avait juré ses grands dieux de ne jamais recommencer. Sans doute, l'agitation insolite de Paris était-elle cause de cette rechute inattendue.

Tout cela, Marion en prit conscience à travers les vapeurs du vin et n'insista pas. Traînant les pieds, maugréant des paroles inintelligibles, elle se dirigea vers l'escalier. Les marches grincèrent sous son poids. Bientôt Catherine entendit claquer sur elle la porte du galetas et poussa un soupir de soulagement. L'absence de Loyse se prolongeait et la jeune fille hésita un moment sur ce qu'elle devait faire. Elle n'avait ni faim ni sommeil. La seule chose dont elle eût envie était de retourner auprès de Michel parce qu'elle n'avait encore jamais connu de moment plus merveilleux que celui où, assis tous les deux dans la poussière, elle l'avait écouté se raconter. Le baiser si doux qu'il lui avait donné la bouleversait encore. Obscurément, Catherine sentait que des moments comme celui-là étaient rares et elle était assez raisonnable pour comprendre que, dans quelques heures, Michel s'enfuirait, rejoindrait son rivage à lui. Le fugitif traqué redeviendrait alors un seigneur, c'est-à-dire un être inaccessible pour la fille d'un artisan. Le gentil compagnon d'un instant ne serait plus qu'un étranger lointain. Il se souviendrait à peine, dans quelque temps, de la gamine qu'il avait éblouie. Michel lui appartenait encore, mais bientôt, il lui échapperait...

Triste, soudain, Catherine alla jusqu'à la porte de la rue dont elle entrouvrit le volet supérieur. La pluie avait cessé, laissant de grandes mares luisantes. Les chéneaux déversaient le trop-plein des gouttières mais le pont, désert tout à l'heure, avait retrouvé une agitation insolite. La chaîne avait été retirée. Les deux gardiens étaient partis et des groupes nombreux, dont la plupart zigzaguaient dangereusement, traversaient, se tenant par le bras et chantant à tue-tête. Apparemment il n'y avait pas que Marion qui eût fêté la victoire populaire. Du cabaret des Trois-Maillets, au bout du pont, du côté du Palais, des cris et des chants se faisaient entendre. Le couvre-feu de Notre-Dame, qui n'avait pas encore sonné et ne sonnerait sans doute pas, ne ferait sûrement rentrer personne. On festoierait toute la nuit.

Soucieuse, Catherine se demanda ce que pouvait faire Landry, s'il avait pensé à munir Michel d'une corde. Chez les Pigasse on voyait, derrière les carreaux de papier huilé, s'agiter des lumières. Apercevant une bande de soldats ivres qui arrivaient, accrochés au bras les uns des autres et tenant toute la largeur du pont en chantant :

Duc de Bourgogne
Dieu te tienne en joie !...

Catherine referma le battant, rentra dans l'atelier puis, passant près de la trappe, hésita un instant. Il fallait tout de même être sûre que Landry avait bien apporté une corde. Soulevant la trappe, elle se pencha, appelant doucement :

« Messire ! C'est moi, Catherine ! Je voudrais savoir si Landry a pensé à la corde ? »

La voix de Michel lui parvint, étouffée : « Soyez tranquille ! Je l'ai ! De toute façon, il y en avait déjà une ici. Landry m'a dit qu'il reviendrait entre minuit et une heure. Il sifflera trois fois lorsqu'il sera sous le pont avec la barque. Tout va bien !

— Alors, tâchez de dormir un peu ! Je vais me coucher. Je redescendrai quand j'entendrai siffler Landry. Ma chambre donne sur la rivière. »

Un craquement léger à l'étage supérieur lui fit refermer la trappe hâtivement, le cœur battant. Au même instant, la grosse horloge du Palais sonna dix coups. Encore au moins deux heures à attendre. Retournant à la cuisine, Catherine couvrit le feu d'une bonne couche de cendres et, laissant seulement une chandelle allumée pour le retour de Loyse, se disposa à monter. Loyse rentra comme elle mettait le pied sur la première marche. La jeune fille avait la mine sombre : « La mère de Landry ne va pas bien du tout ! dit-elle. Elle s'épuise en vains efforts. J'aurais voulu rester mais maman m'a renvoyée à cause de toi. Tu allais te coucher ?

— Oui. Mais si tu veux manger...

— Non. Je n'ai vraiment pas faim. Allons dormir ! Tu dois être rompue de fatigue après ta tournée des ruisseaux... »

Les deux sœurs regagnèrent leur petite chambre et se déshabillèrent en silence mais, tandis que Loyse, après un « bonsoir » déjà ensommeillé, s'endormait dès que sa tête eut touché l'oreiller, Catherine se coucha avec la ferme intention de ne pas clore les yeux. C'était terriblement difficile. Une fois couchée, la fatigue accumulée durant cette mémorable journée se fit sentir. Les draps épais, fleurant la lessive fraîche et le laurier, étaient bons à son corps douloureux et le sommeil, impérieux chez les enfants, appesantissait ses paupières. Pourtant, il fallait tenir à tout prix, afin d'aider Landry, le cas échéant.

Pour tenter d'éloigner le sommeil, elle commença à se raconter des histoires, puis essaya de se souvenir bien clairement de tout ce que Michel lui avait dit, sans rien oublier. Il y avait aussi ce baiser qu'il lui avait donné et dont elle frissonnait encore. La respiration régulière de Loyse, couchée auprès d'elle, agissait sur elle comme un anesthésique. Elle allait succomber quand un bruit insolite la fit se dresser sur son séant, tout à fait éveillée.

A l'étage supérieur, une porte grinçait faiblement, comme si quelqu'un l'ouvrait avec précautions. Des pas mous glissèrent prudemment, atteignirent l'escalier dont la première marche craqua. Le nez levé vers les solives invisibles du plafond, l'oreille au guet, Catherine suivait l'avance de la personne qui marchait et qui ne pouvait être que Marion. Mais où donc allait-elle à cette heure ?

Le pas maintenant se rapprochait. Il s'arrêta derrière la porte de la chambre sous laquelle filtra la lueur d'une chandelle. Marion, sans doute, écoutait si les filles dormaient bien et Catherine prit soin de ne pas faire craquer le lit en remuant. Au bout d'un moment, on recommença à descendre, toujours aussi précautionneusement. Dans le noir, Catherine ne put s'empêcher de sourire. Après ses nombreuses libations la grosse Marion devait avoir le plus grand besoin d'une pinte d'eau fraîche pour chasser les vapeurs de vin, à moins qu'elle n'eût faim. Dans une minute, elle remonterait après avoir pris à la cuisine ce qu'elle désirait.

Rassurée, la jeune fille allait se recoucher quand un nouveau bruit la jeta brusquement hors du lit, le cœur battant à se rompre. Il n'y avait pas à se tromper sur ce craquement-là. C'était celui de la trappe de l'atelier. Marion n'allait pas chercher de l'eau. Elle allait chercher un supplément de vin dans la resserre où un tonneau était continuellement en perce.

Avec des gestes que la peur rendait maladroits, la

petite enfila sa chemise, se glissa dans l'escalier après s'être assurée d'un coup d'œil que Loyse dormait toujours. Puis sans plus prendre de précautions, elle dévala les marches raides, faillit s'étaler et se retrouva en bas sans savoir comment elle ne s'était pas rompu le cou. La trappe de la cave était grande ouverte. Une lumière s'en échappait. A ce moment, un véritable hurlement vrilla le silence de la maison.

« Au secours !... à moi !... à l'aide !... braillait Marion dont la voix criarde sonna aux oreilles de Catherine comme la trompette du jugement dernier. Au secours !... A l'Armagnac !... »

Plus morte que vive, l'adolescente se jeta à bas de l'échelle, se retourna dans la cave et vit que la grosse Marion, en chemise, se cramponnait de toutes ses forces au pourpoint de Michel en hurlant comme une folle. Celui-ci, blême, les dents serrées, faisait d'inutiles efforts pour lui échapper. L'ivresse et la peur décuplaient les forces de la grosse femme. Comme une furie, Catherine bondit sur elle et, frappant des pieds et des poings, parvint à dégager un peu Michel.

« Tais-toi, vieille folle ! cria-t-elle exaspérée. Mais tais-toi donc... Faites-la taire, messire, tapez dessus ; elle va ameuter tout le quartier... »

Marion n'en cria que de plus belle. D'une secousse, Michel était parvenu à se libérer et Catherine faisait de son mieux pour maintenir Marion. Du regard, elle désigna la petite fenêtre au jeune homme.

« La lucarne, messire !... Sautez, sautez vite ! c'est votre seule chance de salut. Vous savez nager ?

— Oui... »

Déjà il glissait son corps mince dans l'étroite ouverture quand Marion qui, sous l'influence du vin et de la peur ne se possédait plus, mordit cruellement

Catherine au bras pour lui faire lâcher prise et se rua sur lui. Elle le saisit par une jambe sans cesser de hurler. On entendait, au-dehors, les coups violents qui déjà ébranlaient les volets de bois, répondant aux hurlements de la furie. Etourdie par la douleur, Catherine avait roulé jusqu'au tas de bois, elle se releva pourtant, chercha autour d'elle quelque chose pour libérer Michel. Celui-ci, à demi engagé dans la lucarne, avait une jambe prisonnière et ne pouvait se défendre qu'avec l'autre. Le fer d'une hache que la chandelle faisait briller attira l'attention de la jeune fille. Elle s'en saisit, marcha sur Marion en levant l'arme prête à frapper. Hélas ! à ce moment précis, la porte de la rue s'effondrait dans un grand craquement de bois. Des gens dégringolaient l'échelle, envahissaient la cave. Des figures rougies par le reflet de la chandelle se montrèrent. Elles parurent à Catherine autant de démons vomis par l'enfer. La hache fut arrachée de ses mains par un homme qui avait bondi dans la cave. Un autre avait suivi, puis un autre.

« C'est un Armagnac ! » glapit Marion, plus qu'à moitié enrouée...

C'était plus qu'il n'en fallait dire. En une fraction de seconde, Michel, qui se débattait avec l'énergie du désespoir, fut empoigné tandis que la grosse Marion dont la chemise retroussée laissait voir d'énormes cuisses, striées de varices grosses comme des cordes, se laissait rouler dans un coin avec un soupir de soulagement. Après quoi, elle rampa vers le tonneau sous lequel elle s'installa pour boire plus commodément.

Figée d'horreur et de peur, Catherine se retenait au tas de fagots pour ne pas tomber. La cave était maintenant pleine d'hommes qui bourraient Michel de coups de poing. Chacun de ces coups allait résonner douloureusement jusqu'au fond du cœur de la jeune fille. Ces brutes cognaient comme des sourds, hurlaient et, sous cette voûte basse, dans la fumée des quinquets que certains avaient apportés avec eux, tous ces corps plus ou moins dépenaillés, puant le vin, et se démenant, formaient un tableau d'une révoltante brutalité. Déjà le pourpoint violet et argent avait été arraché des épaules de Michel. Quelqu'un cria :

« Mais c'est le damoiseau qui nous a filé dans les doigts tout à l'heure, celui qu'on menait pendre à Montfaucon et qui a craché au visage de notre duc !... »

Une énorme clameur répondit aussitôt :

« A mort, à mort !... donnez-le-nous. »

Poussé, tiré, le jeune homme déjà étroitement ligoté était hissé sur l'échelle vers la rue. Son apparition sur le pont fut saluée de nouveaux cris où la haine se mêlait à une joie féroce. En aveugle, Catherine se jeta en avant, s'accrocha des ongles à l'échelle, se retrouva en haut. Elle y trouva Loyse qui, en chemise, blanche d'effroi, tenta de l'arrêter. La maison semblait pleine de monde. L'atelier grand ouvert, des hommes éventraient déjà les armoires, se battant pour les aiguières, les bassins d'orfèvrerie. Laissant Loyse plaquée contre un mur, pétrifiée de terreur, Catherine bondit dehors.

Là, Michel se défendait encore au milieu d'un cercle infernal. Une foule hurlante bloquait la maison et le pont tout entier. Il y avait des lumières à toutes les fenêtres. L'étroite ruelle était éclairée comme en plein jour. Avec horreur, Catherine regarda toutes ces faces grimaçantes, ces bouches tordues par la haine, ces poings tendus, ces armes brandies dont les fers brillaient sinistrement. Tout cela convergeait vers le prisonnier. Enchaîné, il baissait la tête pour protéger autant qu'il le pouvait son visage des coups. Du sang coulait de sa joue, de sa lèvre fendue. D'affreuses femmes, brandissant des quenouilles, essayaient de lui crever les yeux.

Echappant à Loyse qui essayait de l'enfermer entre ses bras, Catherine plongea dans la foule, au risque de se faire écharper. Mais aucune force humaine n'aurait pu la retenir. Elle hurlait, elle sanglotait, elle suppliait que l'on fît grâce tout en essayant, des griffes et des dents, de se frayer un chemin jusqu'à son ami. Quelque chose de chaud coula sur sa joue, suivant une douleur vive. C'était du sang mais elle n'y prêta pas attention. Elle était au milieu de l'enfer, fragile forme enfantine jetée à des fauves.

« Michel ! criait-elle, Michel !... Attends ! Je viens ! »

Si grande était sa volonté de réussir qu'elle gagnait du terrain, pouce par pouce. C'était une épuisante bataille, le combat démentiel et démesuré du passereau contre les vautours, mais l'enfant désespérée allait toujours, soutenue par un miracle de courage et d'amour. Puisque ces brutes allaient tuer Michel, qu'ils la tuent elle aussi et qu'ils s'en aillent ensemble chez Madame la Vierge et Monseigneur Jésus.

Michel cependant succombait sous les coups. Il titubait, tenu encore debout par un prodigieux instinct de conservation. Sourd, aveuglé par le sang inondant son visage, il tomba sur les genoux. Son corps déjà n'était plus qu'une plaie saignante. Catherine l'entendit gémir.

« Mon Dieu !... faites-moi miséricorde ! »

Une insulte ignoble lui répondit. A bout de forces, il se laissa glisser à terre. Cette fois c'était fini. Catherine le sentit à la nouvelle poussée de la foule qui se jetait à la curée. Une voix cria :

« Voilà Caboche !... Place, place !... »

Catherine, qui avait enfoui son visage meurtri dans ses mains pour ne plus voir, releva la tête. C'était bien l'écorcheur ! Il fendait la foule de ses épaules puissantes, semblable à un navire de haut bord dans la tempête. Derrière lui venaient le cousin Legoix et la longue figure pâle de Pierre Cauchon. Pour lui livrer passage, la foule s'écarta, dégageant le corps de Michel qui apparut, pitoyable, recroquevillé sur lui-même. Avec un sanglot, Catherine courut à lui, profitant du jour ouvert, tomba à genoux et releva doucement la tête blonde poissée de sang. Le visage n'était plus qu'une abominable bouillie, méconnaissable : le nez écrasé, la bouche déchirée, tuméfiée sur les dents brisées, un œil crevé. Il gémissait doucement déjà à moitié mort.

« Vous l'avez retrouvé, fit, au-dessus d'elle, la voix de Caboche. Où était-il ?

— Dans la cave à Gaucher Legoix. On se doutait bien qu'il était de leur bord, fit quelqu'un. On va flamber sa baraque !

— Et tout le pont avec ! trancha sèchement Caboche. C'est moi qui déciderai de ce qu'on fera. »

A sa grande surprise, Catherine sentit un frisson parcourir le corps déchiré qu'elle tenait embrassé. Michel murmura péniblement :

« Je me suis caché... chez eux. Ces gens ignoraient... ma présence.

— Ce n'est pas vrai, hurla Catherine. C'est moi qui... »

Une main vigoureuse s'appliqua sur sa bouche et elle se sentit enlevée de terre. Elle se retrouva contre Caboche qui, d'un seul bras, la serrait sur sa poitrine.

« Tais-toi ! souffla-t-il dans le tumulte des cris, sinon je ne pourrai sauver aucun de vous... si même j'y arrive ! »

A demi étouffée par les énormes muscles de l'écorcheur, l'adolescente cessa de crier mais supplia à voix basse tandis que ses larmes venaient mouiller la main velue qui la tenait.

« Sauvez-le, je vous en supplie ! Je vous aimerai bien !...

— Je ne peux pas. Et puis, il est trop tard. Seule la mort sera une miséricorde dans l'état où il est... »

Avec horreur, Catherine le vit allonger un coup de pied au corps sanglant tandis qu'il criait :

« On l'a retrouvé, c'est le principal ! Finissons-en un peu vite ! Viens ici Guillaume Legoix. Montre-nous que tu es toujours un bon boucher malgré ta fortune. Achève-nous cette charogne ! »

Le cousin Guillaume s'avança. Il était très rouge lui aussi et il y avait du sang sur sa belle robe de velours brun. Malgré ses vêtements coûteux, il était redevenu un écorcheur comme les autres. Cela se lisait à la joie cruelle de son regard devant le sang répandu, dans le sourire de ses grosses lèvres humides. Il brandissait un tranchoir de boucher qui avait déjà servi.

Caboche sentit se raidir le corps de Catherine dans son bras. Il sentit qu'elle allait crier, la bâillonna de sa main libre tandis qu'il se penchait vers Guillaume et chuchotait vivement :

« Fais vite. Achève-le proprement... à cause de la gamine. »

Guillaume hocha la tête, se baissa vers Michel. La main de Caboche remonta miséricordieusement de la bouche de Catherine à ses yeux qu'elle masqua. L'enfant ne vit plus rien mais elle entendit un râle sourd, suivi d'un affreux gargouillis. La foule hurla de joie. En se tordant comme une anguille, elle parvint à se glisser des bras de Caboche, tomba sur les genoux. Ses yeux s'agrandirent d'horreur et elle porta ses deux mains à sa bouche.

Devant elle, dans une mare de sang où trempaient ses genoux, le corps décapité de Michel gisait, achevant de se vider du flux vital qui jaillissait à gros bouillons du cou tranché. Un peu plus loin, un homme portant le hoqueton vert des archers de Bourgogne plantait tranquillement la tête sur un fer de lance.

La vie se retira peu à peu du corps épuisé de l'adolescente. En un instant tout en elle fut glacé, ses mains, ses pieds. Mais un cri se mit à sortir de sa gorge, un cri atroce, aigu, qui montait vers un paroxysme insoutenable où il se fixait maintenant, lancinant.

« Fais-la taire ! cria Legoix à Caboche. On dirait un chien qui hurle à la mort ! »

Caboche se pencha, voulut relever Catherine mais il l'enleva de terre sans qu'elle quittât sa position recroquevillée. Tout son corps était raidi dans un spasme d'horreur, ses yeux étaient fixes, ses dents claquaient mais le cri inhumain montait toujours. D'une main nerveuse, l'émeutier voulut lui fermer la bouche. Elle tourna alors vers lui des yeux sans vie qui ne reconnaissaient rien. Le cri cessa brusquement mais fit place à un petit halètement de bête aux abois. Le visage convulsé de la petite était devenu gris comme la pierre. Une convulsion la tordit dans les bras de Caboche. Tout son corps était parcouru d'atroces douleurs, comme si mille couteaux à la fois la déchiraient. Devant ses yeux, il n'y avait plus qu'un brouillard rouge et dans ses oreilles une énorme clameur qui faisait éclater sa tête. Une fulgurante douleur à la nuque lui arracha encore un cri, faible celui-là. Et, soudain, elle s'amollit dans les bras qui la soutenaient toujours. La voix de Caboche qui appelait :

« Loyse !... Loyse !... » lui parvint comme venue des profondeurs de la terre.

Ensuite, il n'y eut plus rien qu'un trou noir, vertigineux, au fond duquel Catherine se sentit tomber comme une pierre...

CHAPITRE II

BARNABÉ LE COQUILLARD

De longs jours, dont Catherine ne vit ni l'aube, ni le crépuscule, ni le passage de la nuit succédant à celui du jour, s'écoulèrent. Elle oscillait entre la vie et la mort, brûlée par une fièvre cérébrale qui la retranchait déjà du nombre des vivants. Elle ne souffrait pas vraiment mais son âme était absente de son corps et menait entre les fantômes de la peur et du désespoir un épuisant combat. Du fond de l'abîme où elle se débattait, elle revoyait continuellement l'affreuse scène de la mort de Michel, les faces grimaçantes des bourreaux menant autour du corps une sarabande fantastique. Et quand, parfois, la lumière paraissait revenir avec l'apaisement, d'étranges visages inconnus, hideux souvent, se présentaient que, de toutes ses faibles forces, l'adolescente repoussait.

Parfois, elle croyait entendre pleurer quelque part,

tout au fond d'une interminable galerie sombre au bout de laquelle brillait une toute petite tache de jour. C'était le long de ce tunnel sans fin que Catherine se traînait, cherchant à atteindre le coin de ciel. Mais le tunnel s'allongeait toujours, à mesure qu'elle progressait...

Un soir pourtant, les brumes se déchirèrent, les choses demeurèrent enfin stables et les objets, les formes prirent des contours nets. Catherine émergeait des ombres de l'inconscience. Mais le décor sur lequel ses yeux s'ouvrirent était si étrange qu'elle le prit pour le prolongement du cauchemar. Elle était couchée dans une pièce sombre et basse. Le plafond était une voûte de pierre supportée par deux piliers grossiers et le seul éclairage venait d'une rustique cheminée faite de pierres à peine taillées dans laquelle brûlait un grand feu. Une marmite de fer noire, pendue à une crémaillère, bouillait au milieu des flammes, répandant une bonne odeur de légumes. Assis sur un trépied de bois devant l'âtre, un homme maigre et déguenillé remuait le contenu de la marmite avec une longue cuillère de bois. Cet homme, c'était Barnabé le coquillard.

Au soupir que poussa Catherine, il se leva en hâte et vint se pencher sur elle, toujours armé de sa cuillère. Il la regarda avec une inquiétude qui, peu à peu, s'effaça. Les deux grandes rides creusées de chaque côté de sa bouche se retroussèrent en un sourire à constater que la petite avait les yeux grands ouverts et regardait bien clair.

« Ça va mieux, hé petite ? » chuchota-t-il comme s'il craignait qu'un éclat de voix rappelât le mal. Elle lui sourit en retour puis demanda :

« Où est-ce que je suis ? Où est maman ?

— Tu es chez moi. Ta maman est à côté. Elle

viendra tout à l'heure. Quant à t'expliquer comment tu es venue ici, c'est un peu long et un peu difficile ; je te le dirai quand tu seras tout à fait bien. Pour le moment, il faut encore te reposer, reprendre des forces. La soupe va être prête. »

Il retournait à sa marmite. Debout devant le feu, il projetait sur la voûte enfumée une ombre fantastique dont Catherine n'avait pas peur. Elle essayait de comprendre ce qu'elle faisait dans cette cave et comment Barnabé était devenu son garde-malade, mais sa tête était encore faible. Retombant sur sa couche, elle referma les yeux, trop lasse pour poser d'autres questions. Elle ne tarda pas à se rendormir.

Barnabé achevait d'écumer son bouillon quand une femme apparut en haut des quelques marches qui rejoignaient une porte étroite et basse. Elle était jeune et eût été belle si son teint n'eût été si foncé et son costume si étrange. Son corps, souple et mince, était habillé d'une chemise de grosse toile, fendue sur la poitrine et retenue par une pièce d'étoffe drapée autour des hanches. Cette étoffe était de la laine rayée rouge et jaune. Une sorte de couverture, posée sur les épaules, la protégeait du froid. Quant à sa tête brune, elle était couverte d'un enroulement de bandes d'étoffe formant un turban dont l'extrémité passait sous le menton. Ce turban laissait échapper deux nattes épaisses comme un bras d'enfant et noires comme de l'encre dans lesquelles étaient fixées de petites pièces de monnaie.

Eveillée à nouveau Catherine considéra avec étonnement l'étrange arrivante. La peau du visage était si foncée que le sourire tranchait dessus violemment par son éclatante blancheur. Catherine vit que les traits étaient fins et que l'inconnue avait de magnifiques yeux noirs. Barnabé l'avait accompagnée auprès du lit de la jeune fille.

« C'est Sara la Noire, lui apprit-il. Elle sait plus de secrets qu'un vieux mire. C'est elle qui t'a soignée. Et bien soignée ! Comment la trouves-tu, Sara ?

— Elle a retrouvé ses esprits. Elle est guérie, dit la femme. Il faut seulement une bonne nourriture et du repos. » Ses mains maigres et brunes avaient palpé légèrement les joues, le front, touché le poignet, voltigeant avec la prestesse et la légèreté de deux oiseaux. Puis Sara s'assit à terre auprès de la couche de Catherine, les mains nouées autour des genoux, considéra attentivement l'adolescente. Pendant ce temps, Barnabé endossait sa houppelande à coquilles, prenait son bourdon.

« Reste un moment, dit-il à la femme. C'est l'heure du salut à Sainte-Opportune et je ne veux pas le manquer. Les potiers d'étain du quartier y vont pour faire un vœu. Ils seront certainement généreux... »

Le coquillard disparut après avoir conseillé à Sara de goûter à la soupe et d'en donner une bonne écuelle à sa malade.

Ce fut le lendemain, après une nuit calme et réparatrice, que Catherine apprit, de la bouche même de sa mère, ce qui s'était passé sur le Pont-au-Change, après la mort de Michel. La crainte de l'incendie avait empêché la foule déchaînée de mettre le feu à la maison des Legoix, mais la demeure et l'atelier de l'orfèvre n'en avaient pas moins été pillés de fond en comble. Prévenu, Gaucher Legoix était accouru de la maison aux Piliers. Il avait tenté de se faire entendre des énergumènes qui assiégeaient le pont et à qui Caboche, en disparaissant soudainement, avait laissé le champ libre. Le malheureux avait été bien vite submergé. On lui avait trop longtemps reproché sa tiédeur envers la dictature des abattoirs pour ne pas saisir l'occasion. Malgré les larmes et les supplications de sa femme sortie en hâte de chez les Pigasse, malgré celles de Landry et de son père, Gaucher Legoix avait été pendu à sa propre enseigne, puis jeté au fleuve. Réfugiée chez les Pigasse avec Catherine inconsciente, que Landry avait rapportée, Jacquette avait vu bientôt la colère des meneurs se tourner vers elle et avait dû fuir, avec l'aide de Barnabé ; Landry, par chance, avait pu aller le chercher. Dans la nuit, d'abord par le fleuve qu'on avait descendu en barque jusqu'à la tour du Louvre, puis par les ruelles, la malheureuse femme et son étrange escorte avaient gagné le logis du coquillard, dans la Grande Cour des Miracles. Depuis, elle y soignait sa fille en essayant de se remettre elle-même de la terrible secousse éprouvée. La mort de Gaucher l'avait frappée d'horreur et de terreur mais la violente fièvre cérébrale de Catherine ne lui avait guère laissé le temps de s'appesantir sur sa douleur. L'enfant était en danger. De plus, un autre souci grave était venu s'ajouter aux angoisses de Jacquette : Loyse avait disparu.

La dernière fois que l'on avait vu la jeune fille, c'était au moment où, en pleine crise de nerfs, sa cadette perdait conscience. Loyse avait recueilli la petite dans ses bras. Mais un remous de la foule avait arraché Catherine à sa sœur dont les bras n'avaient pas eu la force nécessaire pour la retenir. Landry s'était trouvé là à point nommé pour récupérer sa petite amie. Quant à Loyse, elle s'était noyée dans la poussée furieuse des pillards lancés à l'assaut de l'Arche-d'Alliance. Personne n'avait pu dire ce qu'elle était devenue.

« Elle est peut-être tombée à l'eau, dit Jacquette en tamponnant ses yeux que les larmes gonflaient continuellement. Mais, en ce cas, la Seine eût rejeté son corps. Barnabé va chaque jour à la morgue du Grand Châtelet et ne l'a pas encore retrouvée. Il est persuadé qu'elle est vivante et il la cherche. Jusque-là il faut attendre...

— Et ensuite, que ferons-nous ? demanda Catherine. Resterons-nous ici, chez Barnabé ?

— Non ! Dès que nous aurons retrouvé Loyse, si Dieu le veut, nous essaierons de quitter Paris pour gagner Dijon. Ton oncle Mathieu, tu le sais, y tient boutique de draperie. Il nous accueillera puisqu'il est toute notre famille comme nous sommes toute la sienne... »

Le chagrin de Jacquette paraissait s'atténuer un peu quand elle évoquait la maison de son frère, qui avait été auparavant celle de ses parents où elle avait passé toute son enfance et où Gaucher Legoix était venu l'épouser bien des années plus tôt. C'était là le port vers lequel, déracinée, elle allait tendre de toutes ses forces. Tout en étant très reconnaissante au coquillard de l'asile généreux qu'il leur donnait, la bonne dame ne pouvait s'empêcher de considérer avec méfiance et dégoût ce monde bizarre des truands au fond duquel elle s'était trouvée précipitée subitement.

Sara continuait ses soins à Catherine. Ils consistaient en boissons rafraîchissantes, en drogues bizarres qu'elle lui faisait prendre pour faire revenir les forces et sur la composition desquelles la bohémienne demeurait fort discrète sauf en ce qui concernait les tisanes de verveine. Elle lui en faisait boire continuellement, comme souveraine contre tous maux.

Peu à peu d'ailleurs, Catherine et même Jacquette s'accoutumaient à la présence de la femme au teint sombre. Barnabé leur en avait conté l'histoire. Sara était née dans l'île de Chypre au milieu de l'une des tribus tzingaras établies dans l'île. Mais toute jeune, elle avait été prise par les Turcs, vendue au marché de Candie à un marchand vénitien qui l'avait ramenée chez lui. A Venise, Sara était demeurée une dizaine d'années et c'était là qu'elle avait appris sa science des herbes qui guérissent. Son maître étant venu à mourir, elle avait été rachetée par un changeur lombard qui venait s'installer à Paris. Mais c'était un homme brutal et cruel. Continuellement maltraitée, Sara s'était enfuie, un soir d'hiver. Elle avait cherché refuge dans une église où Maillet-le-loup, le faux aveugle, l'avait trouvée grelottant de froid et de faim. Il l'avait emmenée chez lui, dans sa tanière de la cour Saint-Sauveur. Depuis, elle lui servait de ménagère. Sara-la-Noire, outre ses talents de guérisseuse, toujours précieux chez les gueux, savait lire l'avenir dans les mains. Cela lui valait d'être parfois appelée, en grand secret, dans quelque noble demeure... Courant ainsi par la ville et pénétrant là où bien des gens ne pouvaient le faire, Sara apprenait beaucoup de choses sur la ville et la Cour. Elle savait une foule d'histoires et demeurait des heures, accroupie près de l'âtre, entre Catherine et sa mère, partageant avec elles le vin aux herbes qu'elle faisait comme personne et bavardant inlassablement de sa voix paisible et chantante. Histoires de sa lointaine tribu ou potins de la Cour, tout y passait ! Et presque chaque soir, quand Barnabé rentrait de « ses affaires », il trouvait les trois femmes réunies, cherchant dans leur mutuelle société une manière de réconfort. Il s'asseyait alors au milieu de cette étrange famille que le hasard lui avait constituée et apportait à son tour les bruits du dehors.

Quand la nuit était tout à fait close et que le royaume des truands s'éveillait à sa tumultueuse vie nocturne, la présence du coquillard était indispensable pour calmer les frayeurs de ses invitées. C'est qu'elle était terrifiante la Grande Cour des Miracles à l'heure où ses membres lui revenaient et le quartier de Barnabé était loin d'être calme ! Dès avant matines et jusqu'à ce que le cor de la guette sonnât d'une des tours du Châtelet pour annoncer le lever du jour et la relève de la garde des portes, une inquiétante cohue emplissait la place, sortie de toutes les tanières, de toutes les ruelles. Alors, les perclus se redressaient, les aveugles voyaient, les plaies purulentes, qui soulevaient le cœur et la charité des bonnes âmes, étaient arrachées d'un revers de main et ce miracle quotidien qui avait donné son nom à ces sortes d'endroits, lâchait une foule avide et brutale. Cela hurlait, chantait et festoyait toute la nuit. Il y avait alors près de 80 000 mendiants, vrais ou faux, dans Paris.

La règle du royaume de Thune voulait que tout ce qui avait été récolté, mendié ou volé dans la journée, fût dévoré dans la nuit même. On festoyait, après avoir jeté à la masse commune, aux pieds du roi de Thune, la récolte de la journée. De grands feux s'allumaient en plein vent, sur lesquels rôtissaient des animaux entiers. Des tonneaux étaient mis en perce et des marmites bouillaient de loin en loin, surveillées par des sorcières qui n'avaient rien à envier à celles des contes fantastiques. Toute la

Grande Cour s'illuminait du rougeoiement des feux et des torches tandis que les ombres bizarres dansaient, échevelées, sur les murs lépreux des masures. Pour Catherine, c'était une fenêtre sur un monde qu'elle connaissait par ouï-dire mais qui lui avait toujours paru appartenir au domaine de l'irréel.

Devant le plus grand des feux un homme trônait, assis sur un tas de pierres recouvert de chiffons. Un cou de taureau enfoncé dans des épaules démesurées, un torse long, triangulaire, fiché sur de courtes jambes grosses comme des montoirs à chevaux, une tête carrée couverte d'un chaume pisseux que drapait un bonnet jadis rouge, une large face vineuse dans laquelle surprenait l'éclair étincelant des dents, tel était Mâchefer, roi de Thune et d'Argot, souverain seigneur des seize Cours des Miracles parisiennes et grand maître de toute la truanderie française. Un bandeau noir cachait son œil gauche, crevé par la main du bourreau, et achevait d'en faire une figure de cauchemar. Assis sur son tas de pierres, poings aux genoux, sa bannière, formée d'un quartier de viande saignante fiché sur un pique, plantée à côté de lui, il présidait les ébats de ses peuples en buvant force cervoise, qu'une ribaude à demi nue lui versait sans arrêt.

Nuit après nuit, dès qu'elle en eut la force, Catherine, fascinée par le spectacle, quittait sa couche et se glissait jusqu'au soupirail. Au ras du sol, il composait, avec l'étroite fenêtre de l'étage, tout l'éclairage du château de Barnabé. Là, le cou tendu, ouvrant sur la bacchanale des yeux avides, elle ne perdait rien de ce qui se déroulait dans la Cour. Et comme, obligatoirement, le festin des gueux se terminait en orgie, elle apprit ainsi bien des choses sur les lois de la nature. Lorsque, dans la lumière sanglante des feux mourants, elle pouvait voir les truands rouler pêle-mêle un peu partout, sans même prendre la peine de chercher l'ombre, une bizarre émotion s'emparait d'elle, un trouble qui venait des fibres profondes de son corps adolescent, joint à une intense curiosité. Si Jacquette l'avait surprise, elle serait morte de honte, mais, seule dans son coin sombre, elle ne pouvait détacher ses yeux de ce qui se passait. Elle apprit ainsi quelques-unes des coutumes du royaume d'Argot et de Thune.

Par exemple, elle fut plusieurs fois le témoin ébahi de l'entrée d'une nouvelle sujette dans le peuple de l'ombre. Lorsqu'une fille jeune était amenée chez les truands, elle était d'abord dépouillée entièrement de ses vêtements puis devait danser nue devant le roi au son des tambourins. Si Mâchefer ne la faisait pas sienne et ne l'envoyait pas grossir son harem déjà imposant, ceux à qui elle plaisait étaient admis à se battre pour sa possession. Laquelle était réalisée devant tous par le vainqueur.

La première fois, Catherine se cacha les yeux puis courut fourrer sa tête sous ses couvertures. La seconde, elle resta, risqua un œil entre ses doigts écartés. La troisième, elle examina la cérémonie de bout en bout.

Une nuit, Catherine vit amener devant Mâchefer une très jeune fille qui ne devait pas être beaucoup plus âgée qu'elle-même. Un an peut-être. Une fois dévêtue, elle avait montré un corps mince comme une liane, encore un peu androgyne mais sur lequel les seins gonflaient un peu. De grosses nattes couleur de châtaigne mûre sautillaient sur les épaules de la néophyte. Quand elle avait commencé à danser devant le feu, Catherine avait éprouvé une bizarre impression. Sur le fond incandescent du brasier, la mince forme noire se tordait, se balançait comme une autre petite flamme humaine, avec une insouciance, un entrain qui firent envie à celle qui regardait. Catherine se surprit à penser que ce devait être agréable, au fond, de gambader ainsi toute nue devant ce beau feu réchauffant. La gamine qui dansait avait l'air d'un elfe ou d'un farfadet. C'était comme un jeu insolite.

Mais la danse terminée, la jeune fille s'était arrêtée haletante. Mâchefer avait fait un signe de la main que Catherine avait appris à connaître. Cela voulait dire qu'il n'enrôlait pas la nouvelle venue dans sa propre maisonnée de femmes. La vieille qui avait amené la petite, dépitée, haussa les épaules et voulut ramener sa protégée. Alors, un homme affreux sortit des rangs. Il était tout petit mais si large d'épaules qu'il paraissait carré. Son visage couturé ne devait rien aux artifices des mendiants. Son énorme nez rouge, bourgeonnant, avait des reflets violets et, dans sa bouche ouverte en un rire silencieux, les dents n'étaient plus que quelques chicots noircis. Quand il s'avança vers l'adolescente, Catherine ne put retenir un frisson d'horreur. La suite fut pire. Cette fois, Catherine ferma les yeux bien fort quand l'affreux bonhomme jeta la petite à terre pour la prendre là, devant tous. Mais elle entendit le cri horrible que poussa la jeune truande, et comprit alors pourquoi Barnabé lui interdisait formellement de mettre le nez dehors. Quand elle rouvrit les paupières, on emportait, parmi les chants et les rires, la jeune fille évanouie. Il y avait du sang sur ses jambes...

Pourtant la claustration de Catherine commençait à lui peser. A mesure que ses forces revenaient, elle éprouvait d'intolérables envies de courir, d'aller respirer l'air des quais et de recevoir la caresse du soleil. Mais Barnabé secouait la tête :

« Tu ne pourras sortir que le jour où tu quitteras Paris, mignonne, jusque-là tu as tout à craindre du jour et plus encore de la nuit. »

Mais un matin, Landry qui venait presque quotidiennement rejoindre Catherine, arriva en courant et lança depuis la porte :

« Je sais où est Loyse... »

Traînant dans la Cité vers la deuxième heure de prime, Landry s'était rendu au marché Notre-Dame pour y marchander des tripes que sa mère lui avait demandées pour le souper. En admirateur fanatique de Caboche, le garçon s'était rendu tout droit chez la mère Caboche qui tenait justement commerce d'abats. Elle habitait, à l'étranglement d'une ruelle, une maison étroite et sale dont le rez-de-chaussée était parfumé par l'odeur nauséabonde des tripes. Tout le jour, la marchandise, débordant de grandes bassines de fer, était exposée sur le devant de la maison et dame Caboche, une énorme commère toute en graisse jaune, trônait assise derrière, une pique de fer à la main, près de ses balances. Elle était célèbre dans le quartier pour son mauvais caractère dont avait hérité son illustre fils, et pour son amour immodéré de la bouteille.

Mais en arrivant devant l'échoppe de la mère Caboche, Landry avait eu la surprise de trouver visage de bois. Les volets étaient mis et si la porte n'avait été entrebâillée, on aurait pu croire la maison vide. Mais, sur cette porte, justement, un moine quêteur de l'ordre des frères mineurs, en robe de bure grise ceinturée d'une corde à trois nœuds, parlementait avec la mère Caboche dont on apercevait, par l'entrebâillement, le visage renfrogné.

« Donnez au moins un peu de pain pour les Frères Mineurs, ma bonne femme, faisait le religieux en agitant sa corbeille. Aujourd'hui, vigile de Saint-Jean, vous ne refuserez pas !

— La boutique est fermée, mon révérend, rétorquait la mère Caboche. Je suis malade et j'ai tout juste pour moi. Passez votre chemin et priez pour mon salut !

— Mais cependant... »

Le frère voulut insister. D'ailleurs, quelques ménagères qui se rendaient au marché s'arrêtaient pour déposer leur obole dans son panier. L'une d'elles déclara :

« Ça fait deux mois qu'elle est fermée, mon père, même que personne dans le quartier n'y comprend rien. Quant à être malade, il faut entendre quel genre de vêpres elle chante dans la soirée. Sans doute qu'elle est fatiguée de travailler... ou de boire !

— Je fais ce que je veux », grogna la mère Caboche en faisant de vains efforts pour refermer sa porte. Mais la sandale du frère était disposée de manière à la coincer.

« Donnez un peu de vin, alors », suggéra le frère éclairé soudain par la déclaration de la commère. Mais son adversaire, devenue soudain rouge comme une brique sous sa coiffe de toile jaune, poussa un rugissement :

« Je n'ai pas de vin ! Et puis allez au Di...

— Oh ! ma fille... » coupa le frère choqué en se signant précipitamment.

Il ne retira pas son pied pour autant. Les gens s'attroupaient autour de la maison de la tripière. On connaissait le moine quêteur qui était le frère Eusèbe, le plus obstiné de tout le couvent. Il avait été légèrement souffrant ces derniers temps et de là venait qu'on ne l'avait pas vu dans la Cité. Il entendait bien regagner le temps perdu.

Landry, amusé, s'était approché comme les autres pour voir qui des deux aurait raison, de l'avarice bien connue de la mère Caboche ou de l'entêtement du frère Eusèbe. Les uns riaient seulement, les autres prenaient parti pour ou contre le frère suivant qu'ils étaient pour l'Eglise ou pour Simon le coutelier. Cela fit bientôt un beau vacarme que dominaient les deux adversaires sur leur pas de porte et auquel vint bientôt s'ajouter un haquet traîné par un portefaix et qui, vu l'étroitesse de la rue, se coinça entre deux maisons débordantes...

C'est alors que, levant la tête · involontairement vers les étages supérieurs, Landry, grimpé sur une borne pour mieux voir, avait aperçu un visage pâle derrière l'unique fenêtre de l'étage de la mère Caboche. Cette fenêtre avait l'un de ses carreaux en papier huilé déchiré, et c'était suffisant pour que le jeune garçon reconnût celle qui essayait de voir la raison du tumulte. Instinctivement, il fit un geste du bras auquel répondit un signe rapide, puis plus rien. Loyse l'avait reconnu, il en était aussi sûr que de l'avoir reconnue lui-même, mais elle avait aussitôt disparu. Dégringolant de sa borne et oubliant les tripes maternelles, il avait joué vigoureusement des coudes pour se faire place. Sorti de la cohue, il s'était mis à courir vers la cour Saint-Sauveur.

Catherine avait écouté le récit de Landry avec admiration, mais Barnabé était soucieux.

« J'aurais dû m'en douter, fit-il, Caboche voulait la petite. Il a profité de l'attaque de la maison pour l'emmener chez lui où la vieille la garde. Ce ne sera pas facile de lui faire lâcher prise... »

Effondrée sur la pierre de l'âtre, Jacquette Legoix sanglotait éperdument, la tête dans ses jupes. Penchée sur elle, Sara caressait les épaisses tresses d'un blond foncé, à peine grisonnantes, de la pauvre femme, essayant de la calmer. Mais c'était en vain.

« Ma petite !... ma douce agnelle qui se voulait garder bien pure pour le Seigneur !... Il me l'a prise, ce pourceau !... ce monstre !... Hélas ! Hélas !... »

Jacquette étouffait littéralement de chagrin sans que Catherine, muette de saisissement, ou les autres tout aussi désolés, trouvassent quelque consolation vraiment efficace. Ce fut Barnabé qui, le premier, parvint à lui faire relever la tête et découvrit un pauvre visage tuméfié et rouge, tout ruisselant de larmes. Bouleversée du chagrin de sa mère et bouillonnant d'indignation intérieure contre l'abominable Caboche, Catherine courut se jeter à son cou.

« Facile ou pas, fit Barnabé, il faut reprendre Loyse à Caboche. Dieu seul sait le genre d'expériences que la malheureuse a dû faire avec lui !

— Mais, demanda Sara, comment penses-tu pouvoir la tirer de là ?

— Pas tout seul, bien sûr ! Il suffirait que la mère Caboche crie à l'aide pour qu'il lui vienne une foule de gens avides de se faire bien voir de son fils ou même de ne pas s'attirer sa colère. Il n'y a qu'une seule solution : Mâchefer. Lui seul peut nous aider. »

Sara avait quitté l'épaule de Jacquette et avait rejoint Barnabé qui se tenait appuyé d'un pied sur l'escalier et mordillait ses ongles nerveusement. Elle murmura assez bas pour que les autres n'entendent pas. Pas assez bas tout de même pour éviter l'oreille fine de Catherine :

« Tu ne crains pas que Mâchefer veuille se faire payer... en nature. Surtout si la fille est jolie.

— C'est un risque à courir et j'espère à ce moment pouvoir l'en empêcher. Mais chaque chose en son temps. Ce qui est à craindre, pour le moment, c'est Caboche, pas Mâchefer. Le roi de Thune a presque autant de monde à son service que l'écorcheur. Il doit être en ce moment à errer du côté de l'hôtel du roi de Sicile où il se tient habituellement pour mendier. Tu le connais, Landry ? »

Le jeune garçon fronça les sourcils et allongea les lèvres d'un air dégoûté :

« Celui qui se fait appeler Colin-Beau-soyant ? L'homme aux écrouelles ?

— Lui-même ! Va le trouver. Dis-lui que Barnabé le Coquillard le demande et, s'il fait des difficultés, dis-lui que j'ai besoin de lui d'urgence pour maquiller les acques [1]. Tu te souviendras ?

— Sûr ! »

Landry enfonça son bonnet jusqu'aux oreilles, embrassa Catherine qui se pendit à sa main.

« J'irais bien avec toi ! Je m'ennuie tellement ici...

— Vaut mieux pas, petite ! intervint Barnabé. Tu es trop facile à reconnaître. Suffirait que tu perdes ton bonnet. Personne à Paris n'a une tignasse comme la tienne. Tu ferais tout manquer. Et puis j'aime autant que Mâchefer ne te voie pas en plein soleil. »

Tandis que Landry grimpait les marches et disparaissait par la porte basse, l'adolescente jeta un soupir de regret au rayon de lumière qui, un bref instant, avait glissé sur les marches verdies. Il devait faire si beau là-haut, en ce jour de fin juin ! Barnabé promettait bien que, dès que l'on aurait repris Loyse,

1. Piper les dés (argot coquillard).

on quitterait Paris, parce que ce serait plus prudent d'abord, mais ce moment semblait ne jamais vouloir venir. Reprendrait-on seulement Loyse ?

La jeune fille sentait la rage l'envahir quand elle pensait à sa grande sœur. Elle ne savait pas bien ce qui pouvait arriver à Loyse, mais elle détestait Caboche de tout son cœur. Il avait toujours été là quand un malheur lui était advenu.

L'attente ne fut pas longue. Une heure plus tard, Catherine vit revenir Landry. Il accompagnait un homme si épouvantable qu'elle n'eut pas la moindre envie de quitter le renfoncement de la cheminée, éteinte pour le moment, où Barnabé l'avait consignée, derrière sa mère. Très souvent, elle avait aperçu Mâchefer quand il présidait, la nuit, aux ripailles de son peuple misérable mais elle l'avait toujours vu dans sa pompe mi-burlesque, mi-sauvage de roi des truands. Jamais encore elle ne l'avait vu dans l'exercice de ses fonctions de mendiant. L'homme qu'elle avait devant elle était plus petit de la tête que Barnabé. Il s'appuyait sur deux béquilles et la souquenille crasseuse qui le vêtait était monstrueusement distendue, sur le dos, par une bosse énorme remontant plus haut que la tête. Une de ses jambes, enveloppée de chiffons sanieux, était recroquevillée sous lui et ce qui se voyait de sa peau semblait n'être qu'une plaie purulente. Les étincelantes dents de carnassier, habilement noircies par place, imitaient à s'y méprendre des trous et paraissaient n'avoir laissé, dans la bouche de l'homme, que quelques chicots branlants. Seul, l'œil unique du truand brillait d'un vif éclat, son autre œil mort, la seule infirmité de Mâchefer qui ne fût pas simulée, demeurant caché par un bandeau grisâtre. Mais, en haut des marches, Mâchefer jeta ses béquilles, déplia sa jambe et dégringola l'escalier avec l'agilité d'un jeune homme. Catherine retint un cri de stupeur.

« Que veux-tu ? Le gamin m'a dit que tu avais besoin de moi et tout de suite ! fit le truand.

— Il a dit vrai. Ecoute, Mâchefer, on n'est pas toujours d'accord, toi et moi, mais tu es le chef ici et tu as toujours été ferme à la manche [1]. Tu vas certainement rigoler, mais ce que je te propose... c'est une bonne action.

— Tu te fous de moi ?

— Non. Ecoute plutôt !... »

Rapidement, Barnabé expliqua la situation à Mâchefer et ce qu'il attendait de lui. L'autre l'avait écouté en silence, en se dépouillant de ses faux ulcères d'un air méditatif. Quand Barnabé eut fini, il demanda seulement :

« Elle est belle, la fille ? »

La main du coquillard vint presser en silence celle de Jacquette qu'il sentait prête à réagir. Sa voix était parfaitement unie quand il répondit :

« Gentille, sans plus ! Blonde mais trop pâle. Elle ne te plairait pas... et puis elle n'aime pas les hommes. Rien que Dieu ! C'est une future nonne que Caboche a prise de force.

— Y en a qui sont mignonnes, fit Mâchefer songeur. Et Caboche est puissant pour le moment. S'attaquer à lui, c'est un gros morceau...

— Pas pour toi ! Qu'as-tu à craindre de Caboche, aujourd'hui puissant et qui, demain, ne sera peut-être plus rien ?

— Possible. Mais j'ai quoi à gagner dans ton histoire, à part des coups ?

— Rien, fit Barnabé sèchement. Seulement la

1. Incapable de trahir les amis.

gloire. Je ne t'ai jamais rien demandé, Mâchefer, et bientôt je retournerai retrouver mon roi à moi, le roi de la Coquille. Veux-tu que je dise à Jacquot de la Mer que Mâchefer le Borgne ne fait rien sans profit et ne sait pas rendre service à un ami ? »

Toutes ces discussions exaspéraient Catherine. Elle brûlait d'impatience de les voir se mettre à l'œuvre. Pourquoi tant de mots dépensés, alors qu'il n'y avait qu'à courir chez la mère Caboche en force et en arracher Loyse ? Les réflexions de Mâchefer tiraient pourtant à leur fin. Assis sur la dernière marche, il fourrageait dans sa tignasse et se tirait l'oreille. Il se racla la gorge, cracha à cinq pas, puis se leva :

« Ça va ! Je suis ton homme ! Faut causer de tout ça et voir ce qu'on peut faire.

— Je savais bien qu'on pouvait compter sur toi. Allons chez Isabeau-la-Gourbaude [1] boire un bol de cervoise. On en parlera en attendant la nuit. C'est la Saint-Jean d'été. Il y aura plus à faire autour des feux, cette nuit que dans la journée... »

Les deux hommes sortirent pour gagner le cabaret que tenait, sur la Cour même, une fille folle qui savait comme personne attirer la pratique. Jacquette les avait regardés sortir avec des yeux agrandis. Elle retenait une violente envie de pleurer.

« Dire qu'il faut confier le salut de ma fille à un pareil homme !...

— L'important, fit Catherine avec assurance, c'est de la retrouver. »

Sara, à son tour, intervint. Souriante, elle attira l'adolescente contre elle et caressa les magnifiques

1. La gourmande.

cheveux dont, depuis la maladie de Catherine, elle avait pris l'habitude de s'occuper. La Tzingara éprouvait un plaisir presque sensuel à manier les épaisses nattes d'or roux, à les brosser, à les lisser avec des gestes doux et caressants.

« La petite a raison, dit-elle. Elle aura toujours raison, surtout contre les hommes. Parce qu'elle sera belle à en mourir d'amour. »

Catherine la regarda gravement. Elle était étonnée d'entendre dire qu'elle serait belle parce que, jusqu'ici, personne ne le lui avait jamais laissé supposer. On s'extasiait sur ses cheveux, parfois sur ses yeux qui étonnaient, mais rien de plus. Même les garçons ne le lui disaient jamais. Ni Landry.... ni Michel ! La pensée du jeune mort vint soudain assombrir l'étonnement vaguement joyeux que lui causaient les paroles de Sara ; au fond, qu'elle fût belle ou pas quand elle serait grande, quelle importance est-ce que cela pouvait avoir, puisque Michel ne le verrait pas ? Il était le seul pour qui elle eût voulu être vraiment très belle. Maintenant, c'était trop tard ! Mais elle dut lutter contre l'envie de pleurer qui la prenait chaque fois qu'elle pensait à lui.

Le souvenir du jeune homme lui faisait toujours mal et la blessure laisserait sans doute une cicatrice sensible.

« Cela m'est égal d'être belle ou non, déclara-t-elle enfin. Même, je n'en ai pas envie du tout. Les hommes courent après les belles. Ils leur font du mal... tellement de mal ! »

Malgré l'étonnement qu'elle lisait dans les yeux de Sara, elle ne s'expliqua pas davantage. Elle se sentait rougir, subitement, au souvenir des scènes nocturnes surprises tous ces derniers temps par le soupirail, au déchaînement bestial dont la beauté de certaines filles entrevues les avait rendues victimes. Les yeux de Sara ne la quittaient pas, comme si la fille des lointaines tribus possédait le pouvoir de lire aisément dans l'esprit de sa petite amie. Elle ne posa, d'ailleurs, aucune question, se contenta de sourire à sa manière lente :

« Que tu le veuilles ou non, tu seras très belle, Catherine. Souviens-toi bien de ce que je te dis à cette heure ; très belle, plus même que tu ne le souhaiterais pour ton repos. Et tu n'aimeras qu'un seul homme... mais celui-là tu l'aimeras passionnément. Tu perdras pour lui le boire et le manger, tu quitteras pour lui ton lit et ta maison, tu t'en iras sur les routes à sa recherche, sans même savoir s'il t'accueillera. Tu l'aimeras plus que toi-même, plus que tout, plus que la vie...

— Jamais je n'aimerai aucun homme, et surtout pas comme cela ! s'écria l'adolescente en frappant furieusement du pied. Le seul que j'aurais voulu aimer est mort ! »

Elle s'interrompit, effrayée de ce qu'elle venait de dire et regarda vivement vers sa mère pour voir comment elle réagissait. Mais Jacquette n'avait pas entendu.

Elle était revenue s'asseoir sur la pierre de l'âtre, dans les cendres, et elle égrenait son chapelet de buis. Sara saisit les deux mains de Catherine dans les siennes, emprisonna ses jambes entre ses genoux. Sa voix baissa de plusieurs tons juqu'à devenir un murmure doux, insistant et un peu endormeur :

« C'est ainsi, cependant ! Il est écrit dans les petites mains que voici d'étranges choses. Tu es destinée à un grand, un très grand amour qui te fera beaucoup souffrir et te donnera des joies si fortes que tu auras peine à les supporter. Par contre, beaucoup d'hommes t'aimeront... un surtout ! Oh ! » Elle avait retourné les mains de la petite, paumes en l'air, et les examinait curieusement, le front ridé de mille plis.

« ... Je vois un prince... un vrai prince ! Il t'aimera et fera beaucoup pour toi. Pourtant, ce n'est pas lui que tu aimeras. C'est un autre. Je le vois ! Jeune, beau, noble... et dur ! Si dur ! Tu te blesseras souvent aux épines qui défendent son cœur mais les larmes et le sang sont le meilleur mortier du bonheur. Cet homme, tu le chercheras comme le chien cherche son maître perdu, tu le suivras le nez à terre comme le limier sur la trace du grand cerf sauvage. Tu auras la gloire, la fortune, l'amour, tu auras tout !... mais tu le paieras très cher ! Et puis... oh ! quelle chose étrange !... tu rencontreras un ange.

— Un ange ? » fit Catherine bouche bée.

Sara avait laissé retomber les mains de la jeune fille. Elle paraissait soudain lasse et plus vieille, mais son regard, perdu au-delà des murs crasseux, irradiait de lumière comme si un buisson de cierges s'y fût allumé d'un seul coup.

« Un ange ! répéta-t-elle en extase. Un ange guerrier portant une épée flamboyante... »

Trouvant que Sara s'évadait trop loin d'elle, Catherine la secoua doucement pour la ramener sur terre.

« Et toi, Sara ? Est-ce que tu retourneras un jour dans ton île au bout de la mer bleue ?

— Je ne peux pas déchiffrer pour moi-même le livre de l'avenir, mignonne. L'Esprit ne le permet pas. Mais une vieille, jadis, m'avait prédit que je m'éloignerais pour toujours et que, pourtant, je retrouverais les miens. Elle disait que les tribus viendraient à moi [1]. »

1. C'est vers 1416 que les premières tribus gitanes vinrent en Europe en provenance de la Grèce, du Moyen Orient et même de l'Indus.

Quand Barnabé revint il était seul et semblait tout joyeux.

« Voilà, dit-il, tout est décidé. Le plan est établi. Dès qu'il se présentera une occasion favorable, nous arracherons Loyse à Caboche.

— Pourquoi attendre ? Pourquoi pas ce soir, s'écria Jacquette avec passion. Est-ce qu'elle n'a pas assez attendu, et moi aussi ?

— La paix, femme ! s'écria le coquillard assez rudement. Il faut la reprendre en évitant de se faire tuer. Cette nuit, on va allumer les feux de la Saint-Jean. Le plus grand bûcher est devant le Palais, l'autre sur la Grève. Il est impossible de tenter un coup de main dans la Cité même, à deux pas du feu, avec tout le monde qu'il va attirer. Caboche, en plus, est capitaine du pont de Charenton. Il dispose d'armes, de monde. Il est plus puissant que jamais. Enfin, il y a d'autres préparatifs à faire car, le coup fait, le pavé deviendra brûlant. Caboche fouillera partout, même la Cour des Miracles où il a des intelligences. Loyse retrouvée, il nous faudra quitter Paris.

— Nous ? fit Catherine ravie. Tu viendras avec nous ?

— Oui, petite ! Mon temps ici est fini. Je suis coquillard, je dois rejoindre mon chef. Le roi de la Coquille me rappelle à Dijon. Nous ferons route ensemble. »

Il expliqua aussitôt le plan que, de concert avec Mâchefer, il avait établi. Dès qu'une manifestation quelconque drainerait les Parisiens vers un endroit suffisamment éloigné, ils se rendraient chez la mère Caboche et s'arrangeraient pour l'attirer dehors, ou, tout au moins, lui faire ouvrir sa porte. Ensuite, avec quelques bons compagnons, enlever Loyse ne serait qu'un jeu. Il faudrait alors gagner un entrepôt de marchandises au bord de la Seine et là, prendre le bateau que l'on aurait trouvé et qui en remontant la Seine et l'Yonne, les emmènerait jusqu'en Bourgogne.

— J'aurai besoin de toi, Sara, ajouta Barnabé. Mais ensuite tu seras repérée... »

La gitane haussa les épaules avec insouciance :

« Je partirai avec elles si elles veulent de moi. Ce ne sera pas un grand sacrifice. J'en ai assez de Maillet-le-loup. Il s'est mis en tête de coucher avec moi et toutes les nuits je le repousse. Il est de plus en plus mauvais et menace de m'envoyer danser devant Mâchefer. Tu sais ce que cela veut dire ? »

Barnabé fit signe que oui et Catherine se retint d'en faire autant. Mais une sainte colère bouillait en elle car elle s'était prise d'affection pour son étrange médecin et comprenait que, malgré sa peau foncée, Sara-la-Noire était assez belle pour être admise par Mâchefer au nombre de ses femmes. Glissant sa main dans celle de son amie, elle leva sur elle un regard caressant, qui à cet instant était doré comme une journée d'été.

« On ne se quittera plus, dis, Sara ? Tu viendras avec nous chez l'oncle Mathieu. N'est-ce pas maman ? » Jacquette sourit tristement. Naguère encore si gaie, si vivante, la solide bourguignonne semblait devenir chaque jour un peu plus transparente. Ses joues perdaient leurs couleurs et se fanaient, de grands plis se creusaient dans son visage encore si lisse et si frais avant les épreuves traversées. Son corselet lacé flottait maintenant sur une poitrine amaigrie.

« Sara sait bien que, là où nous serons, il y aura toujours place pour elle. Est-ce que je ne lui dois pas ta vie ? »

D'un même élan les deux femmes, nées à des pôles si éloignés, se jetèrent dans les bras l'une de l'autre en pleurant chacune sur les douleurs de l'autre. Le malheur les avait faites semblables. La bourgeoise était aussi déracinée que la fille de l'air et du vent, que la nomade des routes du monde dont les aïeux avaient suivi les hordes de Gengis-Khan. La solidarité féminine, étrangement puissante quand aucune rivalité ne s'en mêle, jouait à plein entre les deux femmes et Jacquette eût volontiers appelé Sara, sa sœur.

Barnabé, qui avait pris Catherine dans ses bras et la faisait sauter comme un bébé, renifla brusquement, s'essuya le nez à la manche de sa souquenille et déclara :

« Assez d'attendrissements. J'ai faim. Et puisque nous voilà de la même famille, soupons en famille. J'ai volé quelques darioles à Isabeau-la-Gourbaude, elles seront pour toi, mignonne », ajouta-t-il en sortant de sa poche les pâtisseries bien dorées. Il y avait longtemps que Catherine, qui était gourmande au moins autant qu'Isabeau la bien nommée, n'en avait vues. Elle en croqua une avec délice puis brusquement colla ses lèvres toutes sucrées de miel à la joue mal rasée du coquillard.

« Merci, Barnabé !... »

La surprise du bonhomme fut telle qu'il faillit laisser choir l'adolescente. Il la posa à terre et s'éloigna très vite vers un coin sombre où il rangeait ses fausses reliques. On l'entendit renifler plusieurs fois...

Demain, ils vont mener au billot l'ancien prévôt Pierre des Essarts. Toute la ville ira à Montfaucon. Ce sera le moment...

La tête hirsute de Mâchefer, débarrassée de ses ulcères fictifs, passait par la porte de Barnabé. Le coquillard était occupé à enfermer dans de petites boîtes de cuivre des morceaux d'os sur lesquels il mettait une petite bande mince de papier portant quelques caractères gothiques.

« Entre ! » fit-il seulement. Catherine était près de lui, très intéressée par son travail mais il était trop tard pour la cacher. Mâchefer l'avait vue.

« Qui est celle-là ? fit-il en pointant vers elle son gros doigt sale.

— La sœur de la Loyse qui est chez Caboche. Mais pas touche, Mâchefer, elle est comme qui dirait ma fille adoptive ! »

Le roi des ribauds considérait la jeune fille cramponnée à l'épaule de Barnabé avec un étonnement où perçait un peu de colère. Catherine, que Sara venait de coiffer, montrait sa tête nue et, à la lumière du feu ses nattes brillaient comme des torsades d'or pur, ses yeux aussi et elle se dressait comme un petit coq en face de Mâchefer, tendue dans la volonté de ne pas montrer sa peur. L'homme avança une main hésitante, toucha l'une des nattes puis grogna :

« Vieux filou !... J'ai comme une idée que tu m'as roulé. Si la grande sœur tient les promesses de la petite, ça doit être une fière beauté. »

La main sèche de Barnabé rabattit celle du borgne.

« Elle ne lui ressemble pas, fit-il brièvement. Et celle-ci est trop jeune. Cessons là-dessus, Mâchefer. Tu apportais du nouveau. Veux-tu boire...

— C'est pas de refus, fit l'autre en se laissant tomber lourdement sur un escabeau. Mais t'as de la veine, le Coquillard, d'appartenir à Jacquot-de-la-Mer, sinon je t'aurais volontiers saigné pour avoir les deux poulettes. Je les aime jeunes, moi, elles sont plus tendres... »

Sa main tourmentait une dague passée à sa ceinture et les flammes dansant dans son regard injecté de sang lui donnaient l'air d'un démon. Catherine, effrayée, recula de deux pas et se signa. Barnabé haussa les épaules sans cesser son travail.

« Tu fais peur aux enfants, maintenant ? Tiens-toi donc tranquille, Mâchefer, nous avons mieux à faire et tu n'es pas si mauvais que tu veux bien le dire. Donne à boire, petite... du vin. »

Sans quitter des yeux le redoutable personnage, Catherine alla tirer un pot de vin au tonneau caché dans un coin. C'était de l'excellent vin de Beaune, une des futailles que Jean sans Peur, dans sa politique démagogue, avait distribuée à ses amis bouchers et à ses autres partisans. Ce tonneau-là, destiné au grand boucher Saint-Yon, avait été adroitement détourné de sa destination primitive par Barnabé qui en usait dans les grandes occasions. Mâchefer en vida coup sur coup deux gobelets pleins, essuya sa bouche humide et fit claquer sa langue :

« Fameux !... Je n'en ai pas de pareil !

— Il sera à toi demain, si c'est demain que nous quittons Paris. Tu n'auras qu'à le faire prendre. Et je te fais cadeau aussi de ma maison. Maintenant raconte. »

Calmé et remis en belle humeur par la perspective de s'approprier la queue de vin, Mâchefer ne se fit pas prier pour raconter. Du coup Catherine, rassurée, s'assit par terre auprès des deux hommes.

Le jour où la foule avait assailli l'hôtel de Guyenne et saisi les serviteurs du dauphin, elle avait aussi assiégé dans la Bastille l'ancien prévôt de Paris, Pierre des Essarts, qui s'y était enfermé avec une compagnie de cinq cents hommes d'armes venus de sa capitainerie de Cherbourg. La forteresse, cependant neuve encore et fortement défendue, avait été si fort pressée que le duc de Bourgogne avait dû en faire ouvrir les portes et livrer des Essarts. Sous bonne garde, celui-ci avait été conduit le lendemain au Grand Châtelet où, depuis, il attendait son jugement. Il était le dernier d'une série déjà longue. Caboche faisait régner la terreur dans Paris où les visites domiciliaires succédaient aux arrestations, aux pillages et aux violences de toute sorte. Maintenant, la peur des Armagnacs, campés sous les murs de Paris, le talonnait et cette peur engendrait une recrudescence de folie meurtrière. Le 10 juin, l'un des captifs du 28 avril avait été tué dans sa prison puis décapité aux Halles avant que son corps ne fût accroché à Montfaucon. Le même jour, le jeune Simon du Mesnil, écuyer tranchant du prince Louis, avait été conduit aux Halles avec Jacques de la Rivière puis décapité et pendu ensuite par les aisselles. Le 15 juin cela avait été le tour de Thomelin de Brie qui avait voulu défendre le pont de Charenton. Celui du grand prévôt était venu. Le lendemain, 1er juillet, il serait mené aux Halles pour y avoir la tête tranchée.

« Tout Paris y sera, conclut Mâchefer, hormis la mère Caboche que son fils oblige à demeurer pour surveiller la petite. Sa boutique est toujours fermée et elle boit plus qu'une outre. Il faudra faire le coup dans la journée, vers none [1]. De mon côté tout sera prêt. Veille au grain chez toi et prépare ton monde. On passera par la Croix-du-Trahoir et le marché aux pourceaux pour gagner les grèves et la Cité. La rue Saint-Denis sera bourrée de monde. Tu as un bateau ?

— Je vais y voir sur l'heure... »

Barnabé se leva et rangea son matériel soigneusement, enfermant séparément ses fragments d'os

1. 15 heures.

et ses petites boîtes dans des sacs différents. Mâchefer le regardait faire avec amusement.

« Quel grand Saint es-tu en train de mettre en boîtes ? demanda-t-il.

— Saint-Jacques, voyons, qu'il me pardonne ! Tu sais bien que je viens de Compostelle... »

Mâchefer partit d'un énorme éclat de rire et se tapa vigoureusement sur les cuisses.

« Depuis le temps que tu en vends des morceaux du grand Saint-Jacques, il faut croire qu'il était au moins aussi gros que l'éléphant du Grand Charlemagne. Tu pourrais peut-être changer ? »

L'hilarité de son compère n'eut pas d'effet sur Barnabé. Il le contempla avec la tristesse sincère d'un bon commerçant qui voit dénigrer sa marchandise.

« Saint-Jacques se vend très bien, dit-il sérieusement. Je n'ai aucune raison de changer. »

Tout en parlant, il endossait sa houppelande, appelait Sara qui ravaudait des hardes avec Jacquette, dans la pièce du dessus, en vue du prochain voyage, et tapotait la joue de Catherine

« Va aider les femmes, mignonne. Je n'en ai pas pour longtemps. »

L'idée d'aller chercher un bateau enchantait l'adolescente, mais Barnabé ne voulut rien savoir pour l'emmener.

Le lendemain, l'agitation de la ville fut perceptible, dès le matin, jusqu'au fond des ruelles sinistres et silencieuses de la Cour des Miracles. Tout le monde devait être dans la rue, massé près du Grand Châtelet, attendant la sortie du condamné. Les cris de haine, répétés par des milliers de poitrines faisaient comme un grondement lointain qui couvrait les cloches des églises sonnant le glas depuis le lever du jour. Dans la maison de Barnabé, l'activité avait été débordante dès l'aurore. Le coquillard, au moment de quitter sa maison, avait fait de ses affaires les plus précieuses quelques ballots dans lesquels il avait joint les hardes des femmes. C'était Landry qui était chargé de porter cela à la grève du Fort-l'Evêque où la puissante guilde des marchands de l'eau avait des entrepôts. Barnabé avait retenu des passages sur un chaland remontant la Seine jusqu'à Montereau avec une cargaison de poteries destinées à cette ville. La nature de ce chargement le mettait à l'abri des entreprises des soldats d'Armagnac qui contrôlaient le fleuve à Corbeil. On s'en tirerait avec un droit de passage. Landry devait conduire Jacquette à l'entrepôt et y attendre avec elle l'arrivée des autres. Malgré sa répugnance, elle avait été obligée de laisser Catherine se joindre à l'expédition contre la maison de la tripière parce que l'adolescente était la seule que Loyse pouvait reconnaître parmi ses sauveurs, et aussi parce qu'elle avait catégoriquement déclaré qu'elle voulait y aller et que ce n'était pas la peine d'essayer de l'en empêcher parce qu'elle se sauverait ! Les nerfs surmenés de Jacquette lui interdisaient de se joindre à l'expédition. Ils la rendaient trop émotive donc dangereuse.

« Il n'arrivera rien à la petite, avait promis Barnabé. Mais surtout ne quittez pas l'entrepôt. Si tout va bien, nous y serons vers la seconde heure de none et le bateau part aux cloches de vêpres.

— Soyez tranquille, assura Landry. J'y veillerai... Elle ne bougera pas ! »

Le jeune garçon se sentait du vague à l'âme, ce jour-là. Le départ de Catherine pouvait signifier une longue séparation et le cœur lui saignait de quitter sa petite amie qu'il aimait plus qu'il ne voulait se l'avouer à lui-même. Quant à l'avouer à l'intéressée, le garçon eût préféré se couper la langue. Mais c'était vraiment dur et, quand il la regardait, Landry avait de bizarres picotements dans les yeux.

Elle était toute drôle, Catherine, ce jour-là. Barnabé l'avait fait habiller en garçon. Elle portait des chausses collantes, grises, prises dans de fortes chaussures de bon cuir épais, une tunique de futaine verte et, malgré la chaleur, un capuchon qui enserrait étroitement son visage et se continuait par une sorte de petite cape dentelée couvrant ses épaules. Cette coiffure dissimulait totalement sa chevelure. Sara l'avait tressée très serrée pour qu'elle tînt le moins de place possible. L'ensemble lui allait à merveille et lui donnait l'air d'un farfadet. Elle n'était d'ailleurs pas la seule à avoir modifié son aspect : Barnabé était méconnaissable.

La houppelande aux coquilles était emballée dans les colis et le coquillard arborait une robe de petit drap de couleur brune que serrait à la taille une ceinture de cuir supportant une large bourse. Une chaîne avec une médaille de Saint-Jacques pendait à son cou et il portait un chaperon de même couleur que sa robe, drapé si artistement et de manière si compliquée qu'il était impossible de deviner que ledit Chaperon contenait les économies du coquillard tandis que la bourse gonflée ne recelait que de la menue monnaie. Tel quel, avec ses poulaines dépassant sa robe d'un demi-pied, il avait assez l'air d'un marchand, aisé sans être riche, et retiré des affaires. Catherine devait passer pour son petit-fils. Seule Sara avait gardé son étrange costume qui allait avoir son utilité. Tous quittèrent ensemble la cour Saint-Sauveur puis, à la lisière du domaine des gueux, les deux groupes tirèrent chacun de son côté ; Catherine, Sara et Barnabé par la Monnaie royale, tandis que

Jacquette et Landry allaient longer l'hôtel d'Alençon et les tours du Louvre. Mâchefer et ses hommes devaient déjà être disséminés dans la Cité et aux abords du Marché Notre-Dame.

Malgré le danger qu'elle courait avec ses compagnons, Catherine se sentait plus heureuse qu'elle ne l'avait été depuis le drame. C'était bon de retrouver le soleil, la rue libre ! Et aussi, il y avait l'excitation de l'aventure, la chasse au gibier humain. On allait arracher Loyse à la bête féroce qu'était Caboche.

La cloche de Saint-Germain l'Auxerrois sonnait none quand Jacquette et Landry passèrent devant l'église. Ils descendirent vers le bord de l'eau dans la chaleur de la journée sans trop rencontrer de monde. Tout le contenu de la ville était sans doute rassemblé sur le passage du condamné. Il devait y avoir, en outre, un peu partout, des baladins et des jongleurs, des montreurs d'animaux savants et des conteurs des rues car rien n'attirait la foule autant qu'une belle exécution et c'était une réjouissance à laquelle participaient tous les éléments d'une vraie fête. La mort comptait si peu !

Pendant ce temps, Catherine et Barnabé, suivis à trois pas par Sara, prenaient à leur tour le chemin du bord de l'eau, mais plus en amont. Le moment pénible fut, pour le faux garçon, quand il fallut franchir le Pont-au-Change. La maison familiale était toujours là mais les murs éventrés perdaient leur plâtre, les fenêtres béaient, montrant le vide intérieur et la belle enseigne de jadis avait été arrachée. Ce n'était plus qu'une carcasse vide dont l'âme s'était envolée. La gorge serrée, Catherine ferma les yeux de toutes ses forces et souhaita être très loin. Barnabé pressa le pas en serrant plus fort dans la sienne la main de l'adolescente.

« Courage ! souffla-t-il, tu verras qu'il y a bien des moments où il en faut, et du plus rude ! Tu auras bientôt une autre maison...

— Mais pas un autre papa... murmura-t-elle, prête à pleurer.

— Moi, j'avais sept ans quand les sergents du guet ont pris le mien. Et quand je pense à la mort qu'il a eue, je me suis souvent dit que j'aurais donné cher pour qu'il fût seulement pendu.

— Que lui a-t-on fait ?

— Ce que l'on fait aux faux-monnayeurs : on l'a fait bouillir au Morimont de Dijon... »

Une exclamation de douleur échappa à Catherine mais ses larmes s'arrêtèrent et elle poursuivit son chemin en silence. Courageusement, elle chassa les souvenirs cruels qui chaviraient son cœur à un moment où il lui fallait se comporter vaillamment. Quant on fut au Marché Notre-Dame, elle put voir que Mâchefer et ses hommes, sous divers déguisements, en soldats, en bourgeois ou même en moines, musaient aux alentours, fidèles au rendez-vous. Seul Mâchefer avait conservé son déguisement de mendiant. Barnabé montra alors discrètement la maison de la tripière, toujours aussi bien fermée.

« A toi Sara !... »

Sur un signe de tête, la bohémienne, roulant des hanches et chantonnant, s'avança sans se presser jusque dans la rue. Elle tenait un tambourin à la main sur lequel elle se mit à frapper pour accompagner sa chanson.

Elle chantait ou plutôt elle fredonnait sur un rythme nonchalant, frappant de temps en temps son tambourin de son poing fermé. Mais peu à peu, le chant se fit plus fort, plus distinct encore que les paroles barbares fussent incompréhensibles. La mélodie était bizarre, coupée de silences et de notes aiguës pareilles à des cris et la voix un peu rauque de Sara lui donnait une profondeur mystérieuse, une puissance d'incantation. Catherine écoutait de toutes ses oreilles, subjuguée. Un ou deux visages apparurent aux fenêtres tandis que les rares passants s'arrêtaient : en tout, cela ne devait guère faire plus d'une dizaine de personnes. Mâchefer s'approcha de Barnabé sous couleur de demander l'aumône.

« Si la vieille n'ouvre pas sa porte, il faudra l'enfoncer, hé ? »

Barnabé fouilla dans sa bourse, en tira un sol qu'il fourra dans la main crasseuse :

« Bien entendu. Mais j'aimerais autant l'éviter. Casser les portes, cela fait toujours du bruit s'il n'y a personne. »

Aucun visage n'apparaissait derrière les carreaux de la tripière. La maison eût paru morte si des bruits ne s'étaient fait entendre à l'intérieur. Soudain, Catherine blêmit et s'agrippa à Barnabé.

« Mon Dieu !... Voilà Marion !... » fit-elle en désignant discrètement une forte commère qui venait d'apparaître au bout de la rue. Le coquillard leva les sourcils :

« Oui ? Votre ancienne servante ? Celle qui...

— Oui, qui a jeté la foule sur notre maison, causé la mort de Michel et de papa. Oh ! je ne veux pas la voir ! »

Soulevée de dégoût, l'adolescente allait s'enfuir. Barnabé la retint d'une main ferme.

« Hé là !... Un bon soldat ne déserte pas devant l'ennemi, mauviette ! Je comprends bien que tu n'aies pas envie de revoir cette femme... qui d'ailleurs n'a rien d'appétissant. Mais il faut tout de même rester là.

— Et si elle me reconnaît ?

— Sous cette défroque ? Cela m'étonnerait. Et puis, j'ai comme idée qu'elle n'est guère en état de reconnaître qui que ce soit. »

En effet la grosse femme tanguait d'une maison à l'autre sans parvenir à conserver une direction fixe. Catherine pensa à ce qu'eût dit sa mère devant l'image qu'offrait sa sœur de lait. Marion, depuis deux mois, avait beaucoup changé. Elle était plus grosse que jamais et sale au-delà de toute description. Son tablier, jadis bien blanc et amidonné, offrait un échantillonnage de toutes sortes de mets et de boissons ; il couvrait mal sa robe qui avait craqué aux coutures et s'effilochait aux ourlets. Des mèches graisseuses pendaient sous son bonnet fripé. La bouche entrouverte, débitant des paroles sans suite, l'œil atone, elle déambulait, bras ballants, sans se rendre compte de rien. Elle ne s'arrêta pas pour écouter Sara qu'elle ne parut même pas voir, passa.

Le chant et la danse de Sara avaient atteint une intensité sauvage ; ils emplissaient l'étroit espace ménagé entre les maisons dont chaque toit se penchait de façon inquiétante vers celui de la voisine d'en face. La porte de la mère Caboche venait de s'entrouvrir et la face rougeaude de la tripière s'y encadrait, curieuse...

« Sara ! souffla Barnabé, vas-y !... »

Interrompant net chant et danse, la tzingara bondit sur la marche du seuil, coinça son pied dans l'entrebâillement et s'écria :

« Je sais lire l'avenir dans les traits de la main, dans l'eau pure et dans les cendres. Pour deux sols seulement !... Donnez-moi votre main, ma belle dame ! »

Surprise, la mère Caboche voulut refermer sa porte,

n'y parvint pas et se mit à jurer comme un charretier. Mais plus elle criait, plus Sara insistait, lui promettant un avenir tissé d'or et de roses, prédictions aimables auxquelles la tripière répliquait par toutes sortes de considérations peu flatteuses sur les parents de Sara et sur Sara elle-même. Mais cette courte joute oratoire avait permis aux hommes de Mâchefer de se grouper.

« Allons-y ! fit le roi des truands... En avant !... »

Barnabé se gara avec Catherine sous l'auvent d'un talmelier [1] qui devait être à l'exécution car ses volets étaient mis. Les deux douzaines d'hommes de main de Mâchefer s'étaient précipités sur la porte. En un clin d'œil, la mère Caboche fut balayée par la vague d'assaut jusqu'au fond de son échoppe tandis que Sara, déséquilibrée par la violence du choc, roulait jusqu'au milieu de la ruelle où Barnabé la ramassa. Elle riait de bon cœur.

« Pas de mal ? demanda le coquillard.

— Non. Sauf que le poing de Mâchefer dirigé vers la mère Caboche s'est trompé d'adresse et m'est arrivé dans l'œil. Je vais avoir un beau coquart. Il tape comme un sourd ! La brute ! J'ai cru qu'il m'enlevait la tête. »

En effet, le tour de l'œil gauche de Sara commençait à bleuir d'inquiétante façon, mais elle n'avait rien perdu de sa bonne humeur. Pendant ce temps, les truands avaient envahi la maison de la tripière et menaient là-dedans un grand vacarme dominé par les hurlements de la victime. Il est probable que les envahisseurs ne devaient pas se contenter de chercher Loyse.

Au bout de quelques instants, Mâchefer reparut

1. Boulanger.

portant dans ses bras une jeune femme seulement vêtue d'une longue chemise de toile blanche et dont les cheveux blonds couvraient son épaule.

« C'est bien ça ? demanda-t-il.

— Loyse, Loyse !... cria Catherine en se pendant à la main inerte de la prisonnière. Mon Dieu !... Elle est morte ! » Un flot de larmes monta aussitôt à ses yeux. Barnabé se mit à rire.

« Mais non, gamine, seulement évanouie, mais il faut faire vite. On la ranimera à l'entrepôt. »

La jeune fille, en effet, était inerte, les yeux clos et les narines pincées. Elle était extrêmement pâle avec de grands cernes violets autour des yeux et sa respiration était imperceptible. Sara fronça les sourcils.

« Courez alors, car elle est bien pâle... Je n'aime pas ça. »

Mâchefer ne se le fit pas dire deux fois et prit sa course à travers les rues de la Cité, laissant ses hommes piller à leur guise la maison de la tripière. Les trois autres se lancèrent dans son sillage. Ce fut une course éperdue, mais Catherine qui avait si longtemps rêvé de courir dans les rues au fond du caveau de Barnabé, y prit un vif plaisir. Loyse était sauvée, on allait partir tous ensemble sur un bateau, voir du pays, faire d'autres connaissances... C'était comme une magnifique aventure qui s'ouvrait devant elle, effaçant un peu les traces profondes des douleurs récentes. Les maisons, les carrefours avec leurs fontaines et leurs croix votives défilaient de part et d'autre de ses pieds rapides. La Seine fut traversée presque d'un seul bond. Mâchefer, malgré le poids de Loyse, bien léger mais réel, semblait voler et les trois autres avaient du mal à le suivre. Enfin ils atteignirent les grèves de sable jaune que le soleil incendiait. Les portes de l'entrepôt des Marchands de l'eau se refermèrent sur eux et les engloutirent dans l'ombre chaude de l'intérieur. Jacquette les guettait. Elle se jeta avec des sanglots sur Loyse toujours évanouie, mais Sara l'écarta assez rudement.

« Elle a besoin de soins, pas de larmes. Laissez-moi faire... »

Catherine, hors d'haleine et pleine d'un profond sentiment de satisfaction, se laissa tomber dans la poussière pour reprendre souffle.

Une heure plus tard, assise auprès de Barnabé, à l'avant du chaland, elle regardait défiler Paris. Des larmes roulaient encore sur ses joues et c'était l'adieu à Landry qui les avait fait couler. Cela avait été un moment plus dur que l'adolescente n'aurait cru. Elle avait pris conscience, à ce moment, de la place que le jeune garçon tenait dans sa vie. Quant à lui, il était si ému qu'il n'avait pu retenir une grosse larme qui avait mouillé la joue de Catherine. En l'embrassant pour la première et la dernière fois, elle avait senti sa gorge s'étrangler. Aucun mot n'était parvenu à en sortir. Alors Landry avait promis :

« J'irai te voir un jour, je te le jure. Je veux être soldat et j'irai prendre du service chez Mgr de Bourgogne. On se reverra, j'en suis sûr... »

Il souriait, essayait de faire le brave mais le cœur n'y était pas. Les coins de la bouche de Landry, qu'il faisait de si vaillants efforts pour relever, retombaient toujours. Barnabé, alors, avait brusqué les adieux, embarqué Catherine presque de force en la prenant sous son bras. Ainsi portée comme un paquet, elle pleurait comme une fontaine et criait des « au revoir » coupés de sanglots. Les mariniers avaient poussé sur leurs longues perches qui allaient chercher appui sur le fond vaseux de la rivière. Le chaland s'était écarté lentement de la rive, avait glissé sur l'eau jaune, chargée de limon et de sable. Mais les mariniers avaient à fournir un rude effort pour remonter le courant. Ils n'avaient pas pris le milieu où ce courant était plus fort. Ils se tenaient tout près des rives.

Une autre peine pesait sur le cœur de Catherine et c'était l'étrange attitude de Loyse. Lorsqu'elle avait repris conscience, la jeune fille avait d'abord regardé avec étonnement les visages, connus ou inconnus, qui se penchaient sur elle. Elle avait vu sa mère en larmes, sa sœur souriante mais, au lieu de se laisser aller à la joie des retrouvailles et de se jeter au cou de celles qu'elle aimait, elle s'était au contraire arrachée des bras de Jacquette pour aller se tapir dans un coin de l'entrepôt où s'empilaient barriques, balles de cuir, poteries, mesures de bois ou de grains.

« Ne me touchez pas... » avait-elle crié si sauvagement que ce cri avait résonné jusqu'au fond du cœur de sa sœur. Jacquette avait tendu les bras, désespérée.

« Ma petite... ma Loyse ! C'est moi, ta mère... Est-ce que tu ne reconnais plus ta mère ? Est-ce que tu ne m'aimes plus ? »

Dans son coin, repliée sur elle-même, Loyse avait l'air d'un petit animal pris au piège. On ne voyait dans son visage maigre que ses yeux pâles, agrandis d'horreur. Ses mains étaient crispées sur sa poitrine, si fort que les jointures en étaient toutes blanches, mais un sanglot avait fêlé sa voix.

« Ne me touchez pas. Je suis souillée, impure !... Je ne suis plus que boue et immondices. Je ne peux plus que faire horreur à n'importe quelle honnête femme. Je ne suis plus votre fille, mère, je suis une ribaude, une fille folle, la maîtresse de Caboche l'écorcheur... Allez-vous-en, laissez-moi... »

Jacquette ayant voulu s'approcher d'elle, Loyse avait reculé plus loin, se traînant dans la poussière grise du sol comme si la main de sa mère eût été un fer rouge. Sara s'était interposée. D'un bond de chatte, elle avait littéralement sauté sur Loyse, l'avait immobilisée entre ses bras souples et forts. Il n'y avait pas de temps à perdre.

« Moi je peux te toucher, fillette. Il y a longtemps que j'ai connu cette souillure dont tu parles, mais tu ne dois pas t'en torturer ni en tourmenter ta pauvre mère, parce qu'elle n'a marqué que ton corps. Ton âme, elle, est demeurée pure puisque tu n'avais pas voulu cela.

— Non, hurla Loyse, je ne l'ai pas voulu, mais parfois j'ai trouvé du plaisir à ses caresses. Quand ses mains parcouraient mon corps, quand il me possédait, il m'est arrivé de crier dans l'intensité du plaisir... et aussi de le désirer. Moi qui ne vivais que pour Dieu, qui ne voulais que Dieu...

— Comment peut-on savoir qu'on ne veut que Dieu tant qu'on n'a pas goûté à l'amour, fillette ? avait dit Barnabé en haussant les épaules ; maintenant nous t'avons tirée de là et nous voulons t'emmener avec nous. Le bateau va partir. A moins que tu ne veuilles que nous te ramenions chez Caboche ? »

Loyse eut un geste d'horreur qui repoussait au loin les images maudites de son péché.

« Non, oh ! non, je veux seulement mourir !

— Se donner volontairement la mort est, aux yeux de Dieu, un plus grave péché que de subir un homme... même s'il t'est arrivé d'y prendre plaisir.

— Je veux détruire ce corps de honte et de boue...

— Tu vas surtout nous faire manquer le bateau... »

Et, tranquillement, Barnabé avait fermé son poing. Il en avait frappé Loyse à la pointe du menton, pas trop fort, juste ce qu'il fallait pour lui faire perdre conscience. Le cri de Jacquette indignée ne l'avait même pas ému.

« Nous avons trop perdu de temps ! Habillez-la vivement et transportons-la sur le bateau. Une fois en route, nous aurons tout le loisir de la raisonner. Il faudra seulement la surveiller étroitement pour qu'elle n'ait pas idée de passer par-dessus bord... »

Ces directives avaient été suivies point par point. Loyse, évanouie à nouveau avait été déposée, rhabillée convenablement, dans l'espèce de cabine ménagée à l'arrière du bateau et qui servait au marinier à s'abriter. Sara lui prodiguait ses soins avec l'aide de Jacquette. Maintenant le voyage pouvait commencer.

Assis sur un tas de cordages, ses longues jambes étendues devant lui, Barnabé observait Catherine. Les mains nouées autour de ses genoux minces, l'adolescente regardait droit devant elle tandis que les larmes roulaient encore sur ses joues. Ce qu'elle venait d'entendre l'avait profondément troublée, car cela rejoignait les images entrevues dans la Cour des Miracles. Mais Barnabé avait prononcé le mot « Amour », cette chose dont Loyse avait parlé avec horreur. Ce qu'elle avait vu ne pouvait être l'amour. L'amour, c'était ce qu'elle avait éprouvé tout de suite en voyant Michel. Ce délicieux serrement de cœur, cette envie d'être doux et tendre et de dire des choses caressantes. Et Loyse criait comme si elle avait enduré la torture. Elle semblait folle.

Barnabé entoura ses épaules de son bras.

« Loyse guérira, petite. Elle n'est pas la seule, depuis que Dieu a créé le monde, qui ait subi ce genre d'épreuve. Seulement, pour elle, ce sera long parce qu'elle est d'esprit rigide et de piété étroite. Il faudra être très patiente avec elle, mais, un jour, elle retrouvera le goût de la vie. Quant à Landry, cela m'étonnerait que tu le revoies pas un jour. Il sait ce qu'il veut et il est de ceux qui forcent leur chemin, droit devant eux, sans s'arrêter aux obstacles de la route. S'il veut être soldat de Bourgogne, il le sera, crois-moi !... »

Catherine tourna vers lui un regard brillant de gratitude. L'amitié du coquillard répondait d'elle-même aux questions qu'on ne lui posait pas. La jeune fille éprouva soudain une grande sensation de sécurité. Barnabé se pencha un doigt en avant.

« Regarde comme c'est beau, Paris. La plus grande et la plus belle ville du monde. Mais Dijon n'est pas mal non plus, tu verras... »

Le chaland avait franchi le pont aux Moulins puis les grandes arches de son voisin immédiat, le Pont-au-change, juste sous la maison des Legoix. Catherine avait jeté un dernier regard à la lucarne par laquelle Michel devait s'évader puis avait détourné la tête. Un peu plus loin, une plantation de pieux hérissait l'eau de la rivière. C'était les bases du futur pont Notre-Dame. Trois semaines plus tôt, le roi en personne, alors dans une période de lucidité mentale, avait frappé de la hie sur le premier pieu, et les princes après lui. Quelques guirlandes fanées s'accrochaient encore à ce pieu...

Tout autour, c'était le hérissement des tours et des clochers de Paris, la dentelle des campaniles, la flèche hardie des églises, le grand toit de la maison aux Piliers et les beaux hôtels des seigneurs avec leurs jardins descendant jusqu'à l'eau, les tours carrées de Notre-Dame découpées sur le ciel d'or liquide face à la Grève où le gibet et la roue demeuraient vides d'occupants. Plus loin, c'était le port Saint-Pol, le port au foin, avec ses bateaux plats, précédant l'hôtel et les jardins du Roi et aussi les fines tourelles de l'hôtel des archevêques de Sens. De l'autre côté, les îles, l'île aux Vaches et l'île Notre-Dame, plates et herbues avec leurs pâturages et leurs saules argentés. Le regard de Catherine revint alors aux murs épais du puissant couvent des Célestins, séparés par un étroit canal d'une petite île sableuse, l'île Louviaux. Là se terminait Paris avec la masse trapue de la tour Barbeau, grise et menaçante sous son toit conique, jadis bâtie par ce roi Philippe II que l'on nommait l'Auguste. A cette tour s'accrochaient à la fois le rempart filant vers la Bastille et l'énorme chaîne qui, la nuit, barrait la Seine... Mais, dans le soleil de juin avec la verdure des grands arbres et la gaieté du ciel, tout cet appareil militaire perdait de sa rudesse. Même les pierres semblaient douces et amicales. La voix de Barnabé se mit à murmurer :

C'est la cité sur toutes couronnée
Fontaine et puits de science et de clergie
Sur le fleuve de Seine située
Vignes, bois, terres et prairies
De tous les biens de cette mortelle vie
A plus qu'autres cités n'ont
Tous étrangers l'aiment et l'aimeront
Car pour déduit et pour être jolie
Jamais cité telle ne trouveront
Rien ne se peut comparer à Paris... [1]

1. Poème sur Paris d'Eustache Deschamps.

« C'est joli ! » fit Catherine dont la tête alourdie s'appuyait sur l'épaule du coquillard. Derrière son dos, les bateliers entonnaient une chanson pour rythmer leur effort. Il n'y avait plus rien à faire qu'à se laisser emporter vers un destin nouveau en laissant derrière soi les anciens souvenirs, les anciens regrets. De son passé, Catherine ne voulait emporter que l'image de Michel de Montsalvy, gravée à jamais au fond de son cœur et qui, elle le savait, ne pourrait s'effacer, même avec le temps.

Les rives vertes de la Seine continuaient de défiler lentement. Catherine sentit qu'elle avait sommeil...

PREMIÈRE PARTIE

LA ROUTE DE FLANDRES
1422

CHAPITRE III

LA PROCESSION DU SAINT-SANG

L'HÔTELLERIE de la Ronce-Couronnée était l'une des plus achalandées et des mieux fréquentées de Bruges. Elle était située sur la Wollestraat, la rue aux Laines, entre la Grand-Place et le quai du Rosaire et, comme telle, recevait une abondante clientèle de drapiers, lainiers et marchands de toutes sortes venus de tous les pays. Sa prospérité se lisait dans son haut pignon crénelé et sculpté, dans l'éclat de ses fenêtres aux petits carreaux en cul de bouteille sertis de plomb, dans les odeurs somptueuses qui s'échappaient de sa vaste cuisine toute flamboyante de cuivres, d'étains et de faïences, dans la fraîcheur des robes et des coiffes ailées de ses servantes et surtout dans le ventre rebondi de maître Gaspard Cornélis, son joyeux propriétaire.

Pourtant, Catherine, habituée par des voyages précédents aux fastes de la Ronce-Couronnée, donnait ce jour-là toute son attention à l'intense mouvement de la rue. Depuis le petit matin, la ville entière y défilait dans ses plus beaux atours.

A demi habillée, ses cheveux tombant en désordre sur son dos, la jeune fille, un peigne à la main, se penchait tant qu'elle pouvait à la fenêtre de sa chambre, sourde aux récriminations de l'oncle Mathieu qui, dans la pièce voisine, maugréait depuis son réveil. Le drapier, ses affaires faites, aurait voulu repartir dès l'aube pour Dijon, mais Catherine, après une dure bataille, avait arraché la promesse que l'on ne partirait que le soir, afin d'assister à la célèbre procession du Saint-Sang, la plus grande fête de la ville.

Elle était parvenue sans trop de peine à faire admettre son point de vue à Mathieu Gautherin. Il avait bougonné un long moment, répété que les fêtes étaient tout juste des occasions de dépenser de l'or à la pelle, rappelé qu'on l'attendait en Bourgogne pour des choses qui ne souffraient aucun retard, mais finalement, s'était laissé convaincre... comme d'ailleurs il le faisait toujours parce qu'il était parfaitement incapable de refuser quoi que ce soit à sa ravissante nièce. Et le brave homme avait galamment souligné sa défaite en offrant à son gentil vainqueur une merveilleuse coiffure de dentelles blanches et des épingles d'or pour la fixer.

Las de parler aux murs de sa chambre ou de se pencher à la fenêtre pour morigéner ses valets occupés à charger des mules avec ses dernières acquisitions, Mathieu Gautherin entra chez sa nièce. La trouvant si peu avancée dans sa toilette, et à demi passée par la fenêtre, il éclata :

« Comment ! Tu n'en es que là ? La procession va

quitter la basilique dans quelques minutes et toi tu n'es même pas coiffée. »

Catherine se retourna vers son oncle, le vit planté au milieu de la pièce, bras croisés, jambes écartées et le chaperon de travers sur sa grosse figure rouge d'indignation, elle courut se pendre à son cou, lui planta sur les joues une foule de petits baisers, traitement que maître Mathieu appréciait infiniment, même s'il se fût fait couper un bras plutôt que de l'avouer.

« J'en ai pour une minute, mon oncle. Mais tout est si beau ce matin !

— Peuh ! On dirait que tu n'as jamais vu une procession.

— Je n'ai pas encore vu celle-là. Et je n'ai surtout jamais vu autant de beaux atours dans une seule rue. Il n'y a pas une femme qui ne porte velours, satin ou cendal [1], voire brocart. Toutes ont des dentelles, des bijoux, même celles qui criaient hier encore le poisson sous la Water-Halle ! »

Tout en parlant, Catherine activait sa toilette. Elle enfila vivement une longue robe de cendal bleu pâle qui se relevait légèrement devant pour laisser voir une jupe blanche finement rayée d'argent, assortie à la gorgerette que montrait la profonde échancrure pointue de la robe. Puis, vivement, elle natta et releva ses cheveux, ajusta dessus l'escoffion de dentelle en forme de croissant dont une barbe passait sous son menton, soulignant l'ovale du visage. Après quoi, elle se tourna vers son oncle.

« Comment suis-je ? »

La question était superflue. Le regard plein d'affection de Mathieu reflétait la beauté de Catherine aussi

1. Sorte de taffetas léger.

bien qu'un miroir. Car, la prédiction de Sara s'était réalisée. A vingt et un ans, la jeune fille était la plus ravissante créature qui se puisse voir. Ses yeux, immenses et changeants, éclairaient son visage où les taches de rousseur avaient fait place à un joli teint velouté, rose et doré évoquant irrésistiblement les pétales d'une rose thé. Quant aux longs cheveux d'or de la jeune fille, ils faisaient toujours l'admiration de tous. Pas très grande, Catherine avait un corps parfait. Ses proportions, sa grâce et ses formes à la fois pleines et délicates, avaient de quoi ravir le peintre le plus exigeant. Et c'était le grand désespoir de Mathieu Gautherin, de sa sœur Jacquette et de tous les membres de la famille que Catherine qui traînait après elle, depuis l'âge de seize ans, une longue file de cœurs masculins, refusât toujours aussi énergiquement de se marier. Il semblait que son pouvoir sur les hommes l'amusât seulement, et même l'irritât un peu.

« Tu es la jeunesse et le printemps en personne, fit Mathieu sincère, il est seulement dommage qu'aucun gentil garçon n'ait le droit d'espérer en être un jour le maître...

— Je ne vois pas en quoi j'y gagnerais. Après le mariage, la beauté des femmes se fane et perd de son éclat. »

Mathieu leva les bras au ciel.

« Quel raisonnement ! Mais, malheureuse...

— Mon oncle, coupa gentiment Catherine, nous allons être en retard. »

Tous deux sortirent de la chambre. Dans la cour de l'auberge où les servantes chargées de plats et de volailles couraient de côté et d'autre en faisant voler leur coiffe, Mathieu fit encore quelques recommandations à ses valets, leur intima l'ordre de rester veiller sur les chargements, de ne pas aller boire au cabaret et leur promit les pires châtiments s'ils enfreignaient ses ordres. Puis, salués bien bas par maître Cornélis, l'oncle et la nièce se retrouvèrent dans la rue.

La foule s'entassait à mesure qu'elle arrivait, sur la place du Bourg, devant la basilique du Saint-Sang.

En approchant des Halles, Mathieu et sa nièce éprouvèrent de grandes difficultés à avancer. Insensible au léger remous que sa beauté soulevait sur son passage, Catherine marchait le nez en l'air, avide de ne rien laisser échapper du spectacle.

Les riches maisons de la place, peintes et enluminées comme des images de missel, disparaissaient presque sous des flots de soieries multicolores, des tapisseries précieuses, tissées de soie, d'or et d'argent, sorties pour la circonstance de l'ombre des demeures pour briller au soleil de la rue. Des guirlandes de fleurs couraient d'une maison à l'autre et, sur le chemin qu'allait suivre la procession, un épais tapis d'herbes fraîches, de roses rouges et de violettes blanches, recouvrait les gros pavés inégaux. Devant les maisons, on avait sorti, sur des dressoirs recouverts de brocarts et de velours rouges ou blancs, les trésors d'orfèvrerie des familles. Coupes, hanaps, plats d'or ou d'argent, sertis de pierres fines ou ciselés en dentelle, témoignaient de la richesse de la maison et s'offraient au regard admiratif des passants, gardés toutefois par de solides valets.

Malgré ses efforts, Catherine ne put même pas entrevoir la vieille basilique romane où dormait l'insigne relique. La forêt de bannières, de flammes de soie brodées, de pennons bariolés, dansant au bout des lances des seigneurs flamands formait comme un champ de fleurs balancées par le vent et cachait l'église. Les portes, grandes ouvertes, laissaient s'échapper des flots d'harmonie, des cantiques clamés par de solides gosiers flamands sur fond d'orgues rugissantes. Il fallut s'en contenter !

Après de valeureux efforts, l'oncle et la nièce parvinrent à s'installer à l'angle des Halles, l'un des meilleurs endroits. Située en face du palais ducal, cette encoignure permettait d'avoir une vue d'ensemble sur la vaste place du marché et sur celle du bourg. Deux commères qui s'étaient prises de querelle pour une obscure histoire de coiffe prêtée et non rendue, et que les archers avaient dû séparer, avaient créé un trou dans la foule, lequel trou avait été aussitôt exploité par Mathieu. Il avait pu s'assurer ainsi la possession de la borne d'angle des Halles qui leur permettrait, le moment venu, de se hausser un peu au-dessus de la mer humaine pour voir passer le Saint-Sang. Le précédent locataire de la borne, un long personnage vêtu de velours safran et doté d'une figure morose, toute en ligne descendante, avait bien voulu se pousser un peu pour faire place à la jeune fille. Il avait même plissé les lèvres en une grimace aimable pouvant, à la rigueur, passer pour un sourire.

Ses vêtements, ourlés de petit-gris et d'une légère broderie d'argent, étaient d'une certaine élégance, mais une désagréable odeur de sueur s'en dégageait et Catherine s'arrangea pour mettre quelque distance entre elle et l'obligeant bourgeois. Mathieu, lui, n'avait pas de ces délicatesses. Il entama aussitôt une conversation animée avec son voisin. C'était un pelletier venu de Gand pour s'approvisionner dans les comptoirs de la Hanse allemande en fourrures de Russie et de Bulgarie, mais ses discours manquaient de netteté. De toute évidence, la vue de la jeune fille lui donnait des distractions. Il la regardait avec obstination. Désagréablement impressionnée par ce regard trop fixe, Catherine décida de n'y point prêter attention. La foule bariolée qui encombrait la place offrait suffisamment de distractions car les dix-sept nations de marchands ayant des entrepôts dans la grande cité marchande s'y coudoyaient. Les cafetans crasseux, mais ornés de fourrures sans prix des Russes y frôlaient les robes raides de broderies des Byzantins. Les draps sévères, mais cossus, des Anglais voisinaient avec les velours ciselés, les brocarts chatoyants des marchands de Venise ou de Florence dont la somptuosité faisait un peu nouveau-riche et attirait les tire-laine comme le miel attire les mouches. Un énorme turban de satin jaune, rond comme une citrouille et paré d'une aigrette blanche, en fusée, naviguait même au-dessus des têtes, signalant un Turc à la curiosité générale. Enfin, vers le fond du Marché, des baladins avaient tendu des cordes au-dessus de la foule et un maigre garçon, moulé dans un maillot rouge vif, se promenait nonchalamment à la hauteur d'un premier étage, un long balancier entre les mains.

Catherine eut à peine le temps de se dire que celui-là était certainement le mieux placé de tous pour bien voir. Une sonnerie de trompettes d'argent annonçait le départ de la procession. En même temps, toutes les cloches de Bruges se mirent à sonner et la jeune fille, en riant, se boucha les oreilles à cause de celle du beffroi dont le tintamarre lui tombait juste sur la tête.

« Il est de plus en plus difficile d'acheter les laines anglaises à bon compte, se plaignait Mathieu Gautherin. Les Florentins de la Calimala raflent tout à prix d'or et reviennent ensuite ici vendre leurs draps à des taux terrifiants. Je reconnais que leurs tissus sont beaux et leurs couleurs brillantes, mais tout de même ! D'autant plus que l'alun des mines de Tolfa qu'ils ont sous la main leur permet de fixer les couleurs à bon compte...

— Bah ! renchérit son nouvel ami, nous avons, nous autres pelletiers, des difficultés de ce genre. Ces gens de Novgorod n'exigent-ils pas maintenant d'être payés en ducats de Venise ? Comme si notre bon or flamand n'avait pas autant de valeur...

— Chut... ! fit Catherine que ce bavardage mercantile agaçait. Voici la procession ! »

Les deux hommes se turent et le bourgeois de Gand profita de ce que la jeune fille était captivée par le spectacle pour diminuer la distance qu'elle avait mise entre elle et lui. Cela l'obligea à se tordre le cou de côté pour éviter d'être éborgné par les cornes de dentelles de sa haute coiffure. Catherine, les yeux écarquillés, ne pensait d'ailleurs plus à lui. La procession s'ébranlait.

C'était en vérité une superbe procession ! Les échevins, toutes les corporations, chacune avec sa bannière, y étaient représentés. Par révérence pour la relique, tout ce monde portait des couronnes de rose, de violette, et de marjolaine, qui sur ces bonnes figures bien nourries faisaient un étrange effet.

Une cohorte de moines et une théorie de jeunes filles en robes blanches précédaient immédiatement le Saint Sang dont l'approche jetait tout le monde à genoux dans la poussière.

Catherine, éblouie, crut voir s'avancer le soleil lui-même, soudainement décroché du ciel. D'or frisé était le grand dais porté par quatre diacres au-dessus de la tête de l'évêque. De drap d'or, rebrodé d'or et de diamants, la chape du prélat et sa mitre étincelante. Il s'avançait, au petit pas d'une mule blanche, harnachée d'or elle aussi, et portait entre ses mains gantées de pourpre, contre sa poitrine, un reliquaire scintillant dont le couvercle était orné de deux anges agenouillés aux ailes émaillées de saphirs et de perles. Les vitres de cristal de la minuscule chapelle laissaient voir à l'intérieur une petite ampoule d'un rouge presque brun : le Précieux Sang du Christ, quelques gouttes recueillies jadis sur le Golgotha par Joseph d'Arimathie. Thierry, comte d'Alsace et de Flandres, à qui le patriarche de Jérusalem les avait remises en 1149, avait rapporté de Terre sainte à Bruges l'ampoule sainte.

A peine relevée de son agenouillement, la jeune fille dut replonger, cette fois dans une profonde révérence.

« Voilà la duchesse ! » avait dit quelqu'un dans la foule...

En effet, derrière le dais, une troupe de jeunes femmes en toilettes somptueuses, toutes vêtues de brocart bleu pâle givré d'argent et de perles, toutes portant le hennin de toile d'argent ennuagé de mousseline bleue, entouraient une jeune femme blonde, mince et gracieuse, au visage triste et doux. La longue traîne doublée d'hermine de sa robe de brocart bleu à grandes fleurs d'or roulait les fleurs et les feuillages sur ses pas. Son hennin constellé de saphirs semblait une flèche d'or fin, et des bijoux étincelants couvraient sa gorge frêle, ses poignets ; sa ceinture était faite de gros cabochons d'or d'un travail presque barbare par la grosseur des pierres enchâssées.

C'était la première fois que Catherine voyait la duchesse de Bourgogne. Jamais, en effet, la souveraine ne venait à Dijon. Toute l'année, elle vivait, seule avec ses femmes, dans le sévère et fastueux palais des comtes de Flandres, à Gand, parce que sa vue était pénible à son mari.

Michelle de France était la fille du pauvre Charles VI le fou et, surtout, la sœur du dauphin Charles que la rumeur publique accusait de la mort du défunt duc Jean sans Peur, assassiné au pont de Montereau trois ans plus tôt. Philippe de Bourgogne aimait chèrement son père et, du jour où il avait appris sa mort, l'amour sans passion qu'il portait à sa jeune femme s'était éteint, simplement parce qu'elle était la sœur de son ennemi. Dès lors Michelle n'avait plus vécu que pour Dieu et pour soulager les misères. Les gens de Gand l'adoraient et tenaient quelque peu rigueur à leur légitime seigneur de son attitude envers une femme si douce et si bonne. Ils la jugeaient excessive et parfaitement injuste.

A considérer le doux visage de Michelle, Catherine rejoignit aussitôt les bourgeois de Gand dans leur opinion et se dit que le duc Philippe n'était qu'un imbécile. Derrière elle, le pelletier gantois chuchotait à l'oncle Mathieu :

« La vie de notre pauvre duchesse n'est qu'un long martyre. L'an passé, est-ce que le duc n'a pas célébré avec éclat la naissance du bâtard qu'il a eu de la dame de Presles ? Notre bonne dame qui n'a pas d'enfant, et pour cause, en a pleuré des jours entiers mais lui, sans souci de ses larmes, a proclamé le poupon Grand Bâtard de Bourgogne... comme s'il y avait tant de raisons de faire le fier ! »

L'indignation gonfla le cœur généreux de Catherine. Elle eût aimé voler au secours de la petite duchesse, si injustement dédaignée par son mari !

Il approchait d'ailleurs, en personne, le duc Philippe. A cheval, escorté d'une troupe de chevaliers en harnois de guerre, il figurait dans le cortège le comte Thierry de Flandres à qui l'on devait le Saint-Sang. Et, comme tel, portait des armes d'un autre âge. Un haubert à mailles d'acier l'emprisonnait des épaules aux genoux, assorti au camail qui enfermait sa tête sous le heaume conique, laissant tout juste passer l'ovale dur et pâle du visage. Une longue épée, large et plate, pendait à son côté. Dans son poing droit ganté de fer il tenait une lance où flottait un pennon aux couleurs de Flandres. A son bras droit, l'écu en amande allongée. Les seigneurs de l'entourage étaient vêtus de même et formaient une impressionnante forêt de statues de fer noir, rigides et sinistres. Le regard de Philippe planait au-dessus des têtes et ne se posait sur rien. Comme il semblait hautain, distant et dédaigneux ! Catherine inclinée à nouveau sous le poids du respect se dit que, décidément, il n'était pas sympathique.

Soudain, comme elle se relevait de sa révérence, Catherine sentit deux mains tremblantes étreindre sa taille. Elle fit un mouvement pour se dégager pensant que quelqu'un glissait et se rattrapait comme il pouvait. Mais les mains fureteuses remontaient maintenant le long de son buste pour se refermer avidement autour de ses seins. Un hurlement de rage lui échappa. Se retournant avec une violence qui éloigna les voisins et fit basculer sa coiffure, la jeune fille fit face à l'agresseur et se retrouva nez à nez avec le pelletier de Gand, stupéfait d'une telle réaction.

« Oh ! s'écria-t-elle... Espèce de pourceau !... »

Et, incapable de maîtriser sa colère, par trois fois, à toute volée, elle gifla l'impudent. Les joues blêmes rougirent instantanément comme des coquelicots en août, et le bourgeois recula en portant ses mains à sa figure. Mais Catherine était lancée. Sans souci de sa belle coiffe de dentelle qui roulait dans la poussière, libérant la masse rutilante de sa chevelure, elle voulut poursuivre l'adversaire malgré les efforts de Mathieu pour la retenir.

« Ma nièce, ma nièce, êtes-vous folle ? s'écria le brave homme.

— Folle ? Ah ! bien oui ? Demandez donc à ce triste individu, à cet ignoble marchand de peaux ce qu'il vient de faire ? Demandez-le-lui s'il ose vous le dire ? »

L'homme reculait dans l'ombre de la Halle, cherchant visiblement à s'esquiver mais la foule le coinçait. D'ailleurs, les assistants amusés prenaient parti, qui pour le pelletier, qui pour la jeune fille.

« Bah ! fit un épicier aussi large que haut, si on ne peut plus pincer la taille d'une fille dans la foule sans déchaîner un scandale... »

Une jeune femme au frais visage rond mais à l'œil impérieux s'était penchée pour le regarder sous le nez.

« J'aimerais bien voir qu'on essayât de me pincer la taille, s'écria-t-elle. La jeune personne a bien fait et je sais, moi, que j'arracherais les yeux à qui voudrait m'en faire autant. »

Arracher les yeux du pelletier, c'était apparemment ce qu'essayait de faire Catherine que son oncle n'arrivait plus à maintenir. A l'angle des Halles, cela fit bientôt une belle bagarre qui détourna l'attention de la foule, mais aucun des belligérants ne s'aperçut que le cortège lui-même s'était arrêté. Une voix froide domina soudain le tumulte.

« Gardes !... Saisissez-vous de ces gens qui troublent la procession ! »

C'était le duc lui-même. Arrêté au coin des Halles,

rigide dans son vêtement de fer, il attendait. Immédiatement quatre archers de sa garde personnelle fendirent la foule. Catherine fut séparée de sa victime qui se défendait de son mieux, saisie par deux archers malgré les prières de Mathieu affolé, et traînée jusque devant le cheval de Philippe de Bourgogne.

Sa colère n'était pas calmée. Elle se débattait comme un démon et quand enfin on parvint à l'immobiliser, ses cheveux dorés ruisselaient sur ses épaules. L'une d'elles montrait sa rondeur fraîche par le col arraché de la robe bleue. Elle leva sur le duc un regard étincelant et farouche qui croisa celui de Philippe comme une épée une autre épée. Un bref instant ils se regardèrent, comme se jaugent deux duellistes, lui si grand et si fier sur son cheval, elle dressée comme un petit coq de combat, refusant de baisser les yeux. Autour d'eux un silence angoissé s'était fait, seulement troublé par les sanglots du pauvre Mathieu épouvanté.

« Que s'est-il passé ? » demanda le duc sèchement.

Ce fut l'un des archers agrippés au pelletier gantois plus mort que vif qui répondit :

« Ce bonhomme a profité de la presse pour essayer de lutiner un peu la fille, monseigneur. Elle lui a sauté à la figure. »

Le regard gris de Philippe n'effleura qu'à peine le visage décomposé du bourgeois, avec un dédain glacial, revint à Catherine qui, la lèvre méprisante, n'avait pas dit mot. Sûre de son bon droit, elle était trop fière pour se disculper ainsi devant tous, encore plus pour implorer. Elle attendait seulement. La voix froide de Philippe retentit :

« Troubler une procession est une faute grave. Emmenez-les. Je m'occuperai de ceci plus tard. »

Un instant, penché vers son capitaine des gardes, Jacques de Roussay, il lui parla tout bas puis, détournant son cheval, il reprit sa place dans le cortège. La procession poursuivit sa route au milieu des chants sacrés et des nuages d'encens.

Force fut au capitaine de Roussay d'attendre la fin du cortège, composé d'une suite de tableaux vivants évoquant des scènes de l'Ancien et du Nouveau Testament, pour emmener ses prisonniers. L'ordre lui avait été donné de les conduire au Palais et, pour cela, il fallait traverser la place. Pendant ce temps, Mathieu Gautherin s'arrachait les cheveux et sanglotait, effondré sur sa borne, tandis que la jeune bourgeoise qui avait pris fait et cause pour Catherine essayait de le consoler. Il avait voulu parler à sa nièce, mais les archers l'en avaient empêché. Il imaginait avec terreur la succession de catastrophes qui allaient suivre. Sans doute l'imprudente serait-elle jetée au cachot, puis jugée, peut-être pendue ou même brûlée comme sacrilège ? Et lui, on détruirait sa maison, on le jetterait hors de la ville et il devrait errer sur les routes avec sa famille, mendiant son pain, toujours chassé, toujours errant jusqu'à ce que le Seigneur Dieu le prît en pitié et le rappelât à lui...

Catherine, enfin calmée, conservait au contraire un calme glacial. Les archers lui avaient lié les mains et elle se tenait là très droite, dans sa robe déchirée qui montrait sa gorge, dans le ruissellement de ses cheveux, dédaigneuse des appréciations mi-flatteuses, mi-grivoises, voire franchement obscènes que sa beauté suscitait. Elle était consciente de tous ces regards attachés sur elle. Même, elle trouvait amusant, en son for intérieur, de voir le capitaine des archers détourner les yeux en rougissant quand, par hasard, elle posait son regard sur lui. Roussay était jeune, et visiblement l'aspect de la prisonnière le troublait plus que de raison.

Quand la dernière allégorie pieuse, un Daniel bedonnant au milieu de fauves très fantaisistes, fut passée, il fit écarter la foule et emmena ses prisonniers d'un bon pas. La place fut traversée presque en courant. Le pauvre Mathieu, toujours pleurant, suivait de son mieux, le chaperon de travers, son gros visage tout fripé offrant une ressemblance irrésistible avec celui d'un poupon désolé.

Mais, parvenu à l'entrée du palais gouvernemental, le pauvre homme vit les lances des gardes se croiser devant sa poitrine et force lui fut de renoncer à suivre le destin de sa nièce. Le cœur navré, il s'en alla s'asseoir sur une autre borne et se mit à pleurer comme une fontaine, à peu près certain de ne plus revoir Catherine que sur le chemin de l'échafaud.

A sa grande surprise, à peine entrée sous la voûte du palais, Catherine avait constaté qu'on la séparait de son adversaire. Les gardes du pelletier prirent à gauche dans la cour tandis que Roussay dirigeait en personne sa prisonnière vers le grand escalier.

« Est-ce que vous ne me conduisez pas aux prisons ? » demanda la jeune fille. Le capitaine ne répondit pas. Le regard fixe, le visage morne sous la visière relevée de son casque, il allait son chemin à la manière d'un automate bien réglé. Catherine ne pouvait deviner que, s'il refusait aussi obstinément de la regarder ou même de lui répondre, c'était uniquement parce qu'il sentait le cœur lui manquer dès que ses yeux se posaient sur ce trop joli visage. C'était bien la première fois que Jacques de Roussay détestait sa consigne.

Au bout de l'escalier il y eut une galerie, puis une

porte, donnant sur une grande salle somptueusement meublée, puis une autre salle, plus petite et toute tendue de belles tapisseries à personnages. Dans ces tapisseries, une porte se découpa, poussée comme par magie sous la main du capitaine.

« Entrez », fit-il brièvement.

Catherine, éberluée, s'aperçut seulement à cet instant que seul le capitaine lui servait d'escorte et que les soldats avaient disparu comme par enchantement. Sur le seuil, Roussay trancha les liens de sa prisonnière d'un coup de dague puis la poussa à l'intérieur. La porte retomba sur elle sans faire le moindre bruit et, quand Catherine se retourna pour voir si son geôlier était toujours là, elle n'en crut pas ses yeux : la porte avait disparu, elle aussi, dans le dessin des murs.

Avec un soupir résigné, la jeune fille se mit à examiner sa prison. C'était une chambre de dimensions réduites mais d'une rare splendeur. Les murs, tendus de drap d'or, donnaient toute son importance à un grand lit vêtu de velours noir. Aucun écu ne se montrait au-dessus du chevet, mais des griffons d'or pur aux yeux d'émeraudes et des cordelières d'or maintenaient relevées les courtines sombres. Près de la cheminée haute et blanche, un dressoir d'ébène supportait quelques pièces d'orfèvrerie qui ne semblaient être là que pour servir d'escorte à une grande coupe de cristal étincelant dont le pied et le couvercle étaient d'or serti de grosses perles rondes. Entre les deux étroites fenêtres lancéolées, un grand coffre d'ébène portait une vasque d'or émaillé dans laquelle s'épanouissait une énorme brassée de roses couleur de sang.

A petits pas prudents, Catherine s'avança sur l'épais tapis de laine aux tons noir et rouge sombre dont elle ne pouvait savoir qu'il était arrivé tout récemment de la lointaine Samarcande, sur une grosse caraque génoise encore mouillée dans l'avant-port de Damme. Au passage, un grand miroir pendu au mur lui renvoya son image : celle d'une jeune fille aux yeux étincelants, dont les cheveux en désordre brillaient plus fort que les murs dorés, mais dont la robe déchirée montrait plus de peau nue qu'il n'était convenable. Confuse à la pensée de tous ces gens qui avaient pu la contempler dans un pareil désordre, elle chercha autour d'elle un tissu quelconque pour voiler ses épaules et sa gorge, n'en trouva pas et se résigna à couvrir de ses deux mains croisées sa poitrine à demi découverte.

Elle se sentait lasse tout à coup et surtout elle avait faim. Catherine était douée d'une si vigoureuse nature que les plus mauvais moments de l'existence ne parvenaient pas à lui couper l'appétit. Mais, dans cette pièce si bien close, aux portes invisibles, il n'y avait absolument rien à se mettre sous la dent. Aussi, avec un profond soupir, alla-t-elle s'installer dans l'une des deux chaises d'ébène sculpté à haut dossier raide qui se faisaient vis-à-vis de chaque côté de la cheminée. Elles étaient assez confortables grâce à d'épais coussins de velours noir à glands d'or, bien gonflés de moelleux duvet. Catherine s'y pelotonna comme un chat, constata qu'on y était bien et, comme elle n'avait rien de mieux à faire, ne tarda pas à s'endormir. Son sort futur la préoccupait beaucoup moins que les inquiétudes au milieu desquelles devait se débattre le pauvre oncle Mathieu. On ne pouvait pas l'avoir conduite dans une si jolie pièce pour la jeter ensuite au bourreau.

Elle s'éveilla en sursaut, un long moment plus tard, alertée par son subconscient qui annonçait une présence. En effet, debout devant elle, les mains derrière le dos, et les jambes légèrement écartées, un homme jeune, grand et mince, la regardait dormir. Avec un petit cri mi-effrayé, mi-surpris, elle bondit sur ses pieds, regardant le nouveau venu avec appréhension.

Ce n'était pas un inconnu. C'était le duc Philippe en personne.

Il avait remplacé son harnois d'un autre âge par une courte tunique de velours noir assortie aux chausses qui moulaient ses longues jambes maigres mais cependant musclées. Sa tête nue montrait ses cheveux blonds coupés très courts au-dessus des oreilles. Le sévère costume faisait ressortir la jeunesse de son visage et il ne portait certes pas plus que ses vingt-six ans. Il souriait.

Le sourire s'accentua devant la révérence maladroite dont Catherine, mal réveillée, le gratifiait avec un :

« Oh !... Monseigneur, j'ai honte !...

— Tu dormais si bien que je n'osais pas te réveiller, et il n'y a aucune raison d'avoir honte, car c'était un bien joli spectacle. »

Pourpre de confusion en constatant que le regard pâle de Philippe parcourait sa personne, Catherine, se souvenant de son désordre, se hâta de replacer ses mains sur sa gorge. Pour ménager cette soudaine pudeur, le duc s'éloigna de quelques pas et haussa légèrement les épaules.

« Parlons un peu maintenant, ma belle perturbatrice. Dis-moi d'abord qui tu es ?

— Votre prisonnière, monseigneur !

— Mais encore ?

— Rien de plus... puisque vous me tutoyez. Je ne suis pas fille noble, mais pas davantage vilaine. Et comme je ne suis pas non plus servante, le fait d'avoir été arrêtée est insuffisant pour me traiter comme telle. »

Un sourire, mi-amusé mi-curieux, traversa le regard gris de Philippe. La beauté éclatante de cette fille l'avait frappé à première vue, mais il découvrait en elle, maintenant qu'il l'approchait, quelque chose de plus, une sorte de valeur intime, une qualité qu'il s'attendait peu à rencontrer. Pourtant, il ne voulait pas encore en convenir et son sourire était fortement épicé de raillerie quand il demanda :

« Pardonnez-moi en ce cas, demoiselle. Me direz-vous cependant qui vous êtes ? Je crois connaître toutes les jolies filles de cette ville et cependant jamais, jusqu'à présent, je ne vous avais vue.

— Ne dites pas demoiselle, monseigneur. Je vous ai dit que je ne l'étais pas. Et pas davantage de cette ville où j'accompagnais mon oncle venu passer marché de tissus...

— D'où êtes-vous donc ?

— Je suis née à Paris mais j'habite Dijon depuis que vos amis les Cabochiens ont pendu mon père qui était orfèvre sur le Pont-au-Change. »

Le sourire s'effaça des lèvres de Philippe qui prirent un pli très dur. Posant l'une de ses jambes sur le coin d'un coffre, il s'assit à demi et se mit à déchiqueter les fleurs posées près de lui.

« Une Armagnacque, hein ? Voilà pourquoi on trouble les processions. Les gens de votre sorte, ma belle, devraient savoir qu'ils ne viennent ici qu'à leurs risques et périls. L'étrange audace, en vérité, quand on appartient à ceux qui ont tué mon père bien-aimé !

— Je ne suis pas Armagnacque », protesta Catherine devenue rouge de colère. L'attitude à la fois insolente et menaçante du duc l'irritait au plus haut point. Elle n'avait déjà que peu de sympathie pour lui... La voix enrouée de fureur, elle poursuivit : « Je ne suis d'aucun parti mais vos amis ont pendu mon père parce que j'avais voulu leur arracher un serviteur de votre sœur, un jeune homme dont, en vain, elle avait imploré la grâce auprès de vous et de votre bien-aimé père. Vous ne vous souvenez pas ? Cela se passait à l'hôtel d'Aquitaine. Madame Marguerite, en larmes et à genoux, priait pour la vie de Michel de Montsalvy.

— Taisez-vous !... N'évoquez pas ce souvenir ! Un des plus affreux de ma jeunesse. Il était impossible de sauver Michel sans se compromettre soi-même.

— C'était impossible, ricana Catherine et cependant moi qui n'étais qu'une fillette j'ai voulu le tenter. Pour cela mon père a été pendu, ma mère et moi chassées. Nous avons dû nous enfuir, gagner Dijon où mon oncle Mathieu Gautherin est drapier. C'est là que j'ai vécu depuis ce drame... »

Un silence tomba entre les deux adversaires. Catherine, reprise par les souvenirs cruels de ces jours sombres, sentait son cœur battre comme un tambour. Le visage sombre de Philippe ne présageait rien de bon. Tout à l'heure, il ferait jeter l'insolente au fond d'une basse-fosse, c'en serait fait du bon Mathieu et de tous les siens. Pourtant, même si la silhouette rouge du bourreau se fût soudain dressée au milieu de la chambre luxueuse, elle eût répété chacun des mots qu'elle venait de jeter à la face du puissant maître de la Bourgogne. Elle éprouvait même une sorte de satisfaction intime de l'avoir fait. C'était en quelque sorte une revanche sur le passé...

Elle prit une profonde respiration, rejeta en arrière une mèche de cheveux et demanda :

« Qu'allez-vous faire de moi, monseigneur ? Mon oncle doit être dans une bien grande angoisse à mon sujet. Il aimerait sûrement être fixé... Même s'il s'agit du pire ! »

Philippe haussa rageusement les épaules, jeta par la fenêtre la rose que ses doigts avaient écrasée, ou du moins ce qu'il en restait. Quittant sa pose nonchalante, il fit quelques pas vers Catherine.

« Que vais-je faire de vous ? Troubler une procession mérite une punition, bien sûr, mais vous m'en voulez déjà tellement que j'hésite à vous déplaire encore. Et puis... j'aimerais qu'à l'avenir nous soyons amis. Après tout, une jeune femme est libre de se défendre quand on l'attaque, et cet homme qui a osé...

— Ce qui veut dire, monseigneur, que ce malheureux paiera pour moi ? En ce cas, pardonnez-lui comme je lui pardonne. Son geste ne mérite pas tant de bruit. »

Pour secouer la gêne qui s'emparait d'elle sous le regard attaché avec tant d'insistance à son visage, elle était retournée au miroir et elle s'y regardait, mais sans bien se voir. L'image du duc s'inscrivit auprès de la sienne dans le cercle d'or, la dominant de toute la tête et, soudain, elle frissonna : deux mains chaudes venaient d'emprisonner ses épaules...

Le miroir lui renvoya leurs deux visages aussi pâles l'un que l'autre. Une flamme étrange brûlait dans les yeux du jeune duc et ses mains tremblaient légèrement sur la peau soyeuse. Il se pencha assez pour que son souffle chauffât le cou de la jeune fille tandis que, dans la glace, il gardait le regard violet prisonnier du sien.

« Ce rustre mérite cent fois la mort pour avoir osé ce que moi-même je n'ose... quelque envie que j'en aie. Vous êtes trop belle et j'ai peur de ne plus trouver le repos loin de vous... Quand deviez-vous quitter cette ville ?

— Sitôt la procession terminée ! Nos bagages étaient faits, nos mules prêtes.

— Alors partez, comme vous le désiriez, partez ce soir même et que demain vous ayez mis entre vous et Bruges autant de lieues que faire se pourra. Un sauf-conduit vous ouvrira les portes de la ville et vous assurera la route libre. Nous nous retrouverons à Dijon où, d'ailleurs, je devrais être. »

Gênée et aussi vaguement troublée par ces mains qui la serraient toujours, Catherine sentit un bizarre émoi gonfler sa gorge. La voix de Philippe était à la fois dure et chaude, impérieuse et tendre. Elle voulut lutter contre la fascination réelle qu'il exerçait sur elle.

« Nous retrouver à Dijon ? Monseigneur ! Que peut faire de la nièce d'un drapier le haut et puissant duc de Bourgogne sinon détruire sa réputation de fille sage ? » demanda-t-elle avec un brin d'insolence qui fouetta le sang de Philippe. Quittant les épaules de la jeune fille, ses mains se perdirent dans les flots soyeux de la chevelure au milieu de laquelle, un court instant, il cacha son visage.

« Ne sois pas coquette, murmura-t-il d'une voix qui s'enrouait. Tu sais très bien l'effet que tu as produit sur moi et tu en joues impitoyablement. L'amour d'un prince n'apporte pas forcément le déshonneur. Tu sais bien que je ferai des prodiges pour t'avoir. Tu ne serais pas fille d'Eve si tu ne savais lire le désir dans les yeux d'un homme.

— Monseigneur ! » protesta-t-elle.

Elle fit un geste pour l'écarter mais il la tenait bien. Possédé tout entier par ce désir impérieux, il venait de coller ses lèvres au creux tendre du dos, là où le cou s'attache et se perd dans les ombres douces de la chevelure. Catherine frissonna violemment. La protestation qui lui échappa fut un cri :

« Par grâce, monseigneur ! Ne m'obligez pas à vous gifler, vous aussi ! Ce serait trop pour la journée ! »

Il la lâcha instantanément, s'écarta de quelques pas. Il était rouge. Ses yeux gris étaient encore troubles, ses mains tremblantes. Mais, soudain, il éclata de rire :

« Pardonne-moi ! Il était écrit qu'aujourd'hui on te parlerait de ta beauté en termes... un peu trop chaleureux ! J'ai perdu la tête, je l'avoue, et je commence à comprendre ce malotru de pelletier ! C'est ta faute aussi... »

Tout en parlant, il allait à un coffre d'ébène, en tirait un long manteau de velours brun à capuchon, tout uni, mais auquel un fourrage de zibeline donnait un très grand prix. Vivement, il en enveloppa la jeune fille qui disparut tout entière sous le tissu moelleux. La robe déchirée, les belles épaules tentantes et la gorge ronde, trop découverte, y trouvèrent l'abri dont avait besoin le sang bouillant de Philippe. Seule demeura visible la tête couronnée d'or qu'il contempla un instant avec un sourd désespoir.

« Tu es encore plus belle ! Va-t'en ! Va-t'en vite avant que mes démons ne me reprennent. Mais n'oublie pas que je te retrouverai... »

Il la poussait vers la porte cachée, ouverte sans que Catherine pût voir comment. L'armure brillante d'un garde apparut dans l'entrebâillement.

« Attends ! » murmura Philippe.

Il quitta seul la pièce ; revint quelques minutes plus tard avec un parchemin scellé qu'il tendit à sa visiteuse.

« Le sauf-conduit ! Va vite... et si tu penses à moi seulement moitié de ce que je penserai à toi, je m'estimerai heureux.

— J'y penserai, monseigneur, fit-elle avec un sourire. Mais... est-ce que Votre Grandeur se rend compte qu'elle me tutoie encore ? »

Le rire de Philippe sonna de nouveau, jeune, clair, comme délivré.

« Il faudra t'y faire ! Il y a en moi quelque chose qui me pousse à te dire « tu »... peut-être parce que j'espère profondément en avoir un jour le droit... »

La main sur le battant de la porte, il la retint encore. De son bras libre, il l'étreignit avec une tendre violence, posa, avant que la jeune fille ait pu s'en défendre, un baiser léger sur ses lèvres entrouvertes puis la lâcha.

« J'en avais trop envie ! fit-il pour s'excuser. Va maintenant. »

Sa main glissait sur le velours sombre, comme pour y laisser le regret qu'il avait de la voir s'échapper. Elle allait franchir la porte, glisser vers le garde qui devait la reconduire à son oncle. Une dernière fois, il la retint :

« Un moment encore ! »

Puis, avec un sourire contrit :

« Je ne sais même pas ton nom.

— Je m'appelle Catherine, monseigneur, Catherine Legoix », dit-elle en plongeant dans une révérence si profonde qu'elle amena son visage à la hauteur des genoux de Philippe. Il se pencha pour la relever mais elle s'esquiva, preste et souriante, suivant l'homme d'armes dont les poulaines de fer sonnaient sur les dalles de marbre. Pas une fois elle ne se retourna vers celui qui, en soupirant, la regardait s'éloigner. C'était la première fois que Philippe de Bourgogne laissait sortir intacte de ses mains une femme désirée qui venait de passer un si long moment dans sa chambre. Mais cela, Catherine l'ignorait.

Sa tête bourdonnait et, malgré le petit somme qu'elle avait fait, elle se sentait lasse. Elle eût bien aimé gagner son lit, s'étendre entre des draps frais. Elle n'avait guère plus de sympathie pour Philippe qu'en arrivant tout à l'heure, entre ses deux gardes, mais ce moment passé auprès de lui l'avait bizarrement remuée. Sous son baiser, entre ses mains que l'on devinait expertes elle avait senti s'émouvoir les fibres profondes de son être, naître un mystérieux frisson qui, en se retirant, la laissait tout amollie et un peu honteuse, comme si elle avait commis une faute.

Sur le palier du grand escalier, elle retrouva Jacques de Roussay dont le regard inquisiteur ajouta encore à sa gêne. Elle avait l'impression que les mains et les lèvres de Philippe avaient laissé sur sa peau des traces visibles. Instinctivement, elle remonta le manteau somptueux sur ses épaules, tira le capuchon sur son front. Les yeux du capitaine s'attachaient à ses lèvres avec insistance, alors elle les pinça puis, relevant la tête d'un air de défi, se dirigea vers les degrés. Il la suivit sans mot dire.

Sous la voûte seulement, devant le corps de garde, il se décida à parler :

« J'ai ordre de vous reconduire à la Ronce-Couronnée, fit-il d'un ton neutre. Et ensuite de veiller à ce que vous quittiez Bruges sans encombre. »

Sous son capuchon, Catherine lui adressa un éclatant sourire qui fit aussitôt rougir le jeune homme jusqu'aux oreilles.

« Quel honneur ! Vous n'êtes pas chargé aussi de nous accompagner jusqu'à Dijon ?

— Hélas ! non..., commença-t-il puis, changeant de ton soudain, il s'écria plein de joie :

— Vous allez à Dijon ? C'est là que vous habitez ?

— Mais oui.

— Oh !... Alors je vous reverrai ! Je suis de Bourgogne moi aussi, de la vraie », ajouta-t-il avec un orgueil naïf qui fit sourire la jeune fille. Apparemment celui-là aussi souhaitait poursuivre les relations et, dans son for intérieur, Catherine se demanda si, en quittant les Flandres, elle n'aurait pas rendez-vous avec toute l'armée ducale... Cette idée la mit en si belle humeur qu'elle chantonnait en regagnant l'auberge. Mathieu Gautherin, effondré au coin de la cheminée sans feu, y sanglotait sous l'œil méfiant de l'hôte en buvant force pots de bière. L'entrée resplendissante de Catherine le stupéfia. Il attendait les archers, les juges en robe noire, voire le bourreau en personne et c'était sa nièce qui arrivait, gaie et riante, vêtue comme une princesse d'un manteau dont l'œil averti du marchand eut tôt fait de supputer la valeur. Un officier du duc, empanaché comme un héraut d'armes, suivait la pseudo-prisonnière comme un toutou bien dressé...

Nul n'ignorait, dans tout le pays de Bourgogne, combien le duc Philippe était sensible à la beauté des femmes. Ce retour triomphal donna beaucoup à penser à Mathieu Gautherin. Apparemment, le duc et sa nièce avaient fait la paix. Restait à savoir jusqu'où cette paix était allée et, tout en bousculant ses valets endormis pour leur faire terminer le chargement, Mathieu se promit d'ouvrir l'œil. Il était de ces gens de bien pour qui un bâtard, même royal, ne constitue nullement un cadeau du Ciel.

Malgré les conseils de son oncle, Catherine avait refusé de ranger son magnifique manteau dans l'un des coffres de voyage. Elle avait remplacé la robe de soie déchirée par une simple robe de blanchet, ce drap léger et fin que tissaient les femmes de Valenciennes. Ses cheveux, soigneusement tressés et tirés, avaient été relevés dans une coiffe de fine toile des Flandres dont le pan, passant sous le menton, emprisonnait étroitement son visage. Mais sur le tout, elle avait remis le fameux manteau de velours.

« Si jamais nous rencontrons des routiers, avait grommelé Mathieu, mal remis de ses émotions, ils te prendront pour une noble dame et nous serons impitoyablement mis à rançon... »

Mais Catherine était si heureuse de posséder ce vêtement fastueux qu'elle n'avait rien voulu entendre.

« Il risquerait de s'abîmer, tassé dans un coffre. Et puis ce n'est pas à Dijon que je pourrai le porter ! Maman ne le permettrait pas, rien que pour ne pas contrarier la dame de Chancey ou la douairière de Châteauvillain qui n'en ont pas de pareil. Alors, autant en profiter maintenant... »

Et fière comme une reine, Catherine, drapée dans ses zibelines malgré la douceur de la nuit, avait pris place sur sa mule. La petite caravane du marchand s'était mise en marche derrière le destrier de Roussay jusqu'aux murailles de la ville. A la porte Sainte-Catherine, dont le capitaine avait ordonné l'ouverture au nom du duc, on s'était séparé avec un bref salut mais, en s'inclinant légèrement devant la jeune fille, Jacques de Roussay avait murmuré un « A bientôt », qui avait fait sourire Catherine. Elle n'avait pas répondu. C'était bien inutile. Depuis qu'il la savait Dijonnaise, Roussay rêvait tout éveillé...

Ce n'était pas pour le regarder encore que la jeune fille s'était retournée avant de franchir la haute porte fortifiée. C'était seulement pour évoquer un instant la haute silhouette mince et noire, le visage pâle de Philippe, ses yeux ardents quand il s'était penché sur son cou. Pour la première fois de sa vie, Catherine sentait que cet homme-là pouvait avoir sur elle une emprise. Il l'intriguait et l'inquiétait à la fois. L'amour d'un homme tel que lui devait donner à la vie un certain prix. Peut-être la peine d'être vécue...

Une fois franchie la porte Sainte-Catherine, elle ne se retourna plus. Réglant le pas de sa mule sur celle de Mathieu, elle se laissa bercer par le trottinement de la bête. De grandes étendues plates de champs, traversées de canaux, s'étendaient à perte de vue, coupées parfois de boqueteaux ou de la forme fantomale d'un moulin à vent. Des oiseaux de mer rayaient le ciel étoilé de leur vol bas, attirés par la clarté de la lune, si intense qu'elle concurrençait le jour. Catherine respirait avec délices l'air chargé d'iode et de sel qu'apportait à ses narines le vent venu de la mer. Elle rejeta le capuchon de velours sur ses épaules, dégrafa le manteau. Cette route défoncée par les charrois, creusée d'ornières profondes où glissait parfois le pas des mules, menait vers un horizon qu'elle connaissait bien et qui, cependant, venait de prendre des couleurs nouvelles.

Aux premières heures du jour, le beffroi de Courtrai surgit de la plaine.

« Nous nous arrêterons à l'auberge du Panier-d'Or, fit Mathieu qui n'avait pas ouvert la bouche pour l'excellente raison qu'il était entraîné depuis longtemps à dormir sur le dos de sa mule. Je suis rompu ! Et nous resterons jusqu'à demain. J'ai à faire avec les liniers de la cité. »

Catherine avait sommeil. Elle n'y voyait aucun inconvénient.

En quittant Courtrai, Mathieu Gautherin décida d'aller bon train. Il estimait avoir suffisamment perdu de temps et souhaitait revoir bientôt les murs de Dijon, les tours de Saint-Bénigne et les coteaux de Marsannay où il avait sa vigne. Bien sûr, il n'avait aucune inquiétude pour sa maison demeurée à la garde de sa sœur Jacquette, de sa nièce Loyse et de cette Sara qu'elles avaient amenée avec elles depuis Paris et à laquelle, malgré les années écoulées, Mathieu n'était pas encore parvenu à s'habituer. Catherine, que cela amusait beaucoup, prétendait que l'oncle Mathieu avait peur de Sara, ce qui ne l'empêchait pas d'en être amoureux, et que c'était justement cela qu'il ne lui pardonnait pas.

Talonnant sa mule, le chaperon sur le nez, Mathieu marchait comme si le diable eût été à ses trousses. Catherine trottait auprès de lui, les trois valets derrière, deux sur une seule ligne et le troisième en arrière-garde à l'extrémité de la caravane. On avait quitté les terres du duc de Bourgogne. Bientôt on quitterait celles de l'évêque de Cambrai pour entrer sur les domaines du comte de Vermandois, un chaud partisan du dauphin Charles. Il serait plus prudent de ne pas s'y attarder. C'était la hâte de franchir ce mauvais pas qui donnait des ailes au brave drapier.

On suivait pour le moment le cours supérieur de l'Escaut, en se dirigeant vers Saint-Quentin. Le chemin, serpentant le long de l'eau, coulait facilement entre des collines vertes, des courbes douces mouchetées de moutons blancs qui éloignaient jusqu'à l'idée même de la guerre. Pourtant de loin en loin, un village détruit, brûlé jusqu'aux fondations, qui ne tendait plus vers le ciel que quelques poutres informes sur un terrain carbonisé, disait que ce pays ne connaissait pas la paix. Parfois aussi un cadavre, pendu à la branche basse d'un arbre, dessinait parmi les jeunes feuilles un gros fruit lugubre devant lequel Catherine détournait les yeux.

Le jour déclinait et le crépuscule apportait avec lui d'épais nuages gris de fer moutonnant d'inquiétante façon au-dessus des croupes herbeuses. Catherine, saisie par la fraîcheur de l'air, frissonna.

« Nous allons avoir de l'orage, fit l'oncle Mathieu qui observait l'horizon depuis un moment. Le mieux serait de s'arrêter à la prochaine auberge. Pressons le pas. Si ma mémoire est bonne, il y en a une à la croisée de la route de Péronne... »

Les mules, talonnées vigoureusement, prirent un petit galop sec, tandis que les premières gouttes d'eau commençaient à tomber. Au bout d'un moment, Catherine arrêta sa monture tout net, obligeant Mathieu à en faire autant.

« Qu'est-ce qui te prend ? » maugréa l'oncle.

Mais la jeune fille descendait calmement de sa selle, ôtait son manteau qu'elle pliait soigneusement et se dirigeait vers l'une des mules de bât, celle qui portait son coffre de voyage.

« Je ne veux pas abîmer mon manteau. La pluie le perdrait.

— Et tu préfères nous faire tremper maintenant ? Si tu m'avais écouté, mais tu n'en fais jamais qu'à ta tête ! La nuit tombe, la pluie aussi... J'ai horreur de ça, moi ! C'est très mauvais pour mes douleurs ! »

Aidée de Pierre, le plus vieux des valets qui avait

toujours eu pour elle toutes les indulgences, Catherine rangea son manteau sans s'émouvoir, en prit un dont l'épaisse bure noire était à l'épreuve des plus grosses averses, s'en enveloppa et se dirigea vers sa monture pour remonter en selle.

C'est alors que quelque chose attira son attention. Les roseaux étaient particulièrement épais à cet endroit et formaient, avec trois gros saules noueux, une sorte de fourré que renforçaient encore des ronces. Or, au milieu de ce fourré, quelque chose brillait de manière insolite, quelque chose de noir. Obliquant vers la berge, Catherine s'approcha du fourré.

« Eh bien, que fais-tu encore ? ronchonna Mathieu, la pluie tombe déjà bien, je ne sais pas si tu t'en rends compte... »

Mais Catherine n'écoutait pas. Ecartant les herbes et les feuilles, elle venait de découvrir le corps d'un homme inerte, couché à plat ventre au milieu des ronces, ne donnant pas signe de vie. Rencontrer sur son chemin un corps humain n'était pas une chose rare dans ces temps troublés, mais le côté insolite de celui-ci résidait dans le fait qu'il s'agissait, non d'un quelconque vilain, mais bel et bien d'un chevalier. L'armure d'acier noir, ruisselante d'eau, qui le couvrait entièrement et l'épervier du casque l'affirmaient. L'homme avait dû se traîner hors de la rivière. Une trace grasse laissée sur le bord et la position crispée de ses mains nues accrochées encore à une ronce solide qui les avait déchirées en faisaient foi.

Catherine décontenancée, n'osant y toucher, regardait sans comprendre le grand corps étendu à ses pieds. Comment ce chevalier avait-il pu trouver la mort alors qu'aucun indice de lutte ne se voyait et qu'il n'y avait pas trace, non plus, du passage d'un cheval ? L'armure couvrait si bien le gisant que ses mains saignantes seules se voyaient. Elles attirèrent le regard de la jeune fille. C'était de très belles mains, à la fois longues et fortes, dont la peau brune semblait fine. Ce qui frappa Catherine, c'est que le sang coulait encore. Pensant que l'homme n'était peut-être pas mort, Catherine s'accroupit auprès de lui, voulut le retourner, mais il était bien trop lourd pour elle.

Se souvenant de ceux qui l'accompagnaient, la jeune fille voulut appeler, mais Mathieu, las de s'époumonner, était descendu de sa mule et venait aux nouvelles.

« Par Notre-Dame-la-Noire, qu'est-ce que cela ? s'écria-t-il ébahi devant le spectacle qui s'offrait à sa vue.

— Un chevalier, vous le voyez. Aidez-moi à le retourner, je crois qu'il n'est pas mort... »

Comme pour lui donner raison, l'homme en armure poussa un faible gémissement. Elle jeta un cri.

« Il vit ! Holà Pierre ! Petitjean et Amiel, venez ici !... »

Les trois valets accoururent. A eux trois, ils eurent tôt fait d'enlever le chevalier blessé malgré sa taille et le poids considérable qu'il pesait avec sa carapace de fer. Un instant plus tard, l'homme était étendu sur le bord de la route, dans l'herbe douce et, tandis que Pierre allait quérir dans les bagages la boîte à onguents de Catherine, Amiel battait le briquet pour allumer une torche car maintenant la nuit était presque close et l'on n'y voyait à peu près rien.

La pluie ne tombait pas en abondance mais suffisamment tout de même pour que le valet eût bien du mal à faire flamber sa torche. Le vent se levait, de surcroît, et compliquait l'opération. Enfin la flamme jaillit, tirant des reflets rouges de l'armure mouillée. Ainsi, étendu dans l'herbe avec la seule tache claire de ses mains nues, le sombre chevalier avait l'air de quelque gisant taillé dans le basalte. L'oncle Mathieu, au mépris de ses douleurs, s'était assis sur le sol mouillé et, prenant la tête casquée sur ses genoux, se mettait en devoir de lever la ventaille du heaume. Ce n'était pas facile parce qu'elle avait subi des chocs et s'était faussée. Penchée vers lui, Catherine s'impatientait d'autant plus que le blessé gémissait presque sans arrêt.

« Faites vite ! souffla-t-elle. Il doit étouffer dans cette cage de fer !

— Je fais ce que je peux. Ce n'est pas si facile... »

La visière en effet se défendait vigoureusement et Mathieu transpirait. Voyant cela, le vieux Pierre tira son couteau et avec mille précautions en introduisit la pointe dans le rivet de la jointure, en prenant bien garde de ne pas blesser le visage au-dessous. Il pesa sur le manche, le rivet céda, la visière s'ouvrit.

« Apporte ta torche », ordonna Catherine.

Mais à peine la lumière tremblante eut-elle touché le visage aux yeux clos qu'avec un cri Catherine se rejeta en arrière. La boîte d'onguents s'échappa de ses mains.

« Ce n'est pas possible, balbutia-t-elle, blême soudain jusqu'aux lèvres... Pas possible !

— Qu'est-ce qui te prend ? fit Mathieu stupéfait. Tu connais ce jeune homme ? »

Catherine leva vers son oncle un regard de noyée. L'émotion qui serrait sa gorge était si forte qu'elle lui ôtait presque l'usage de la parole.

« Oui !... Non !... Je ne sais pas !

— Tu deviens folle ? Qu'est-ce que c'est encore que ce mystère ? Il vaudrait mieux enlever tout à fait ce casque au lieu de t'évanouir à demi. Il y a du sang qui coule...

— Je ne peux pas... pas tout de suite ! Aide mon oncle, Pierre ! »

Le vieux serviteur, dont les yeux inquiets allaient alternativement du blessé à la jeune fille, s'empressa. Catherine s'assit sur le talus tout près de lui, serrant l'une contre l'autre ses mains tremblantes. Les yeux agrandis, elle regardait avidement son oncle et Pierre qui tentaient de dégager complètement cette tête, ce visage qui était le visage même de Michel de Montsalvy...

Frissonnante, serrant autour d'elle la bure déjà alourdie d'eau, la jeune fille voyait s'évanouir devant elle les années écoulées. Les scènes qui, à Paris, l'avaient mise à deux doigts de la mort, se redessinèrent devant elle avec une effrayante netteté. Michel se débattant aux mains des bouchers sous les lambris dorés de l'hôtel d'Aquitaine ; Michel, les poings liés au dos, suivant fièrement sa voie douloureuse au milieu des archers et de la foule hurlante, Michel étendu dans l'ombre de la cave du Pont-au-Change évoquant doucement pour une fillette attentive sa province natale... Il avait fermé les yeux, à un moment, comme pour mieux se souvenir et le visage de l'autre, tel qu'il était apparu dans le cadre noir du casque, était étrangement semblable à celui de Michel à cet instant précis... De toutes ses forces, Catherine repoussa les abominables images des minutes suivantes, celle surtout du beau visage tuméfié, écrasé, souillé de sang et de poussière. La ressemblance avec le chevalier était hallucinante. La jeune fille se pencha en avant pour mieux voir, pour se convaincre aussi qu'elle ne rêvait pas. Mais non, le visage était bien là, pâle et immobile, les paupières bistrées, ourlées de cils épais recouvrant exactement le globe inconnu des yeux. Un mince filet de sang barrait le front, descendait le long de la joue et atteignait la commissure des lèvres serrées. Une expression de souffrance crispait les traits par instants.

« Michel, murmura Catherine malgré elle... Ce n'est pas vous, ce ne peut être vous ? »

Non, ce n'était pas lui. Mais si exacte était la ressemblance qu'elle n'en fut vraiment certaine que lorsque enfin Mathieu et Pierre eurent ôté le casque. Au lieu des cheveux dorés dont Catherine avait gardé le souvenir ébloui, apparut une calotte de cheveux noirs comme la nuit elle-même, épais, drus et en désordre. La jeune fille en fut presque soulagée, encore que cette chevelure si différente n'ôtât rien, chose étrange, à la ressemblance. Si ce n'est, peut-être, que cette figure était plus belle encore que celle de Michel, plus dure aussi.

« On ne peut pas le laisser là ! Nous sommes déjà tout trempés et notre demoiselle n'est pas bien non plus, fit Pierre après avoir constaté que Catherine claquait des dents sans même s'en rendre compte. On va l'emporter à nous quatre jusqu'à l'auberge.

— Avec ce poids de ferraille, il est beaucoup trop lourd, » répondit Mathieu.

Mais les quatre hommes eurent tôt fait de dépouiller le blessé de sa carapace d'acier. On l'enveloppa dans des manteaux et, avec des bâtons et des cordes, on confectionna un brancard sur lequel le jeune homme fut étendu. Catherine un peu revenue de son émotion, avait étanché le sang suintant d'une blessure au cuir chevelu et posé dessus un tampon qu'elle avait serré avec une écharpe.

Pendant toutes ces manipulations, le blessé n'avait pas ouvert les yeux, mais une plainte plus forte lui avait échappé quand on l'avait dépouillé de son armure et une autre quand on l'avait transporté sur la civière improvisée.

« Il doit avoir une jambe cassée », fit Pierre dont les vieux doigts habiles avaient palpé vivement le membre enflé...

Quand on se remit en marche, Catherine refusa de remonter sur sa mule ; elle voulait cheminer auprès du blessé. Une des mains mouillées sortait de la couverture, abandonnée sur la poitrine. Cette main l'attirait comme un aimant et elle ne résista pas longtemps à l'envie de la prendre dans les siennes. Elle était froide et humide. Un peu de sang perlait encore aux écorchures profondes. Catherine l'essuya soigneusement avec son mouchoir puis la garda dans les siennes. Peu à peu, entre ses paumes douces, la grande main masculine se réchauffa.

Mais, quelque hâte que l'on mît à parcourir la dernière partie du chemin, la nuit était d'un noir d'encre, et toute la petite troupe trempée jusqu'aux os, quand, enfin, la lanterne accrochée devant la porte de l'auberge du Grand-Charlemagne apparut dans la nuit.

Une heure plus tard, tout le monde était casé et le blessé reposait au fond d'un grand lit à courtines de serge rouge. Placée à la croisée de deux grandes routes, l'auberge était, par bonheur, l'une des meilleures de la région.

L'arrivée du chevalier blessé et de son escorte avait mis l'auberge en émoi parce qu'il n'y avait plus guère de place. Une caravane de marchands remontant vers Bruges avait tout occupé. On put, tout de même, trouver une chambre pour le chevalier et Catherine fut installée dans un petit cabinet où l'on se hâta de dresser un lit. Le pauvre Mathieu, pour une fois, devrait se contenter de l'écurie et coucherait dans la paille avec ses valets.

« Ce n'est pas la première fois et ce ne sera sans doute pas la dernière », fit-il avec philosophie. L'état de celui qu'il avait recueilli sur la route l'inquiétait bien autrement car le blessé n'avait pas encore repris connaissance. La blessure à la tête, due sans doute à un formidable coup de masse d'armes qui avait enfoncé l'acier du heaume, continuait de saigner.

Bien entendu, leur entrée au Grand-Charlemagne n'était pas passée inaperçue des voyageurs déjà installés dans la grande salle autour de leur souper. Cela valut à Mathieu et à Catherine de voir venir à eux un bien extraordinaire personnage. A Bruges et dans d'autres grands marchés, le drapier dijonnais avait déjà rencontré des musulmans et la vue d'un turban ne l'étonnait plus. Mais celui qu'il découvrit devant la porte du blessé tranchait tout de même nettement avec la moyenne.

C'était un petit homme, mince et fluet, si petit que son volumineux turban rouge mettait sa figure à mi-chemin de ses pieds chaussés de babouches du même rouge et de jolies chaussettes bleues. Une robe d'épais damas indigo l'enveloppait jusqu'aux genoux, serrée dans une ample ceinture de toile fine drapée à la taille et d'où sortait le manche orfévré d'un poignard. Mais ce costume, si voyant qu'il fût, n'était rien en comparaison du personnage lui-même. Sa figure mince et indiscutablement jeune s'ornait paradoxalement d'une longue barbe neigeuse, surmontée d'un petit nez fin et délicat. Deux gigantesques serviteurs noirs, dont la taille contrastait avec celle de leur maître, venaient sur les talons du nouveau venu. Celui-ci s'inclina gravement devant le marchand et sa nièce, ses mains fines jointes sur sa poitrine.

« Allah vous tienne en garde ! fit-il dans un français soyeux et légèrement zézayant. J'ai appris que vous aviez un blessé avec vous, alors me voilà ! Je m'appelle Abou-al-Khayr, je viens de Cordoue et je suis le plus grand médecin de tout l'Islam. »

Le mot « médecin » arrêta dans la gorge de Catherine le fou rire qui montait. L'immense dignité de ce petit bonhomme enturbanné, dont la modestie n'était apparemment pas la vertu principale, avait quelque chose d'irrésistiblement comique, mais il ne paraissait aucunement s'en douter.

« Nous avons, en effet, un blessé... » commença-t-elle. Mais, d'une main dressée entre eux deux, le médecin lui imposa silence. Il déclara sévèrement :

« Je m'adresse à cet honorable vieillard. Les femmes n'ont pas droit à la parole chez nous. »

Vexée, Catherine devint rouge jusqu'à la racine de ses cheveux tandis que Mathieu, à son tour, réprimait son envie de rire. Pourtant ce n'était pas le moment de décourager les bonnes volontés.

« Il y a là, en effet, un blessé, répondit-il en rendant son salut à l'arrivant. Un jeune chevalier que nous avons trouvé sur le bord de la rivière et qui semble en bien triste état.

— Je vais l'examiner... »

Ses deux Noirs, chargés l'un d'un gros coffre de cèdre peint et l'autre d'une buire d'argent ciselé, toujours sur ses talons, Abou-al-Khayr pénétra dans la chambre où gisait le chevalier. Dans son grand lit aux tentures rouges qui, avec la cheminée, occupait à peu près tout l'espace libre, celui-ci paraissait encore plus pâle que tout à l'heure. Pierre se tenait à son chevet et, armé d'un tampon de charpie, tentait d'arrêter le filet de sang coulant toujours de la tempe.

« Ce seigneur est médecin, expliqua Mathieu devant les yeux devenus tout ronds du vieux Pierre.

— Dieu en soit loué ! Il est grand temps. Le blessé saigne encore !

— Je vais arranger ça tout de suite », affirma l'Arabe en faisant signe à ses esclaves de déposer leur chargement sur un tabouret tout près du lit. Levant les bras en l'air, il rejeta ses larges manches jusque sur ses épaules et palpa prestement le crâne du blessé.

« Pas de fracture, dit-il enfin, c'est seulement un vaisseau rompu. Que l'on aille me chercher de la braise dans un pot ! »

Pierre se précipita dans la galerie tandis que Catherine prenait sa place au chevet du blessé. Le petit médecin la regarda sous le nez d'un air réprobateur :

« Vous êtes la femme de ce jeune homme ?

— Non ! Je ne le connais même pas. Mais je resterai tout de même auprès de lui », déclara fermement la jeune fille. Ce petit bonhomme, apparemment, n'aimait pas beaucoup les femmes mais il n'arriverait pas à la chasser de ce lit.

Abou-al-Khayr renifla d'un air méprisant. Pourtant il n'ajouta rien. Il se mit à fouiller dans son coffre qui, ouvert, révélait une série d'instruments d'acier étincelant et quantité de fioles, de petits pots de faïence aux teintes vives, noires, vertes, rouges ou blanches. Il y prit délicatement un objet assez semblable à un sceau de petite taille dont le manche de bronze était merveilleusement ciselé d'oiseaux et de feuillages. Après avoir essuyé soigneusement cet instrument avec un petit tampon sur lequel quelques gouttes d'un liquide âcre avait été versées, Abou-al-Khayr alla le poser dans un pot plein de braises que Pierre apportait tout juste. Catherine ouvrit des yeux horrifiés :

« Qu'allez-vous lui faire ? »

Le petit médecin n'avait visiblement aucune envie de lui répondre mais il était incapable de se taire quand il s'agissait d'expliquer l'un de ses actes.

« Cela tombe sous le sens, ignorante que vous êtes ! Je vais cautériser légèrement cette plaie pour obliger le vaisseau rompu à se fermer. Cela se fait également chez vos ânes de médecins... »

D'une main ferme, il avait saisi le manche de bronze et approchait le fer incandescent de la plaie, préalablement nettoyée de la graisse d'armes qui la souillait encore. Catherine ferma les yeux et enfonça ses ongles dans la paume de sa main. Mais elle ne put éviter d'entendre le hurlement poussé par le blessé, ni de respirer la suffoquante odeur de chair et de cheveux roussis.

« Sensible, ce jeune homme ! commenta Abou-al-Khayr. J'ai à peine effleuré la blessure pour ne pas faire une grande brûlure.

— Si l'on vous mettait un fer rouge sur la tempe, s'écria Catherine dont les yeux, grands ouverts maintenant, regardaient avec horreur le visage convulsé de souffrance du jeune homme, que diriez-vous ?

— Je dirais que c'est très bien si cela doit arrêter le sang et conserver ma vie. Vous pouvez tous voir que le sang ne coule plus. Maintenant, je vais enduire la blessure d'un baume miraculeux et, dans quelques jours, il n'y aura plus qu'une mince cicatrice, car la blessure est très petite... »

Tirant de son coffre un petit pot de faïence verte, décoré de fleurs fantastiques gaiement colorées, il prit du contenu la valeur d'une noisette au bout d'une aiguille d'or et l'appliqua sur la tempe blessée. A l'aide d'un petit carré de toile fine, il écrasa le baume sur la blessure puis, maintenant la compresse, il se mit à confectionner avec une diabolique habileté un vertigineux pansement qui escamota bientôt les cheveux noirs du jeune homme et enserra étroitement ses mâchoires comme une coiffe de femme. Catherine le regardait faire avec un intérêt passionné. Le blessé ne gémissait plus depuis que le baume avait touché sa chair meurtrie. Une odeur piquante, puissante et cependant agréable, emplissait la pièce.

« Qu'est-ce que ce baume ? demanda-t-elle.

— Nous l'appelons baume de Matarea, répondit négligemment le petit homme sans daigner s'expliquer davantage. Il vient d'Egypte. Est-ce que ce jeune homme a d'autres blessures ?

— Une jambe cassée, je crains bien, dit Mathieu qui s'était tenu coi tout ce temps.

— Voyons ça ! »

Sans se soucier aucunement de la présence de la jeune fille, il empoignait drap et couvertures, les rejetait vers le pied du lit, découvrant le corps du jeune homme que Mathieu et Pierre avaient complètement déshabillé avant de le coucher. La subite apparition de cette totale nudité masculine fit rougir le drapier jusqu'aux oreilles.

« Sors d'ici, Catherine », ordonna-t-il brusquement en attrapant sa nièce par le bras pour l'entraîner hors de la pièce. Le petit médecin l'arrêta d'un regard sévère.

« Voilà bien les ridicules pudibonderies des chrétiens ! Le corps de l'homme est la plus belle création d'Allah, avec celui du cheval. Cette femme donnera un jour la vie à des hommes semblables à celui-ci. Pourquoi donc la vue de ce corps offenserait-elle ses yeux ? Les anciens Grecs en faisaient des statues qui ornaient les temples de leurs dieux.

— Ma nièce est fille, protesta Mathieu qui n'avait pas lâché le poignet de Catherine.

— Elle ne le sera pas longtemps. Elle est bien trop belle pour cela ! Je n'aime pas les femmes. Elles sont sottes, bruyantes et puériles, mais je sais reconnaître la beauté lorsque je la rencontre. Cette jeune fille est un chef-d'œuvre dans son genre... tout comme le blessé. Avez-vous jamais rien vu de plus parfait que la forme de ce guerrier abattu ? »

L'enthousiasme esthétique d'Abou-al-Khayr, que Mathieu ne semblait guère disposé à partager, ne l'empêchait pas de travailler tout en parlant et il palpait la jambe brisée avec une extrême délicatesse. Mathieu, malgré lui, avait lâché Catherine, fasciné qu'il était par le corps brun dont la peau luisante brillait doucement sous la lumière des chandelles. Catherine avait repris sa place à la tête du lit et regardait elle aussi. Le petit médecin, tout en faisant son travail, continuait à chanter les louanges de la beauté humaine sur le mode, à la fois fleuri et lyrique qui lui était cher. Mais il avait dit vrai : le chevalier blessé était magnifiquement bâti. Sous sa peau bronzée, les muscles longs, étirés, se dessinaient avec une précision anatomique et, sur le drap blanc, les larges épaules, les flancs étroits et durs, le ventre plat, fermement attaché aux cuisses gonflées de muscles, prenaient un relief saisissant. Troublée au fond d'elle-même, Catherine sentait ses mains se glacer tandis qu'une légère rougeur s'étendait sur ses joues.

Abou-al-Khayr, aidé de ses esclaves, étirait maintenant la jambe pour réduire la fracture. Le blessé gémit. Puis, soudain, Catherine entendit :

« Si cette brute ne me faisait aussi mal, je me croirais en Paradis, car vous êtes sûrement un ange !... A moins que vous ne soyez la Rose sortie du roman du vieux Lorris. »

Elle vit alors que deux yeux noirs, d'un noir d'enfer que la fièvre faisait briller d'inquiétante façon, la regardaient. Maintenant qu'il avait repris connaissance et que ses yeux étaient ouverts, la ressemblance avec Michel était criante, hallucinante. Tellement que la jeune fille, la voix soudain tremblante, ne put s'empêcher de prier :

« Par grâce, messire... dites-moi votre nom ! »

Le visage contracté où perlait une sueur de souffrance ébaucha quelque chose qui voulait être un sourire. Ce fut une affreuse grimace, mais qui fit étinceler brièvement une éclatante dentition.

« J'aimerais mieux savoir d'abord le vôtre, mais j'aurais mauvaise grâce à laisser si belle demoiselle poser deux fois la même question. Je me nomme Arnaud de Montsalvy, seigneur de la Châtaigneraie en pays auvergnat, et je suis capitaine de monseigneur le dauphin Charles. »

Pour mieux voir la jeune fille, le blessé avait tenté de se relever sur un coude et s'attirait une protestation furieuse du petit médecin.

« Si vous ne vous tenez en repos, mon jeune seigneur, vous resterez boiteux toute votre vie. »

Les yeux noirs d'Arnaud, attachés à Catherine, se portèrent avec stupéfaction sur le turban du médecin et sur ses étranges acolytes. Il se signa précipitamment, tenta d'arracher sa jambe aux mains qui la retenaient.

« Qu'est celui-là ? s'écria-t-il furieux. Un chien

d'infidèle, un Maure ? Comment ose-t-il seulement toucher un chevalier chrétien sans craindre de se faire arracher la peau ? »

Abou-al-Khayr poussa un soupir de lassitude. Il glissa ses mains au fond de ses manches, s'inclina poliment :

« Le noble chevalier préfère sans doute perdre sa jambe à brève échéance ? Je ne crois pas qu'il y ait d'autres médecins dans cet endroit. Au surplus, je regrette profondément d'avoir osé arrêter tout à l'heure son précieux sang qui coulait si vite. Indigne que je suis ! J'aurais dû le laisser s'écouler jusqu'à la dernière goutte ! »

Le ton mi-rageur, mi-ironique du petit médecin calma tout net la colère du jeune homme. Brusquement, il se mit à rire :

« Tes pareils sont habiles, à ce que l'on assure. Et puis, tu as raison, je n'ai pas le choix. Poursuis ton ouvrage, je te récompenserai royalement.

— Avec quoi ? marmonna Abou en retroussant à nouveau ses manches. Vous aviez tout juste votre armure quand l'honorable drapier vous a trouvé. »

Mathieu, quant à lui, commençait à penser que le blessé regardait trop sa nièce. Il se glissa entre eux deux et se mit en devoir de raconter au chevalier comment on l'avait récupéré sur le bord de l'Escaut, délivré de son armure et amené jusqu'au Grand-Charlemagne. De son côté, le jeune homme, devenu soudain très grave et soucieux, raconta son histoire. Envoyé par le dauphin au duc de Bourgogne, en tant qu'ambassadeur et parcourant le pays accompagné d'un seul écuyer, il avait été sauvagement attaqué, sur l'autre rive du fleuve, par un parti de routiers, mi-bourguignons, mi-anglais qui l'avaient démonté, dévalisé et assommé avant de le jeter à l'eau où il avait bien pensé se noyer. Par miracle et malgré le poids de son armure il avait réussi à nager et à gagner la rive opposée, grâce surtout à un banc de sable opportun.

Il s'était hissé sur la rive avec une peine infinie et là, il avait perdu connaissance. Quant à son écuyer, il ignorait totalement ce qu'il était devenu.

« Ces bandits ont dû le tuer, conclut tristement le jeune homme ; je le regretterai, car c'était un brave garçon. »

Tandis qu'il parlait, Abou-al-Khayr avait achevé son ouvrage non sans arracher de temps en temps à son patient des gémissements et des imprécations. La patience n'était visiblement pas la qualité dominante d'Arnaud de Montsalvy.

Catherine, elle, le buvait des yeux. C'était comme si le Ciel avait fait pour elle un miracle en lui rendant celui qu'elle n'avait jamais cessé d'aimer, qu'elle ne pouvait oublier. Entre elle et Arnaud, un lien spontané s'était tissé, que chaque instant, chaque regard rendaient plus fort et plus intime. Toutes les fois que les yeux fiévreux du blessé se posaient sur elle, et c'était très souvent, elle éprouvait un choc intérieur. Une bouffée chaude montait à ses joues. Visiblement, le chevalier ne souhaitait qu'une chose : demeurer seul un moment avec cette jeune fille dont la beauté l'éblouissait sans qu'il songeât, même un seul instant, à s'en cacher. Aussi protesta-t-il de toutes ses forces quand le petit médecin approcha de ses lèvres une petite coupe d'or dans laquelle il venait d'opérer un mystérieux mélange. Il voulut la repousser.

« Mon jeune seigneur, fit sévèrement le Maure, si vous voulez retrouver bien vite vos forces, il faut dormir ; ceci vous y aidera.

— Mes forces ? Mais je dois repartir et dès demain. Il y a le message du dauphin... Il faut que j'aille à Bruges !

— Vous avez la jambe brisée, vous resterez au lit, s'écria Abou-al-Khayr.

— D'ailleurs, intervint doucement Catherine, il est possible que vous ne trouviez plus le duc à Bruges. Il ne devait pas s'attarder mais bien regagner Dijon où l'attendent maintes affaires. A Dijon... où nous allons nous-mêmes. »

A mesure qu'elle parlait, les yeux sombres d'Arnaud s'éclairaient. Quand elle se tut, il voulut tendre la main pour saisir celle de la jeune fille, ne trouva que la robe de Mathieu et fronça les sourcils. Mais il se calma aussitôt, sourit et déclara que rien ne le rendrait plus heureux que cheminer avec elle.

« Je pense, ajouta-t-il, qu'il sera possible de trouver une litière.

— Nous verrons ça demain, coupa Abou. Buvez ! »

Quelques instants plus tard, sous l'effet de la puissante drogue opiacée, les yeux du chevalier se refermaient et il s'endormit d'un sommeil paisible. Tous les assistants se retirèrent à l'exception de l'un des Noirs à qui le médecin avait confié la surveillance de son patient. Les deux serviteurs du petit Arabe étaient muets tous deux, ce qui, confia leur maître à Mathieu, diminuait les risques de dispute avec le blessé. Celui-ci paraissait avoir le « caractère impatient du scorpion dérangé dans son trou... »

Catherine sortit la dernière, avec un soupir de regret.

La compagnie d'Abou-al-Khayr se révéla beaucoup plus amusante que ne l'avait supposé Catherine malgré l'obstination qu'il mettait à l'ignorer. Il était réellement jeune en dépit de sa barbe blanche qui n'était, expliqua-t-il à Mathieu, que le signe distinctif des médecins, des gens exerçant des professions libérales et des notables de l'Islam. En pays coranique, les bourgeois avaient droit, eux, à une barbe plus courte et teinte en bleu ou en vert. La blancheur de cette belle barbe et son entretien étaient un constant sujet de soucis pour le médecin cordouan qui en prenait grand soin, comme d'ailleurs de toute sa personne d'une absolue propreté. Il se plaignait assez amèrement du manque de confort des installations sanitaires en pays chrétiens.

« Vos hammams que vous nommez étuves, disait-il d'un ton méprisant, seraient tout juste bons pour des esclaves, à Cordoue ! »

Mais, hormis cet inconvénient, il reconnaissait que la Chrétienté avait du bon, qu'elle présentait un grand intérêt et un très vaste champ d'expériences pour un médecin parce que l'on s'y étripait beaucoup plus qu'en terre d'Islam. Et surtout au royaume de Cordoue où régnait une paix très regrettable pour les progrès de l'art médical.

« Ici, l'on trouve des cadavres à toutes les croisées de routes », conclut-il avec une profonde satisfaction. Malgré son âge, il avait beaucoup voyagé, de Bagdad à Kairouan et des sources du Nil à Alexandrie, toujours à la recherche du savoir. Ce qu'il souhaitait maintenant, c'était se rendre à la cour du puissant duc de Bourgogne, du grand duc d'Occident, dont la réputation passait déjà les monts et les mers.

« Notre rencontre m'évite d'aller jusqu'à la ville sur l'eau, dit-il à Mathieu. Je ferai route avec le blessé et, ainsi, je pourrai le surveiller jusqu'en Bourgogne. Il en a besoin. Mais nous ne partirons que dans deux ou trois jours. Cette hôtellerie, après tout, n'est pas mauvaise. »

Le petit médecin semblait, en effet, apprécier la cuisine. Il attaquait justement avec vigueur une poularde aux herbes qu'il arrosait de généreuses rasades de vin gris, oubliant les préceptes du Coran au profit des célèbres vignes de Sancerre.

« Alors nous nous retrouverons à Dijon, fit Mathieu qui, lui non plus, ne perdait pas un coup de dent, car nous reprendrons la route demain matin, ma nièce, mes gens et moi-même. Nous sommes déjà en retard... »

Catherine, elle, ne mangeait pas. Elle s'était contentée de boire un bol de lait et grignotait distraitement une tartine de miel. Les derniers mots la tirèrent de sa songerie.

« Ce serait plus amusant de faire route tous ensemble », dit-elle.

Mathieu, alors, se mit en colère de la plus imprévisible façon.

« Non ! s'écria-t-il en tapant sur la table. Nous repartons ! Déjà, je n'ai pas beaucoup aimé la façon qu'avait ce seigneur de te regarder. Et toi, tu lui souriais, tu lui faisais presque des avances, ma parole ! D'ailleurs, il est temps que tu m'expliques où tu l'as déjà rencontré.

— N'y compte pas ! coupa Catherine froidement. Je n'ai rien à dire, si ce n'est que je n'avais jamais vu ce chevalier. Seulement il ressemble à quelqu'un que j'ai connu autrefois. Voilà tout ! Et maintenant, bonne nuit, oncle Mathieu ! »

Saluant brièvement le drapier et son nouvel ami, elle se hâta de traverser la salle pour que Mathieu n'eût pas le temps de la rattraper, gravit l'escalier de bois et s'engagea dans l'étroit passage qui menait aux chambres ; les portes donnaient toutes sur une galerie extérieure. Devant celle d'Arnaud, sous laquelle filtrait un mince rai de lumière, elle hésita, prise d'une irrésistible envie d'entrer, de le regarder dormir. Le petit cabinet où elle devait passer la nuit était tout au bout de cette galerie, à l'opposé de la chambre de ce blessé si intéressant...

Un moment, elle resta là, debout dans le vent et la bourrasque. La pluie rejaillissait jusque sous l'auvent de la galerie. L'orage était déchaîné maintenant ! Le vent soufflait avec violence, chassant des paquets d'eau. Cela faisait comme des nuages qui se déplaçaient à ras de terre ! Les silhouettes torturées des arbres se balançaient de côté et d'autre. Catherine frissonna sous le manteau qu'elle avait jeté sur ses épaules.

Mais elle aimait ce soir, le temps affreux, les éléments déchaînés, si bien accordés avec sa propre tempête intérieure. La violence des sentiments nés si spontanément en elle l'effrayait un peu. Jamais elle n'avait connu ce besoin impérieux d'une autre présence, ce désir d'atteindre, de toucher, d'étreindre un être de chair. En quelques instants, l'ancienne Catherine si calme, si tranquille en face des aveux passionnés des garçons de sa ville, ces aveux dont elle riait avec une inconsciente cruauté, s'était muée en une femme éprise pour qui l'image d'un Homme était devenue la seule raison de vivre. Même la Catherine qui avait frissonné d'un trouble plaisir sous les lèvres de Philippe de Bourgogne s'était éloignée...

Que dirait Mathieu s'il la surprenait dans la chambre du blessé ? Pour éviter de répondre à cette question, la jeune fille songea qu'il devait dormir à l'écurie et ne remonterait sûrement pas. Pour quoi faire ? Alors, incapable de résister plus longtemps au désir qui la poussait en avant, elle posa la main sur le loquet de la porte et entra.

CHAPITRE IV

DE QUEL AMOUR BLESSÉE...

ARNAUD dormait, le Noir aussi. Le grand corps de l'esclave soudanais barrait l'âtre de la cheminée, roulé sur lui-même à la manière d'un gros chien. Le blessé reposait dans son lit, rigide, la tête disparaissant dans le gros pansement qui lui restituait un heaume tout de blancheur. L'étrange appareil, fait de morceaux de bois et d'une bande de toile trempée dans la bouillie de farine, que le médecin cordouan avait posé à sa jambe brisée, l'obligeait à rester étendu sur le dos et donnait à son immobilité une allure tragique. Impressionnée, Catherine demeura un moment, appuyée d'un bras au chevet du lit, regardant le visage aux yeux clos. Un banc de bois, garni de coussins rouges, était rangé le long du mur. Elle essaya de le tirer vers le lit mais il était trop lourd. Elle renonça, se contenta de se laisser tomber dessus, les mains jointes au creux de ses genoux.

La respiration du blessé, un peu haletante, emplissait toute la pièce avec un léger ronflement. Il ne semblait pas souffrir. Et, tandis qu'elle le regardait silencieusement, Catherine se dit qu'il était vraiment plus beau que Michel. Peut-être parce qu'il était plus viril, plus homme, alors que son frère sortait à peine de l'adolescence. Il pouvait avoir vingt-trois ou vingt-quatre ans et, sous l'insolite coiffure confectionnée par le Maure, la netteté un peu rude mais infiniment pure du visage ressortait comme une ciselure sur un écrin. Nez fier, menton énergique et carré où la barbe non rasée mettait une ombre bleue, ce visage était sans douceur à l'exception de l'ombre des cils, longs comme ceux d'une femme, mais non sans charme. Ce charme, Catherine le subissait avec une intensité qui l'étonnait. Elle ne comprenait rien à ce trouble, né des profondeurs de son être. Il la ravageait et faisait monter à ses joues d'aussi soudaines qu'incompréhensibles rougeurs.

Dans la cheminée, une bûche s'écroula dans une gerbe d'étincelles, roula devant l'âtre. Catherine se leva, prit les pincettes et replaça la bûche dans le brasier. Puis revint à son banc. Le Noir avait remué un peu, grognant vaguement dans son sommeil, mais Arnaud n'avait pas bougé. Avec un soupir, la jeune fille se laissa aller contre le dossier de son siège. Le vacarme de l'orage s'éloignait. Seule, la pluie crépitait encore sur le toit mais, dans la chambre bien close, il faisait bon et l'on se sentait à l'abri.

Peu à peu, le bruit monotone des gouttes d'eau agit sur Catherine dont la tête s'alourdit. Elle finit par s'endormir, à demi couchée sur le banc. Elle ne vit pas la porte s'ouvrir et le volumineux turban du petit médecin maure apparaître dans l'embrasure. Les yeux vifs parcoururent la chambre, s'arrêtèrent d'abord sur le blessé mais, constatant qu'il dormait paisiblement, ne s'y attardèrent pas. Par contre, une étrange expression se peignit sur le visage cuivré en découvrant Catherine endormie sur son banc. Le premier mouvement d'Abou-al-Khayr fut d'aller vers elle pour l'éveiller, mais il s'arrêta en chemin, haussa les épaules. Un sourire ironique retroussa ses lèvres et, aussi doucement qu'il était entré, il quitta la chambre, refermant sans bruit la porte derrière lui.

Catherine ne sut pas que le petit médecin, rencontrant Mathieu dans la galerie, lui avait formellement déconseillé d'entrer chez le blessé, alléguant la légèreté de son sommeil fébrile. Et le drapier s'en était allé coucher à l'écurie sans se douter que sa nièce dormait dans la chambre du chevalier.

Vers quatre heures et demie du matin, Catherine ouvrit ses paupières qui lui parurent pesantes. Le jour commençait à poindre et, dans la basse-cour de l'auberge, un coq enroué essayait de faire croire qu'il chantait le nouveau soleil. Arnaud ne semblait pas avoir bougé d'une ligne et, devant l'âtre éteint et froid, le Nubien dormait toujours, ronflant avec obstination. Avec quelque peine, et non sans grimacer de douleur, Catherine se redressa. Son dos et ses reins lui faisaient mal. Sans faire de bruit, elle alla à la fenêtre, l'ouvrit pour regarder audehors.

La pluie avait cessé, encore qu'elle demeurât à

terre sous forme de grandes flaques où se reflétait la lumière rose du ciel. Les arbres, les feuilles étaient vernis de neuf. Cela sentait l'étable chaude et la terre mouillée, une bonne odeur de campagne que la jeune fille respira avec délices. Elle s'étira comme une chàtte avec des mouvements lents et gracieux, bâilla puis, posément, défit ses nattes emmêlées pour donner de l'air à ses cheveux. A pleines mains elle les gonfla, les fit mousser, heureuse de sentir leur soie vivante sur son dos. Puis, refermant la fenêtre, elle revint vers le lit.

Les yeux fermés, le blessé dormait avec application, une moue légère à ses lèvres dures, un pli creusé à la racine du nez. Il semblait si jeune, ainsi, tellement désarmé et attendrissant que Catherine ne résista pas à l'impulsion qui lui vint. Se laissant glisser à genoux auprès du lit, elle appuya sa joue à la main brune, abandonnée, paume en dehors, sur la couverture. Elle était chaude, cette main, mais la peau, durcie par le maniement quotidien des armes, râpait un peu. Catherine y colla ses lèvres avec une ferveur qui la surprit. Une boule se gonflait dans sa gorge. Elle avait à la fois envie de pleurer et de rire. Mais, surtout, elle souhaitait inconsciemment que cette minute de douceur durât une éternité. Le monde, autour d'elle, s'était évanoui. Il n'y avait qu'elle et Arnaud, enfermés dans un cercle magique, aux invisibles murs duquel se brisait la réalité. Pour un instant, il était à elle, à elle seule...

Prisonnière d'un charme tout-puissant, Catherine ne se rendit pas compte que, sous ses lèvres, la main bougeait, qu'une autre main se glissait dans le flot de ses cheveux répandus sur le lit. Mais, quand les deux mains réunies emprisonnèrent son visage et le soulevèrent, elle comprit que le blessé était réveillé. Tourné sur le côté, à demi soulevé sur un coude, il la regardait et, lentement, l'attirait à lui. Elle poussa un petit cri, voulut dégager sa tête.

« Messire... laissez-moi. Je...

— Chut ! fit-il seulement. Tais-toi ! »

Subjuguée par l'autorité du ton, elle se tut, cessa de se défendre. Elle n'en sentait ni l'envie ni la force. Dans sa poitrine, son cœur cognait si fort qu'il l'étouffait presque. Elle était fascinée par la passion de ces yeux noirs, à chaque instant plus proches. Les mains du jeune homme avaient quitté son visage. Il l'enfermait maintenant dans ses bras, l'attirant auprès de lui sur le lit irrésistiblement, avidement...

Quand il la coucha contre lui, coincée par les muscles durs de sa poitrine, Catherine frissonna de tout son corps. Une sueur légère mouillait la peau brune du jeune homme. Il sentait le lit chaud, la fièvre et une autre odeur qu'elle ne pouvait définir, peut-être le baume dont sa blessure à la tempe avait été enduite ? Arnaud respirait fort et son souffle emplissait les oreilles de sa prisonnière consentante. Elle l'entendit jurer entre ses dents parce que sa jambe immobilisée le gênait. Mais elle ne chercha pas même à se défendre. Inconsciemment, elle avait attendu depuis toujours un moment comme celui-là...

Elle gémit pourtant quand la bouche dure s'abattit sur la sienne, la violentant avec une ardeur d'affamé. Des bruits de cloches éclataient dans sa tête, un carillon de joie aussi primitive que la terre elle-même. Sans même s'en rendre compte, elle se tendit sous les mains qui la parcouraient, cherchant à deviner la vérité de son corps de jeune fille.

Pour un blessé de la veille, Arnaud de Montsalvy faisait preuve d'une singulière vigueur. Il ne s'encombrait pas de délicatesses et ses gestes, autoritaires, rapides, étaient ceux d'un soldat pour qui chaque minute compte. Et pourtant, dans cette violence qui lui ôtait jusqu'à la moindre envie de résister, Catherine trouvait une extraordinaire douceur. Elle s'abandonnait, offerte, déjà heureuse. Le baiser s'éternisait, se faisait plus profond, éveillant la folie dans le sang de la jeune fille. Elle ne se rendit pas compte de ce que faisait Arnaud. Il ouvrait sa gorgerette, délaçait sa robe. Ce fut seulement quand il quitta ses lèvres pour enfouir la tête entre ses seins qu'elle se vit à demi nue dans ses bras. Mais la vue même de sa propre chair, si rose dans la lumière naissante, plus rose encore au contraste des courts cheveux noirs d'Arnaud dépassant le turban, ne lui causa aucune gêne. C'était comme si, de tout temps, elle avait été créée pour se donner à cet homme, comme si elle n'avait été faite que pour lui, pour son plaisir et son bonheur.

Plus doucement maintenant, il continuait à la dévêtir d'une main, à la caresser de l'autre. Ses doigts semblaient hésiter devant chaque nouvelle découverte. Puis s'émerveillaient et s'emparaient de leur conquête avec une joie violente. Il murmurait des mots sans suite que Catherine ne comprenait pas. Un instant, il revint vers son visage. Elle vit ses traits, durcis par le désir, le flamboiement des noires prunelles qui cherchaient son regard.

« Comme tu es belle ! haleta-t-il, la voix rauque. Comme tu es douce... et rose, et tendre ! »

Avec passion, il reprit sa bouche, renversa sous lui le corps souple, ployant en arrière la taille ronde.

A nouveau Catherine gémit. Un tout petit gémissement qui était presque un appel.

Soudain dans la cour de l'auberge un cri éclata : « Catherine ! Catherine ! Où es-tu ?

— Mon Dieu, mon oncle ! »

Brusquement dégrisée, Catherine se dressa, repoussant le jeune homme. Elle prit alors pleine conscience de sa nudité, de cette porte qui pouvait s'ouvrir, de ce Noir qui remuait et allait s'éveiller. Rouge de honte elle chercha à rajuster ses vêtements, à se dégager de l'étreinte d'Arnaud qui, un instant surpris, la reprenait contre lui avec une plainte douloureuse.

« Reste encore... Je te veux ! Je tuerai quiconque osera entrer !

— C'est impossible !... Oh ! mon Dieu, laissez-moi ! »

Souple comme une anguille, elle avait réussi à glisser du lit. Tout en se rhabillant hâtivement, avec des mains tremblantes et maladroites, elle le regarda, le vit si pâle ! Son visage crispé était celui d'un loup affamé et ses mains, presque inconsciemment, se tendaient vers elle dans un geste d'imploration pathétique. Toute sa force, toute sa violence l'avaient abandonné. Il n'était plus qu'un homme frustré d'un bonheur que ses mains, trop faibles, n'avaient pas su retenir. Puis, brusquement, de la plus imprévisible façon, il se mit à rire joyeusement.

« Je ne serai pas toujours invalide, ma belle ! Je saurai bien te rattraper ! Par saint Michel, je crois bien que tu m'as rendu fou...

— Oubliez tout ceci, messire, je vous en conjure, supplia Catherine en achevant de lacer sa robe. C'est vous qui, bien plutôt, m'avez fait perdre la tête... »

A nouveau, il se mit à rire. Un beau rire jeune et

clair qui le fit se recoucher de tout son long et le détendit. Mais qui cessa aussi soudainement qu'il avait commencé. Une fois encore il regarda Catherine avec un sérieux où entraient du défi, et de la passion.

« Oublier que j'ai vu pâlir tes yeux, que je t'ai senti frémir dans mes mains ? Oublier la beauté de ton corps, le goût de tes lèvres ? Dussé-je vivre cent ans que ce serait me demander l'impossible. Catherine... ton nom est doux et toi tu es la femme la plus merveilleuse jamais née d'une autre femme. La seule que je veuille... »

Partagée entre l'envie qu'elle avait de l'entendre encore et la crainte de mécontenter Mathieu, Catherine hésitait à quitter la chambre. Pourtant, elle fit un pas vers la porte. Alors, lui, suppliant :

« Pars si tu veux... mais, avant, donne-moi encore un baiser, un seul ! »

Elle faillit revenir mais l'esclave du petit médecin, bien éveillé maintenant, s'était levé et fourrageait dans les cendres pour tenter de rallumer le feu. Il ne leur prêtait aucune attention, ne les regardait même pas. Catherine allait s'élancer vers le blessé quand le claquement de nombreux sabots de chevaux résonna au-dehors. On entendait aussi le cliquetis des armes. Instantanément sur le qui-vive, Arnaud se détourna de Catherine.

« Qu'est-ce que c'est ? Il y a en bas des hommes d'armes... »

Elle courut à la fenêtre, l'ouvrit. Dans la cour, en effet, un détachement de soldats venait d'entrer. Ils étaient une dizaine et, sur les armures, Catherine put reconnaître les tabards moitié noirs, moitié gris, brodés d'argent, des hommes de la garde personnelle de Philippe de Bourgogne. Sur leurs poitrines s'étalaient le briquet et la devise du duc...

« Ce sont des soldats de la garde du duc de Bourgogne, dit-elle. Un officier les mène... »

En effet, un grand chevalier empanaché de blanc descendait tout juste de cheval et s'avançait vers Mathieu Gautherin qui arpentait nerveusement la cour en compagnie d'Abou-al-Khayr. La jeune fille reconnut l'allure un peu gauche et la voix sonore du nouvel arrivant.

« Je crois que c'est messire de Roussay », continua Catherine. Arnaud fit la grimace.

« Peste, ma chère ! Vous êtes bien renseignée sur ces maudits Bourguignons. Ma parole, vous les connaissez tous.

— Vous oubliez que j'habite Dijon et suis sujette de Mgr Philippe. »

Pendant ce temps, dans la cour, Jacques de Roussay abordait le drapier et sa voix forte montait aisément jusqu'à l'étage.

« Je suis aise de vous rencontrer, maître Gautherin. En fait, je vous cherchais. »

Mathieu se confondait en révérences, oubliant momentanément sa nièce dont il ne s'expliquait pas l'absence.

« Moi ? Mais que d'honneur...

— Vous et votre ravissante nièce ! Mgr Philippe a craint, par la suite, les mauvaises rencontres que vous pouviez faire en chemin, surtout en traversant certaines régions où court l'Anglais et qui ne sont point domaine de Bourgogne. Il m'envoie afin de vous escorter jusqu'à Dijon, ainsi que la demoiselle Legoix. »

Catherine n'en entendit pas davantage. Derrière son dos, une voix tonnante venait d'éclater :

« Legoix... Qui s'appelle Legoix ici ? »

Se retournant vivement, elle vit Arnaud dressé sur

son lit, plus blanc que ses draps. Ses yeux flambaient de rage et il rejetait déjà, d'une main nerveuse, ses couvertures, prêt à bondir. Ce que voyant, l'esclave noir avait couru à lui et l'avait entouré de ses bras pour l'obliger à rester tranquille. Mais dans l'étau des bras noirs, Arnaud se débattait comme un démon.

« Qui, hurla-t-il, qui porte ce nom maudit ? Qui s'appelle Legoix ? »

Stupéfaite par cette soudaine poussée de fureur, Catherine était restée pétrifiée, sans plus songer à fermer la fenêtre.

« Mais... moi, messire. C'est mon nom ! Je me nomme Catherine Legoix.

— Toi !... »

De seconde en seconde l'expression du visage du chevalier se transformait. La stupeur d'abord, puis la colère, maintenant une haine aveugle l'envahissait, durcissant les mâchoires, retroussant les lèvres sur les dents blanches, comme un animal prêt à mordre. Il la regardait comme s'il la voyait pour la première fois et il n'y avait plus trace, dans ses yeux noirs, de la passion de tout à l'heure.

« Tu t'appelles Legoix, fit-il d'une voix sourde, où vibrait une colère retenue à peine. Et, dis-moi... es-tu parente de ces bouchers parisiens qui firent... tant de bruit voici quelques années ?

— Ils étaient mes cousins mais...

— Tais-toi !... Plus un mot ! Va-t'en !...

— Comment ?

— Va-t'en, te dis-je... va-t'en avant que je ne te jette à la porte de cette chambre. J'ai juré, un jour de désespoir, de tuer tout ce qui porte ce nom. Parce que tu es une femme, je ne te tuerai point... mais je ne veux plus te voir, jamais. »

Atterrée, Catherine assistait sans comprendre à cette explosion de fureur. L'homme qui, tout à l'heure, délirait entre ses bras, celui qui l'avait regardée avec les yeux mêmes de l'amour, s'était mué par une absurde métamorphose en ennemi... Il la rejetait. Mais il parlait encore, entre ses dents serrées.

« Ecoute-moi bien ! J'avais un frère... un garçon merveilleux, que j'adorais. Il était au service du duc Louis de Guyenne. Durant les émeutes de Caboche, les bouchers l'ont pris, l'ont abattu, dépecé comme une bête d'abattoir. Il était jeune, il était brave et beau, il n'avait jamais fait de mal à personne mais on l'a égorgé comme un pourceau. Et l'homme qui l'a tué, c'était un boucher qui s'appelait Guillaume Legoix. Maintenant, tu sais... Alors va-t'en et prie Dieu que jamais plus nous ne nous rencontrions... »

Il y avait tant de rage, tant de chagrin aussi dans la voix du jeune homme que des larmes montèrent aux yeux de Catherine. La déception était trop cruelle et trop brutal cet écroulement de l'univers d'amour bâti en quelques heures autour d'une rencontre. Avoir atteint un rêve que l'on croyait mort depuis longtemps, mort à tout jamais et le voir s'évanouir de cette manière absurde !... Comment pouvait-il la charger si cruellement de la mort de Michel alors que, pour cet inconnu, elle avait tout perdu ? Elle voulut tenter de se défendre.

« Par grâce, messire, écoutez-moi, ne me condamnez pas sans m'entendre. Ne savez-vous donc pas ce qui s'est passé, ce triste jour où mourut votre frère ? Ne savez-vous pas... »

La voix brutale d'Arnaud lui coupa la parole tandis que, du doigt, il la chassait encore.

« Je n'en sais que trop ! Va-t'en... Tu me répugnes, ta vue me fait horreur. D'ailleurs, on t'attend en bas. N'ai-je pas entendu ce chevalier qui vient d'arriver dire que le duc de Bourgogne l'envoie te protéger ? Que d'honneur, que d'attentions ! Il n'est pas difficile de deviner ce que tu es, ma belle ! Le duc Philippe passe pour aimer les femmes comme toi.

— Je ne suis rien pour Mgr Philippe, se révolta Catherine rouge jusqu'aux oreilles. Au contraire, il a voulu me faire arrêter récemment. Qu'allez-vous imaginer ? »

Le rire d'Arnaud fut encore plus insultant que ses paroles.

« Imaginer ? Il n'a pas dû avoir beaucoup de mal à t'avoir si j'en juge d'après ma propre expérience. Tu te laisses trousser aisément, la fille ! »

Le cri que poussa Catherine était celui d'un animal blessé. Ses prunelles dilatées laissèrent échapper un flot de larmes. Elles roulèrent le long de ses joues jusque sur son cou. Catherine tendit vers le blessé des mains qui tremblaient.

« Par pitié, messire... Que vous ai-je fait pour être traitée de la sorte. N'aviez-vous pas compris ?

— Quoi ? fit Arnaud sarcastique. Que, tout juste sortie du lit de Philippe, tu acceptais de te glisser dans le mien. Qui sait ? Peut-être sur ordre. Cette agression... et ce sauvetage la nuit dernière n'étaient peut-être qu'un coup savamment monté. Ton rôle à toi, c'était de me tirer sur l'oreiller le but de ma mission. Félicitations ! J'avoue que tu as failli réussir. Ma parole, tu m'as un instant rendu fou... C'est qu'aussi j'ai rencontré bien peu de garces aussi tentantes que toi. Maintenant, assez, je t'ai déjà dit de filer ! »

Folle de colère cette fois, oubliant la passion que ce garçon avait éveillée en elle, Catherine, les poings serrés, marcha vers le lit.

« Je ne partirai pas, pas avant que vous ne m'ayez entendue... et que j'aie reçu vos excuses...

— Des excuses ? A une ... »

Il avait jeté l'insulte comme on crache. Sous le mot ignoble, la jeune fille reculait, les mains au visage comme s'il l'avait frappée. Son courage et aussi sa colère l'abandonnaient. Tout le doux roman s'était mué en une farce grotesque et avilissante. La lutte, elle le sentait bien, ne servirait à rien parce que la colère aveuglait Arnaud. Se détournant, les mains abandonnées avec lassitude le long de son corps, elle marcha vers la porte. Elle allait l'ouvrir quand un sursaut d'orgueil la retourna vers lui. Sa tête fine, sous la masse somptueuse des cheveux qui lui faisaient une auréole désordonnée, se redressa fièrement. Elle planta son regard méprisant dans les yeux noirs du jeune homme. Redressé sur un coude, la tête un peu basse, tous ses muscles crispés par la fureur, il avait l'air d'un fauve prêt à bondir malgré l'absurde turban blanc, quelque peu bousculé par les derniers événements, et qui lui ôtait un peu de son aspect inquiétant.

« Un jour, fit froidement Catherine, vous vous traînerez à mes pieds pour que j'oublie vos paroles, Arnaud de Montsalvy, seigneur de la Châtaigneraie. Mais vous n'aurez de moi ni pardon ni merci. Votre frère, lui, était doux et bon... et je l'aimais. Adieu !... »

Elle allait sortir et se tournait vers la porte quand un choc violent faillit la jeter à terre ; elle eut tout juste le temps de s'agripper au mur pour éviter la chute. Lancé d'une main sûre, un gros oreiller venait de s'abattre sur elle. Il en fallait en effet bien plus que la dignité d'une femme pour calmer Arnaud quand il était en colère. Stupéfaite, elle se tourna vers lui. Assis dans son lit, il riait de toutes ses dents blanches en la regardant méchamment :

« La prochaine fois que tu oseras parler de mon frère, petite traînée, je t'étranglerai avec ces mains-là, fit-il en étalant ses grandes mains brunes devant lui. Remercie le Ciel que je ne puisse bouger. Le nom des Montsalvy n'est pas fait pour se souiller dans la bouche des filles comme toi, et... »

Il allait continuer mais sa furieuse diatribe se trouva coupée net. Courant vers le lit, Catherine venait de lui appliquer une gifle retentissante.

Le pansement bascula et la blessure de la tempe se rouvrit, laissant filtrer un peu de sang qui glissa sur la joue mal rasée. Soulevée de rage et d'indignation, Catherine avait oublié qu'il était blessé et avait frappé de toutes ses forces. La vue du sang la calma mais n'éveilla pas le moindre regret en elle. Il l'avait insultée indignement et elle n'avait été que trop patiente. Obscurément, elle se sentait heureuse de lui infliger une souffrance. Elle eût même voulu que ce fût pire. Elle eût aimé le déchirer de ses dents et de ses ongles, éteindre ce regard insolent où, pour le moment, la stupeur avait pris la place du mépris. Machinalement Arnaud portait une main à sa joue gauche, plus rouge que l'autre. C'était de toute évidence la première fois que ce genre d'aventure lui arrivait et il ne s'en remettait pas. La gifle l'avait réduit au silence et Catherine, s'en rendant parfaitement compte, le considéra avec une profonde satisfaction.

« Comme cela, fit-elle gentiment, vous vous souviendrez bien mieux de moi, messire !... »

Après quoi, esquissant une révérence, elle quitta la chambre avec toute la majesté d'une reine outragée, laissant le chevalier à ses réflexions. Mais elle n'alla pas loin car elle était au bout de ses forces.

La porte refermée, elle s'adossa au mur pour essayer de se calmer un peu. Derrière le battant de bois grossier, elle entendit Arnaud jurer effroyablement mais elle ne réagit pas. Que lui importait maintenant sa colère ? Ce qui comptait, c'était la blessure cruelle qu'il lui avait infligée et dont elle aurait pu crier. L'irrémédiable s'était installé entre eux et l'amour. Jamais plus ils ne pourraient se rapprocher. Ils étaient destinés à se haïr, à tout jamais, et cela pour un malentendu que Catherine dans son amour-propre blessé se refusait à dissiper désormais. Puisqu'il n'avait pas voulu l'entendre, il ignorerait toujours la vérité que, d'ailleurs, prisonnier de son orgueil de caste, il refuserait, pensant que la jeune fille se cherchait une excuse. Respirant à petits coups saccadés afin de retrouver son souffle, elle ferma les yeux un instant. Les battements désordonnés de son cœur parurent se calmer. Un peu de paix remonta des profondeurs de son être, étalant la tempête... Quand elle rouvrit les paupières, le petit médecin arabe était devant elle, la regardant gravement sous son énorme turban pareil à une pivoine géante. Et Catherine fut surprise de lire tant de compréhension dans le regard paisible du Maure.

« Le chemin de l'amour est pavé de chair et de sang, récita-t-il doucement. Vous qui passez par là, relevez le pan de vos robes ! »

D'un geste vif, la jeune fille essuya une larme attardée sur sa joue.

« Qui a dit cela ? »

Abou-al-Khayr haussa les épaules et posa la main sur la poignée de la porte. Il était moins grand que Catherine d'une bonne moitié de tête, non compris le turban, mais il avait tant de dignité qu'il lui parut immense.

« Un poète persan mort voici déjà bien des années, répondit-il. Il se nommait Hafiz et connaissait bien le cœur de l'homme. Moins bien celui de la femme dont il eut à souffrir... Mais je vois que, cette fois, les rôles sont renversés et c'est toi qui souffres, jeune fille. Tu t'es meurtrie à cet homme aussi beau mais aussi dangereux qu'une lame de Tolède et tu saignes... Je ne l'aurais pas cru car, par Allah, j'étais persuadé, vous voyant ensemble, que vous étiez destinés à former l'un de ces couples rares et bénis, qui ne se rencontrent que si peu souvent.

— Vous vous êtes trompé, soupira Catherine... et moi aussi. J'ai cru, un instant, qu'il allait m'aimer. Mais il me hait et me méprise et je ne peux vous expliquer pourquoi. Il a dit qu'il ne voulait plus jamais me revoir... »

Le petit médecin se mit à rire de bon cœur, sans souci de l'air indigné de Catherine pour qui cette gaieté était au moins intempestive.

« Hafiz dit aussi : « J'ai bien peur que les saints « qu'on voit se moquer des ivrognes n'aillent porter « un jour leurs prières au cabaret. » Il te déteste mais il te désire. Que te faut-il de plus ? Quand une femme emporte avec elle le désir d'un homme, elle est toujours sûre de le retrouver un jour. Tu devrais savoir qu'un homme en colère laisse courir sans frein sa parole, cette jument sauvage. Les voix de sa tempête intérieure crient bien trop fort pour qu'il entende celle, toujours un peu enrouée, de la raison. Va rejoindre ton oncle qui s'inquiète et laisse-moi seul avec cet homme difficile. Je vais rester auprès de lui et l'accompagnerai chez le duc de Bourgogne. Je vais aussi essayer de savoir ce qu'il y a dans cette tête dure... Va en paix, jeune fille ! »

Sans rien ajouter de plus, Abou-al-Khayr salua

Catherine et, appelant d'un geste son serviteur noir, accroupi un peu plus loin, aussi immobile qu'une statue d'ébène, il rentra dans la chambre. Catherine, songeuse et un peu consolée, regagna celle où elle était demeurée si peu de temps, pour réparer le désordre de sa toilette. Dans la cour, Mathieu continuait à clamer son nom. Elle se pencha sur la balustrade, cria :

« Un moment, mon oncle, je viens tout de suite ! » puis rentra chez elle. Quelques minutes plus tard, vêtue d'une robe de fin lainage brun sous le grand manteau du duc Philippe, ses nattes bien serrées par un étroit capuchon de soie qui lui donnait l'air d'un jeune moine, elle descendait majestueusement dans la cour sous l'œil mi-ravi, mi-furieux de son oncle et celui, franchement admiratif, du jeune Roussay. Revoir la jeune fille épanouissait visiblement le capitaine bourguignon et il se précipita vers elle pour lui offrir la main à la dernière marche et l'aider à franchir les flaques d'eau laissées par la pluie.

Avec un sourire distrait, Catherine appuya ses doigts au poing offert et s'avança vers Mathieu qui suivait la scène, les mains aux hanches et le chaperon en bataille à son habitude.

« Le bonjour, mon oncle. Avez-vous passé une bonne nuit ?

— D'où sors-tu, grogna Mathieu en posant un baiser rapide sur le front offert. Voilà des heures que je m'époumonne !

— Je me suis promenée mais l'herbe était mouillée et j'ai dû me changer. Partons-nous ?

— Tu es bien pressée soudain ? Tu semblais te soucier si fort de notre trouvaille d'hier soir... »

Catherine offrit à son oncle un sourire éclatant puis, haussant la voix suffisamment pour qu'elle montât jusqu'à certaine fenêtre ouverte juste au-dessus de sa tête, répondit :

« Nous lui avons trouvé un médecin, nous n'avons plus rien à faire avec lui et nul besoin d'exercer plus avant la charité. Partons, j'ai hâte maintenant de rentrer chez nous. »

D'un pas décidé, elle se dirigeait vers les mules qui attendaient toutes préparées, laissant Jacques de Roussay se substituer au vieux Pierre pour lui tenir l'étrier et le remerciait d'un sourire et d'un :

« Grand merci, messire. Je rends grâce à Mgr Philippe de vous avoir envoyé à nous. L'honneur est grand et aussi le plaisir puisque nous allons voyager ainsi de compagnie... »

Rouge de joie, le jeune homme remonta à cheval et donna à ses hommes le signal du départ. Les paroles gracieuses de Catherine lui ouvraient une large porte sur des espoirs qu'il s'était interdits jusque-là. Cette attention du duc Philippe ne signifiait que trop le prix accordé par lui à la belle Dijonnaise et Jacques ne doutait pas que Catherine ne fût promise, à bref délai, à l'amour de son maître. Mais une femme ayant toujours le droit de choisir et de se refuser, rien n'interdisait au jeune capitaine de tenter sa chance de son côté, pendant le temps que durerait le voyage.

Il mit son cheval au pas de la mule de Catherine et voulut poursuivre un entretien si bien commencé. Mais la jeune fille parut tout à coup frappée de mutisme. A toutes ses avances, elle ne répondit plus que par monosyllabes, gardant les yeux baissés et un visage fermé. Jacques de Roussay se résigna à voyager en silence, se contentant d'admirer le ravissant profil délicatement encadré par la précieuse fourrure.

Rassuré par l'escorte armée, Mathieu Gautherin s'était paisiblement endormi sur sa selle, balancé au pas mesuré de sa monture. Les valets et les soldats suivaient. Catherine, murée dans son silence et dans ses pensées, essayait de retrouver le visage ardent d'Arnaud quand il lui avait parlé d'amour. Tout avait été si brusque, tout avait changé si vite dans sa vie paisible qu'elle se sentait étourdie comme si elle avait bu trop de vin doux. Il fallait le calme quotidien de la maison, les présences familières et raisonnables de sa mère, de sa sœur, et aussi de Sara pour reprendre un peu pied sur terre. De Sara surtout ! Elle savait toujours tout, elle lisait dans l'âme de Catherine comme dans un petit livre clair. Elle pouvait tout expliquer car nulle femme ne connaissait comme elle les hommes. Un désir violent de la revoir saisit Catherine, si pressant qu'elle eut envie de cravacher sa mule, de devancer tout le monde et de ne plus jamais s'arrêter avant les murailles de Dijon.

Mais, devant les pas de la mule, la route de Flandres s'allongeait toujours, interminablement...

DEUXIÈME PARTIE

LE GARDIEN DU TRÉSOR

CHAPITRE V

MESSIRE GARIN

L'OFFICE du matin s'achevait dans l'église Notre-Dame de Dijon. Le chaud soleil de juillet, à l'extérieur, illuminait déjà les mille flèches de la ville ducale, mais il faisait si sombre à l'intérieur que l'on n'y voyait guère. Peu éclairée, en temps normal, la grande église ogivale était encore obscurcie par les lourdes tentures noires qui tombaient des voûtes. Dans toutes les églises, et aux façades de beaucoup de maisons, on retrouvait ces mêmes tentures car, depuis une semaine, la Bourgogne était en deuil de sa duchesse. Michelle de France était morte subitement, dans son palais de Gand, le 8 juillet. Si subitement même que l'on parlait de poison, à mots couverts bien sûr.

On chuchotait que la jeune duchesse faisait tous ses efforts pour rapprocher son mari du dauphin

Charles, son frère, et que la reine Isabeau, sa terrible mère, ne voulait pas de cette réconciliation entre son gendre et le fils qu'elle haïssait. C'était elle qui avait placé auprès de sa fille la dame de Viesville que l'on accusait sous le manteau d'avoir fait passer Michelle de vie à trépas. Le duc Philippe était parti pour Gand précipitamment, laissant Dijon à la garde de sa mère, la duchesse douairière Marguerite de Bavière, cousine d'Isabeau... cousine et ennemie.

C'était à tout cela que songeait Catherine tandis qu'agenouillée auprès de Loyse, elle attendait la fin des prières de celle-ci, toujours interminables. Depuis qu'elle était dijonnaise, Loyse s'était prise d'une profonde dévotion pour l'étrange Vierge Noire de sa paroisse, cette statue de bois sombre, si vieille que nul ne savait dire depuis combien de temps elle était là et que l'on nommait Notre-Dame de l'Apport, ou Notre-Dame de Bon Espoir. Elle faisait de longues stations dans la chapelle du transept sud, contemplant durant des heures la petite statue raide, avec son long visage triste de vierge romane et son sévère Enfant Jésus, à peine visible dans le scintillement des ors et le rougeoiement d'une forêt de cierges. Catherine, pour sa part, vénérait elle aussi, l'antique madone mais supportait mal ces longues stations à genoux. C'était uniquement pour faire plaisir à Loyse, et aussi pour ne pas s'attirer d'acerbes récriminations qu'elle s'y résignait.

Elle avait terriblement changé, Loyse, depuis la fuite de Paris et, dans cette revêche vieille fille portant bien plus que ses vingt-six ans, Catherine avait du mal à reconnaître la douce adolescente du Pont-au-Change, celle que leur père appelait si tendrement « ma petite nonne ». Les premiers temps qui avaient suivi son enlèvement de chez Caboche avaient été terribles : Loyse fuyait les siens, se terrait dans un coin sans jamais accepter qu'on la touchât, ne répondant même pas quand on lui adressait la parole. Elle déchirait ses vêtements, jetait des poignées de cendres dans ses aliments quand elle ne se contentait pas d'eau croupie et de pain moisi. Sous ses robes misérables, elle portait une ceinture de crin armée de petites pointes de fer qui déchiraient sa peau tendre et Jacquette Legoix, désespérée, avait vu le moment, où, dans sa soif fanatique de rachat, Loyse exigerait qu'on la laissât entrer en réclusoir, comme cette Agnès du Rocher, la recluse de Sainte-Opportune à Paris, à qui elle allait si souvent porter du pain et du lait autrefois. Combien de nuits la malheureuse mère avait-elle passé à sangloter et à prier ? Et quand un mauvais sommeil la prenait, il était troublé de rêves atroces, toujours les mêmes : elle voyait sa fille agenouillée en robe de bure, au milieu de maçons qui, peu à peu, élevaient un mur. Ce mur allait la retrancher à jamais des vivants, en faire une enterrée vive parmi ses frères humains, une chair souffrante au fond d'un trou infect, exposée au froid, au gel ou à l'étouffante chaleur d'été dans un caveau à peine assez grand pour s'y étendre et percé seulement d'une étroite meurtrière. Catherine se souvenait des cris d'angoisse que poussait sa mère au milieu de la nuit.

Ils l'éveillaient en sursaut, faisaient se signer les voisins au fond de leur lit, mais Loyse les écoutait sans qu'un muscle bougeât dans son visage immobile. La jeune fille semblait avoir perdu son âme et se conduisait en pestiférée.

Elle se méprisait à tel point qu'elle n'osait même pas s'approcher des églises pour se laver de ce péché de chair qu'elle traînait après elle comme un boulet. Cela avait duré environ un an...

Et puis, un jour de l'automne 1414, un colporteur passa. Il venait du Nord et s'était arrêté un moment chez Mathieu pour vendre des aiguilles aux femmes. Il s'était assis pour se rafraîchir et il avait raconté comment Caboche et quelques-uns des siens s'étaient réfugiés à Bapaume. Malheureusement pour eux, la ville avait été assiégée peu après par les Armagnacs. Tombé aux mains de ses ennemis, Simon l'Ecorcheur avait été pendu haut et court avec ses lieutenants. Le colporteur n'avait pas compris pourquoi à la fin de ce tragique récit une grande fille blonde et pâle qui l'écoutait avec avidité s'était mise à rire... oh! mais à rire comme jamais il n'avait entendu rire personne !

De ce jour, Loyse avait changé. Elle avait accepté de se vêtir convenablement, encore que tout de noir, comme une veuve, et si elle avait continué à porter son cilice, elle n'avait plus parlé d'entrer en réclusoir. Le vendredi suivant, elle avait jeûné toute la journée puis elle s'en était allée seule à Notre-Dame où elle avait longuement prié devant la Vierge Noire avant de demander à un prêtre de l'entendre en confession. Puis elle avait repris une vie normale, à cela près que cette vie n'était guère qu'une longue suite de pénitences et de macérations.

« Elle entrera en quelque moutier bientôt, disait Sara en hochant la tête. Elle reprendra son ancienne idée. »

Mais non, Loyse ne souhaitait plus entrer au couvent parce qu'elle avait perdu la virginité qu'elle voulait offrir au Seigneur. Elle avait retrouvé le chemin de l'Eglise mais ne se jugeait plus digne de vivre auprès des filles vouées tout à Dieu. Seulement, ce mépris d'elle-même, Loyse l'avait étendu à toute l'humanité et, dans le voisinage, on admirait autant sa vertu et sa piété austère que l'on redoutait son caractère revêche.

Tandis que Loyse achevait ses oraisons et que Catherine bayait un peu aux corneilles, le regard distrait de la jeune fille accrocha soudain une longue forme masculine placée non loin d'elle, sur le même banc et qui, debout, bras croisés sur la poitrine, semblait prier avec quelque hauteur. La tête très droite, les yeux fixés à l'autel étincelant, l'homme donnait l'impression de parler d'égal à égal avec Dieu. Aucune humilité dans son attitude mais plutôt une nuance de défi. Catherine, s'étonna de le voir là, à cette heure matinale d'un jour de semaine. Messire Garin de Brazey, grand argentier de Bourgogne, gardien des joyaux de la couronne ducale et portant, de plus, le titre d'écuyer de Mgr Philippe, titre purement honorifique mais qui anoblissait ce grand bourgeois, était l'un des hommes les plus riches de Dijon et, comme tel, ne fréquentait l'église que le dimanche et aux jours de fêtes, et toujours avec une certaine pompe.

Catherine le connaissait de vue, pour l'avoir croisé plusieurs fois dans les rues ou pour l'avoir aperçu dans la boutique de l'oncle Mathieu quand il venait choisir des étoffes. C'était un homme d'une quarantaine d'années, grand, mince, mais solidement bâti. Son visage, nettement dessiné, avait le profil d'une médaille antique et eût été beau sans le déplaisant pli d'ironie qui relevait d'un côté les lèvres à peine tracées. La bouche barrait la figure glabre, bien rasée, comme un coup de sabre. Le grand chaperon de velours noir, piqué d'un magnifique bijou d'or représentant saint Georges et dont un pan s'enroulait autour du cou, cachait les cheveux et faisait une ombre noire sur ce visage pâle. Il trouvait un contrepoint sinistre dans le bandeau masquant l'œil gauche de messire Garin. Un œil qui n'avait pas servi longtemps car le gardien des joyaux l'avait perdu à seize ans, à la bataille de Nicopolis, au cours de la folle croisade contre les Turcs où il avait accompagné Jean sans Peur, alors comte de Nevers. Le jeune écuyer avait été captif avec son seigneur et de là était partie sa fortune et son anoblissement, pour le dévouement donné à ce moment pénible.

Pour les femmes de Dijon, Garin de Brazey était une énigme car il restait obstinément célibataire, n'en regardait jamais aucune malgré les avances nombreuses que l'on ne lui ménageait pas. Riche, point laid, bien en cour et passant pour spirituel, il n'était guère de famille bourgeoise ou de petite noblesse qui ne l'eussent accueilli bien volontiers. Mais il ne semblait rien voir des sourires prodigués, vivait seul dans son magnifique hôtel du bourg, au milieu de nombreux domestiques et de précieuses collections.

Quand enfin Loyse consentit à se lever, Catherine se hâta de la suivre mais n'en remarqua pas moins que l'œil unique de l'argentier s'était fixé sur elle. Les deux jeunes filles, quittant la chapelle, s'enfoncèrent dans les ombres profondes de l'église, des ombres qui s'obscurcissaient à mesure que l'on s'éloignait du halo lumineux de la Vierge Noire. Elles marchaient l'une derrière l'autre avec précaution car, à cette époque où l'on enterrait beaucoup dans les églises, le sol, toujours bouleversé, offrait des dénivellations soudaines et dangereuses, des trous et des ornières dans lesquels il était courant de se tordre le pied.

Ce fut ce qui arriva à Catherine qui marchait derrière sa sœur. Elle allait atteindre le grand bénitier de cuivre quand son pied tourna sur une dalle brisée.

Elle tomba lourdement à terre avec un gémissement de douleur.

« Quelle maladroite ! grommela Loyse. Tu ne peux pas faire attention ?

— On n'y voit rien », protesta Catherine. Elle fit un effort pour se lever mais retomba avec une nouvelle plainte... « Je ne peux pas me lever, j'ai dû me fouler le pied. Aide-moi...

— Laissez-moi vous aider, demoiselle », fit une voix grave qui semblait venir de très haut au-dessus de la tête de la jeune fille. En même temps, Catherine voyait une grande ombre se pencher vers elle. Une main sèche et chaude la saisit, la releva en même temps qu'un bras ferme ceinturait sa taille, la maintenant solidement.

« Appuyez-vous sur moi sans crainte... Sous le porche nous trouverons mes gens qui vous porteront chez vous. »

Loyse avait couru en avant, ouvert la porte de l'église laissant entrer un large rai d'éclatante lumière blonde, tout le soleil du dehors atténué malgré tout par l'ombre du profond porche. Catherine put voir le visage de celui qui la tenait ainsi dans ses bras : c'était Garin de Brazey.

« Oh ! messire, fit-elle confuse, ne vous donnez pas ce mal... Mon pied paraît moins douloureux. D'ici quelques instants je pourrai certainement marcher assez bien.

— Vous parliez de foulure pourtant ?

— C'est que la douleur a été si forte qu'elle m'a porté au cœur mais je la sens qui s'éloigne. Cela va bien mieux ! Grand merci, messire... »

Sous le porche, elle se dégageait du bras qui la tenait et qui ne tenta pas de la retenir, exécutait en rougissant une gentille révérence un peu chancelante.

« J'ai honte, messire, d'avoir troublé vos prières... »

Quelque chose qui pouvait passer pour un sourire passa sur le visage de l'orfèvre.

En pleine lumière, le bandeau noir sur son œil prenait toute sa valeur tragique et, dans tout ce noir qui le vêtait, Garin de Brazey était assez effrayant.

« Vous n'avez rien troublé, fit-il brièvement, et la honte sied à un visage aussi charmant. »

Ce n'était pas un compliment, rien qu'une constatation calme et sincère. D'ailleurs, Catherine n'eut pas le temps de voir augmenter sa confusion. Déjà, le gardien de la couronne s'inclinait brièvement et s'éloignait vers le coin de la place où un valet vêtu de violet et d'argent maintenait un cheval noir, plein de feu. Catherine le suivait des yeux. Elle le vit sauter en selle avec aisance et il s'éloigna par la rue des Forges.

« Si tu as fini tes mines, déclara la voix sèche de Loyse, nous pourrions rentrer. Tu sais que mère nous attend et que l'oncle Mathieu a besoin de toi pour ses comptes. »

Catherine, sans répondre, suivit sa sœur. Le chemin n'était pas long entre l'église et la maison de la rue du Griffon où Mathieu Gautherin abritait son commerce de tissus et sa vie de famille. En sortant, Catherine se tordit le cou afin de voir, au-dessus des fantastiques gargouilles de pierre, sculptées avec un art diabolique en façade de la grande église communale, l'amusant personnage de fer qui, à l'aide d'un marteau, frappait les heures sur une grosse cloche de bronze. On appelait Jacquemart ce personnage que le duc Philippe le Hardi, grand-père du duc actuel, avait pris au beffroi de Courtrai, nombre d'années plus tôt, pour en châtier les habitants révoltés. Depuis, Jacquemart faisait partie des habitudes dijonnaises. Il était devenu l'un des plus importants citoyens de la ville et Catherine ne manquait jamais de lui envoyer un regard amical sur sa tourelle courte.

« Tu viens ? s'impatienta Loyse.

— Oui, je viens ! Va donc ! »

Les deux jeunes filles, toujours l'une derrière l'autre, longèrent le pourpris de l'hôtel des Ducs. En vue de la flèche de la chapelle ducale, cerclée à mi-hauteur de la couronne fleurdelisée d'or, Loyse se signa dévotement. Catherine en fit autant puis toutes deux s'engouffrèrent dans l'étroite et tortueuse rue de la Verrerie. Loyse allait bon train et semblait de plus mauvaise humeur que de coutume. Visiblement, la rencontre fortuite avec le sire de Brazey l'avait indisposée car, hormis peut-être l'oncle Mathieu qui n'osait trop s'interroger sur les sentiments qu'elle lui portait, Loyse haïssait et méprisait tous les hommes en masse. Catherine ne voulant pas exciter davantage sa hargne pressa le pas malgré la légère douleur qu'elle ressentait toujours. On prit la rue de la Draperie qui était courte puis la rue du Griffon qui lui faisait suite. Un instant plus tard, Catherine et sa sœur franchissaient le seuil de la boutique de Mathieu à l'enseigne du Grand Saint Bonaventure.

Depuis son retour de Flandres, Catherine avait l'impression de vivre dans une peau qui n'était pas tout à fait la sienne et dans laquelle elle se sentait mal à l'aise. Elle avait eu beaucoup de mal à rentrer dans l'ordre familial, si soigneusement établi depuis des années, si immuable et l'ornière où roulait sa vie tranquille de petite bourgeoise lui semblait maintenant bien plus profonde, étrangement inconfortable.

Il avait fallu une toute petite chose pour l'arracher

à son univers paisible, un peu incolore et pour la jeter dans des chemins inconnus. Il avait fallu une simple gifle appliquée sur la joue d'un pelletier gantois trop entreprenant pour déchaîner le destin. Cette gifle avait retardé leur départ de Bruges tout en la jetant presque aux bras du duc Philippe et ce retard les avait amenés à point nommé pour porter secours à un chevalier blessé. Une minute, Catherine avait vu s'entrouvrir les portes d'un avenir éblouissant et puis ces portes s'étaient refermées, avec le claquement sec d'une autre gifle. En principe, le cercle était fermé, d'une gifle à l'autre, mais la jeune fille savait bien qu'il n'en était rien, que quelque chose viendrait.

Pour en être sûre, il lui suffisait de regarder le superbe perroquet qui sommeillait sur son perchoir doré, dans un coin de sa chambre, près de la fenêtre, un magnifique oiseau aux plumes bleues touchées d'écarlate qu'un page avait apporté un matin au nom du duc et que l'oncle Mathieu avait eu bonne envie de renvoyer d'où il venait. Catherine rit toute seule en se rappelant l'arrivée de l'oiseau et la stupeur indignée du drapier devant cet animal étrange dont l'œil rond et arrogant l'examinait sans indulgence. En apprenant que l'oiseau était pour Catherine et que le duc en personne l'envoyait, Mathieu était devenu rouge de colère.

« Mgr Philippe nous fait trop d'honneur ! fit-il au page impassible qui attendait qu'on le débarrassât de son fardeau, mais ma nièce est fille et ne doit pas recevoir de si précieux cadeau. »

Il ne savait comment expliquer son idée sans blesser son seigneur, mais le page avait bien compris ce que cela voulait dire.

« Je ne peux remporter Gédéon, dit-il. Ce serait offenser monseigneur.

— Mais moi, répliqua Mathieu, monseigneur m'offense en supposant que ma nièce pourrait accueillir ses hommages. La réputation d'une fille est fragile. »

C'est alors que Gédéon, trouvant que la discussion s'éternisait, était entré dans le débat. Ouvrant son grand bec rouge qui le faisait ressembler vaguement de profil à l'oncle Mathieu, il avait clamé :

« Gloirrrrrrrre... au duc ! Gloirrrrrre... au duc !... »

Mathieu avait été tellement stupéfait d'entendre parler l'oiseau qu'il avait laissé le page repartir sans plus songer à le retenir. Et Catherine qui s'étouffait de rire avait pu emporter dans sa chambre le papegeai. Il continuait à hurler. Depuis, Gédéon était la grande récréation de la maison, et même de l'oncle Mathieu. Tous deux se disputaient férocement.

Après s'être recoiffée devant son miroir, Catherine s'apprêtait à redescendre quand le pas d'un cheval dans la rue l'attira à la fenêtre. Une épaisse couche de poussière se levait sous les pas de l'animal car les rues de Dijon n'étaient pas encore pavées. Passant lentement entre la double rangée de maisons aux fenêtres desquelles s'agitaient les ménagères, elle reconnut Garin de Brazey et n'eut pas le temps de s'étonner. L'argentier, la tête levée, l'avait aperçue à sa fenêtre et la saluait gravement. Rougissante, elle rendit le salut et se retira au fond de la pièce ne sachant trop comment interpréter cette nouvelle rencontre, suivant de si près la première. Venait-il acheter des étoffes ? Mais non, le pas du cheval s'éloignait. Lissant machinalement du doigt sa jupe de toile vert amande garnie d'un simple galon blanc, la jeune fille descendit retrouver Mathieu.

Elle trouva le drapier dans le réduit où il serrait ses livres. Penché sur le pupitre de bois noir, une plume d'oie à l'oreille, il faisait des comptes dans un énorme livre relié en parchemin tandis que, dans la boutique, ses aides déballaient un gros colis de tissus tout juste arrivé d'Italie. Voyant que Mathieu était trop absorbé pour lui prêter attention, elle alla aider le vieux Pierre à ranger les nouvelles pièces. C'étaient des brocarts de Milan et des velours de Venise. Catherine n'aimait rien tant que palper ces étoffes magnifiques, réservées à la noblesse et aux riches bourgeoises. Elle-même n'en porterait sans doute jamais de semblables. Un superbe brocart d'un rose pâle dont le perfilage d'argent dessinait des oiseaux fantastiques l'attira particulièrement.

« Vois donc cette merveille, fit-elle en drapant devant elle un pan du tissu. Comme j'aimerais la porter ! »

Le vieux Pierre jugeait à part lui que Catherine était digne de toutes les splendeurs et il la regardait avec un sourire indulgent.

« Demandez-le à maître Mathieu, fit-il ! Peut-être bien qu'il vous le donnera. Et si j'étais vous, je lui demanderais aussi ce tissu-là. Vous seriez bien belle avec. »

Il désignait un velours ciselé vénitien fait de grandes fleurs noires qui se détachaient sur un fond lamé d'or et Catherine, avec un cri d'admiration, allait s'en emparer quand la voix grondeuse de Mathieu leur parvint :

« Laissez ces étoffes tranquilles ! Elles sont fragiles et coûtent fort cher !

— Je le sais bien, fit la jeune fille avec un soupir de regret, mais puisque ce magasin est le seul endroit où je pourrai jamais en toucher de semblables... »

De la main elle désignait les armoires ouvertes sur des piles régulières de samits, de pailes dorés, de satins de toutes les couleurs, de velours doux au toucher. D'autres contenaient de grandes pièces de dentelles aussi fines que des fils de la Vierge, des voiles de Mossoul, des diaspres à fleurs chatoyantes venus de Perse, des cendals légers et bruissants. D'autres encore cachaient les draps de Champagne ou d'Angleterre, les blanchets moelleux tissés par les femmes de Valenciennes, les souples draps florentins, aussi doux et presque aussi brillants que des satins...

Prestement, Mathieu enlevait des mains de sa nièce le brocart rose, ôtait à Pierre le velours noir et or, les empilait dans une grande pièce de forte toile blanche et y ajoutait une respectable collection de tissus d'or et d'argent, de satins de toutes couleurs, brodés, rayés ou unis qu'il prenait dans le dernier arrivage.

« Tout ceci est déjà vendu, expliqua-t-il et doit être mis de côté ; c'est une commande de messire de Brazey, qu'il doit faire prendre plus tard. Quant à toi, ma fille, va donc finir les comptes de la semaine et cesse de rêver ! J'ai à sortir et veux que tout soit en ordre quand je rentrerai. Ah ! tu feras aussi le compte de la dame de Châteauvillain qui l'a fait demander et tu veilleras à ce que l'on aune ce diaspre turquoise qu'attend la femme du sire de Toulongeon. »

Avec un soupir de regret, Catherine quitta la boutique et alla prendre la place de son oncle dans le réduit. Ces gros livres tout pleins de chiffres romains [1] l'ennuyaient profondément, encore qu'elle prît plaisir à lire la provenance lointaine des étoffes et ces noms aux consonances magiques. Mais, depuis le retour de Flandres, un visage brun se dessinait trop souvent de lui-même parmi les grandes pages jaunes et craquantes. Et quand cela se produisait, Cathe-

1. Les chiffres arabes n'étaient pas encore usités.

rine se retrouvait toujours avec une violente envie de pleurer car elle pensait alors qu'il y avait vraiment une infranchissable distance entre un écuyer du dauphin et la nièce d'un drapier dijonnais. Sans parler du mépris d'Arnaud, ni de la guerre qui les plaçait dans des camps opposés. Mais ce matin-là, Arnaud était absent de la pensée de Catherine. Trempant sa plume dans l'encre, elle se mit courageusement à l'ouvrage. Il n'y avait dans son esprit pour le moment qu'un merveilleux brocart dont elle avait très envie et aussi un peu de curiosité. Le gardien des joyaux de la couronne, toujours si sombrement vêtu, avait-il soudain décidé que le rose lui irait mieux ?

Malgré ce qu'il avait dit, on ne revit pas l'oncle Mathieu de toute la journée. Vers l'heure du dîner, il fit dire qu'il ne reviendrait que pour souper mais le souper l'attendit en vain. A peine rentré, le drapier avait appelé sa sœur Jacquette et s'était enfermé avec elle dans sa chambre haute sans vouloir donner d'explications.

En ouvrant les yeux le lendemain matin, Catherine vit Sara assise à son chevet, attendant son réveil et s'en étonna. D'ordinaire c'était Loyse qui l'éveillait, avec quelque brusquerie et avant l'aube pour aller entendre l'office. Mais cette fois Loyse était absente et le soleil était déjà haut.

« Aujourd'hui est un grand jour, mon agneau, lui dit la tzingara en lui tendant sa chemise. Il faut te dépêcher. Ta mère et ton oncle veulent te parler.

— De quoi ? Est-ce que tu sais ?

— Oui, je le sais mais je n'ai pas le droit de te le dire. »

Curieuse et, de plus, connaissant parfaitement son

empire sur sa vieille amie, Catherine se fit câline pour en savoir plus :

« Dis-moi au moins s'il s'agit de quelque chose d'agréable ? Si cela me fera plaisir...

— Sincèrement je n'en sais rien ! Peut-être que oui... ou peut-être que non ! Lève-toi vite ! »

Elle-même s'agitait, versait de l'eau fraîche dans une cuvette, préparait des serviettes. Négligeant la chemise tendue, Catherine sortit de son lit comme elle était, c'est-à-dire aussi nue que la main car il n'était pas d'usage de dormir autrement à cette époque. Elle n'avait d'ailleurs jamais éprouvé de gêne devant Sara qui avait été pour elle une seconde mère.

La grande fille de Bohême n'avait guère changé durant toutes ces années. Elle était toujours belle, aussi brune que par le passé, la quarantaine proche n'apportant pas le moindre fil d'argent dans sa chevelure. Elle était seulement plus grosse, la vie douillette que l'on menait chez Mathieu ayant capitonné son corps d'animal sauvage d'une couche moelleuse et confortable. Mais l'esprit demeurait sauvage, toujours aussi indépendant. Parfois Sara disparaissait pendant deux ou trois jours sans que personne pût dire ce qu'elle était devenue. Barnabé seul, peut-être... Mais le coquillard savait garder un secret et dans le milieu inquiétant et dangereux où il avait choisi de vivre malgré les supplications de Catherine, tout le monde savait se taire.

Tandis qu'elle procédait à sa toilette avec une hâte qui ne lui était pas habituelle, car elle aimait prendre son temps, Catherine surprit le regard pensif de Sara posé sur elle.

« Qu'est-ce que j'ai ? demanda la jeune fille. Tu me trouves laide ?

— Laide ? Tu cherches des compliments ? Certes

non, tu ne l'es pas... pas assez peut-être. Il n'est pas toujours bon pour une fille d'être trop belle, vois-tu. Et, en te regardant, je pensais bien que peu d'hommes pourraient résister à la vue de ton corps. Tu es trop faite pour l'amour pour ne pas semer aussi la mort.

— Que veux-tu dire ? »

Il n'était pas rare que Sara prononçât des paroles étranges. La plupart du temps, elle se refusait à les expliquer. C'était comme si elle avait pensé tout haut, parlé pour elle-même. Cette fois, il n'en fut pas autrement.

« Rien ! fit-elle brièvement en tendant à la jeune fille sa robe verte de la veille. Habille-toi et descends... »

Quand Sara eut disparu, Catherine se hâta d'achever sa toilette, natta ses cheveux avec un ruban de la même teinte que sa robe et descendit dans la grande chambre où Sara avait dit que ses parents l'attendaient.

Elle trouva Mathieu assis dans son fauteuil, l'air sombre et soucieux. En face de lui, Jacquette, assise sur un banc, égrenait son chapelet. Ni l'un ni l'autre ne parlait.

« Me voici, fit Catherine. Qu'y a-t-il ? »

Ils la regardèrent tous deux pendant un moment, avec une telle expression que Catherine eut l'impression qu'ils la voyaient pour la première fois.

Elle nota qu'une larme brillait dans les yeux de sa mère et courut à elle. S'agenouillant auprès de Jacquette, elle entoura de ses bras la taille maternelle, appuya sa joue contre sa poitrine.

« Mère... Vous pleurez ? Mais que se passe-t-il ?

— Ce n'est rien, ma chérie. C'est peut-être de bonheur...

— De bonheur...

— Mais oui... peut-être. Ton oncle va te dire. »

Mathieu avait quitté son fauteuil et s'était mis à marcher de long en large dans la pièce qui tenait presque toute la longueur de la maison et toute sa largeur. Son pas était plus lourd que d'habitude et il mit un moment à se décider. Finalement, il s'arrêta devant sa nièce et dit :

« Tu te souviens des étoffes que j'ai reçues hier d'Italie et que tu admirais tant ? Ce brocart rose...

— Oui, fit Catherine. La commande de messire Garin de Brazey ?

— Justement. Si tu en as toujours envie, elles sont pour toi.

— Pour moi ? »

L'oncle Mathieu était-il subitement devenu fou ? Pour quelle raison un homme important comme Garin de Brazey offrirait-il à la nièce d'un fournisseur un semblable présent ? Le regard de Catherine alla de sa mère à son oncle en faisant une rapide incursion dans les profondeurs de la chambre afin de s'assurer que tout cela n'était pas un songe. Tous deux guettaient une réaction sur le visage de la jeune fille.

« Mais... pourquoi ? » demanda encore Catherine. Mathieu se détourna et alla jusqu'à la fenêtre, regarda dehors, arracha une feuille au pot de basilic posé sur cette fenêtre et revint vers sa nièce.

« Parce que messire Garin nous fait l'honneur de te demander pour épouse. Hier, je suis allé le voir et il m'a tout au long exposé son projet... contre lequel je n'ai rien à redire. Je le répète, c'est un très grand honneur, un peu inattendu, mais un grand honneur tout de même.

— Allons ! coupa Jacquette. N'influence pas cette enfant !

— Je ne l'influence pas, fit Mathieu avec impatience. Je ne suis pas bien sûr moi-même de désirer ce mariage qui m'inquiète. Je dis ce qui est, voilà tout. Qu'en penses-tu, petite ? »

La jeune fille restait muette. C'est qu'aussi la surprise était de taille. Il semblait que, depuis la veille, l'argentier eût décidé d'envahir son existence. Mais elle aimait trop connaître le fond des choses pour ne pas poser d'autres questions.

« Pour quelle raison messire Garin désire-t-il m'épouser ?

— Il t'aime apparemment, fit Mathieu en haussant les épaules. Cela n'a vraiment rien d'étonnant. Il m'a dit qu'il n'avait jamais vu plus belle jeune fille et j'en sais plus d'un qui est de cet avis. Que dois-je répondre ? »

Une fois de plus, Jacquette s'interposa.

« Tu vas trop vite, Mathieu ! Tout ceci est surprenant, inattendu pour cette petite. Il faut lui laisser le temps de se faire à cette idée... »

S'y faire ? Ah ! certes, il fallait que Catherine s'y fît. Sur le fidèle miroir de sa mémoire, elle voyait se lever l'image un peu inquiétante de Garin de Brazey, son visage froid, son œil unique et cette allure imposante, glaçante même. Il avait l'air d'un personnage de tapisserie animé soudainement par magie. On n'épouse pas un personnage de tapisserie.

« J'apprécie l'honneur qui m'est fait, dit-elle sans hésiter, mais vous voudrez bien dire à messire de Brazey que je n'ai pas envie de me marier. Je ne l'aime pas, comprenez-vous... mais, cela, c'est tout à fait inutile de le lui dire.

— Tu refuses ? »

Mathieu était abasourdi. Il s'attendait à de l'étonnement, à une profonde stupeur et même à un certain émerveillement. La demande en mariage d'un personnage si riche et si puissant pouvait accabler une jeune fille timide sous le poids de l'honneur et de la joie. Mais que cette demande pût être repoussée aussi nettement, et sans autre examen, avait de quoi renverser un monde. Catherine, assise maintenant auprès de sa mère dont elle avait pris la main n'avait l'air ni accablée ni autrement émue. Son beau regard pur était demeuré très calme, très lucide. Sa voix aussi était paisible en répliquant doucement :

« Naturellement, je refuse ! J'ai, jusqu'ici, refusé tous les autres partis que vous m'avez offerts parce que je ne les aimais pas. Je n'aime pas davantage messire de Brazey. Donc, je refuse de l'épouser... »

Cette logique sans défaut ne parut pas séduire Mathieu qui se rembrunit. Le gros pli creusé entre ses sourcils se fit encore plus profond. Il hésita un moment, puis ajouta :

« As-tu songé que tu serais la plus riche dame de Dijon, la mieux parée ? Tu régnerais sur une superbe maison, tu aurais en quantité ces toilettes dont tu rêves, des bijoux de reine, des servantes, tu irais à la Cour...

— ... et, coupa Catherine, je dormirais toutes les nuits auprès d'un homme que je n'aime pas. Non, mon oncle. N'insistez pas, c'est non.

— Malheureusement, fit Mathieu sans regarder sa nièce, tu n'as pas la possibilité de refuser. Tu dois épouser Garin de Brazey. C'est un ordre ! »

Le mot fit perdre à Catherine son beau calme. Elle sauta sur ses pieds, fit face à Mathieu, brillante d'une colère qui rougissait ses joues et faisait flamber ses yeux.

« Un ordre ? Vraiment ? Et de qui ?

— De Mgr le duc. Tiens, lis !... »

Et, d'un coffret posé sur la table, Mathieu Gautherin sortit un grand parchemin aux armes ducales qu'il tendit à la jeune fille :

« Garin de Brazey me l'a remis en même temps que sa demande solennelle. Avant l'hiver tu seras la dame de Brazey... »

Catherine passa toute la journée enfermée dans sa chambre. Nul ne vint l'y déranger car l'oncle Mathieu, épouvanté par le déchaînement de fureur qui avait suivi, chez la jeune fille, l'annonce de l'ordre ducal, avait jugé bon d'ordonner qu'on la laissât tranquille. Même Sara avait disparu pour ce lieu mystérieux où elle se rendait de temps à autre sans donner d'explications. Assise sur son lit, ses mains nouées reposant entre ses genoux au creux de sa jupe, Catherine réfléchissait avec Gédéon pour seul témoin. Mais sentant peut-être instinctivement que sa maîtresse traversait une crise, le perroquet se taisait. Le cou rentré, les yeux mi-clos sur son perchoir, l'animal semblait dormir et faisait sur le mur nu de la chambre une grosse tache chatoyante.

La colère de tout à l'heure s'était un peu calmée mais la révolte grondait toujours au cœur de la jeune fille. Elle avait cru que le duc lui voulait du bien et tout ce qu'il trouvait à faire pour elle c'était cet ordre bizarre, incompréhensible : épouser Garin de Brazey, un homme que non seulement elle n'aimait pas, mais qu'elle connaissait à peine. Rien que le procédé employé la révoltait. Philippe la considérait-il comme son propre bien dont il pouvait décider du sort à son gré alors qu'elle n'était même pas de son duché ? C'était cela qu'elle avait répondu à Mathieu : « Je ne suis pas sujette de Mgr Philippe. Je n'ai pas à lui obéir. Je n'obéirai pas !

— Ce sera alors, pour nous tous, la ruine, la prison... pire peut-être. Je suis, moi, sujet du duc et fidèle sujet. Tu es ma nièce et tu vis sous mon toit. Tu lui es donc vassale, que tu le veuilles ou non... »

Il n'y avait rien à répondre à cela. Catherine, outrée de fureur le sentait bien mais elle ne pouvait se résoudre à se laisser livrer ainsi au bon plaisir de l'argentier, elle qui, jusque-là, avait si bien su se garder des hommes et s'était juré de continuer. Il y avait eu Arnaud, bien sûr, et l'expérience à la fois cruelle et douce vécue entre ses mains mais puisque ce bonheur-là devait lui demeurer à jamais interdit Catherine, sur la route de Flandres, s'était fait la promesse de n'être à nul autre qu'à cet homme brutal et tendre qui s'était emparé de son cœur et avait bien failli, si vite, asservir son corps.

Dans le cerveau enfiévré de la jeune fille d'autres images d'hommes se succédaient : Garin et le tragique bandeau noir de son œil, le jeune capitaine de Roussay, si follement épris et qui peut-être, pour l'amour d'elle, pourrait commettre une folie. Un instant. Catherine envisagea de se faire enlever par le jeune homme. Jacques, elle en était sûre, ne se le ferait pas répéter, même au risque de la colère du duc Philippe et c'était là un moyen infaillible d'échapper à Brazey. Mais au pouvoir de Roussay, elle ne pourrait moins faire que le payer de sa peine et lui accorder ce dont il desséchait de désir. Or, Catherine n'avait pas plus envie d'appartenir à Jacques de Roussay qu'à Brazey. C'était toujours subir l'amour d'un homme qui n'était pas Arnaud.

Un autre visage, brusquement, s'interposa, celui de Barnabé... Le coquillard savait, comme personne, sortir des situations les plus difficiles. Il l'avait tirée de Paris insurgé, il avait arraché Loyse à Caboche, il les avait amenées à bon port à Dijon à travers des campagnes dévastées par la guerre, hantées de bandes féroces de soudards et de pillards. Il était l'homme de tous les miracles et de toutes les astuces. Au terme de sa longue songerie solitaire, Catherine se dit qu'elle irait trouver Barnabé car elle ne pouvait s'offrir le luxe d'attendre que le coquillard fît à ses bourgeois amis l'une de ses rares visites. Le temps pressait.

On ne voyait pas souvent Barnabé dans la paisible maison de la rue du Griffon, justement parce qu'elle était trop tranquille pour lui. Malgré l'âge, l'ancien vendeur de fausses reliques aimait toujours autant vivre dangereusement et n'avait pas renié son étrange monde, inquiétant peut-être, mais vivant et curieusement coloré. De temps en temps, il apparaissait, dégingandé, ironique, nonchalant et crasseux avec superbe. Il étendait ses longues jambes vers la flamme du foyer puis sous la table servie car Mathieu, qui l'aimait bien sans s'expliquer pourquoi, ne manquait jamais de l'inviter au repas.

Barnabé restait là quelques heures, bavardant de choses et d'autres avec l'oncle Mathieu. Il savait toujours tout ce qui se passait sur toute l'étendue du duché et donnait parfois de précieux avis au négociant pour son commerce tels que l'arrivée d'une nef génoise ou vénitienne à Damme ou bien la venue à Chalon d'une caravane de pelletiers russes. Il connaissait aussi les potins de la Cour, le nom des maîtresses du duc Philippe et le nombre exact des colères de la duchesse douairière. Puis il repartait après avoir pincé la joue de Catherine et salué gravement Jacquette et Loyse, s'en retournant vers son existence nocturne. Ni Mathieu, ni Catherine n'ignoraient qu'il était l'un des lieutenants du sinistre Jacquot de la Mer, le roi de la Coquille, mais aucun d'eux n'en parlait et quand, parfois, la langue acerbe de Loyse laissait échapper une allusion à la peu recommandable profession de leur ami, ils se hâtaient de lui imposer silence.

Vers la fin du jour, Jacquette, inquiète du silence et de la longue réclusion de Catherine, vint lui porter une écuelle de soupe et quelques tranches de bœuf froid avec une jatte de lait. La jeune fille, en effet, n'avait rien pris depuis le matin.

Elle en remercia gentiment sa mère et, pour lui faire plaisir, mangea un peu de soupe, quelques bribes de viande et but du lait, malgré son absence totale de faim. Bien lui en prit car elle se sentit aussitôt ragaillardie, l'esprit plus clair et le corps plus dispos.

« Tu ne devrais pas te tourmenter autant, mignonne, lui dit Jacquette avec un sourire. Après tout, c'est plutôt une bonne nouvelle, cette demande en mariage. Beaucoup de filles par ici t'envieront et plus d'une grande dame. Et puis, messire Garin gagne peut-être à être connu. Il n'est point laid, tu l'aimeras peut-être et, en tout cas, tu seras gâtée, choyée... »

Le regard de la bonne dame s'égarait sur le tas chatoyant des tissus que Mathieu avait fait porter chez sa nièce comme un rappel tentateur aux joies somptueuses qui l'attendaient. Catherine les avait relégués en vrac sur un coffre dans le coin le plus sombre de la pièce. Le ton que Jacquette employait à la fois humble et tremblant fit mal à la jeune fille qui, se levant d'un bond, alla embrasser sa mère.

« Ne vous tourmentez pas pour moi, mère... Tout ira bien, et, comme vous le dites, peut-être les choses s'arrangeront-elles toutes seules. »

Se méprenant sur le sens des paroles de sa fille, Jacquette redescendit à la cuisine, grandement soulagée, pour annoncer à son frère que Catherine s'humanisait et ne disait plus « non » aussi catégoriquement.

Pourtant, la capitulation était toujours aussi éloignée de l'esprit de Catherine. Elle avait seulement voulu calmer les inquiétudes de sa mère et aussi garder sa liberté d'action. Son court repas terminé, elle alla s'étendre un moment sur son lit pour attendre la nuit noire. Elle entendit l'oncle Mathieu sortir comme chaque soir, pour se rendre auprès du vicomte-mayeur [1] afin de lui remettre les clefs de la porte Saint-Nicolas dont il avait la garde [2] puis rentrer ensuite et fermer ses propres portes.

L'oncle Mathieu venait tout juste de rentrer quand les marguilliers de Saint-Jean sonnèrent le crève-feu. De cet instant, les rues appartenaient à la galanterie, au vol, au brigandage et à l'aventure de toute sorte.

Catherine, étendue sur son lit, ne bougeait toujours pas. Elle entendit les marches de l'escalier gémir sous le poids de l'oncle qui regagnait son lit, Loyse gourmander la servante et le vieux Pierre qui rejoignait son galetas en chantonnant. Peu à peu, le silence prit possession de la maison. Sara n'était toujours pas rentrée. Catherine savait bien qu'elle ne serait pas là avant le jour, en admettant qu'elle revînt le lendemain.

Quand il n'y eut plus d'autre signe de vie autour d'elle que le ronflement étouffé de l'oncle Mathieu, Catherine se laissa glisser de son lit, enfila une robe brune qu'elle avait sortie à cet effet, natta ses cheveux bien serrés sous un capuchon puis, s'enveloppant d'une ample cape qui dissimulait totalement

1. C'était en quelque sorte le maire de la ville.

2. La garde des portes était confiée aux bourgeois les plus considérables du quartier pour qui c'était un fief viager. Ils étaient responsables de leurs portes et censés être constamment de service. Ils entretenaient les défenses au moyen d'une part des droits de vivre et de marchandise (Chabeuf).

sa silhouette, se glissa dans l'escalier. Elle savait le descendre sans faire crier les marches. Elle savait aussi comment tirer sans bruit les verrous, d'ailleurs toujours bien graissés par les soins vigilants de Sara. Quelques minutes plus tard, elle était dans la rue.

CHAPITRE VI

LA TAVERNE DE JACQUOT DE LA MER

CATHERINE n'était pas peureuse et la nuit de juillet était claire, une belle nuit de velours sombre sur lequel les étoiles faisaient scintiller plus de diamants que sur le manteau de la Vierge Noire. Mais il fallait un certain courage pour se rendre délibérément dans les pires endroits de la ville, là où les archers du guet ne se risquaient pas.

« Si tu as un jour besoin de moi, lui avait dit une fois Barnabé en grand secret, tu m'enverras chercher à la maison publique. Elle appartient à un certain Jacquot de la Mer qui est sergent de la mairie... et qui est aussi notre maître à tous, gens de Haute et Basse Truanderie. Je te dis ça parce que je sais que tu n'es pas bavarde et parce qu'il me semble que tu pourrais, un jour, en avoir besoin. Si je n'étais pas là, tu pourrais me faire chercher à l'Hôtellerie de la

Porte d'Ouche où je vais de temps en temps, mais plus rarement....

Dans les débuts, Catherine ne savait pas bien ce que pouvait être une maison publique jusqu'au jour où elle s'en était ouverte à Sara. La tzingara avait pour principe de dire les choses comme elles sont, estimant la vérité cent fois préférable à l'hypocrisie pour l'éducation des filles.

« Une maison publique est une maison où des filles folles vendent leurs corps aux hommes pour de l'argent », avait-elle dit.

Ainsi renseignée, Catherine se l'était tenu pour dit mais elle pensait aux paroles de la bohémienne tandis qu'elle se glissait le long des maisons biscornues de la rue du Griffon, tâchant de se confondre autant qu'elle pouvait avec les ombres épaisses des toits et d'éviter le centre, plus clair, de l'étroite et tortueuse artère.

Quand il fallut traverser la place de la Sainte Chapelle, elle s'y prit à deux fois, courut d'une traite jusqu'au Calvaire élevé au milieu, y reprit haleine. L'ombre noire du Crucifié s'étendait loin sur la terre durcie de la place, flanquée de celles de la Madeleine et de saint Jean dont les visages de pierre contemplaient interminablement la Divine Agonie. Ayant retrouvé son souffle, Catherine longea le pourpris ducal. Les tours donnaient une ombre épaisse mais il fallait se méfier des archers de garde dont les casques luisaient faiblement. Reprenant sa course, elle se jeta dans la rue des Forges aux baraques lépreuses qui sentaient toujours le bois brûlé, le cuir roussi et la graisse d'armes. La rue était extraordinairement étroite et, souvent, des incendies, allumés par les feux de forges trop proches, s'y déclaraient. Aussi chaque maison avait-elle, au seuil, un grand seau, un soilloz de cuir qui servait à charrier l'eau en cas de besoin. Catherine savait cela mais troublée ne s'en méfia pas. Elle buta dans un de ces seaux, tomba lourdement et jura le plus naturellement du monde. Ce n'était pas son habitude mais elle y trouva un réel soulagement.

A l'endroit où la ruelle rejoignait le Bourg, la grand-rue commerçante de la ville, elle s'élargissait pour former une placette, assez grande, toutefois, pour qu'un pilori y tînt à l'aise. Il était vide pour le moment mais ce n'était pas une vue agréable. Détournant les yeux, Catherine voulut poursuivre son chemin quand elle se sentit retenue par le pan de sa cape et poussa un cri. Une ombre cahotante sortit d'une encoignure, hoqueta puis se mit à rire tandis que des mains rudes s'emparaient de sa taille sous la cape qui tomba.

Paralysée par la peur, la jeune fille eut cependant un réflexe de défense. Sa taille souple se tordit entre les mains, peut-être maladroites, qui la tenaient et elle glissa comme une anguille. Sans plus se préoccuper de sa cape, elle se mit à fuir droit devant elle, s'efforçant malgré tout de dominer sa terreur pour ne pas se perdre. Il fallait qu'elle atteignît la taverne du roi des Truands.

Mais elle ne pouvait ignorer qu'on la poursuivait. Sur ses talons, elle entendait le claquement sourd et mat de pieds nus et le halètement de l'homme lancé sur sa piste. La nuit devenait plus sombre, plus noir le labyrinthe des ruelles étroites à travers lesquelles elle traçait son chemin. Des puanteurs d'eaux sales, de détritus et de viandes pourries la prenaient à la gorge et un instant elle crut défaillir. Nul ne songeait à enlever les ordures autrement que périodiquement, quand il y en avait trop. On jetait alors à l'Ouche et au Suzon ce dont les porcs et les chiens errants n'avaient pas voulu...

Dans le renfoncement d'une porte, un tas de haillons bougea et Catherine terrifiée vit une autre ombre se jeter à sa suite avec un rire idiot. Une horreur sans nom se saisit d'elle. S'efforçant de précipiter sa course, elle s'interdit de se retourner. Mais courant ainsi en aveugle, elle ne prenait pas garde où posaient ses pieds. Elle buta contre un tas d'ordures d'où s'élevait une puissante odeur de poisson pourri, jeta ses mains en avant pour trouver un appui, sentit les pierres gluantes d'un mur et s'y colla, défaillante, à bout de souffle fermant les yeux... Ses poursuivants étaient sur elle...

Elle sentit les mains de tout à l'heure s'emparer à nouveau de sa taille, la manier sans douceur tandis qu'une odeur fétide montait à ses narines. L'homme était très grand car il cachait le ciel.

« Alors, chuchota-t-il d'une voix enrouée, on est bien pressée ? Où court-on si vite, un rendez-vous ? »

Du moment où l'homme parla, il perdit son côté terrifiant de fantôme et cela ranima un peu Catherine.

« Oui, balbutia-t-elle faiblement... C'est cela !... un rendez-vous.

— Ça peut attendre. Moi pas... Tu sens la jeunesse, la propreté... Tu dois être tout plein mignonne. Hum !... Tu as la peau douce ! »

Malade de dégoût jusqu'à la nausée, Catherine, impuissante sentit les mains de l'inconnu parcourir rapidement son buste, s'arrêter sur son cou et sa gorge, là où se terminait la gorgerette plissée, s'y attarder. L'haleine de l'homme était une infection, elle sentait le mauvais vin ranci, la pourriture et la peau de ses mains semblait durcie, brûlée. Ces deux mains, justement, s'étaient arrêtées au décolleté de la robe, s'y agrippaient, allaient tirer quand une voix grimaçante qui semblait venir de terre ricana :

« Eh, doucement, compère !... Moi aussi je l'ai vue !... Part à deux !... »

Le colosse qui tenait Catherine relâcha son étreinte, surpris, et se retourna. Le tas de haillons que la jeune fille avait vu s'ébranler se dressait derrière lui, ombre courte, tassée et comme dentelée dans ses vêtements en loques. Un grognement dangereux lui échappa. Catherine sentit se tendre les muscles de son agresseur. Il allait frapper mais l'autre reprit :

« Allons, Dimanche-l'Assommeur, ne fais pas le méchant !... Tu sais très bien que tu aurais des ennuis avec Jacquot de la Mer si tu faisais des bosses à son meilleur copain. Partageons la fille... Je te garantis qu'elle est gironde comme y en a pas. Tu sais que je vois la nuit, comme les chats, moi... »

Le truand grogna à nouveau mais ne protesta pas. Il serra seulement plus fort sa proie contre lui en disant :

« Ah !... c'est toi, Jehan des Ecus !... Passe ton chemin, les filles, c'est pas pour toi !... »

Mais le tas de haillons ne paraissait pas désirer se laisser convaincre. Son rire s'éleva à nouveau, grinçant, sinistre, évoquant irrésistiblement pour la jeune fille épouvantée la chaîne rouillée d'un gibet.

« Que tu dis !... J'ai les écrouelles et le dos tordu mais dans un lit j'en vaux un autre... Emmène la fille sous l'arche de la maison au pignon, là où passe le Suzon. On la déshabillera. Jacquot de la Mer dit toujours qu'on ne peut pas juger une fille tant qu'elle a même un haillon sur la peau... Allez viens !... »

Le ton, impérieux, était celui d'un maître et sans doute celui que l'on avait appelé Dimanche-l'Assommeur allait-il se laisser convaincre. Mais, par deux fois, Jehan des Ecus avait prononcé le nom du roi des Truands et ce nom avait percé la terreur de Catherine. Elle décida de jouer son va-tout. De toute façon, rien ne pourrait être pire que ce qui l'attendait aux mains de ces bandits.

« Vous parlez de Jacquot de la Mer, dit-elle d'une voix qu'elle s'efforçait d'affermir. C'est chez lui que j'allais et vous me retardez... »

Instantanément la poigne du colosse se desserra tandis que l'autre se rapprochait. D'une main étrangement vigoureuse pour un être aussi tordu, il l'arracha complètement des mains de Dimanche.

« Qu'est-ce que tu vas faire chez Jacquot ? Tu n'es pas une de ses fillettes. Elles sont toutes au travail à cette heure.

— Il faut que je le voie, s'écria Catherine prête à pleurer. C'est très... très important ! Si vous êtes de ses hommes, conduisez-moi chez lui, je vous en supplie. »

Il y eut un petit silence puis Jehan des Ecus poussa un soupir où entrait un regret sincère.

« Ça change tout ! fit-il. Si tu vas chez Jacquot, on ne peut pas t'arrêter. Mais c'est bien dommage. Allez, Dimanche, amène-toi... Faut qu'on escorte cette pucelle... car tu es pucelle, hein la fille ? Ça se sent, sinon tu n'aurais pas fait tant d'histoires pour donner un peu de plaisir à deux braves truands... »

Trop émue pour répondre, Catherine se remit à marcher entre ceux qui n'étaient encore pour elle que deux ombres sans visage. Elle n'avait plus peur. Elle comprenait obscurément que, jusqu'à la maison du chef, elle était en sûreté et que ces deux bandits se constituaient en quelque sorte ses gardiens. L'ombre énorme de l'un marchait lourdement d'un côté, et l'autre cahotait, avec un déhanchement tragique sur le chemin inégal.

La ruelle descendait, s'insinuait entre deux maisons, traçant un boyau qui serpentait entre deux jardins clos de hauts murs. Au bout de cette venelle, une construction bizarre, informe à première vue et faite de deux maisons enchevêtrées, dressait une silhouette fantastique. Mais derrière un volet, une lumière brillait malgré le couvre-feu. Une voix de femme chantait ou plutôt psalmodiait une bizarre mélopée dans une langue inconnue.

A mesure que l'on approchait de la maison, la voix se faisait plus nette. Elle montait, parfois, jusqu'à une note aiguë qu'elle soutenait au point de la rendre insupportable, puis se brisait et reprenait, rauque et sourde. A côté d'elle Catherine entendit l'étrange rire grinçant de Jehan des Ecus.

« Ha, ha !... Il y a fête chez Jacquot... tant mieux... »

Quand ils furent devant la maison, une ombre se détacha de la porte. Catherine vit briller une hache.

« La passe ? fit une voix rogue.

— Ferme à la manche ! répliqua Jehan des Ecus.

— Ça va, passez !... »

La porte s'ouvrit, découvrant l'intérieur du fameux cabaret de Jacquot de la Mer, rendez-vous de la pègre dijonnaise. Les bons bourgeois n'en parlaient qu'à mots couverts, en se signant et avec une terreur sacrée. On ne comprenait pas à première vue que le vicomte mayeur laissât subsister cette demeure du péché.

N'importe quelle dame dijonnaise se fût évanouie d'horreur si elle avait pu deviner que, parfois, à la nuit close, son respectable époux se glissait jusqu'à la maison réprouvée pour y monnayer les charmes faciles d'une belle fille. Mais Jacquot de la Mer s'y entendait à choisir ses pensionnaires et sa maison pouvait soutenir avantageusement la comparaison avec les étuves les plus fameuses. En bon commerçant, il tenait à satisfaire sa clientèle...

Au premier regard, Catherine ne vit rien qu'un kaléidoscope de couleurs violentes. Une clameur de cris et de musique lui sauta à la figure mais se calma subitement tant l'apparition de cette belle fille, pâle et échevelée, entre ses deux sinistres compagnons, était étrange. La jeune fille put distinguer alors la grande salle basse et voûtée où l'on descendait par quelques marches de pierre. Au fond, dans une gigantesque cheminée trois moutons rôtissaient ensemble et, un peu partout, il y avait des bancs, des tables de bois graisseux, toutes occupées. Un escalier de bois montait au fond de la pièce, se perdait dans le plafond. Les buveurs offraient un aspect bigarré ; il y avait quelques soldats ivres, et aussi de jeunes gars aux yeux écarquillés, des étudiants ou des apprentis venus là s'encanailler. Près de l'âtre, deux vieilles s'occupaient de la cuisine mais, un peu partout, sur les bancs, sur les genoux des buveurs ou assises à même la table parmi les flaques de vin et les gobelets d'étain il y avait des filles, le corsage largement dégrafé ou même complètement nues. Leurs corps mettaient des taches pâles dans la pénombre fumeuse. Les flammes des quinquets et celles de l'âtre dansaient sur les peaux claires ou mates avec des reflets de satin et aussi sur les trognes écarlates des ivrognes avec des rougeoiements de rubis au soleil.

L'instant d'étonnement causé par leur entrée passé, la bacchanale avait repris tandis que Catherine et ses gardiens descendaient les marches. Les cris, les danses reprirent. Une fille au corps brun, aux seins lourds avait sauté sur une table et se contorsionnait lascivement au milieu d'une forêt de mains tendues. Catherine, épouvantée, se crut en enfer et ferma les yeux.

Du fond de son souvenir, des images analogues se levaient, celles qu'elle avait surprises dans la Grande Cour des Miracles, quand elle se cachait dans la masure de Barnabé, mais alors qu'à cette époque elles avaient seulement étonné et vaguement effrayé l'enfant qu'elle était, elle s'étonnait, s'indignait même de l'étrange plaisir trouble que celles-ci faisaient naître en elle.

La femme qui chantait tout à l'heure recommença une autre chanson, et le son rauque, nostalgique et bas de sa voix fit rouvrir les yeux de Catherine. Cette femme, vêtue d'une robe de satin couleur flamme, des sequins d'or dans les cheveux, était assise sur l'escalier du fond, au milieu d'une troupe d'hommes. Un joueur de luth, penché vers elle, l'accompagnait. Elle chantait les yeux clos, les mains nouées autour de ses genoux et Catherine ne sursauta qu'à peine en la reconnaissant parce que, décidément, cette nuit était la nuit des surprises. C'était Sara...

Elle n'avait pas remarqué Catherine et l'eût-elle fait que cela n'eût servi à rien car, ainsi que la jeune fille put s'en rendre compte, elle était ivre. Mais d'une ivresse dans laquelle le vin n'avait été que le support, l'agent conducteur qui avait permis à la tzigane d'oublier son monde actuel pour s'en retourner en esprit vers sa lointaine tribu et sa vie sauvage. Médusée, Catherine l'écoutait. Bien souvent, Sara avait chanté le soir, pour l'endormir surtout dans les premiers temps de leur exil en Bourgogne, mais jamais avec cette voix rauque et passionnée, jamais avec cette douleur insoutenable...

Dans cette femme en transes qui n'avait plus que

les traits de sa compagne de chaque jour, Catherine voyait surgir la fille sauvage, l'enfant qui avait vu le jour dans un chariot nomade, au long d'une piste de la lointaine Asie. Elle ne s'offusquait pas d'avoir percé le secret de ses fugues, de la retrouver dans cette taverne louche où, pour la seule magie de son chant, elle domptait ces fauves à face humaine, les hommes de Jacquot de la Mer...

Une forme humaine s'interposa entre elle et la chanteuse, un homme long et pâle, au teint si blême qu'il paraissait décoloré par un long séjour dans l'eau. Un jour, quelques années plus tôt, Catherine avait vu retirer de l'Ouche le corps d'un noyé. Le nouvel arrivant avait exactement cette couleur et son aspect surnaturel était encore renforcé par deux prunelles d'un vert déteint, aquatique. D'épaisses paupières, cornées comme celles des tortues, voilaient la plupart du temps ces yeux inquiétants. Il portait une robe courte en tiercelin gris souris où flottait son ossature que la peau épousait comme une toile mouillée. Ses gestes lents, comme endormis, ajoutaient encore à son aspect fantomal.

« Qui est celle-là ? » fit-il en désignant Catherine d'un long doigt blanc.

Dimanche-l'Assommeur ne gagnait rien à la lueur des quinquets, car elle révélait sa figure grêlée et sa joue droite, couturée par le fer rouge du bourreau.

Ce fut lui qui répondit :

« Une petite chèvre, sauvage en diable, qu'on a trouvée dans la rue. Elle a dit qu'elle venait te voir, Jacquot. »

Les longues lèvres sinueuses et décolorées du roi de la Coquille s'étirèrent encore en une grimace qui pouvait passer pour ce qu'elle était, un sourire. Sa main effleura le menton de Catherine qu'il releva.

« Jolie ! apprécia-t-il. C'est la réputation de mon charme qui t'attire vers moi, ma belle ?

— Non, répondit nettement la jeune fille. Peu à peu, elle retrouvait tout son aplomb. Je suis venue parce que je voudrais voir Barnabé. Il m'a dit de m'adresser à vous si j'avais besoin de lui. Et j'ai besoin de lui ! »

La lueur trouble, un instant allumée dans les yeux de Jacquot, s'éteignit sous le rideau des paupières tandis que l'affreux et contrefait Jehan des Ecus, rejetant ses oripeaux rouges et le feutre déchiqueté qui le coiffait, dardait sur Catherine un regard flamboyant.

« Je sais maintenant qui tu es, la belle... Tu es la nièce de cet âne de Mathieu Gautherin, la belle Catherine... la plus belle pucelle de toute la Bourgogne ! Je ne regrette pas de t'avoir respectée, fille, car tu es destinée à plus haut que moi. Si je t'avais touchée, je risquais la corde... »

Un geste expressif complétait les paroles du petit homme. Avec étonnement Catherine vit qu'il était jeune et que, malgré les tics nerveux qui le déformaient, son visage avait des traits fins et que ses yeux étaient beaux.

« La corde ? fit-elle sincèrement surprise, pourquoi ?

— Parce que le duc te veut pour lui... qu'il t'aura. Mais tout compte fait, j'aurais dû contenter mon envie. T'avoir, puis la corde, ça doit être une merveilleuse façon de vivre en raccourci. Tu en vaux la peine ! »

Jacquot de la Mer trouvait sans doute que la conversation durait trop. Lentement sa main agrippa l'épaule de Catherine.

« Si tu veux voir Barnabé, monte là-haut ! Le galetas tout en haut de la maison. Il est couché parce qu'il a pris un mauvais coup il y a trois jours du côté de Chenôve, mais tu auras peut-être du mal à te faire entendre parce qu'il doit être ivre mort à cette heure. Le vin, c'est tout ce qu'il accepte comme médicament. »

Propulsée par la main du tenancier, Catherine monta les premières marches. Elle passa auprès de Sara. Sa robe effleura même celle de la gitane mais Sara avait fermé les yeux. Elle chantait toujours, perdue dans son monde intérieur, à mille lieues de ce bouge.

Une mauvaise porte aux planches disjointes fermait le galetas. La lueur d'une chandelle passait au travers et Catherine n'eut aucune peine à l'ouvrir. Une simple poussée suffit mais elle était si basse que la jeune fille dut se plier en deux pour passer. Elle se trouva alors dans un réduit obscur, sans fenêtre et tout encombré par la charpente enchevêtrée de la maison. Sous une grosse solive, auprès d'une chandelle de suif qui puait et coulait dans un plat d'étain, il y avait un grabat sur lequel Barnabé était couché, une cruche de vin à portée de la main. Il était très rouge mais il n'était pas ivre car son regard était clair quand il se posa, avec stupeur, sur la jeune fille.

« Toi ? Mais qu'est-ce que tu viens f... ici, mauviette... et à cette heure ? »

Il se soulevait sur un coude et ramenait pudiquement sa chemise en loque sur la toison grise de sa poitrine.

« J'ai besoin de toi, Barnabé. Alors je viens te trouver comme tu m'avais dit de le faire, fit Catherine avec simplicité en se laissant tomber sur le pied du matelas qui perdait ses entrailles de paille par plus d'un trou. Est-ce que tu es blessé ? » ajouta-t-elle en désignant le pansement crasseux autour du front du coquillard, tout maculé de traces graisseuses de baume et de sang séché.

Il haussa les épaules avec insouciance.

« Rien ! Un coup de bêche que m'a assené un vilain que je priais poliment de me laisser compter ses économies avec lui. C'est déjà presque guéri.

— Tu ne changeras donc jamais ? » soupira Catherine. Elle n'était pas choquée par cette confession. C'était peut-être à cause de la flamme joyeuse qui brillait toujours dans les yeux de son vieil ami que les pires énormités sorties de sa bouche prenaient, comme par enchantement, un aspect inoffensif et presque amusant. Que Barnabé fût un voleur, pire peut-être, ne changeait rien pour la jeune fille. Il était son ami, c'était tout ce qui comptait et, en dehors de cela, il pouvait bien être tout ce qu'il voulait. Mais, par acquit de conscience, elle se crut obligée d'ajouter :

« Si tu n'y prends garde, tu te retrouveras un matin sur le Morimont entre maître Blaigny et une bonne corde de chanvre. Et moi j'en aurai bien de la peine. »

D'un geste vague, Barnabé rejeta au loin la déplaisante image, but un bon coup de vin, reposa sa cruche et s'essuya les lèvres avec sa manche en loque. Puis il se cala confortablement dans ses chiffons crasseux.

« Allez, maintenant, raconte ce qui t'amène... Quoique je m'en doute.

— Tu sais ? fit Catherine sincèrement surprise...

— Je sais en tout cas ceci : le duc Philippe

t'ordonne d'épouser Garin de Brazey et pour obliger ce grand bourgeois à convoler avec la nièce d'un Mathieu Gautherin, il te donne une dot considérable. Le duc Philippe sait toujours ce qu'il fait... »

La stupeur arrondit, en cercles presque parfaits, les yeux changeants de la jeune fille. Barnabé avait une manière à lui de dire les choses comme si elles étaient toutes normales et comme s'il était très naturel qu'un truand fût si bien au courant de ce qui se passait dans le palais des princes.

« Comment sais-tu tout cela ? balbutia-t-elle.

— Je le sais, cela doit te suffire ! Et je vais même t'en dire plus, petite. Si le duc veut te marier, c'est parce qu'il est plus commode, dans une ville comme celle-ci où la bourgeoisie est puissante, de faire sa maîtresse d'une femme mariée que d'une jouvencelle. Il est prudent, le duc, et entend mettre toutes les chances de son côté.

— Alors, fit Catherine, je ne comprends plus. Le sire de Brazey ne semble guère du bois dont on fait les maris complaisants. »

C'était l'évidence même et la justesse de ce raisonnement frappa Barnabé. Il se gratta la tête, esquissa une affreuse grimace.

« Je reconnais que tu as raison et je comprends mal pourquoi il a choisi son grand argentier plutôt qu'un autre en dehors du fait qu'il n'est pas marié. Garin de Brazey est tout ce qu'on veut, sauf facile à manier. Peut-être le duc n'avait-il personne d'autre sous la main parmi ses fidèles ! Car il est évident qu'il désire surtout, par ce mariage, t'introduire à sa Cour. Je suppose que tu as accepté. Une union pareille ne se refuse pas.

— C'est ce qui te trompe. J'ai refusé jusqu'ici... »

Patiemment, Catherine refit alors pour son vieil ami

le récit de son aventure de Flandres. Parce qu'elle sentait que les secrets n'étaient plus de mise, elle raconta tout ; comment elle avait rencontré Arnaud de Montsalvy, comment, retrouvant vivant le souvenir qu'elle croyait bien mort, elle s'était éprise de lui au premier regard, comment l'appel de Mathieu l'avait arrachée de ses bras au moment où elle allait se donner à lui. Elle parlait, parlait sans effort, tout naturellement, ayant aboli toute pudeur. Assise sur le coin du matelas, les mains nouées autour des genoux, les yeux perdus dans l'ombre noire des solives, elle semblait réciter pour elle-même une belle histoire d'amour. Barnabé retenait sa respiration pour ne pas rompre le charme, car il comprenait qu'à cet instant, Catherine l'avait oublié.

Quand la voix de la jeune fille s'éteignit, le silence s'étendit entre les deux interlocuteurs. Catherine avait ramené son regard sur son vieil ami. La tête sur la poitrine, Barnabé réfléchissait.

« Si je comprends bien, dit-il au bout d'un moment, tu refuses Garin de Brazey parce que tu veux te garder toute à ce garçon qui te hait, te méprise et t'a tout juste épargnée parce que tu es femme... ou bien parce que, dans cette auberge et blessé par surcroît, il craignait de ne pas s'en tirer. Tu n'es pas un peu folle, dis-moi ?

— Crois-le ou ne le crois pas, riposta Catherine sèchement, mais il en est ainsi. Je ne veux pas appartenir à un autre homme.

— Tu diras ça au duc, grogna Barnabé. Je me demande ce qu'il en pensera. Quant à Garin, comment comptes-tu t'en tirer ? Pas d'illusions, il est prêt à obéir au duc. C'est un trop fidèle serviteur pour ça... et aussi tu es une trop belle fille pour qu'on te refuse. Toi, tu n'as pas davantage le droit de dire non sous peine d'attirer sur les tiens la colère du seigneur. Et il n'est pas tendre notre bon duc. Alors ?

— C'est pour ça que je suis venue te voir... »

Catherine s'était relevée et s'étirait, engourdie par sa position courbée. Sa fine silhouette s'allongea dans la lueur dansante et rouge de la chandelle. La masse dorée, fulgurante de sa chevelure l'enveloppait d'une sorte de gloire qui serra soudain le cœur du coquillard.

La beauté de cette fille devenait insoutenable et Barnabé du fond de son affection plus inquiète qu'il ne voulait bien l'admettre, sentit qu'elle était de celles qui déchaînaient les guerres, font s'entretuer les hommes et apportent bien rarement le bonheur à leurs propriétaires, tant l'excès en tout peut devenir dangereux. Il n'est jamais bon de dépasser de si haut le niveau commun...

Il acheva de vider le pot de vin puis le jeta à terre d'un geste indifférent. Le pot se brisa et quelques débris roulèrent dans la poussière loin du grabat.

« Qu'attends-tu de moi ? demanda-t-il calmement.

— Que tu rendes impossible ce mariage. Je sais que tu disposes de moyens nombreux... et d'hommes aussi. Il est peut-être possible de m'empêcher de me marier sans que j'aie à refuser et sans que Garin de Brazey ait à se dresser contre son seigneur.

— Ce qu'il ne fera pas. Alors, ma chère, je ne vois qu'un seul moyen : la mort. Pour toi ou pour Garin. Je suppose que tu ne tiens pas à mourir ? »

Incapable de répondre, Catherine secoua la tête, les yeux obstinément baissés sur ses souliers poussiéreux. Barnabé ne se trompa pas à ce silence.

« Alors, c'est pour lui ! C'est bien ça, n'est-ce pas ? Pour rester fidèle à je ne sais quel amour stupide, tu condamnes froidement un homme à mort... et quelques autres avec, car tu ne supposes pas qu'une fois le grand argentier défunt, le prévôt ducal se croisera les bras ? »

La voix dure de Barnabé fouillait au plus profond de l'âme de la jeune fille avec l'impitoyable cruauté d'une lame de chirurgien. Il l'obligeait à voir clair en elle et la honte l'envahissait. Les aperçus que cette nuit étrange lui donnait sur son être intime étaient assez effrayants. Pourtant, si la mort seule de Garin pouvait la préserver d'une union qui lui faisait à la fois peur et horreur, Catherine était prête à l'envisager froidement. Elle le signifia à Barnabé avec une détermination glacée qui confondit le coquillard.

« Je ne veux pas appartenir à cet homme. Arrange-toi comme tu voudras ! »

A nouveau le silence, dense, épais comme une masse de terre, entre la fille murée dans sa résolution et le truand confondu de ce qu'il découvrait en elle. Au fond, Barnabé la retrouvait ainsi plus proche de lui ; plus compréhensible, un peu comme si cette enfant qu'il aimait était sa fille à lui au lieu d'être celle de paisibles artisans.

Comment le bon Gaucher et la pieuse Jacquette avaient-ils pu donner le jour à ce petit fauve en jupons ? Barnabé sourit intérieurement de leur stupeur s'ils avait pu savoir. Il finit d'ailleurs par sourire pour de bon.

« Je verrai ce que je peux faire, dit-il enfin. Maintenant, il faut rentrer chez toi. Tu n'as pas eu d'ennuis en venant ? »

En quelques mots, Catherine lui raconta sa rencontre avec Dimanche-l'Assommeur et Jehan des Ecus et comment elle avait réussi à se faire respecter.

« Ça me paraît une bonne escorte, approuva Barnabé. Je vais leur faire dire de te reconduire. Sois tranquille, tu peux avoir confiance en eux quand c'est moi qui te les donne comme anges gardiens. »

En effet, quelques minutes plus tard, toujours flanquée de ses deux sinistres compagnons, Catherine quittait la taverne de Jacquot de la Mer, y laissant Sara endormie sur les marches de l'escalier. Le retour fut aussi paisible que l'aller avait été mouvementé. Quand une ombre inquiétante se manifestait, l'un ou l'autre des deux gardiens murmurait quelques mots dans l'incompréhensible langage des truands, et l'ombre s'évanouissait dans la nuit.

Le vent se levait amenant l'orage, quand les deux truands prirent congé de leur protégée à l'entrée de la rue Griffon. La maison de Mathieu était en vue et Catherine ne craignait plus rien. Elle s'était d'ailleurs si bien familiarisée avec sa dangereuse compagnie qu'elle put la remercier gentiment. Ce fut Jehan des Ecus qui répondit pour les deux. Dans cette bizarre association il semblait être le cerveau alors que Dimanche représentait la force brutale.

« Je mendie habituellement au portail de Saint-Bénigne, lui dit-il. Tu m'y trouveras toujours si tu as besoin de moi. Tu es déjà l'amie de Barnabé, tu seras la mienne aussi, si tu le veux bien. »

La voix cassée, grinçante, avait pris d'étranges inflexions, d'une douceur inattendue, qui achevèrent de détruire le mauvais souvenir de tout à l'heure. Elle savait déjà que, chez les truands, une offre d'amitié est toujours sincère parce que rien n'y oblige. De même qu'une menace ne doit jamais être dédaignée.

La porte de la maison grinça à peine sous la main de Catherine. Elle remonta l'escalier sans faire le moindre bruit et gagna son lit. L'oncle Mathieu ronflait toujours.

La nuit avait été trop courte pour le sommeil de Catherine. Elle n'entendit pas le beffroi de Notre-Dame sonner l'ouverture des portes et résista à la main sèche de Loyse qui prétendait la faire lever pour se rendre à la messe. Loyse, furieuse, finit par abandonner, vaincue par la force d'inertie, en prédisant à sa sœur la damnation éternelle. Mais Catherine, insensible à tout ce qui n'était pas le confort mœlleux de de son lit, n'en reprit pas moins paisiblement son sommeil et ses rêves.

Il était tout près de neuf heures quand, enfin, elle descendit à la cuisine. L'atmosphère semblait y être à l'orage.

Sur des tréteaux, près de l'âtre, Jacquette repassait le linge familial en se servant de fers creux dans lesquels elle mettait, de temps en temps, une pelletée de braises rouges. La sueur perlait à son front, sous la coiffe de toile blanche et elle pinçait les lèvres avec une expression que Catherine connaissait bien. Quelque chose avait dû la mécontenter. Elle rongeait son frein toute seule. Le fer écrasait le linge d'un geste significatif... Lui tournant le dos, assise auprès de la fenêtre, Loyse filait au fuseau, sans rien dire elle non plus. Ses doigts maigres tordaient le lin, vite, vite, et le fil s'enroulait sur la bobine placée auprès d'elle. A voir la tête qu'elle faisait, Catherine se douta que quelque chose s'était passé entre elle et sa mère.

Mais à sa grande surprise, elle constata que Sara était rentrée. La gitane avait dû revenir aux premières lueurs de l'aube et maintenant, vêtue de son habituelle robe du futaine bleu foncé, un grand tablier blanc noué à la taille, elle épluchait tout un panier de choux de Senlis pour faire la soupe. Elle seule se retourna à l'entrée de la jeune fille et lui adressa un clin d'œil entendu. La créature passionnée de la nuit s'était rendormie au fond de l'âme de cette femme étrange et Catherine n'en trouvait plus trace maintenant sur le visage familier. Mais Loyse, elle aussi, avait vu entrer sa sœur, et, méchamment, elle siffla :

« Saluez, esclaves, voici haute et puissante dame de Barzey... qui daigne quitter sa chambre pour descendre jusqu'à la valetaille.

— Tais-toi, Loyse ! coupa Jacquette froidement. Laisse ta sœur tranquille. » Mais il en fallait plus pour faire taire Loyse quand elle avait quelque chose sur le cœur. Lâchant son fuseau, elle sauta sur ses pieds, se planta en face de sa sœur, les poings sur les hanches, la bouche mauvaise.

« Te lever à l'aube, ce n'est plus digne de toi, hein ? Les gros travaux, la messe matinale, c'est tout juste bon pour moi et pour ta mère. Toi, tu fais ta princesse, tu te crois déjà chez ton argentier borgne. »

Jacquette rejeta son fer dans l'âtre avec fureur. Elle avait rougi jusqu'à la racine de ses cheveux encore blonds. Mais Catherine ne lui laissa pas le temps d'éclater.

« J'avais mal dormi, fit-elle avec un léger haussement d'épaules. Je suis restée un peu plus longtemps au lit. Ce n'est pas un crime. Je travaillerai plus tard ce soir, voilà tout. »

Tournant le dos à Loyse dont le visage convulsé lui donnait mal au cœur, Catherine embrassa rapidement sa mère et se courba vers l'âtre pour reprendre le fer abandonné. Elle saisissait déjà la petite pelle pour y remettre des braises quand Jacquette s'interposa :

« Non, ma fille... tu ne dois plus faire ces travaux. Ton fiancé ne le veut plus. Il te faut, maintenant, t'initier à la vie qui va être la tienne... et nous n'avons pas trop de temps pour cela. »

Le ton triste et résigné de sa mère fit tout de suite monter la colère de Catherine.

« Qu'est-ce que cette histoire ? Mon fiancé ? Je n'ai pas encore dit que je l'acceptais. Et s'il veut m'épouser, il faudra qu'il me prenne comme je suis.

— Tu n'as pas la possibilité de refuser, petite. Un page de la duchesse douairière est venu ce matin. Tu dois quitter cette maison et aller habiter jusqu'à ton mariage chez la dame de Champdivers, épouse du chambellan de Mgr Philippe. Elle te formera à la vie de cour, t'apprendra belles manières et courtoises façons. »

A mesure que sa mère parlait, la colère de Catherine gonflait. Les yeux rouges de Jacquette disaient assez son chagrin et le ton las de sa voix augmentait encore la fureur de la jeune fille.

« Pas un mot de plus, mère ! Si messire de Brazey veut m'épouser, je ne peux l'en empêcher puisque c'est un ordre de Mgr Philippe. Mais quant à renier les miens pour m'en aller vivre chez d'autres, quitter cette maison et prendre logis dans une demeure où je ne serais pas dans mes aises, où l'on me dédaignera peut-être, cela, jamais ! Je m'y refuse !... »

Le ricanement sceptique de Loyse vint mettre un comble à la rage de Catherine qui tourna sa fureur contre elle.

« Cesse de rire comme une idiote ! Ce mariage me fait horreur, figure-toi et, si j'accepte, c'est uniquement pour que vous ne pâtissiez pas d'un refus. S'il n'y avait que moi, je me serais déjà enfuie aux frontières de Bourgogne, retournée à Paris... chez nous ! »

Les deux sœurs étaient peut-être sur le point d'en venir aux mains, car Loyse ne cessait pas de rire méchamment, si Sara ne s'était glissée entre elles deux. Elle prit Catherine aux épaules et la repoussa loin de sa sœur.

« Calme-toi !... Il faut que tu écoutes ta mère, petite, c'est la sagesse ! Tu augmentes encore sa peine avec tes révoltes. »

Jacquette, en effet, s'était laissée tomber sur la pierre de l'âtre, parmi les cendres et pleurait la tête dans son tablier. Catherine ne put endurer ce spectacle et se précipita auprès d'elle.

« Ne pleurez plus, mère, je vous en supplie ! Je ferai ce que vous voudrez. Mais vous ne pouvez me demander de m'en aller d'ici, d'aller vivre chez des étrangers ? »

C'était à la fois une prière et une interrogation. De grosses larmes roulaient sur les joues de la jeune fille tandis qu'elle nichait sa tête contre le cou de sa mère. Jacquette essuya ses yeux et caressa doucement les nattes blondes de sa cadette.

« Tu iras chez la dame de Champdivers, Catherine, parce que c'est moi qui te le demande. Vois-tu, messire de Brazey, dès les accordailles, viendra chaque jour, sans doute, te faire sa cour. Il ne peut venir ici ! La maison n'est pas digne de lui. Il y serait gêné.

— Tant pis, lança Catherine avec rancune. Il n'a qu'à rester chez lui !

— Allons, allons !... Il y serait gêné, dis-je, mais je le serais encore plus que lui ! La dame de Champdivers est âgée, elle est bonne à ce que l'on dit et tu ne seras pas malheureuse auprès d'elle. Tu y apprendras les manières qui conviennent. Et, de toute façon, conclut tristement Jacquette en s'efforçant de sourire, il faudra bien que tu quittes cette maison pour t'en aller chez ton époux. Cette halte fera transition et quand tu entreras dans la maison de Garin de Brazey, tu seras moins dépaysée. D'ailleurs, rien ne t'empêchera de venir ici autant qu'il te plaira... »

Catherine, navrée, avait l'impression que sa mère récitait là une leçon bien apprise. Sans doute l'oncle Mathieu l'avait-il chapitrée longuement pour l'amener à ce degré de résignation triste. Mais, justement parce que la pauvre Jacquette en était là, il était inutile de discuter. D'ailleurs, si Barnabé s'en mêlait, comme Catherine l'espérait, tout ceci ne serait bientôt plus qu'un mauvais rêve. Aussi capitula-t-elle.

« Très bien ! J'irai chez la dame Champdivers ! Mais, à une condition.

— Laquelle ? demanda Jacquette qui ne savait plus si elle devait se réjouir de l'obéissance de sa fille ou se désoler de la voir se résigner si vite.

— Je veux emmener Sara avec moi ! »

Quand elle se retrouva seule en face de Sara, le soir venu dans leur chambre commune, Catherine décida qu'il était temps de passer à l'action. L'heure n'était plus aux secrets ni aux cachotteries car, dès le lendemain, elles devaient toutes deux se rendre dans la belle maison du Bourg où habitait leur future hôtesse.

Aussi, sans perdre de temps, Catherine raconta-t-elle à Sara son équipée de la veille ; Sara ne sourcilla même pas en apprenant que le secret de ses fugues était découvert. Elle sourit même légèrement car elle avait compris, au son de la voix de la jeune fille, que celle-ci, non seulement ne la blâmait pas, mais encore la comprenait.

« Pourquoi me dis-tu cela ce soir ? demanda-t-elle seulement.

— Parce qu'il faut que tu retournes, cette nuit

même, chez Jacquot de la Mer. Tu iras porter une lettre à Barnabé. »

Sara n'était pas femme à discuter, ni même à s'étonner. Pour toute réponse, elle tira une mante sombre de son coffre et s'en enveloppa.

« Donne ! » dit-elle.

Rapidement, Catherine griffonna quelques mots, les relut soigneusement avant de sabler l'encre fraîche.

« Il faut que tu agisses », écrivait-elle à Barnabé. « Il n'y a que toi qui puisses me sauver et souviens-toi que je hais l'homme que tu sais. » Satisfaite, elle tendit le papier plié à Sara.

« Voilà, fit-elle. Fais vite.

— Dans un quart d'heure, Barnabé aura ta lettre. Garde seulement la porte ouverte. »

Elle se glissa hors de la chambre sans faire plus de bruit qu'une ombre, et Catherine eut beau tendre l'oreille, elle ne surprit pas le moindre bruit de pas, le moindre grincement de porte. Sara semblait avoir la faculté de s'évanouir dans l'air à volonté.

Sur son perchoir, Gédéon, le cou rentré, la tête au ras du corps, dormait d'un œil, l'autre surveillant attentivement sa maîtresse qui se livrait à une occupation inhabituelle à cette heure. Il pouvait la voir fouiller dans les coffres, en sortir des robes, les placer un instant devant elle, les deux mains appuyées à la taille puis les rejeter à terre à moins qu'elle ne les posât sur le lit.

Cette agitation inusitée incita l'oiseau à se manifester puisque apparemment l'heure du repos n'était pas encore venue. Gédéon se secoua, hérissa son étincelant plumage, tendit le cou et clama :

« Gloirrrrrre... au duc ! »

Il ne le répéta pas deux fois. Lancée d'une main

sûre, l'une des robes dédaignées par Catherine vint s'abattre sur lui, l'aveuglant complètement et l'étouffant à moitié.

« Qu'il aille au diable, le duc... et toi avec ! » vociféra la jeune fille furieuse.

Sara rentra vers minuit. Catherine l'attendait toutes chandelles soufflées, assise dans son lit.

« Alors ? demanda-t-elle.

— Alors, Barnabé te fait dire que c'est bien. Il te fera savoir, à l'hôtel de Champdivers, ce qu'il aura décidé... et aussi ce qu'il te faudra faire ! »

CHAPITRE VII

LA MÈRE D'UNE FAVORITE ROYALE

Le rayon de soleil bleu et rouge, fléché d'or, qui tombait d'un haut vitrail représentant sainte Cécile armée d'une harpe, enveloppait Catherine immobile au milieu de la grande pièce et la tailleuse accroupie à ses pieds, des épingles plein la bouche. Il s'en allait mourir, en touches légères, sur les vêtements sombres d'une dame âgée, toute vêtue de velours brun bordé de martre malgré la chaleur, qui se tenait assise bien droite dans un fauteuil de chêne et surveillait l'essayage. Marie de Champdivers avait un doux visage aux traits fins, au regard d'un bleu fané que la haute coiffure à deux cornes en précieuse dentelle de Flandres ennuageait délicatement. Mais ce qui frappait le plus, dans ce visage, c'était l'expression de profonde tristesse qu'atténuait l'indulgence du sourire. On sentait, en Marie de Champdivers, une femme minée par un chagrin secret.

Entre les mains de la meilleure faiseuse de la ville, le brocart rose et argent, naguère choisi par Garin de Brazey, était devenu une toilette princière dans laquelle la beauté de Catherine éclatait au point d'inquiéter son hôtesse. Comme Barnabé, la vieille dame pensait qu'une perfection aussi achevée portait en elle plus de germes mortels que de promesses de joie. Mais Catherine se contemplait dans le miroir d'argent poli avec une joie si enfantine que Mme de Champdivers se garda bien d'exprimer son sentiment intime. Le souple et chatoyant tissu, dont l'éclat était celui d'une rivière sous l'aurore, tombait en plis nobles autour de la taille mince et s'allongeait sur les dalles en une courte traîne. La robe était d'une extrême simplicité. Catherine avait refusé tout ornement superflu en disant que le tissu se suffisait à lui-même. Mais le large décolleté, en V très ouvert, du corsage descendait jusqu'au ruban de taille placé presque sous la poitrine. Il laissait voir, dans son échancrure, la toile d'argent d'une robe de dessous sur laquelle brillait une floraison de perles roses, rondes et parfaites : le premier et fastueux présent de Garin à sa fiancée. D'autres perles encore bordaient la flèche d'argent du hennin pointu, ennuagé de mousseline rose pâle, et d'autres s'enroulaient autour du cou mince de la jeune fille. Dans le dos, la robe s'ouvrait en pointe basse, découvrant la naissance des épaules et le dos jusqu'à la hauteur des omoplates. Mais les longues manches épousaient les bras jusqu'au milieu de la main.

La voix mesurée de Marie de Champdivers s'éleva :

« Il faudrait relever un peu ce pli, sur la gauche... Oui, juste sous le bras ! Il n'est pas gracieux... Voilà !

C'est bien mieux ! Mon enfant, vous êtes éblouissante mais je pense que ce miroir suffit à vous en convaincre.

— Merci madame », sourit Catherine, contente malgré tout.

Depuis un mois qu'elle habitait l'hôtel de Champdivers, elle avait vu s'enfuir une à une toutes ses préventions. La noble dame n'avait montré aucune morgue ni aucune ironie. Elle l'avait accueillie comme une vraie demoiselle, sans lui faire sentir sa naissance modeste et Catherine avait trouvé, en cette femme douce et bonne, une amie et une sûre conseillère.

Elle appréciait beaucoup moins le maître du logis. Guillaume de Champdivers, chambellan du duc Philippe et membre de son Conseil étroit, était un homme sec, brusque et assez bizarre. Son regard avait le don de provoquer un malaise en Catherine à cause de ce qu'elle pouvait lire dans ses prunelles d'une teinte mal définie. Quelque chose d'appréciateur, qui sentait son maquignon d'une lieue. Il y avait du trafiquant de chair humaine dans ce vieillard policé et silencieux qui n'élevait jamais la voix et que l'on n'entendait pas approcher. Par Sara, Catherine avait appris l'étrange origine de la belle fortune de son hôte et comment l'ancien maître des écuries de Jean sans Peur était devenu chambellan et conseiller d'Etat. Quelque quinze ans plus tôt, Guillaume de Champdivers avait livré sa fille unique, Odette, une exquise jeune fille qui n'avait pas seize ans, au duc Jean son maître. Non pour son usage personnel, mais bien pour en faire la maîtresse, la compagne de tous les instants, la gardienne et aussi, il faut bien le dire, l'espionne du malheureux roi Charles VI que la folie ravageait. L'enfant pure et douce avait été livrée par un affreux maquignonnage, sans pitié, sans pudeur, à un malheureux dément dont la beauté native s'effritait lentement dans la saleté et la vermine. Car, tout le temps que duraient ses crises, parfois durant des semaines ou des mois, il n'était pas possible d'obtenir de lui qu'il se laissât laver.

Mais, alors même qu'il avait cru achever de poser une main conquérante sur le cerveau malade du roi, Jean sans Peur lui avait apporté la seule chose qui pût adoucir le calvaire royal : la tendresse d'une femme. Car Odette avait aimé son malheureux prince et, auprès de lui, elle était devenue l'ange gardien, la fée patiente et douce que rien ne rebute. Une petite fille était née de cet étrange amour. Le roi l'avait reconnue. Elle portait le nom de Valois. Et le peuple de Paris, qui haïssait la grosse Isabeau, ne s'était pas trompé, dans son simple bon sens, sur ce que représentait Odette. Spontanément, tendrement, il l'avait surnommée « La petite reine »... mais, au cœur de Marie de Champdivers, privée de sa fille depuis quinze ans, la blessure demeurait intacte, même si elle ne la montrait pas, même si elle cachait sous un sourire la rancœur amassée envers son mari.

Ainsi renseignée par Sara, Catherine avait donné spontanément une part de son cœur à la vieille dame sans se douter de la profonde pitié qu'elle lui inspirait. Marie de Champdivers connaissait trop la Cour et aussi les hommes pour n'avoir pas compris, dès le premier regard posé sur Catherine, que sa tâche était moins de préparer une épouse à Garin de Brazey qu'une maîtresse à Philippe de Bourgogne.

Comme Sara entrait dans la grande salle, un plateau à la main, la tailleuse se relevait et, fière de son œuvre, s'écartait de quelques pas pour juger de l'ensemble.

« Si messire Garin n'est pas satisfait, dit-elle avec un large sourire, il sera donc bien difficile ! Par la Bonne Vierge, vit-on jamais plus belle fiancée. Messire Garin, qui est tout juste rentré de Gand ce matin, se hâtera, je gage, de venir plier le genou devant sa future dame et ... »

Marie de Champdivers coupa court, d'un geste, au verbiage de la couturière sachant bien qu'elle ne s'arrêterait pas de sitôt si on la laissait faire.

« C'est très bien, ma bonne Gauberte, tout à fait bien ! Je vous ferai savoir si messire Garin a été satisfait. Laissez-nous maintenant. »

Sur un regard, Sara emmena la tailleuse vers l'escalier. Catherine et son hôtesse demeurèrent seules. D'un joli mouvement plein de grâce, la jeune fille était venue s'asseoir sur un carreau de velours aux pieds de la vieille dame. Son sourire s'était effacé et avait fait place à un pli de tristesse sur lequel Marie de Champdivers passa un doigt léger comme pour l'effacer.

« L'annonce du retour de votre fiancé ne semble guère vous enchanter, petite ? Est-ce que Garin vous déplaît ? Est-ce que vous ne l'aimez pas ? »

Catherine haussa les épaules :

« Comment l'aimerais-je ? Je ne le connais qu'à peine. En dehors du matin où, à Notre-Dame, il m'a aidée à me relever, je ne l'ai vu qu'une fois, ici même, au soir de mon arrivée dans votre maison. Depuis, il est à Gand avec le duc pour les funérailles de Mme la duchesse. Et puis... »

Elle s'arrêta, butant sur l'aveu difficile qu'elle ne put cependant retenir :

« Et puis, il me fait peur ! »

Marie de Champdivers ne répondit pas tout de suite. Sa main s'attardait sur le front de la jeune fille et son regard, absent, allait se perdre dans le rougeoiement du vitrail comme pour y chercher l'impossible réponse d'une question informulée.

« Et... le duc ? demanda-t-elle après une toute légère hésitation. Comment le trouvez-vous ? »

Catherine releva avec vivacité son front pensif. Un éclair de gaminerie moqueuse passa dans ses yeux.

« Un fort séduisant jeune homme, fit-elle en souriant, mais qui ne l'ignore pas assez ! Un seigneur de haute mine, bien disant, galant avec les dames, habile aux jeux de l'amour... du moins il en laisse courir le bruit : en résumé un prince accompli. Mais...

— Mais ?

— Mais, acheva Catherine en riant, si, comme on le dit, il ne me veut marier que pour me mettre plus sûrement dans son lit, il se trompe. »

La stupeur ramena Marie de Champdivers des hauteurs mélancoliques où elle planait. Elle considéra la jeune fille avec un ahurissement comique. Ainsi, Catherine savait ce qui l'attendait ? Bien plus, elle songeait, très sérieusement, à envoyer promener le seigneur duc comme un vulgaire soupirant alors qu'il mettait tout en œuvre pour l'avoir.

« Y songez-vous ? fit-elle enfin. Repousser le duc ?

— Et pourquoi non ? Si je me marie, j'entends demeurer fidèle à mon époux ainsi qu'au serment de l'autel. Donc, je ne serai pas la maîtresse de monseigneur. Il faudra bien qu'il en fasse son deuil. »

Cette fois, Marie de Champdivers sourit, encore qu'un peu mélancoliquement. Si son Odette avait pu avoir, jadis, un peu de ce courage paisible et gai, cette solide détermination quand on l'avait livrée à Charles, tant de choses eussent pu changer ! Mais elle était si jeune alors ! Quinze ans, tandis que Catherine, en avait plus de vingt.

« Messire Garin a de la chance, se contenta de soupirer la vieille dame. La beauté, la sagesse, la fidélité... Il aura tout ce que peut souhaiter l'homme le plus difficile. »

Catherine hocha la tête et redevint grave :

« Ne l'enviez pas trop ! Nul ne sait jamais ce que l'avenir lui réserve. »

Elle garda pour elle le fond de sa pensée, contenu tout entier dans un petit papier que Sara lui avait apporté le matin même avec son petit déjeuner et qui venait de Barnabé. Le coquillard lui apprenait à la fois le retour de Garin et, aussi, que tout était prêt pour le soir même.

« Arrange-toi seulement pour retenir la personne auprès de toi jusqu'après le crève-feu, disait Barnabé. Cela ne devrait pas t'être difficile. »

Le jour commençait à baisser quand Garin de Brazey franchit les portes de l'hôtel des Champdivers. Derrière les petits carreaux sertis de plomb qui garnissaient la fenêtre de sa chambre, Catherine le regarda avec un bizarre serrement de cœur, sauter à bas de son cheval. Il était, comme à son habitude, tout vêtu de noir, impassible et glacial mais somptueux grâce à une lourde chaîne de rubis passée autour de son cou et à l'énorme escarboucle sanglante qui rutilait à son chaperon. Un valet le suivait, porteur d'un coffret couvert d'une housse pourpre frangée d'or.

Lorsqu'elle eut vu la haute silhouette noire disparaître à l'intérieur de la maison, Catherine s'écarta de la fenêtre et alla s'asseoir sur son lit, attendant qu'on l'appelât. Il faisait chaud, malgré l'épaisseur des murs qui gardaient bien la fraîcheur. Et pourtant, la jeune fille frissonna dans sa robe argentée. Une angoisse insurmontable s'emparait d'elle à cette minute où il allait lui falloir affronter le regard de l'homme condamné à mort. Les mains glacées, elle se mit à trembler de tous ses membres, prise d'une folle panique. Dents claquantes mais la tête en feu, elle regarda autour d'elle, cherchant éperdument un trou, une issue par où s'enfuir car la seule idée de rencontrer Garin, de toucher sa main peut-être, la laissait sans forces et faible jusqu'à la nausée.

Les bruits de la maison lui parvenaient, étouffés mais menaçants. Au prix d'un effort, elle s'arracha de son lit, se traîna vers la porte en se retenant aux murs. Elle n'était plus capable de raisonner sainement. Elle n'était plus qu'animale terreur. Sa main se crispa sur la serrure ciselée dont les volutes de fer blessèrent son index où perla une goutte de sang. Mais elle ne parvint pas à ouvrir tant elle tremblait. Pourtant, la porte s'ouvrit. Sara parut. Elle poussa un petit cri en découvrant Catherine, blême jusqu'aux lèvres, derrière le battant.

« Que fais-tu là ? Viens ! On te demande.

— Je... je ne peux pas ! balbutia la jeune fille. Je ne peux pas y aller ! »

Sara l'empoigna aux deux épaules et se mit à la secouer sans ménagements. Les traits de son visage brun s'étaient durcis jusqu'à lui faire une sorte de masque barbare, ciselé dans quelque bois exotique.

« Quand on a le courage de souhaiter certaines choses, on a aussi celui de les regarder en face, déclara-t-elle sans ambages. Messire Garin t'attend ! »

Elle se radoucit en voyant des larmes jaillir des prunelles violettes. Lâchant Catherine, elle s'en alla, en haussant les épaules, mouiller un linge à l'aiguière d'argent de la toilette. Après quoi elle en aspergea vigoureusement le visage de la jeune fille. Les couleurs y reparurent aussitôt. Catherine respira profondément. Sara aussi.

« Voilà qui est mieux ! Viens à présent et tâche de faire bonne contenance », fit-elle en glissant son bras sous celui de Catherine pour l'entraîner vers l'escalier. Incapable désormais de la moindre réaction, celle-ci se laissa emmener docilement.

Les tables du dîner avaient été dressées dans la grande salle du premier étage et adossées à la cheminée sans feu. En entrant, Catherine vit Marie de Champdivers assise dans son fauteuil habituel et, dans l'encoignure de la fenêtre, son époux qui s'entretenait à mi-voix avec Garin de Brazey.

C'était la seconde fois que, sous le toit des Champdivers, elle rencontrait le grand argentier mais le choc qu'elle ressentit en recevant sur elle le regard appréciateur de son œil unique, c'était bien la première fois qu'elle l'éprouvait. Quand il était venu à l'hôtel de la rue Tâtepoire, au soir de l'installation de Catherine, il ne s'était guère occupé d'elle. Quelques paroles indifférentes, si banales que la jeune fille n'en avait pas gardé le souvenir. Il avait passé presque toute la soirée à discuter avec Guillaume de Champdivers, abandonnant sa future épouse à elle-même et à la bonté de Marie. Attitude dont Catherine lui avait d'ailleurs été très reconnaissante, car elle lui enlevait des scrupules.

Pensant que les choses se passeraient encore de la même façon, elle se dirigea vers les deux hommes pour leur souhaiter le bonsoir. Mais, la voyant venir, ils avaient interrompu leur conversation et s'étaient levés. Les yeux baissés de Catherine ne lui permirent pas de voir l'expression de surprise émerveillée qui s'étendit sur leurs deux visages et que Garin traduisit poétiquement.

« L'aurore d'un jour d'été n'est pas plus belle. Vous êtes une merveilleuse apparition, ma chère ! »

Tout en parlant, il courbait sa haute taille en un salut profond, la main sur le cœur, en réponse à la révérence de la jeune fille. Champdivers aussi s'inclina, un sourire satisfait sur son visage de furet. Une telle beauté avait des chances de retenir longtemps le cœur volage de Philippe le Bon et Champdivers entrevoyait une longue suite de profits et d'honneurs en récompense du service rendu. Pour un peu il se fût frotté les mains...

Cependant, Garin avait appelé auprès de lui, d'un geste sec, le valet qui l'avait accompagné et qui attendait dans un coin, portant toujours la cassette de velours pourpre. L'argentier ouvrit le coffret. Son contenu concentra aussitôt toute la lumière des hautes torchères de fer. Ses longues mains habiles en tirèrent un lourd et magnifique collier d'or, aussi large et long qu'un ordre de chevalerie. Les entrelacs, formant des feuilles et des fleurs, étaient sertis d'énormes améthystes pourpres, d'un éclat et d'une pureté rares, ainsi que de belles perles à l'orient sans défaut. Un cri d'admiration générale salua l'apparition de cette merveille que Garin fit suivre aussitôt d'une paire de pendants d'oreilles assortis.

« J'aime infiniment la couleur violette qui est celle de vos yeux, Catherine, fit-il de sa voix lente et grave. Elle convient à vos cheveux d'or et à votre teint si pur. Aussi ai-je fait composer pour vous, à Anvers, cette parure. Les pierres en viennent d'une lointaine chaîne de montagnes, aux confins de l'Asie, les monts Oural. La réussite de ce collier représente une somme énorme de courage et de dévouement de la part d'hommes qui ne connaissent pas la peur. Et je voudrais vous le voir porter avec plaisir, car l'améthyste est la pierre de la sagesse... et de la chasteté. »

Tandis qu'il déposait le collier sur les mains tremblantes de Catherine, celle-ci rougit violemment :

« Je le porterai avec plaisir puisqu'il me vient de vous, messire, dit-elle d'une voix si éteinte que tout le monde ne l'entendit pas. Vous plairait-il de me le passer au cou ? »

Le geste de refus horrifié du grand argentier eut quelque chose de comique.

« Avec cette robe rose ? Oh ! ma chère, quelle hérésie ! Je veillerai à ce que l'on vous fasse une toilette assortie à cette parure afin de bien la mettre en valeur. Maintenant, donnez-moi votre main. »

Du fond du coffret sur lequel il se penchait à nouveau, Garin tirait un simple anneau d'or torsadé qu'il glissa à l'annulaire de la jeune fille.

« Ceci, dit-il gravement, est le gage de nos accordailles. Les ordres de Mgr le duc sont que notre mariage soit célébré à la Noël, une fois le deuil de Cour terminé. Il souhaite, et c'est un grand honneur, assister personnellement à la cérémonie où, peut-être, il sera témoin. Maintenant, prenez ma main et passons à table. »

Catherine se laissa conduire sans résistance. Elle se sentait déroutée mais le malaise de tout à l'heure se dissipait. Garin avait une manière à lui de mettre les choses au point et de régler les événements qui leur enlevait un peu de leur angoissant mystère. On sentait que, pour cet homme riche et puissant, tout était simple. D'autant plus simple qu'aucune sentimentalité ne trouvait place dans ses paroles ni dans ses actes. Qu'il offrît une fortune en joyaux ou qu'il passât au doigt d'une jeune fille un anneau le liant à elle pour la vie, ne créait aucune différence dans le son de sa voix. Sa main ne tremblait pas. Son œil demeurait froid, lucide. Un instant, alors qu'elle prenait place auprès de lui à la table où ils devaient partager le même plat d'argent [1], Catherine se surprit à se demander ce que pourrait être sa vie dans l'ombre d'un tel homme.

Il était plutôt imposant mais son caractère paraissait égal et calme, sa générosité sans limite. La jeune fille pensait que, peut-être, un tel mariage eût présenté d'agréables aspects si, comme dans tout mariage justement, il n'y avait eu cette irritante, cette rebutante question de l'intimité conjugale. Et surtout, si elle n'avait traîné au fond d'elle-même le douloureux souvenir de l'auberge du Grand-Charlemagne, si cruel encore que la seule évocation d'Arnaud suffisait à lui mettre les larmes aux yeux.

« Vous semblez bien émue ? fit auprès d'elle la voix tranquille de Garin. Je conçois qu'une jeune fille ne s'engage pas dans la vie sans une certaine appréhension, mais il ne faut rien exagérer. L'existence à deux peut être une chose toute simple... voire agréable pour peu qu'on veuille s'en donner la peine. »

Il cherchait visiblement à la rassurer et elle l'en remercia d'un pauvre sourire, gênée de cette marque d'intérêt. Sa pensée, tout à coup, s'en allait vers Barnabé et ce qu'il entendait par « Tout est prêt. » Qu'avait-il machiné ? Quel piège allait-il tendre, dans la nuit, à cet homme puissant dont la mort

1. A cette époque où la vaisselle n'était pas encore vulgarisée, il était de bon ton qu'un homme et une femme partageassent courtoisement la même assiette.

pouvait lui être si lourde de conséquences ? Catherine l'imagina tapi dans l'ombre d'une porte, se confondant avec les ténèbres comme s'y confondaient, l'autre soir, Dimanche-l'Assommeur et Jehan des Ecus. Sur le cristal parlant de son imagination, elle le vit surgir soudain de l'ombre, un éclair d'acier au poing, et se jeter sur un cavalier qu'il désarçonnait. Puis, frapper à coups redoublés une forme inerte.

Pour échapper à cette vision trop nette, Catherine tenta de s'intéresser à la conversation des deux hommes. Ils parlaient politique et les femmes n'étaient guère conviées à s'y mêler. Marie de Champdivers mangeait en silence, ou plutôt grignotait car elle n'avait pas d'appétit, les yeux sur son assiette.

« Il y a des lézardes sérieuses dans la noblesse de Bourgogne, disait son époux. Nombre de grandes familles refusent le traité de Troyes et blâment monseigneur de l'avoir signé. Le prince d'Orange, le sire de Saint-Georges, entre autres, et aussi la puissante famille de Châteauvillain repoussent l'héritier anglais et les clauses, infamantes pour la France, de ce traité. Moi-même j'avoue quelque répugnance.

— Qui n'en aurait ? répondit Garin. La douleur causée par la mort de son père a égaré le duc au point de lui faire oublier qu'il est, malgré tout, un prince des fleurs de lis. Il n'ignore pas mon sentiment là-dessus et je ne lui ai point caché ce que je pense du traité : ce chiffon de papier qui dépossède le dauphin Charles au profit du gendre anglais, du conquérant qui, depuis Azincourt, écrase le pays, nous couvre de honte. Seule, une femme perdue de vices comme cette misérable Isabeau, pourrie jusqu'à la moelle par la débauche et l'avarice, pouvait s'avilir de la sorte, s'abaisser à se renier elle-même en proclamant son fils bâtard.

— Il est des moments, fit Champdivers en hochant la tête, où je comprends mal monseigneur. Comment concilier ce grand regret qu'il affiche de n'avoir pu combattre à Azincourt, avec toute la noblesse de France, et son action actuelle qui ouvre le pays aux Anglais ! Le mariage du roi Henri V avec Mme Catherine de Valois, sœur de feu la duchesse Michelle, a-t-il donc suffi à le retourner ? Je ne le crois pas... »

Garin se détourna un instant pour tremper ses doigts graisseux dans le bassin d'eau parfumée que lui offrait un valet.

« Moi non plus. Le duc hait l'Anglais et redoute le génie militaire d'Henri V. Il est trop bon chevalier pour ne pas regretter sincèrement son absence d'Azincourt et sa part de cette journée, aussi désastreuse que sanglante mais héroïque. Malheureusement, ou heureusement pour la paix de ce pays, il pense Bourgogne avant de penser France et, s'il se souvient des fleurs de lis, c'est pour songer que la couronne de France serait bien mieux à sa place sur sa tête à lui que sur celle du malheureux Charles VI. Au jeu de la guerre et de la politique, il espère bien, à la longue, avoir raison de l'Anglais toujours impécunieux alors qu'il est lui-même fort riche. Il se sert d'Henri V quand celui-ci pense se servir de lui. Quant au dauphin Charles, Mgr Philippe n'a jamais douté de sa légitimité, au fond, mais sa haine et ses espérances trouvent leur compte à ce reniement. »

Guillaume de Champdivers avala une large rasade de vin, poussa un soupir de satisfaction et se cala confortablement sur ses coussins.

« On dit que le dauphin fait tous ses efforts pour ramener la Bourgogne à lui et que, récemment, il avait envoyé un ambassadeur secret. Mais il serait arrivé malheur à l'envoyé ?

— En effet. Aux environs de Tournai, le capitaine de Montsalvy a été attaqué, laissé pour mort par une bande de routiers plus que probablement à la solde de Jean de Luxembourg, notre chef militaire qui est tout aux Anglais. Il a pu cependant en réchapper grâce à l'aide providentielle d'un infidèle, un médecin arabe qui se trouvait là, Dieu sait pourquoi, et qui l'a soigné parfaitement à ce que l'on assure. »

L'attention de Catherine, un peu flottante durant tout cet échange de vues entre les deux hommes, s'était soudain fixée. Elle buvait maintenant les paroles de Garin. Mais celui-ci se tut pour choisir quelques prunes de Damas dans un grand plat posé devant lui. Incapable de se contenir, elle se risqua à demander :

« Et... sait-on ce qu'est devenu cet envoyé ? A-t-il réussi à voir le duc ? »

Garin de Brazey se tourna vers elle, mi-surpris, mi-amusé :

« Votre attention à nos propos, un peu austères pour une dame, est une heureuse surprise pour moi, Catherine ! Non, Arnaud de Montsalvy n'a pas vu Mgr Philippe. Ses blessures lui ont fait perdre beaucoup de temps et le duc avait quitté les Flandres bien avant qu'il lui fût permis de se remettre en route. Au surplus, monseigneur lui a fait savoir qu'il n'avait rien à lui dire. Aux dernières nouvelles, le capitaine aurait regagné le château de Mehun-sur-Yèvre où le dauphin tient sa cour, pour y achever sa convalescence. »

Le grand argentier semblait tellement bien renseigné sur les faits et gestes de l'entourage du dauphin que Catherine brûlait de lui poser d'autres questions. Mais elle sentit que ce serait une erreur de montrer trop d'intérêt à un capitaine armagnac et se contenta de commenter :

« Souhaitons-lui plus de chance pour une prochaine ambassade. »

La fin du repas lui parut longue et sans intérêt. Les deux hommes parlaient maintenant finances et, cette fois, Catherine n'y entendait rien. Marie de Champdivers somnolait dans son fauteuil mais sans cesser de se tenir bien droite. Catherine, elle, se réfugia dans ses pensées et n'en sortit que lorsque Garin se leva en annonçant son intention de prendre congé.

La jeune fille jeta un coup d'œil rapide aux fenêtres. Un peu de jour s'y montrait encore. Il était trop tôt pour laisser partir Garin. Barnabé avait bien précisé : après le crève-feu. Elle s'écria, hâtivement :

« Quoi, messire, vous nous quittez déjà ? »

Garin se mit à rire et, se penchant vers elle, la fixa avec une curiosité amusée :

« C'est décidément la soirée des surprises, ma chère ! Je ne pensais pas que ma compagnie vous fût aussi agréable. »

Etait-il réellement content ou bien glissait-il une bonne dose d'ironie dans ses paroles ? Catherine décida que ce n'était pas le moment de s'en inquiéter et s'en tira par une dérobade.

« J'aime vous entendre parler, voilà tout ! fit-elle en baissant pudiquement les yeux. Nous nous connaissons si peu encore ! Aussi, à moins que vous n'ayez à faire ailleurs ou que cette soirée vous semble longue, restez encore un peu. Il y a tant de choses que j'aimerais apprendre de vous ! Songez que j'ignore tout de la Cour, de ceux qui la peuplent, de la manière dont il convient de s'y comporter... »

Elle commençait à perdre pied et se maudissait d'être aussi maladroite. Elle était consciente des regards étonnés qui se posaient sur elle et n'osait pas regarder son hôtesse de peur de lire une réprobation sur son visage. Réclamer ainsi la présence d'un homme devait paraître à la grande dame le comble de l'impudeur. Mais un secours inattendu lui vint du maître du logis, ravi de voir se présenter si bien un mariage qui l'intéressait tant.

« Restez encore un peu, mon cher ami, puisque l'on vous en prie si gracieusement ! Votre demeure n'est pas loin et je suppose que vous ne craignez guère les malandrins. »

Avec un sourire à l'adresse de sa fiancée, Garin se rassit. Catherine poussa un soupir de soulagement mais n'osa plus tourner les yeux vers l'homme qu'elle trahissait de la sorte. Elle se méprisait pour ce rôle qu'elle ne pouvait s'empêcher de jouer, mais l'amour qui l'habitait était plus fort que les reproches de sa conscience. Tout plutôt qu'appartenir à un autre homme qu'Arnaud !

Quand, une heure plus tard, alors que le crève-feu était sonné depuis trois grands quarts d'heure et la nuit tout à fait noire, Garin prit enfin congé de Catherine et de ses hôtes, celle-ci le regarda d'un œil froid s'enfoncer dans l'ombre, vers la mort embusquée. Mais, comme on ne fait pas taire si aisément une conscience révoltée, elle ne ferma pas l'œil de toute la nuit.

« Garin de Brazey n'est que légèrement blessé et Barnabé est arrêté... »

La voix de Sara tira Catherine de la demi-somnolence où elle était tombée depuis l'aube. Elle vit l'ancienne bohémienne debout auprès d'elle avec un visage couleur de cendres, des yeux éteints, des mains qui tremblaient. Elle ne comprit pas tout de suite le sens des paroles de Sara. Il y avait dedans quelque chose d'absurde et d'incroyable... Mais, Sara, devant le regard chargé de stupeur de Catherine, répétait les mêmes mots terribles. Garin de Brazey vivant ? Au fond, ce n'était pas tellement grave et même, Catherine s'en trouvait vaguement soulagée. Mais Barnabé arrêté ?

« Qui t'a dit cela ? demanda-t-elle d'une voix blanche.

— Jehan des Ecus ! Il est venu mendier ici dès l'aube, avec son sac et sa sébile. Il n'a pas pu m'en dire plus long parce que le cuisinier de la maison s'approchait pour entendre ce que nous disions. C'est tout ce que je sais.

— Alors aide-moi à m'habiller ! »

Catherine se souvenait, en effet, juste à propos, de la recommandation faite par le jeune truand quand il l'avait ramenée chez elle : venir le trouver, en cas de besoin, au portail de Saint-Bénigne. C'était le moment ou jamais ! En un tournemain elle fut habillée, coiffée et, comme tout l'hôtel de Champdivers était en plein émoi, elle put sortir sans trop donner d'explications. La nouvelle de l'attentat dont Garin avait été victime se propageait comme une traînée de poudre, portée de bouche en bouche et, par la ville, chacun la commentait à sa manière. Catherine n'eut qu'à dire qu'elle s'en allait aux églises remercier Dieu d'avoir épargné son fiancé pour que Marie de Champdivers la laissât sortir avec Sara.

Dans le bourg qu'elles traversèrent en hâte, les commères s'interpellaient d'une fenêtre à l'autre ou bien par petits groupes, s'arrêtaient pour commenter la nouvelle à l'ombre des enseignes de tôle peinte et découpée. Personne, au fond, n'était vraiment surpris. La fortune du grand argentier avait été trop rapide, son faste trop évident pour ne pas lui créer quelques ennemis. Mais Catherine et Sara ne s'attardèrent pas à écouter les commentaires. A mesure qu'elles approchaient de l'enceinte de la ville et des énormes bâtiments de l'abbaye Saint-Bénigne, l'une des plus grandes de France, Catherine pensait surtout à ce qu'allait encore lui apprendre Jehan des Ecus. Elle sentait son cœur se serrer.

Sur la place où s'ouvraient à la fois le grand portail de l'église et l'entrée du monastère, il n'y avait que peu de monde. Quelques personnes seulement franchissaient le seuil sacré. Dans les hautes tours octogonales à la pierre neuve, couleur de crème épaisse, les cloches sonnaient le glas. Les deux femmes durent attendre le passage d'un convoi funèbre qui se dirigeait vers l'église. Des moines vêtus de bure noire portaient un brancard où reposait le mort, visage découvert. La famille et quelques pleurants les suivaient : fort peu de monde en résumé car ce n'était pas un grand enterrement.

« Je ne vois pas Jehan, chuchota Catherine derrière son voile.

— Mais si ! Sous le porche... ce moine en froc brun. »

C'était en effet le truand. Revêtu d'un habit de frère mendiant, besace au dos et bâton en main, il demandait la charité pour son couvent d'une voix nasillarde. Quand elle s'approcha de lui, Catherine vit qu'il l'avait reconnue car son œil brilla plus fort sous le capuchon poussiéreux. Elle vint droit à lui, mit une pièce dans la main tendue et murmura, très vite :

« Il faut que je vous parle, tout de suite.

— Dès que tous ces braillards seront rentrés, fit le faux moine, *De profundis clamavi ad te Domine...* »

Quand tout le cortège eut pénétré dans l'église, il attira les deux femmes dans l'encoignure de la grande porte.

« Que veux-tu savoir ? demanda-t-il à Catherine.

— Ce qui s'est passé !

— Facile ! Barnabé a voulu faire le coup tout seul... c'était une affaire privée, qu'il disait, un trop gros risque pour le prendre avec des copains. Pourtant, à bien réfléchir, avec tout ce que l'argentier trimbale toujours comme joaillerie sur lui, ça pouvait valoir la peine. Mais Barnabé est comme ça ! Il a seulement accepté que je fasse le guet. Moi, je voulais qu'il prenne l'Assommeur avec lui, pour être plus sûr, tu comprends ? Brazey est encore jeune et Barnabé se fait vieux. Mais, va te faire fiche il est plus têtu qu'une mule d'abbé mitré. Il a bien fallu faire ce qu'il voulait. Moi, je lorgnais du côté du Bourg et lui, il s'était caché derrière la fontaine qui fait le coin de la rue. J'ai vu arriver l'homme, suivi d'un seul valet, et j'ai sifflé pour avertir Barnabé, puis je me suis écarté. Quand l'argentier est passé près de la fontaine, le vieux a sauté dessus avec tant de force qu'il l'a fait tomber de son cheval. Ils se sont battus un moment dans la poussière et moi je surveillais le valet. Mais ce n'était pas un brave. En bon couard, il s'est tiré au bout d'une minute en criant « miséricorde !... » Ensuite, j'ai vu l'un des combattants se relever et je me suis élancé parce que je croyais que c'était Barnabé. Je voulais lui donner un coup de main pour jeter le cadavre à l'Ouche. J'avais même préparé quelques grosses pierres. Mais c'était l'autre. Barnabé était resté à terre et geignait comme femme en gésine.

— Il me semble que c'était le moment ou jamais de lui donner de l'aide, coupa sèchement Catherine.

— C'était bien mon intention ! Seulement, comme j'allais tirer mon eustache pour en découdre à mon tour avec le Garin, le guet a juste débouché de la rue Tâtepoire. Brazey les a appelés et ils ont rappliqué. Moi, j'ai eu juste le temps de me faire tout petit. Ils étaient tout de même un peu trop pour un pauvre truand tout seul ! acheva-t-il avec un sourire contrit.

— Et Barnabé ? Qu'est-ce qu'ils en ont fait ?

— J'ai vu deux gaffres qui le ramassaient et l'emportaient sans trop de cérémonie. Il bougeait pas plus qu'un cochon égorgé mais il n'était pas mort. Ça s'entendait au souffle ! D'ailleurs, j'ai entendu le chevalier du guet ordonner qu'on l'emporte à la prison. C'est là qu'il est maintenant... à la maison du Singe. Tu connais ? »

Catherine fit signe que oui. Elle tordait nerveusement entre ses doigts un coin de son livre d'heures couvert de velours rouge, cherchant vainement la solution à ce nouveau problème qui se posait avec une terrible urgence : arracher son vieil ami à la geôle !

« Il faut le tirer de là, dit-elle, il faut qu'il sorte ! »

Un sourire sans gaieté releva d'un seul côté, la bouche sinueuse du faux moine. Il fit tinter sa sébile de bois à l'adresse de trois commères, en bonnet et tablier, des marchandes du bourg qui venaient prendre un air de messe entre deux ventes.

« Pour en sortir, il en sortira, mais peut-être pas comme tu le souhaiterais. On lui offrira une petite promenade au Morimont et une petite conversation avec le grand « Carnacier » de monseigneur. »

Le geste qu'il joignait à la parole était sinistrement explicite. Jehan avait, de son doigt tendu, fait le tour de son cou. Catherine se sentit pâlir.

« Si quelqu'un est coupable dans cette affaire, c'est moi, dit-elle fermement. Je ne peux pas laisser Barnabé mourir ainsi, à ma place somme toute ! Ne peut-on le faire évader... avec de l'or ? Beaucoup d'or ? »

Elle pensait aux parures que lui avait données Garin et qu'elle était prête à sacrifier de bon cœur. Le mot avait eu un effet magique sur Jehan dont les yeux s'étaient mis à briller comme des chandelles.

« Ça pourrait se faire ! Seulement je ne crois pas que Jacquot de la Mer marcherait, belle Catherine. On ne t'a pas à la bonne chez lui ! On dit que tu as embobiné un brave truand à cause d'histoires ridicules. Pour tout dire, vaudrait mieux ne plus te montrer chez nous. On ne t'écouterait même pas et il pourrait t'arriver malheur. Il n'est pas tendre Jacquot quand il estime qu'on lui doit quelque chose.

— Mais vous, implora Catherine. Vous ne voulez pas m'aider ? »

Jehan ne répondit pas tout de suite. Il réfléchit un moment, haussa ses épaules inégales :

« Moi si, parce que je suis un imbécile qui n'a jamais su résister à une jolie fille. Mais qu'est-ce qu'on peut faire, tous les deux, toi et moi ? »

Sans répondre, la jeune fille baissa la tête pour

cacher ses larmes qui montaient. Sara la tira par sa mante, lui désignant discrètement quelques femmes qui entraient à l'église et considéraient avec curiosité le groupe que tous trois formaient. Jehan agita sa sébile et demanda la charité d'un ton pleurard. Les femmes passées, il chuchota :

« Restez pas là... Je vais réfléchir et vous ferai savoir s'il me vient une idée. Après tout il n'est pas encore exécuté, Barnabé... et l'autre n'est pas mort, cet Argentier de malheur... »

L'évocation de Garin avait subitement séché les larmes de Catherine. Une idée lui venait. Une idée folle, peut-être, ou désespérée, ce qui est bien souvent la même chose. Elle saisit le bras de Sara.

« Viens ! dit-elle d'un ton si décidé que la gitane s'étonna.

— Où donc, mon cœur ?

— Chez messire de Brazey. Il faut que je lui parle... »

Sans laisser à Sara le temps de protester, Catherine fit demi-tour et quitta Saint-Bénigne. Quand elle avait pris une décision, elle s'y tenait et se hâtait de la mettre à exécution sans peser davantage le pour et le contre. Sur ses talons, Sara s'essoufflait à lui représenter qu'une telle visite, de la part d'une jeune fille, n'était pas séante, que la dame de Champdivers leur ferait certainement de vifs reproches, que Catherine risquait sa réputation en se rendant chez un homme, fût-il son fiancé, mais la jeune fille, le front buté, les yeux à terre, poursuivait son chemin sans l'écouter.

Laissant à main droite l'église Saint-Jean, elle s'engouffra dans l'étroite rue Poulaillerie, toute caquetante de poules, d'oies et de canards. Les maisons basses, pittoresques avec leurs enseignes peinturlurées de couleurs criardes et leurs antiques emblèmes hébraïques étaient des vestiges du temps où cette rue était celle de la juiverie. Garin de Brazey habitait à l'extrémité du bourg, un grand hôtel hautain, défendu de hauts murs, qui faisait l'angle de la rue Portelle où les orfèvres avaient leurs luxueuses boutiques.

Quand elle déboucha dans le bourg, les chaudières des tripiers ronflaient. Catherine se boucha le nez pour éviter l'écœurante odeur de sang et de graisse. Le marché battait son plein et il était difficile d'avancer entre les étals des bouchers installés jusqu'au milieu de la rue et les installations des paysannes avec leurs paniers de légumes. Il régnait là une atmosphère de foire qui, ordinairement, amusait beaucoup Catherine. Mais ce matin toute cette agitation l'agaçait. Elle allait s'engager dans la rue de la Parcheminerie, tournant le dos au bourg bruyant, quand un homme attira son attention.

Grand et fort, tout vêtu de cuir roussi, il avait de longs bras et se tenait un peu voûté, ce qui le faisait ressembler à quelque grand singe. Des cheveux gris, coupés carrément, dépassaient d'un capuchon de drap rouge. Il avançait lentement, armé d'une longue baguette blanche avec laquelle il désignait les denrées qu'il désirait acquérir et que les marchands, avec une hâte craintive, se hâtaient de déposer dans le panier d'une servante qui suivait. La vue de cet homme fit frissonner Catherine mais ce fut Sara qui traduisit leur subite angoisse commune.

« Maître Joseph Blaigny », chuchota-t-elle.

Catherine ne répondit pas, détourna la tête. C'était, en effet, le bourreau de Dijon qui faisait son marché...

Le visage du blessé faisait une tache pâle au fond de la chambre qui parut à Catherine immense et fort sombre. De grands volets de chêne peint, à demi tirés devant les hautes fenêtres à meneaux garnies de vitraux interceptaient presque toute la lumière du soleil et quand, à la suite d'un valet, elle pénétra dans la chambre, elle dut s'arrêter un moment pour accoutumer ses yeux à cette pénombre.

Une voix lente, lointaine, se fit entendre.

« Quelle faveur extrême, ma chère !... Je n'aurais osé espérer de vous un tel intérêt... »

Il y avait à la fois de l'ironie, de la surprise et un peu de dédain dans cette voix, mais Catherine ne s'attarda pas à analyser ce que pouvait penser le maître du logis. Il lui fallait aller jusqu'au bout de l'étrange mission qu'elle s'était donnée. Elle fit quelques pas. A mesure qu'elle s'avançait, ses yeux distinguaient mieux les choses et le somptueux mais sévère décor. Garin était couché sur un grand lit dans le coin le plus éloigné de la chambre, face aux fenêtres. Ce lit était tout tendu de velours violet, uni, et sans autre ornement que les cordelières d'argent, maintenant relevés les épais rideaux. Au chevet, on pouvait voir les armes du seigneur de Brazey et son énigmatique devise « Jamais » qui se répétait plusieurs fois en bandeau. « Une devise qui refuse ou qui repousse, mais qui ou quoi ? » pensa Catherine.

Garin la regardait approcher sans mot dire. Il portait un vêtement de même couleur que le lit, qui disparaissait sous les draps et la courtepointe faite d'une immense fourrure noire, mais il était nu-tête si l'on exceptait un léger pansement au front. C'était la première fois que Catherine le voyait sans chaperon et elle eut l'impression de se trouver en face d'un étranger. Auprès de ce visage pâle et des courts cheveux bruns, striés de fils d'argent, le bandeau noir prenait une valeur plus tragique, plus évidente que sous l'ombre du chaperon. Catherine sentait son assurance la fuir à mesure qu'elle avançait sur les glissantes dalles de marbre noir, gagnant l'un après l'autre les îlots plus stables d'un archipel de tapis aux coloris assourdis. Il n'y avait que peu de meubles dans cette chambre dont les murs de pierre se tendaient eux aussi de velours violet : une crédence d'ébène supportant d'exquises statuettes d'ivoire finement travaillé, une table, entre deux sièges en X tirés près d'une fenêtre et sur laquelle étincelait un échiquier d'améthyste et d'argent, mais surtout un immense et fastueux fauteuil d'argent massif et de cristal, surélevé, ainsi que le repose-pieds assorti, par deux marches recouvertes de tapis. Un véritable trône.

Ce fut ce siège seigneurial que Garin désigna de la main à la jeune fille. Elle monta d'un pas mal assuré, mais reprit confiance quand ses mains purent s'accrocher fermement aux bras d'argent. Elle toussota pour s'éclaircir la voix et demanda :

« Avez-vous été gravement blessé ?

— Je commençais à me demander si vous aviez perdu la voix. En vérité, Catherine, depuis que vous êtes entrée dans cette pièce, vous avez l'air terrifié de l'accusé qui entre au tribunal. Non, je ne suis pas gravement atteint, je vous remercie. Un coup de dague dans l'épaule et une bosse à la tête. Autant dire rien. Vous voilà rassurée ? »

La sollicitude qu'elle venait d'affecter écœura soudain Catherine. Elle se sentait incapable de feindre plus longtemps. Au surplus, à quoi bon se réfugier derrière le paravent commode des paroles mondaines quand la vie d'un homme était en jeu ?

« Vous venez de dire, fit-elle en redressant la tête et en le regardant bien en face, que j'avais l'air d'une accusée et vous ne vous êtes pas trompé. C'est justice que je viens vous demander. »

Les sourcils noirs de l'argentier se relevèrent au-dessus du bandeau et de son œil unique. Sa voix prit une note plus métallique :

« Justice ? pour qui ?

— Pour l'homme qui vous a attaqué. C'est sur mon ordre qu'il l'a fait... »

Le silence qui tomba entre le fauteuil d'argent et le lit de velours avait le poids même de la hache du bourreau. Garin n'avait pas sourcillé, mais Catherine remarqua qu'il avait pâli encore. Les doigts crispés sur la chimère de cristal, terminant les bras de son siège, elle n'avait pas baissé la tête. Elle attendait seulement, tremblant intérieurement de ce qu'il allait dire, des paroles qui devaient sortir de cette bouche serrée, de ce visage figé. Un bourdonnement d'abeille lui emplissait les oreilles maintenant, chassant les bruits de la rue, d'ailleurs affaiblis, brisant le silence énorme de l'instant précédent. La peur, une peur d'enfant, s'emparait de la jeune fille. Garin de Brazey ne disait toujours rien. Il la regardait seulement et il y avait plus d'intensité dans cet œil unique et dans cette orbite aveugle que dans mille regards... Le corps de la jeune fille se tendit pour bondir, s'enfuir mais, soudain, le blessé parla. Sa voix était neutre, sans couleur et comme indifférente. Il demanda seulement :

« Vous avez voulu me faire tuer ? Vous me haïssez donc tellement ?

— Non, je n'ai rien contre vous. C'est le mariage

que je déteste et c'est lui que je voulais détruire. Vous mort...

— Le duc Philippe en eût choisi un autre. Croyez-vous que, sans son ordre formel, j'aurais accepté de vous donner mon nom, de faire de vous ma femme ? Je ne vous connais même pas et vous êtes de fort petite naissance, mais... »

Rageusement, Catherine, rouge jusqu'aux oreilles, lui coupa la parole :

« Vous n'avez pas le droit de m'insulter. Je vous le défends. Pour qui vous prenez-vous donc ? Vous n'êtes jamais que fils d'orfèvre, comme moi-même !

— Je ne vous insulte pas. Je dis ce qui est et je vous serais reconnaissant de me laisser finir. C'est bien le moins que vous puissiez faire après l'incident de cette nuit. Je disais donc : vous êtes de petite naissance et sans fortune, mais vous êtes belle. Je peux même dire que vous êtes la plus belle fille que j'aie jamais vue... et sans doute qu'ait jamais vue le duc. Si j'ai reçu ordre de vous épouser c'est dans un but bien précis : celui de vous élever jusqu'à la Cour... et jusqu'au lit du maître auquel vous êtes destinée ! »

D'un bond, Catherine se dressa sur ses pieds, dominant l'homme étendu :

« Je ne veux pas. Je refuse d'être livrée au duc Philippe comme un objet ou une serve !... »

D'un geste, Garin la fit à la fois taire et se rasseoir. Un mince sourire étira sa bouche devant cette enfantine révolte et sa voix se radoucit.

« Nous sommes tous, plus ou moins, les serfs de monseigneur et vos désirs, pas plus que les miens d'ailleurs, ajouta-t-il avec une certaine amertume, n'ont d'importance. Jouons franc jeu, si vous le voulez bien, Catherine, car c'est notre seule chance d'éviter de nous haïr et de nous livrer une insupportable guerre sourde. Ni vous, ni moi n'avons le pouvoir de résister à l'ordre du duc ni à ses désirs. Or, ses désirs, ou plutôt son désir, c'est vous. Même si le mot brutal vous choque, il faut que vous entendiez la vérité ! »

Il s'arrêta un moment pour reprendre sa respiration, saisit une coupe d'argent qui se trouvait à son chevet auprès d'un hanap de vin et d'une assiette de fruits, la vida d'un trait et tendit l'assiette à la jeune fille. Machinalement, Catherine prit une pêche. Garin poursuivit :

« Que nous refusions l'un ou l'autre ce mariage imposé et c'est la hache pour moi, la prison pour vous et les vôtres, peut-être pire. Le duc n'aime pas qu'on lui résiste. Vous avez tenté de me faire tuer. Je vous le pardonne bien volontiers car vous ne saviez pas ce que vous faisiez. Mais si le coup avait réussi, si j'étais tombé sous la dague de ce malandrin, vous n'étiez pas libérée pour autant. Philippe eût désigné quelqu'un d'autre pour vous passer l'anneau au doigt. Il va toujours droit au but qu'il s'est fixé, ne l'oubliez pas, et rien ne peut l'en détourner ! »

Catherine, vaincue, baissa la tête. L'avenir lui apparaissait plus noir encore et plus menaçant. Elle se trouvait au centre d'une toile d'araignée qu'elle était trop faible, avec ses mains d'enfant, pour déchirer. C'était comme un lent tourbillon d'eau, comme il s'en crée dans les rivières, qui l'emportait jusqu'au trou central, inévitable... Pourtant, elle dit encore, sans oser regarder Garin :

« Ainsi, vous, un seigneur, vous acceptez sans broncher de voir celle qui portera votre nom devenir maîtresse du prince ? Vous ne ferez rien pour l'en empêcher ? »

Garin de Brazey haussa les épaules et se remonta sur les nombreux oreillers de soie qui l'étayaient.

« Je n'en ai ni le moyen ni le désir. D'aucuns considéreraient cela comme un honneur. Pas moi, je vous le concède. Il est bien évident que, si je vous aimais, les choses seraient plus pénibles, mais... »

Il s'arrêta un instant comme s'il cherchait ses mots. Son regard demeurait attaché au visage rougissant de Catherine qui, à nouveau, se sentait mal à l'aise. Elle releva la tête d'un air de défi :

« Mais ?

— Mais je ne vous aime pas plus que vous ne m'aimez, ma chère enfant, acheva-t-il doucement. Vous voyez que vous pouvez bannir tout remords. Je ne vous en veux même pas d'avoir comploté ma mort... »

Rappelée soudain au but de sa visite, Catherine saisit la balle au bond :

« Prouvez-le-moi alors !

— Vous le prouver ? »

Le visage de Garin exprimait la surprise. Ses sourcils se froncèrent et un peu de sang monta à ses joues pâles. Craignant un éclat, Catherine se hâta d'enchaîner :

« Oui... Je vous en supplie ! Celui qui vous a attaqué est un vieil ami à moi, c'est même mon seul ami. C'est lui qui nous a cachées après la mort de mon père, lui encore qui nous a fait fuir Paris insurgé, amenées ici en sûreté. Je lui dois ma vie, celle de ma mère, de ma sœur... Il n'a agi que par tendresse pour moi, parce qu'il se jetterait au feu si je le lui demandais. Je ne veux pas qu'il meure à cause de ma sottise. Je vous en supplie !... faites quelque chose. Pardonnez-lui aussi, faites-le libérer... Il est vieux, malade...

— Pas si malade que cela ! fit Garin avec son mince sourire. Il est encore très vigoureux. J'en sais quelque chose !...

— Oubliez-le. Pardonnez-lui... Vous êtes puissant, vous pouvez arracher un malheureux à la potence. Je vous en serais tellement reconnaissante ! »

Emportée par le désir de sauver Barnabé, Catherine avait quitté son siège et s'était avancée vers le lit. Elle se laissa glisser à genoux auprès de l'énorme couche et tendit vers le blessé un visage soudain inondé de larmes et deux mains tremblantes. Garin se redressa et se pencha un bref instant vers le joli visage en larmes, dans lequel les yeux violets étincelaient comme des pierres précieuses. Ses traits s'étaient durcis, son nez se pinçait.

« Relevez-vous, ordonna-t-il d'une voix rauque, relevez-vous tout de suite. Et ne pleurez plus !... Je vous interdis de pleurer devant moi ! »

Une colère sourde grondait dans sa voix et Catherine, interdite, obéit machinalement, se releva et recula de deux pas sans quitter des yeux le visage convulsé de l'argentier. Les yeux détournés, celui-ci expliquait maladroitement :

« Je hais les larmes !... Je ne peux supporter de voir pleurer une femme ! Allez-vous-en maintenant... Je ferai ce que vous voudrez ! Je demanderai la grâce de ce malandrin... mais partez ! Partez tout de suite, vous m'entendez... »

Il désignait la porte à la jeune fille terrifiée. Catherine ne comprenait rien à la soudaine colère de Garin. Elle reculait à petits pas prudents vers la porte, hésita un instant au seuil, mais avant de franchir la porte, rassembla son courage :

« Merci », dit-elle seulement.

Mi-soulagée, mi-inquiète, à cause de l'étrange attitude de Garin, Catherine, escortée de Sara, rentra à l'hôtel de Champdivers où la maîtresse de maison lui délivra une homélie sur la modestie et la retenue qui conviennent à une véritable dame et, à plus forte raison, à une jeune fille. Catherine écouta sans protester, heureuse de la tournure que prenaient les événements. En effet, il ne lui venait même pas à l'idée de mettre en doute la parole de Brazey. Il avait dit qu'il ferait libérer Barnabé et elle était sûre qu'il le ferait. Il n'y avait qu'à attendre...

Malheureusement, la demande en grâce de l'argentier arriva trop tard. Le vieux truand avait été mis à la torture pour lui faire avouer les raisons de son geste et n'avait pas résisté : il était mort sur le chevalet, sans rien dire. Ce fut Jehan des Ecus qui vint, dès le lendemain matin, apprendre la nouvelle à Sara.

Enfermée chez elle, Catherine désespérée sanglota toute la journée, pleurant son vieil ami et se reprochant amèrement de l'avoir envoyé, bien inutilement, à une mort aussi cruelle. Des images du passé lui revenaient en foule : Barnabé et sa houppelande à coquilles, vendant ses fausses reliques au portail de Sainte-Opportune, Barnabé dans son antre de la Cour des Miracles, ravaudant ses habits ou discutant avec Mâchefer, Barnabé à l'assaut de la maison de Caboche, Barnabé dans la barque qui les emmenait au fil de la Seine, ses longues jambes étendues devant lui, récitant des vers...

Au soir de ce triste jour, Sara apporta à Catherine un petit paquet soigneusement cacheté que lui envoyait Garin de Brazey. Quand elle l'eut ouvert, elle vit qu'il contenait une dague toute simple, au manche de corne simplement gravé d'une coquille et qu'elle reconnut aussitôt : la dague de Barnabé, celle qui lui avait servi à frapper Garin... Deux mots l'accompagnaient, rien que deux mots :

« Je regrette !... » avait seulement écrit Garin.

Un long moment, Catherine garda dans sa main l'arme grossière. Ses larmes ne coulaient plus. La mort de Barnabé marquait la fin d'un chapitre de son existence et le début d'un autre. Dans sa paume, le manche de corne se réchauffait, reprenait vie comme si la main du coquillard l'eût quitté l'instant précédent... Lentement, Catherine se dirigea vers le petit coffret de bois sculpté que lui avait donné l'oncle Mathieu et y déposa la dague. Puis elle alla s'agenouiller devant une petite statue de la Vierge Noire qui ornait un coin de sa chambre et devant laquelle brûlaient deux cierges. La tête dans ses mains, elle pria longtemps pour laisser à son cœur le temps de se calmer.

Quand elle se releva, elle avait pris la décision de ne plus lutter contre son destin. Puisqu'il n'y avait pas moyen de faire autrement, puisque tout semblait se liguer contre sa liberté, elle épouserait Garin de Brazey. Mais nulle puissance au monde, pas même le duc Philippe, ne pourrait arracher de son cœur celui qui l'occupait tout entier, sans espoir mais sans partage. Elle ne cesserait pas d'aimer Arnaud de Montsalvy.

CHAPITRE VIII

LA DAME DE BRAZEY

MALGRÉ le surcot d'hermine qui lui emprisonnait les hanches et le buste par-dessus sa robe de brocart bleu argent et malgré la houppelande doublée de même fourrure jetée sur ses épaules, Catherine se sentait glacée jusqu'aux os. Elle devait serrer les lèvres pour empêcher ses dents de claquer. Dans la petite chapelle romane du château de Brazey, le froid de décembre mordait cruellement en dépit des tapis et des carreaux de velours jetés sous les pieds des assistants. Et, dans sa chasuble rutilante, le prêtre à l'autel avait l'air transi tandis que les petits clercs s'essuyaient subrepticement le nez à leurs manches.

La cérémonie du mariage avait été brève. Comme dans un songe, Catherine s'était entendu répondre « oui » à la question de l'officiant. Sa voix n'avait été qu'un souffle. Le vieillard avait dû se pencher pour le recueillir. Garin, lui, s'était engagé d'une voix calme, indifférente...

De temps en temps, le regard de la jeune femme glissait vers celui qui était maintenant son mari. Le froid intense de cette journée d'hiver ne paraissait pas avoir plus de prise sur lui que le fait de prendre femme. Il se tenait debout auprès d'elle, bras croisés, fixant l'autel de son œil unique avec cette étrange expression de défi qui avait tant frappé la jeune fille, lors de leur première rencontre, à Notre-Dame. Ses vêtements de velours noir, ourlés de zibeline, ne semblaient pas plus épais que d'habitude et il ne portait pas de houppelande sur son pourpoint court. Pas de joyaux non plus, à l'exception d'une grosse larme de diamant merveilleusement pure, qu'un léopard d'or, piqué dans les plis de son chaperon, portait entre ses griffes. Lorsqu'il s'était déganté pour prendre dans les siens les doigts glacés de Catherine, elle avait été surprise de constater combien cette main était chaude. Garin avait tellement l'air d'une statue de plus dans cette église !

Quand elle se releva, après l'Elévation, Catherine sentit glisser sa houppelande et voulut la retenir. Mais deux mains, rapides et légères, la replacèrent vivement sur les épaules frissonnantes. Se détournant à demi, elle remercia Odette de Champdivers d'un sourire. Ces quelques mois écoulés depuis la mort de Barnabé lui avaient du moins valu une amie : la fille des Champdivers enfin revenue au pays.

Trois mois plus tôt, le 21 octobre, le malheureux roi Charles VI avait vu s'achever son calvaire et s'était éteint, entre les bras de sa jeune maîtresse, dans la solitude de son hôtel Saint-Pol. Seule désormais, en butte aux vexations d'une Isabeau d'autant plus haineuse que l'obésité la rendait quasi impotente, la « petite Reine » était revenue dans sa Bourgogne natale. Une amitié spontanée avait aussitôt rapproché la douce jeune femme qui avait été l'ange du roi fou et la belle créature qu'abritait l'hôtel des Champdivers. Odette savait pourquoi Garin épousait Catherine, elle savait dans quel but le duc Philippe avait voulu faire une noble dame d'une petite bourgeoise et elle plaignait son amie. Car, si elle-même avait connu l'angoisse d'être livrée à un homme inconnu, du moins le Ciel lui avait-il accordé la grâce d'aimer cet inconnu, malgré sa démence et au-delà même de ce qu'elle pensait pouvoir donner d'amour. Mais Catherine pourrait-elle aimer l'orgueilleux et sensuel Philippe qui ne reculait devant rien pour satisfaire son désir ? Odette, dans la sagesse de ses trente-trois ans, en doutait fort.

La messe se terminait. Garin offrait maintenant à sa femme son poing fermé pour qu'elle y appuyât ses doigts. Les portes de vieux chêne s'ouvrirent en grinçant sur la campagne enneigée. Un coup de vent s'engouffra dans l'église et vint incliner les flammes des gros cierges de cire jaune de l'autel tandis que les rares assistants de ce mariage sans joie frissonnaient. Un groupe compact de paysans transis, aux nez bleuis et aux mains rouges, tassés les uns contre les autres pour avoir plus chaud, se tenait à la porte et se mit à crier « Noël » sans grande conviction tant chacun avait hâte de rentrer chez soi. De sa main libre, Garin prit une poignée de pièces d'or dans son escarcelle et les jeta à la volée dans la neige. Les paysans hurlèrent et se précipitèrent à quatre pattes, se battant presque.

Tout cela avait l'air irréel et sinistre. Et, se rappelant les joyeuses noces auxquelles bien souvent elle avait assisté chez des confrères de l'oncle Mathieu ou chez des paysans de la Côte, Catherine se dit qu'elle avait rarement vu mariage aussi lugubre. Jusqu'au ciel bas, d'un vilain gris jaune, lourd de neige à venir et où passait le vol criard des corbeaux, qui ajoutait à la tristesse de ces épousailles...

Le visage piqué par le froid, le souffle court, Catherine se mordait les lèvres pour retenir ses larmes. Sans la bonne Marie de Champdivers et sans la chaude amitié d'Odette, elle eût été affreusement seule en ce jour, si important dans la vie d'une femme. Ni Jacquette, ni Loyse, ni le brave oncle Mathieu n'avaient eu l'honneur d'être conviés par le seigneur de Brazey, malgré les prières de Catherine.

« C'est impossible ! avait-il répondu seulement. Monseigneur, bien qu'il ne puisse venir en personne, s'y opposerait. Vous devez essayer de faire oublier qui vous êtes et, pour cela, commencer par l'oublier vous-même.

— N'y comptez pas ! avait répliqué Catherine pourpre de colère. Je ne consentirai jamais à oublier ma mère, ma sœur, mon oncle, ni aucun de ceux qui me sont chers. Et j'aime autant vous prévenir tout de suite : si vous me refusez la joie de les recevoir dans cette maison dont on dit qu'elle va être mienne, aucune force humaine, pas même la vôtre, ne m'empêchera de les aller voir. »

Garin avait haussé les épaules d'un air excédé :

« Vous ferez ce que vous voudrez !... pourvu que ce soit discrètement. »

Cette fois, elle n'avait rien répondu mais il y avait huit jours que les futurs époux ne s'étaient adressé la parole. Catherine boudait et, visiblement, cette bouderie ne gênait aucunement Garin qui ne se souciait pas de la faire cesser. L'absence de sa mère et de son oncle n'en était pas moins cruelle à la nouvelle mariée. En revanche, elle était fort peu sensible à la présence des envoyés du duc Philippe, retenu en Flandres : le nonchalant, l'élégant Hughes de Lannoy, ami intime de Philippe, dont l'insolent regard avait le privilège de mettre Catherine mal à son aise, et le jeune mais sévère Nicolas Rolin, chancelier de Bourgogne depuis quelques jours. De toute évidence, tous deux accomplissaient là une corvée sans agrément, encore que le nouveau chancelier fût le plus intime de Garin. Mais Catherine n'ignorait pas qu'il désapprouvait entièrement son mariage.

Dans la salle principale du château, un festin attendait la douzaine d'invités du mariage. La salle, réchauffée de tapisseries d'Arras contre la bise extérieure, était de dimensions exiguës, le château lui-même n'étant pas des plus grands : un manoir plutôt, dont le corps central se flanquait d'une grosse tour et d'une tourelle. Mais la table, tendue de soie damassée et dressée devant un feu bien flambant, était somptueusement servie dans des couverts de vermeil, car, pour rien au monde, même pour ces noces sans éclat, le grand argentier n'eût voulu manquer à sa réputation de faste et d'élégance.

En entrant, Catherine alla tout de suite tendre ses mains froides aux flammes dansantes. Sara, promue première femme de chambre, l'avait débarrassée de sa houppelande. Elle eût volontiers abandonné également entre les mains de sa fidèle servante, la haute coiffure argentée dont le croissant, étoilé de saphirs, supportait un lot de dentelles mousseuses. La migraine lui serrait les tempes. Elle se sentait transie jusqu'à l'âme et n'osait pas chercher le regard de son époux.

L'intérêt que Garin lui avait montré, au soir de l'attentat de Barnabé, n'avait résisté à la visite que Catherine lui avait faite, le lendemain même. Depuis ce jour, la jeune fille ne l'avait que très peu vu, car il avait accompagné le duc dans plusieurs déplacements. A Paris, notamment, où Philippe avait séjourné au moment de la mort soudaine, survenue fin août, du roi d'Angleterre Henri V. Le vainqueur d'Azincourt était mort, à Vincennes, du mal de Saint-Fiacre, laissant un enfant de quelques mois : le fils que lui avait donné Catherine de France. Mais, prudent, Philippe de Bourgogne avait refusé la régence du royaume et, sans même attendre les funérailles du conquérant, était reparti pour les Flandres, n'en bougeant même pas à l'annonce de la mort du roi Charles VI, pour n'avoir pas, lui prince français, à s'effacer devant le duc de Bedford, devenu régent du royaume. Garin de Barzey était resté auprès de Philippe mais, chaque semaine, un messager était venu de sa part, porter à sa fiancée quelque présent : bijou, œuvre d'art, livre d'heures richement enluminé par Jacquemart de Hesdin et même un couple de grands lévriers de Karamanie qui sont sans rivaux pour la chasse. Jamais, pourtant, le moindre mot n'accompagnait l'envoi. Par contre, Marie de Champdivers recevait régulièrement des instructions au sujet des préparatifs du mariage et des habitudes mondaines qui devaient être inculquées à la future mariée. Garin n'était rentré que huit jours avant les noces, juste à temps pour refuser à Catherine la présence de sa famille.

Le repas nuptial fut triste malgré l'entrain que s'efforçait d'y mettre Hughes de Lannoy. Assise auprès de Garin dans le banc seigneurial, Catherine touchait à peine aux mets qui étaient servis, à l'exception de quelques bribes d'un magnifique brochet de la Saône aux herbes et de quelques prunes confites. Les aliments ne franchissaient sa gorge qu'avec peine et elle ne prononça pas trois paroles. Garin ne lui prêtait aucune attention. Il ne s'occupait pas davantage d'ailleurs des autres dames présentes qui bavardaient entre elles. Lui parlait politique avec Nicolas Rolin passionné par la prochaine ambassade du chancelier à Bourg-en-Bresse où, pour plaire au duc de Savoie sincèrement épris de paix, les gens de Bourgogne et ceux de Charles VII allaient tenter de s'entendre.

A mesure que l'heure avançait, Catherine sentait croître son malaise et, quand les serviteurs vêtus de violet et d'argent apportèrent les bassins de confitures, les pièces de nougat et les fruits au sucre qui composaient le dessert, elle sentit ses nerfs craquer et dut cacher ses mains tremblantes sous la nappe. Dans quelques instants, lorsqu'on se lèverait de table, les dames la conduiraient à la chambre nuptiale où elle serait abandonnée, seule en face de cet homme qui avait maintenant tous les droits sur elle. A la seule idée de son contact, la chair de Catherine se hérissait sous les vêtements de soie. De toutes ses forces, désespérément, elle tentait d'éloigner d'elle le souvenir de l'auberge de Flandres, le dessin d'un visage, le son d'une voix, la chaleur d'une bouche impérieuse. Son cœur s'arrêtait lorsqu'elle évoquait Arnaud et leur trop bref moment d'amour. Tout ce qui pourrait venir ce soir, les gestes que ferait Garin, les paroles qu'il prononcerait, ne seraient que la dérisoire parodie d'un instant précieux entre tous. Catherine savait trop bien qu'elle avait approché, de bien près, le véritable amour de sa vie, celui pour lequel Dieu l'avait créée, pour n'en avoir point cruellement conscience. Devant elle, maintenant, rythmant sur la harpe les gracieuses évolutions d'une dizaine de danseuses, un ménestrel chantait :

Ma seule amour, ma joie et ma maîtresse,
Puisqu'il me faut loin de vous demeurer,
Je n'ai plus rien à me réconforter,
Qu'un souvenir pour retenir liesse...

Les paroles mélancoliques firent monter des larmes aux yeux de la jeune femme. Les vers répondaient si bien à la plainte de son propre cœur ! C'était comme si le ménestrel lui avait un instant prêté sa voix... Elle regarda le jeune garçon à travers un brouillard de larmes, vit qu'il était très jeune, mince et blond, avec des genoux encore mal dégrossis, un visage enfantin... Mais la voix railleuse d'Hughes de Lannoy vint briser le charme et elle l'en détesta.

« Quelle chanson lugubre pour un soir de noces ! s'écria-t-il. Vive Dieu, l'ami ! N'as-tu pas plutôt quelque rondeau gaillard, bien propre à mettre en joie un couple nouveau marié ?

— La chanson est belle, intervint Garin. Je ne la connaissais pas. D'où la tiens-tu, baladin ? »

Le jeune chanteur rougit comme une fille, s'agenouilla avec humilité, ôtant son bonnet vert où tremblait une plume de héron :

« D'un mien ami, messire, qui l'a rapportée d'au-delà de la mer.

— Une chanson anglaise ? Je n'en crois rien, fit Garin dédaigneux. Ces gens-là ne savent chanter que la bière et les horions.

— S'il vous plaît, messire, la chanson vient de Londres, mais elle est toute française. Dans sa geôle anglaise, monseigneur Charles d'Orléans compose ballades, odes et chansons pour distraire son ennui aux heures trop longues. Celle-ci a percé les murs de la prison et j'ai eu la chance de l'entendre... »

Il allait continuer quand Hughes de Lannoy, tirant sa dague, bondit par-dessus la table et tomba, l'arme haute, sur le malheureux chanteur.

« Qui ose, en pays bourguignon, prononcer le nom d'Orléans ? Maudit maraud, tu vas le payer ! »

Fou de rage, le bouillant ami de Philippe le Bon allait frapper quand Catherine, mue par une irrésistible impulsion, se leva :

« Assez, sire chevalier ! Vous êtes ici chez moi et ceci est mon souper de noces. Je vous interdis de faire couler devant moi un sang innocent ! Une chanson se juge à sa beauté, non à son origine. »

Sa voix, vibrante de colère, avait sonné comme un clairon. Un silence succéda. Stupéfait, Hughes de Lannoy laissa tomber son bras. Ses yeux rejoignirent, sur la jeune femme, ceux de tous les assistants. Elle se tenait très droite, s'appuyant à la table du bout des doigts, le menton fièrement levé, toute brillante de fureur mais revêtue d'une telle dignité que nul ne songea à s'étonner. Jamais la beauté de Catherine n'avait été aussi éclatante qu'à cette minute. Elle s'imposa aux hommes présents, comme une aveuglante révélation, dans son incontestable royauté. Que cette fille vînt d'une échoppe de drapier était un fait, mais que, par la splendeur de son corps et la grâce de son visage, elle fût digne d'être reine, en était un autre, non moins clair.

Une flamme étrange au fond de ses yeux bleu pâle, Hughes de Lannoy repoussa lentement sa dague au fourreau, lâcha le ménestrel et revint vers la table. Il sourit, plia le genou.

« Pardonnez-moi, gracieuse dame, d'avoir, en votre

présence, laissé la colère m'emporter. J'implore, à la fois, mon absolution et un sourire... »

Mais tous ces regards fixés sur elle avaient eu raison de l'assurance momentanée de Catherine. Confuse, elle sourit au jeune homme d'un air embarrassé, se tourna vers son époux :

« C'est à vous, messire, qu'il faut offrir des excuses. Pardonnez-moi d'avoir élevé la voix en votre lieu et place. Mais, veuillez considérer... »

Garin s'était levé et lui avait pris la main pour couper court à ses excuses et lui venir en aide :

« Comme vous l'avez dit fort justement, vous êtes ici chez vous... et vous êtes ma femme. Je suis heureux que vous ayez agi ainsi car vous aviez entièrement raison. Gageons que nos amis vous approuvent et qu'ils nous donneront, maintenant, permission de nous retirer. »

La vague de sang venue avec la colère aux joues de Catherine se retira subitement. Sa main frémit dans celle de Garin. Le moment tant redouté était donc venu ? Le visage impassible de l'époux n'évoquait certes pas les doux épanchements de l'amour, mais c'était tout de même vers leur chambre commune qu'il l'emmenait. Sur leurs pas, les invités se formèrent en un cortège dont six musiciens, jouant de la flûte et de la viole, prirent la tête. Eperdue, Catherine chercha le regard d'Odette qui la suivait, menée par Lannoy. Elle y lut une chaude amitié et aussi une profonde compassion.

« C'est chose sans importance que le corps, lui avait dit la jeune femme tandis qu'elle l'aidait à s'habiller, le matin même. L'heure de l'union est pénible pour presque toutes les femmes, même lorsque l'amour est là. Et, lorsqu'il n'y est pas, il arrive, parfois, qu'il vienne ensuite. »

Catherine s'était détournée pour prendre sa coiffure des mains d'une servante. Malgré l'amitié profonde, mais encore trop récente, qui la liait à Odette, elle ne s'était pas encore résolue à lui découvrir le fond de son cœur ni le secret de son amour pour Arnaud de Montsalvy. Elle avait l'impression, stupide peut-être, qu'en laissant la confidence franchir ses lèvres, elle éloignerait d'autant la forme, déjà si lointaine, du jeune homme, elle briserait le charme tissé entre elle et cet ennemi bien-aimé.

... puisqu'il me faut loin de vous demeurer,
Je n'ai plus rien à me réconforter
Qu'un souvenir...

Les paroles de la plaintive chanson se reformaient d'elles-mêmes sur le miroir fidèle de sa mémoire, si poignantes, tout à coup en face de cette porte sombre qui allait s'ouvrir, puis se refermer.

Catherine ferma les yeux pour retenir les larmes qui venaient.

Elle était au seuil de la chambre nuptiale...

La dernière, Odette s'était retirée, laissant Catherine attendre seule l'arrivée de l'époux. Un dernier baiser fraternel, un dernier sourire vite dérobé par l'entrebâillement de la porte et la jeune femme avait disparu. Catherine savait qu'Odette quittait Brazey le soir même pour regagner son castel de Saint-Jean-de-Losne où l'attendait sa fille. Malgré le froid et la neige, peu d'invités demeureraient cette nuit au château, chacun préférant rentrer chez soi. Seuls, Guillaume et Marie de Champdivers resteraient à cause de leur âge. C'était peu, mais leur présence sous le même toit qu'elle-même réconfortait un peu la jeune mariée. Par ailleurs, Catherine ne regrettait ni Lannoy ni Rolin...

Assise dans le grand lit dont les sévères tentures de tapisserie retraçaient des scènes de chasse, elle tendait l'oreille à tous les bruits du château. Mais ils s'éteignaient l'un après l'autre, étouffés par l'épaisseur des murs. Bientôt, il n'y eut plus, dans la grande pièce lugubre que le crépitement du feu ronflant dans l'énorme cheminée de pierre et le bâillement de l'un des chiens au pied du lit. L'autre dormait, la tête sur les pattes.

Des tentures avaient été accrochées le matin même, dans cette chambre glaciale, aux murs de pierre nue. Elles masquaient l'ogive des fenêtres étroites et l'étendue blanche de la plaine sous le ciel noir. On avait jeté, à terre, les grandes peaux d'ours brun que Garin affectionnait et, ainsi calfeutrée, la pièce ronde, prise dans la tour, avait trouvé une nouvelle apparence, plus douillette. Dans la cheminée, on avait entassé deux troncs d'arbres et la chaleur dégagée était si forte que Catherine sentait la sueur couler le long de son dos. Mais ses mains crispées demeuraient froides. Elle guettait un pas dans le couloir.

Ses femmes, dirigées par Odette, l'avaient revêtue d'une sorte de robe de nuit en soie blanche, froncée au cou par un lien d'or et dont les larges manches glissaient jusqu'à l'épaule pour peu qu'elle levât les bras. Ses cheveux avaient été tressés en nattes épaisses retombant sur sa poitrine et sur la courtepointe de damas rouge.

Pourtant, malgré l'insistance qu'elle mettait à fixer la porte, Catherine n'entendit ni ne vit entrer Garin. Il sortit de l'ombre d'un renfoncement, soudainement, silencieusement, et s'avança sans bruit sur les fourrures sombres comme une apparition. Effrayée, Catherine réprima un petit cri, remonta ses couvertures qu'elle tint bien serrées sur sa poitrine.

« Vous m'avez fait peur ! Je ne vous ai point entendu entrer... »

Il ne répondit pas, continua d'approcher du lit dont il gravit les deux marches. Son œil sombre était fixé sur la jeune femme effrayée qui le regardait venir mais ses lèvres serrées n'avaient pas un sourire. Il semblait plus pâle que de coutume. Emprisonné du cou aux talons dans une longue robe de velours noir, il avait quelque chose de funèbre aussi peu approprié que possible à la circonstance. Il semblait le fantôme de ce château solitaire et son mauvais génie. Avec un petit gémissement apeuré, Catherine ferma les yeux attendant ce qui allait suivre.

Elle sentit, tout à coup, des mains sur sa tête. Elle comprit que Garin défaisait ses nattes, habilement, légèrement. Bientôt les cheveux libérés glissèrent sur ses épaules, sur son dos, comme un manteau rassurant. Les gestes de Garin étaient doux, peu hâtifs. Catherine osa rouvrir les yeux, le vit considérer une longue mèche dorée qu'il avait gardée dans sa main et qu'il faisait miroiter dans la lumière rouge des flammes.

« Messire... » balbutia-t-elle.

Mais il lui fit signe de se taire. Il ne la regardait toujours pas, continuait à jouer avec la mèche soyeuse. Soudain, il dit :

« Levez-vous ! »

Elle n'obéit pas tout de suite, ne comprenant pas ce qu'il voulait. Alors, il la prit doucement par la main, répéta :

« Levez-vous...

— Mais...

— Allons ! Obéissez ! Ne savez-vous pas que vous me devez soumission entière ? Ou bien n'avez-vous rien entendu de ce qu'a dit le prêtre ? »

Le ton était froid, sans passion. Il énonçait simplement un fait. Docile, elle quitta son lit, s'avança sur les peaux d'ours, pieds nus, relevant légèrement le vêtement de soie blanche un peu trop long, pour ne pas tomber. Garin l'avait reprise par la main. Il la conduisit ainsi jusque devant la cheminée. Son visage demeurait indéchiffrable. Le cœur de Catherine battait à se rompre dans sa poitrine. Que voulait-il d'elle ? Pourquoi la faire lever ? Elle n'osait pas poser de questions.

Quand les doigts de Garin montèrent à son cou, dénouèrent le lien d'or, elle sentit son visage s'empourprer et se hâta de refermer les yeux, serrant bien fort les paupières comme pour s'en faire une barrière protectrice. Le contact des mains disparut. Catherine sentit la soie blanche glisser de ses épaules, s'écrouler mollement autour de ses chevilles. Elle sentit aussi, plus intense, la chaleur du feu sur sa peau nue.

De longues minutes passèrent ainsi. Des taches rouges éclataient comme des éclairs sous les paupières étroitement fermées de la jeune femme. La brûlure du feu, sur son ventre et sur ses cuisses, devenait intolérable. Garin ne la touchait pas, ne disait rien. Elle ne sentait même plus sa présence. Consciente de sa nudité, malgré ses yeux clos, elle eut un réflexe de pudeur, voulut se cacher de ses bras. Mais un mot bref l'arrêta, lui faisant rouvrir les yeux du même coup.

« Non ! »

Alors, elle le vit. Il était assis dans un haut fauteuil de chêne, à quelques pas d'elle et, le menton dans la main, il la regardait. Son œil unique avait une expression étrange, faite de colère et de désespoir. Si intense pourtant que Catherine détourna la tête. Elle remarqua alors, grandie jusqu'à l'antique voûte de pierre, son ombre noire, émouvante et gracieuse, dessinée avec la précision d'un burin. La honte l'envahit d'être ainsi détaillée par ce regard d'homme. Elle gémit :

« Par grâce... ce feu me brûle.

— Alors, écartez-vous un peu. »

Elle obéit, enjamba la soie blanche roulée à terre, s'approcha de lui, inconsciemment provocante, souhaitant éperdument qu'il cessât ce jeu cruel et troublant. La chaleur de l'âtre avait enflammé son corps, y faisant naître d'étranges sensations. Une fois déjà elle avait senti cette houle profonde et mystérieuse, cette griserie bizarre qui lui avait fait tout oublier. Sans bien s'en rendre compte, Catherine allait au-devant de caresses, de baisers que son corps jeune et sain réclamait comme son dû. Mais, assis dans son fauteuil, Garin de Brazey ne bougeait toujours pas. Il la regardait seulement.

La colère envahit brutalement Catherine, malade de honte. Elle allait se détourner de lui, courir vers le lit pour y chercher refuge dans les rideaux et les couvertures. Il dut sentir cette révolte. Ses doigts se nouèrent, durs comme fer, autour de son poignet, l'obligeant à demeurer près de lui.

« Vous m'appartenez ! J'ai le droit de faire de vous ce que je veux... »

Sa voix, assourdie, s'enrouait un peu mais la main qui tenait Catherine ne tremblait pas. Il semblait curieusement insensible à la beauté dévoilée de cette femme. Sa main libre monta, s'arrêta au visage détourné, pourpre de honte, puis glissa en une sorte de longue caresse autour d'un sein, le long d'une hanche. Ce n'était pas un geste d'amour mais seulement celui de l'amateur d'art qui éprouve, de la main, le grain serré d'un marbre, la pureté parfaite d'une statue. Il n'y en eut, d'ailleurs, pas de second, mais, sous les doigts chauds, Catherine avait tressailli. La voix enrouée se fit encore entendre :

« Un corps de femme peut être la plus belle ou la pire des choses, dit Garin. J'aime que le vôtre ait cette splendeur. »

Cette fois, il s'était levé, lâchait le poignet endolori. Stupéfaite, Catherine, les yeux bien ouverts cette fois, le vit s'éloigner, poser la main sur la porte.

« Dormez bien ! » fit-il calmement.

Il s'évanouit dans l'ombre aussi silencieusement qu'il était entré. Catherine vit sa silhouette noire fondre comme par enchantement. Elle resta seule au milieu de la grande chambre, interdite, un peu déçue sans vouloir se l'avouer. L'ombre sur le mur lui rendit le sentiment de sa nudité et elle courut jusqu'au lit dans lequel elle s'engloutit, le cœur fou. Puis, dans le refuge des oreillers de soie et des chaudes couvertures, elle se mit à sangloter sans la moindre logique et sans même savoir pourquoi.

Quand elle cessa de pleurer, longtemps après, le feu avait baissé et sa migraine de tout à l'heure lui était revenue, plus violente encore. Les yeux rouges et gonflés, la tête brûlante, Catherine s'en alla chercher sa robe de nuit demeurée devant l'âtre, s'en revêtit et alla baigner son visage dans une cuvette d'argent, posée sur un coffre avec une aiguière d'eau d'oranger. La fraîcheur de l'eau lui fit du bien. Autour d'elle c'était le silence absolu, une énorme solitude. Les chiens eux-mêmes étaient sortis, sans doute sur les talons de Garin ; elle ne s'était même pas rendu compte de leur départ. Un peu calmée, elle retourna se coucher, se cala confortablement dans ses oreillers et tenta d'y voir clair.

L'aventure de cette étrange nuit de noces lui en avait appris sur elle-même bien plus que les dix dernières années écoulées. Elle avait découvert qu'il lui faudrait, à l'avenir, se méfier de son propre corps et de ses imprévisibles réactions. Lorsqu'elle s'était abandonnée entre les bras d'Arnaud, elle avait attribué sa faiblesse à la puissance de l'amour immédiat que lui avait inspiré le chevalier. Mais ce soir ? Elle n'aimait pas Garin. Elle n'était aucunement attirée par lui et pourtant... elle avait été à deux doigts de le supplier de la prendre dans ses bras. Son corps s'était révélé exigeant, avide, receleur de forces troubles dont elle n'avait jamais soupçonné l'existence auparavant.

Quant à l'attitude de son mari, elle renonçait à l'expliquer. Il était réellement impossible d'y comprendre quelque chose.

Le lendemain était la veille de Noël. Une musique aigrelette tira Catherine de son sommeil. Les rideaux avaient été tirés, laissant voir le jour triste d'hiver mais le feu flambait de plus belle dans la cheminée devant laquelle, assis dans un fauteuil, un lévrier à ses pieds, Garin était assis, toujours vêtu de sa robe noire, comme s'il venait de se lever. Comme Catherine se dressait sur son séant, il eut un mince sourire.

« Ce sont les hautbois de l'Avent, ma mie. Comme le veut la coutume, ils doivent jouer ici toute la journée jusqu'à minuit. Il faut vous apprêter pour les accueillir. Je vais appeler vos femmes... »

Ahurie, mal réveillée, Catherine vit entrer ses servantes qui vinrent, joyeusement, lui souhaiter le bonjour. Toutes étaient très gaies et voltigeaient autour du lit, tendant l'une la dalmatique fourrée, l'autre les pantoufles, la troisième un miroir. Mais leurs regards malins glissaient irrésistiblement vers Garin, carré dans son fauteuil. Il surveillait toute cette joyeuse agitation d'un air indulgent, jouant parfaitement son personnage de nouveau marié heureux d'assister au lever de la femme aimée... Devant cette comédie, Catherine ne savait si elle devait rire ou se fâcher.

Seule Sara conservait son calme. Elle était entrée la dernière, portant la robe de lendemain de noces que Catherine devait revêtir pour cette journée : une toilette de drap couleur de miel brodé d'épis de blé en soie ton sur ton cernés d'un mince fil d'or. Les larges manches, le décolleté et le bas de la robe étaient ourlés de zibeline d'un brun chaud. La robe de dessous était de satin couleur miel, tout unie. Quant à la coiffure qui absorba toute la chevelure de Catherine elle était faite d'un double bourrelet de zibeline tendu sur une haute forme de drap brodé d'où tombait un court voile assorti. Une large ceinture orfévrée retint les plis de la robe, juste sous les seins, et un collier, fait d'épis d'or et de belles topazes rondes vinrent compléter cette toilette que Sara aida sa maîtresse à revêtir avec des gestes de prêtresse à l'autel.

Mais le visage de la bohémienne était sombre et, tout le temps que dura la toilette, elle ne sonna mot ; Garin s'était retiré pour vaquer à sa propre toilette et les deux femmes auraient pu parler s'il n'y avait eu l'essaim espiègle des jeunes servantes. Aussi, lorsque Catherine fut prête, Sara les congédia-t-elle d'un geste agacé puis se tourna vers la jeune femme.

« Alors, demanda-t-elle, tu es heureuse ? »

La brutalité de l'attaque surprit Catherine. Sara semblait de fort mauvaise humeur. Ses yeux noirs examinaient le visage de la nouvelle dame de Brazey comme si elle cherchait à y lire quelque chose. Catherine fronça les sourcils.

« Pourquoi ne le serais-je pas ? Ou plutôt, pourquoi le serais-je ? Je ne suis pas mariée pour être heureuse. On dirait que tu l'ignores !

— Je sais. Je voulais seulement que tu me dises comment s'est passée cette nuit de noces. C'est une chose si importante qu'un premier contact intime, dans la vie d'une femme !...

— Très bien », fit Catherine laconiquement. Elle était, en effet, très décidée à n'avouer à âme qui vive, pas même à Sara, son humiliante expérience de la veille. Son orgueil se refusait à admettre, même devant sa vieille confidente, que son époux, après avoir contemplé la totalité de sa beauté, s'en était allé coucher dans son propre appartement sans même lui avoir donné un seul baiser. Mais Sara ne se tenait pas pour battue.

« Si bien que ça ? Tu n'as pas l'air bien fatiguée pour une jeune épousée. Tes yeux ne sont même pas cernés... »

Cette fois, la colère emporta Catherine qui frappa du pied.

« Veux-tu me dire ce que cela peut te faire ? Je suis comme je suis ! Maintenant laisse-moi en paix. Il faut que je descende rejoindre mon époux. »

L'irritation de la jeune femme arracha à Sara un faible sourire. Sa main brune se posa sur l'épaule de Catherine. Elle l'attira brusquement à elle, posa un baiser rapide sur son front.

« Plût à Dieu que tu dises vrai, mon ange, car

j'aurais moins souci de toi. Plût à Dieu que tu aies vraiment trouvé un mari. Mais j'en doute. »

Refusant, cette fois, de s'expliquer davantage, Sara ouvrit la porte de la chambre après avoir emmitouflé Catherine dans l'ample manteau de velours brun que lui avait donné jadis le duc Philippe et qu'elle avait soigneusement conservé. Puis elle l'escorta dans le glacial escalier de pierre de la tour. Devant le château, Garin attendait sa femme et alla lui offrir la main. Près de l'escalier, soufflant dans leurs instruments de toutes leurs joues gonflées, une troupe de jeunes garçons joyeusement vêtus de rouge et de bleu, jouaient du hautbois avec ardeur. L'apparition de la jeune femme parut stimuler leur ardeur et ils n'en soufflèrent que plus fort. Un pâle soleil à peine coloré avait réussi à percer les nuages.

Toute la journée, Catherine joua consciencieusement son nouveau rôle de châtelaine, au son des hautbois de l'Avent. A la tombée du jour, elle se rendit, avec toute sa maisonnée et tous les habitants du village, à la petite église de Brazey pour y allumer des brandons à la lampe du chœur. Après quoi, chacun devait revenir allumer son foyer éteint à cette flamme sacrée. Debout, à côté de Garin, elle le regarda enflammer, dans la cheminée de la grande salle, la bûche rituelle, une énorme tranche de hêtre, puis l'aida à distribuer à chaque paysan une pièce de tissu, trois pièces d'argent et un gros pain en cadeau de Noël. A minuit, elle entendit les trois messes traditionnelles dans la chapelle du château où, la veille on l'avait mariée, puis rentra pour le repas qui était servi.

Au bout de cette longue journée, elle se sentait lasse. La chute de la lumière, en ramenant la nuit, avait réveillé du même coup ses inquiétudes. De quoi serait faite cette nouvelle nuit ? Garin se montrerait-il aussi étrange qu'au cours de la précédente ou bien réclamerait-il ses droits d'époux ? Toute la journée, il avait été parfaitement normal, voire aimable. Plusieurs fois, il lui avait souri et, en sortant de table, après le souper de minuit, il lui avait offert deux bracelets de perles en présent de joyeux Noël. Mais son regard quand il se posait sur Catherine, avait parfois une expression si étrange que la jeune femme se sentait glacée jusqu'à l'âme. Elle aurait juré, à ces moments-là, qu'il luttait contre quelque sombre fureur. Mais pourquoi cette fureur ? Contre qui ? Elle se montrait envers lui aussi douce et soumise que pouvait le souhaiter le plus exigeant des époux. Le cœur du grand argentier de Bourgogne semblait constituer une bien difficile énigme !

Pourtant, les craintes de Catherine se révélèrent sans fondement. Garin se contenta de la conduire jusqu'à la porte de sa chambre. Il lui souhaita une bonne nuit puis, inclinant légèrement sa haute taille, il posa un baiser rapide sur le front de la jeune femme. Mais si rapide et indifférent qu'eût été ce baiser, les lèvres qui l'avaient donné étaient brûlantes. L'œil inquisiteur de Sara n'avait rien perdu de ces étranges manifestations d'intimité conjugale mais elle s'abstint de tout commentaire.

Le lendemain, le visage sans expression définie, elle apprit à Catherine, au réveil, que son époux avait dû gagner précipitamment Beaune pour le service du duc. Il s'excusait et priait sa femme de vouloir bien rentrer de son côté à Dijon dans la journée, de s'y installer à son hôtel de la rue de la Parcheminerie. Là, elle attendrait le retour de son mari qui, peut-être, se ferait attendre car il avait reçu l'ordre d'accompagner le chancelier Nicolas Rolin chez le duc de Savoie. Garin enverrait, de Beaune, prendre ses équipages à Dijon et ne rentrerait pas avant son départ. Catherine était priée de s'accoutumer seule à sa nouvelle demeure.

Soulagée en un certain sens, et heureuse de cette liberté inespérée, la jeune femme obéit ponctuellement. A la fin de la matinée, elle prit place dans une litière fermée d'épais rideaux de cuir, Sara auprès d'elle, et quitta le petit château de Brazey pour regagner la ville ducale. Le froid était moins vif et le soleil semblait vouloir s'installer pour un moment. Catherine, joyeuse, songea que, dès le lendemain, elle pourrait aller embrasser sa mère.

CHAPITRE IX

LA PHILOSOPHIE D'ABOU-AL-KHAYR

Le jour de la Saint-Vincent, autrement dit le 22 janvier, Catherine se rendit avec Odette de Champdivers au grand repas de cochon que l'oncle Mathieu donnait traditionnellement, chaque année à la même date, dans son clos de Marsannay. Dans toute la Bourgogne, de semblables festins avaient lieu pour fêter les vignerons dont saint Vincent est le vénéré patron.

Les deux jeunes femmes avaient quitté, tôt le matin, l'hôtel de Brazey où Odette séjournait depuis quelques jours et s'étaient mises en route, alors que la nuit était encore noire. Une forte escorte de serviteurs entourait la litière bien close où elles avaient pris place, joyeuses comme des écolières en vacances. Pour se tenir chaud, elles avaient fait déposer des chauffe-doux, des récipients de fer garnis de braise rouge, dans l'intérieur du véhicule.

Catherine oubliait presque qu'elle était mariée car il y avait près d'un mois que Garin l'avait quittée. Avec une joie d'enfant, elle avait pris possession du magnifique hôtel de son époux où un fastueux appartement l'attendait. Elle avait passé des jours et des jours à en dénombrer les multiples merveilles, un peu étonnée de se découvrir si riche et si grande dame. Mais elle n'avait pas oublié les siens et, chaque jour, elle s'était rendue rue du Griffon pour embrasser sa mère et l'oncle Mathieu, non sans faire un crochet par la rue Tâtepoire afin de bavarder un moment avec Marie de Champdivers. Chez l'oncle Mathieu, elle était toujours accueillie chaleureusement et d'autant plus que Loyse avait quitté la maison pour le couvent.

Le mariage de sa sœur avait produit un curieux effet sur la fille aînée de Jacquette Legoix. La vue du monde, qu'elle supportait encore tant bien que mal jusque-là, lui était devenue intolérable. Mais, ce qu'elle endurait le plus difficilement c'était la pensée que Catherine, désormais en puissance de mari, était passée de l'autre côté de la barricade, dans cet univers des hommes qu'elle haïssait. Aussi, un mois environ après l'entrée de sa sœur chez les Champdivers, Loyse avait-elle annoncé son désir d'entrer comme novice chez les bernardines de Tart, un sévère couvent dépendant de l'inflexible règle de Cîteaux. Nul n'avait osé s'opposer à cette décision que l'on sentait sans appel. Au reste, le bon Mathieu aussi bien que sa sœur, étaient-ils vaguement soulagés. Le caractère de Loyse s'aigrissait de jour en jour, son humeur, toujours sombre, était pénible et Jacquette se désolait en songeant à l'avenir sans joie qui s'ouvrait devant sa fille aînée. Le cloître, auquel, depuis son plus jeune âge, elle aspirait, était bien le seul endroit où Loyse pût trouver paix et sérénité. On l'avait donc laissée se joindre au blanc troupeau des futures épouses du Christ.

« Il faut, marmonnait Mathieu, que Notre Seigneur soit l'infinie patience et l'infinie mansuétude... car il aura là une épouse peu commode. » Et, tout au fond de son cœur paisible, le brave homme respira mieux quand la figure glacée de sa nièce cessa de hanter le Grand Saint Bonaventure. Il s'installa avec sa sœur dans une confortable existence à deux et goûta le plaisir de se faire dorloter.

A Marsannay, Catherine et Odette avaient trouvé le village en ébullition. On y préparait la fête depuis plusieurs jours. La neige avait été méthodiquement chassée de la rue, unique et principale. A toutes les façades, même les plus pauvres, pendaient les plus beaux draps et les pièces d'étoffe les plus vivement colorées que l'on avait pu trouver dans les coffres de mariage. Les plantes d'hiver, le gui argenté enlevé de haute lutte aux branches des vieux chênes, et le houx épineux décoraient les portes et les fenêtres. Une puissante odeur de porc rôti embaumait tout le pays car on avait égorgé les cochons les plus gras pour préparer ce repas traditionnel dont le précieux animal faisait seul les frais.

Chez l'oncle Mathieu, le plus riche propriétaire de vignes de Marsannay avec les moines de Saint-Bénigne, une meute de dix cochons avaient payé de leur vie le pantagruélique repas offert par le drapier à tous les bareuzais [1] qui, le temps des vendanges venu, viendraient cueillir les grappes violettes dans ses vignes. Car l'oncle Mathieu était un homme fort à son aise, même s'il n'aimait pas étaler sa richesse.

1. Vendangeurs.

Pour arroser le repas, il avait fait mettre en perce six queues de vin de Beaune, de Nuits et de Romanée...

Le festin commença presque vers le milieu du jour. La messe solennelle s'était terminée tard. Tout le monde avait faim et soif, Catherine comme les autres. Avec Odette, elle s'était installée à la table présidée par sa mère. Jacquette éclatait de joie dans une superbe robe de satin cramoisi fourrée de petit-gris, que sa fille lui avait offerte. A l'autre table, Mathieu, tout velours puce et renard noir, le chaperon penché sur une oreille, encourageait les buveurs qui, cependant, n'en avaient guère besoin. Les propos fusaient, joyeux, égrillards, enluminés par le bon vin avec, de loin en loin, le refrain d'une vieille chanson de terroir. Tout cela composait une atmosphère de gaieté bon enfant à laquelle Catherine se laissait aller sans arrière-pensée. C'était bon de s'amuser, d'être jeune et belle comme le lui affirmaient les regards hardis de quelques jeunes gars.

Soudain, comme les marmitons, quatre par quatre, apportaient sur la table trois porcs rôtis, tout luisants et dorés dans leur peau craquante, un vacarme assourdissant se fit entendre à la porte de la salle. Une troupe d'hommes, des retardataires sans doute, se bousculait à qui entrerait le premier. On entendait force jurons, braillés à pleins poumons, au milieu desquels perçait une voix haut perchée qui protestait furieusement :

« En voilà un charivari ! s'écria Mathieu en frappant du poing sur la table. Holà ! vous autres ! Ne vous battez pas ! Il y a de la place pour tout le monde ! »

Avec la violence d'un bouchon de champagne

qui saute de sa bouteille, le groupe d'hommes explosa et parvint à franchir le seuil de la salle. Catherine, stupéfaite, put voir qu'ils traînaient après eux une forme humaine gigotante qui avait l'air d'une énorme citrouille plantée sur de courtes jambes, à cela près que la citrouille glapissait dans une langue inconnue.

« Regardez, maître Mathieu, ce que nous avons trouvé sur le chemin », s'écria l'un des vignerons, un énorme gaillard à la figure couleur lie-de-vin. D'un geste qui ne lui coûta aucun effort apparent, le colosse saisit l'étrange bonhomme et le déposa assis sur la table, juste devant Mathieu. Après quoi, il empoigna à deux mains la citrouille qui cachait jusqu'au cou le visage du petit homme. La barbe blanche et le visage de furet d'Abou-al-Khayr, le petit médecin de Cordoue, apparurent. La première toujours aussi blanche mais le second écarlate de fureur et d'étouffement.

« Avez-vous jamais vu plus vilain macaque ? s'esclaffa le vigneron. Je l'ai trouvé sur la route avec deux grands diables, noirs comme Satan lui-même, perchés tout trois sur des mules, sérieux comme Carême-prenant ! J'ai pensé que vous aimeriez voir ces phénomènes avant qu'on les jette à la rivière. On n'a pas toujours l'occasion de rire un peu, pas vrai ?

— Mais, s'écria Mathieu qui avait reconnu le médecin maure, c'est mon ami du Grand-Charlemagne, c'est le seigneur Abou-al-Khayr en personne ! Malheureux ! Tu veux jeter mes amis à la rivière ? Qu'allais-tu faire, mon Dieu, qu'allais-tu faire ! »

Il s'empressait de faire descendre Abou-al-Khayr de la table, lui offrait un siège et un verre de vin que, dans son trouble, le petit musulman avala sans sourciller. Il avait eu très peur, mais il reprenait peu à peu ses couleurs habituelles et ne cachait pas son plaisir de retrouver Mathieu, ni son soulagement.

« J'ai cru ma dernière heure venue, mon ami... Allah soit béni de m'avoir conduit entre vos mains. Mais s'il n'est pas trop tard pour sauver mes serviteurs, j'aimerais beaucoup qu'on ne les jetât pas non plus à l'eau ! »

Un ordre de Mathieu propulsa le vigneron coupable, un peu confus de la tournure prise par les événements, vers la sortie, tandis qu'avec l'aide de Jacquette, étonnée de l'étendue des relations de son frère, le petit médecin remettait de l'ordre dans sa toilette et réinstallait son turban jaune suivant la bonne règle. Mais les yeux vifs d'Abou avaient repéré Catherine qui se tenait un peu à l'écart, n'osant approcher. L'arrivée soudaine du Cordouan avait fait battre son cœur à un rythme désordonné. Garin n'avait-il pas dit que l'Arabe s'était attaché à la personne d'Arnaud de Montsalvy ? Par lui, elle apprendrait sans doute bien des choses sur celui qui hantait son cœur et son esprit.

Autour de la table l'agitation créée par l'entrée sensationnelle du petit médecin se calmait. Installé dans un fauteuil bourré de coussins, nanti d'une écuelle d'étain et d'un gobelet, Abou-al-Khayr achevait de reprendre ses esprits. Son regard, fixé sur Catherine avec une insistance presque gênante, revint vers la table servie, s'arrêta sur les vastes plats dont Mathieu s'apprêtait à lui faire les honneurs...

Le drapier resta en arrêt, couteau en l'air, au moment précis où il allait attaquer le plus gras des cochons rôtis. Avec un cri d'horreur, Abou-al-Khayr venait de bondir sur ses pieds et, repoussant son fauteuil qui chut à terre avec un bruit de tonnerre, s'enfuyait à toutes jambes jusqu'à la cheminée où il restait tapi, plus blanc que sa barbe, tremblant de tous ses membres et glapissant sur le mode suraigu.

« Allons bon ! fit Mathieu, que lui arrive-t-il encore ? Eh, mon compère, ne vous sauvez pas ! Venez plutôt que nous goûtions ensemble à ce rôti. Qu'est-ce donc qui vous fait peur séant ?

— Du porc !... fit Abou d'une voix grelottante, du porc !... animal impur !... chair maudite et défendue !... Un vrai croyant ne peut s'approcher d'une table où l'animal immonde est servi... »

Interdit, les yeux ronds, Mathieu regardait tour à tour le petit médecin tremblant de frayeur et le cochon innocent, si appétissant sur son plat.

« Qu'est-ce donc qu'il veut dire là ? Impurs, mes cochons ? » grogna-t-il vexé.

Ce fut Odette qui le tira d'embarras. Quittant sa place elle vint se placer près de Mathieu. Catherine vit qu'elle avait bien du mal à garder son sérieux.

« A la cour du roi Charles, j'ai vu venir une fois un mage infidèle de la race de cet homme. Madame la duchesse d'Orléans, bonne chrétienne cependant, espérait en sa magie pour guérir le roi. Cet homme refusait toujours qu'on lui servît du porc que sa religion considère comme impur.

— Le Prophète a dit : « Tu ne mangeras pas la chair de l'animal immonde », renchérit Abou, de son coin. Mathieu poussa un profond soupir, rejeta couteau et fourchette et se leva.

— C'est bon, fit-il à l'adresse de sa sœur. Ordonne que l'on mette des chapons à la broche et que l'on prépare quelque poisson de haut goût. Nous allons boire, mon ami et moi, dans mon cabinet, en attendant que tout soit prêt. Continuez sans nous votre repas. »

Au grand désappointement de Catherine, Mathieu et Abou s'éloignèrent ensemble. Ainsi c'était l'oncle qui entendrait les confidences du petit médecin alors qu'elle-même brûlait de l'interroger ? Elle se promit bien de ne pas repartir sans avoir eu avec lui un entretien même s'il fallait pour cela mécontenter l'oncle Mathieu.

Elle n'eut pas besoin d'en arriver là. Tandis que, le repas terminé, elle regardait danser les vignerons dans la grande salle débarrassée des tables, elle sentit qu'on la tirait par sa manche. Le médecin était auprès d'elle.

« C'est toi que je cherchais en prenant cette maudite route ! dit-il à mi-voix.

— Je regagne ma maison de Dijon demain matin, répondit-elle. Venez avec moi si l'hospitalité d'une femme ne vous fait pas peur... »

Abou-al-Khayr sourit puis s'inclina profondément en murmurant :

« Permets-moi de baiser, ô reine, comme fait le Ciel, la poussière qui dort au seuil de ta porte... dirait le poète. Moi je dirai seulement que je serai heureux de te suivre pourvu que tu accueilles aussi mes serviteurs et que tu ne me serves pas de porc ! »

Le lendemain à l'aube, la litière de Catherine reprenait le chemin de Dijon, emmenant le médecin et les deux jeunes femmes. Presque tout le pays ronflait !

En arrivant à Dijon, Odette quitta son amie pour se rendre chez sa mère où elle voulait passer deux jours avant de rentrer à Saint-Jean-de-Losne. Catherine ne la retint pas. L'ancienne favorite semblait préoccupée et, de plus, la jeune femme sentait bien qu'Abou-al-Khayr ne parlerait pas tant qu'une inconnue serait là. Tout au long du trajet, il n'avait pas dit trois mots.

A l'hôtel de la rue de la Parcheminerie, son entrée flanquée de ses deux esclaves noirs fit quelque peu sensation. D'un même mouvement, les servantes de Catherine ramassèrent leurs jupes pour s'enfuir, tandis que les valets reculaient en se signant. Un regard autoritaire de la jeune femme les arrêta net. En un seul mois elle avait su s'imposer et se faire respecter presque autant que Garin lui-même. Sèchement, elle ordonna au majordome Tiercelin de faire préparer pour l'hôte distingué la chambre aux griffons et d'y faire porter deux paillasses pour les serviteurs de l'Arabe. Après quoi elle conduisit elle-même, en cérémonie et précédée de porte-flambeau, pour bien montrer le cas qu'elle en faisait, son visiteur jusqu'à ses appartements. Pendant tout ce temps, Abou-al-Khayr s'était tu, se contentant d'examiner choses et gens autour de lui.

Lorsque Catherine le quitta au seuil de sa chambre en lui indiquant l'heure du repas, il poussa un profond soupir et la retint par le bras.

« Si je comprends bien, ta situation a beaucoup changé ? demanda-t-il doucement, tu es mariée ?

— Mais... oui, depuis un mois. »

Le petit médecin secoua tristement sa tête enrubannée. Il semblait tout à coup accablé de douleur.

Il était tard dans l'après-midi quand, enfin, ils se trouvèrent face à face. Catherine n'en pouvait plus d'attendre. Elle avait dû déjeuner seule parce que son hôte, alléguant la fatigue du voyage avait demandé qu'on le servît chez lui. En réalité, Abou-al-Khayr voulait se donner le temps de réfléchir avant d'aborder la jeune femme.

Lorsque enfin il se rendit à l'invitation qu'elle lui avait fait tenir de la rejoindre dans sa chambre, il resta un moment à regarder les flammes danser dans la haute cheminée de pierre blanche, ciselée comme un joyau. A bout d'impatience, Catherine pria :

« Parlez maintenant, je vous en supplie. Votre silence me met au supplice. Par pitié... parlez-moi de lui. »

L'Arabe haussa les épaules avec découragement. Entre eux les noms n'avaient aucune utilité, mais il se demandait si les faits pouvaient en avoir.

« A quoi bon, puisque tu es mariée ? Que t'importe désormais celui qui est devenu mon ami ? Pourtant, lorsque je vous avais vus ensemble, j'avais eu la prescience que vous étiez réunis par un lien invisible et fort. Je crois savoir lire dans les yeux des hommes et dans les tiens j'avais lu un amour immense. Je devrais pourtant savoir que le regard d'une femme est trompeur, ajouta-t-il avec amertume. J'avais mal lu.

— Non, vous aviez bien lu. Je l'aimais et je l'aime toujours, plus que tout, plus que moi-même, alors qu'il me méprise et me hait.

— Ceci est une autre affaire, sourit Abou. Il y aurait beaucoup à dire sur le mépris du seigneur de Montsalvy. Lorsqu'une brûlure a creusé bien profondément la chair, la plaie se referme mais la cicatrice demeure et aucune puissance au monde ne peut l'effacer. Crois-en un médecin et crois aussi que je le regrette puisque tu as pris époux. Vous autres femmes êtes bien étranges créatures ! Vous prenez l'univers à témoin du grand amour qui vous ravage, mais vous allez sereinement offrir votre corps à un autre homme ! »

La patience commençait à abandonner Catherine. Qu'avait-il besoin de se perdre en considérations sur l'âme féminine quand elle brûlait de l'entendre parler d'Arnaud.

« Les femmes de votre pays sont-elles donc libres de choisir l'homme au lit duquel on les pousse ? Pas ici ! Si je me suis mariée c'est pour obéir à un ordre. »

Brièvement elle retraça pour son hôte l'histoire de son mariage, l'ordre formel de Philippe et l'esprit dans lequel cet ordre avait été donné. Mais elle n'eut pas le courage de lui dire que son époux ne l'avait pas encore touchée. A quoi bon ? Tôt ou tard, lorsque Garin reviendrait, il réclamerait ses droits.

« Ainsi, fit le médecin lorsqu'elle eut terminé son récit, ton maître est ce Garin de Brazey qui accompagnait à Bourg le chancelier de Bourgogne ? Etrange, en vérité, que le choix du duc se soit porté sur lui. Il est sombre comme la nuit, dur comme le silex et son caractère semble aussi raide que son échine. Il n'a vraiment rien du mari complaisant. »

Catherine balaya d'un geste cette réflexion que Barnabé déjà, avait faite autrefois. Ce n'était pas pour parler de Garin qu'elle l'avait fait venir. A sa demande instante, Abou-al-Khayr consentit enfin à s'expliquer.

Depuis l'auberge flamande il n'avait pas quitté Arnaud de Montsalvy. Ensemble, ils étaient demeurés au Grand-Charlemagne le temps nécessaire à la guérison d'Arnaud.

« Après ton départ, il a eu une forte fièvre. Il

délirait... Un délire bien instructif d'ailleurs, mais tu ne me pardonnerais sûrement pas de me perdre en digressions. Quand nous avons pu reprendre la route, le duc de Bourgogne avait quitté les Flandres et s'était rendu à Paris. Il ne pouvait être question de l'y suivre. Nous n'en serions pas sortis vivants. »

Par la voix flûtée, zézayante du petit médecin, Catherine suivait pas à pas le retour d'Arnaud, convalescent hargneux et difficile, vers son maître. Abou disait l'accueil du dauphin, les merveilles du château de Mehun-sur-Yèvre, la plus aérienne, la plus fantastique des demeures féodales, véritable dentelle de pierre et d'or que le dauphin Charles avait héritée de son oncle Jean de Berry, le plus fastueux mécène du temps. Il disait aussi la chaleur du compagnonnage, la fraternité d'armes qui unissait Arnaud de Montsalvy aux autres capitaines du dauphin. Si évocatrice était la parole de l'Arabe que Catherine croyait voir s'avancer sur le précieux tapis de sa chambre, le jeune Jean d'Orléans, le plus séduisant, le plus chevaleresque aussi des bâtards[1], uni au dauphin par une fraternelle amitié d'enfance, puis la silhouette carrée, brutale du terrible Etienne de Vignolles, si ardent au combat que le surnom de la Hire (la colère) lui allait comme une seconde peau, une âme de bronze dans un corps de fer et avec lui son alter ego, un Auvergnat joyeux et féroce, roux comme une châtaigne, nommé Jean de Xaintrailles. Un autre Auvergnat, Pierre de Giac, inquiétant et rusé dont on chuchotait qu'il devait sa faveur à un pacte avec le Diable auquel il avait vendu sa main droite, venait ensuite, puis d'autres encore seigneurs de la tendre Touraine, ou de la

1. Le futur Dunois.

redoutable Auvergne, de l'insondable Languedoc ou de la joyeuse Provence, tous ceux qui, fidèles à l'adversité se contentaient d'un roi, une foi, une loi...

Avec quelque perfidie, Abou-al-Khayr décrivait aussi, non sans une ironique complaisance, les dames ravissantes, les fraîches jouvencelles dont Charles VII, qui aimait les femmes presque autant que son cousin de Bourgogne, se plaisait à peupler sa cour. A l'entendre, la plupart de ces séduisantes créatures n'attendaient qu'un signe du seigneur de Montsalvy pour tomber dans ses bras et singulièrement l'éclatante fille du maréchal de Séverac, une adorable brune aux yeux « longs comme une nuit de rêve... »

« Passons, passons ! coupa Catherine exaspérée par l'enthousiasme machiavélique déployé devant elle.

— Pourquoi donc ? s'étonna Abou-al-Khayr avec une naïveté bien jouée. Il est bon qu'un homme jeune et sain dépense ses forces et prenne du plaisir car le poète a dit : « De ce qui n'est plus et de ce qui « sera ne t'occupe pas. Réjouis-toi dans le présent, « c'est là le but de la vie... »

— Et mon but à moi n'est pas d'entendre le récit des bonnes fortunes de messire de Montsalvy. Que s'est-il passé ensuite ? » s'écria la jeune femme furieuse. Abou-al-Khayr lui dédia un gracieux sourire et caressa sa barbe de neige.

« Ensuite le dauphin est devenu le roi et nous avons eu un couronnement, des fêtes, des joutes que j'ai pu voir de loin, du logis où mon ami m'avait installé et où, d'ailleurs, je recevais force visites. Le sire de Giac en particulier... »

Catherine était à bout de forces. Ses nerfs tendus

la torturaient tant qu'elle sentit les larmes lui monter aux yeux.

« Par grâce ! ! » implora-t-elle d'une voix si brisée que le petit médecin en eut pitié. Il retraça rapidement la vie des derniers mois, les quelques combats auxquels Arnaud avait participé avec la Hire, puis sa désignation pour escorter à Bourg-en-Bresse l'ambassade du roi Charles que menait le chancelier de France, l'évêque de Clermont, Martin Gouge de Charpaignes, un parent d'Arnaud, enfin le départ de l'ambassade que le Cordouan avait suivie.

Bien entendu, il n'avait pas eu la possibilité d'assister aux difficiles négociations que présidait le duc de Savoie, mais, chaque soir, il voyait revenir Arnaud un peu plus furieux. A mesure que, par la bouche de Nicolas Rolin se développait la longue liste des exigences bourguignonnes, croissait la rage du jeune homme. Les conditions de paix, selon lui, étaient inacceptables et, jour après jour, il se retenait de sauter à la gorge de l'insolent bourguignon qui osait réclamer du roi Charles une amende honorable pour le meurtre de Jean sans Peur, la dispense pour Philippe de l'hommage royal dû par tout grand vassal, fût-il duc de Bourgogne, la livraison d'une bonne moitié des terres que l'Anglais n'avait pas encore prises. Les faux-fuyants, les réserves blessantes de maître Nicolas portaient au paroxysme la fureur du bouillant capitaine... et sa haine du duc Philippe.

« Car il le hait, ajouta Abou pensif, comme jamais je n'ai vu homme haïr son semblable... et je ne suis pas sûr que tu n'y sois pas pour quelque chose. Pour l'heure, Mgr de Savoie a obtenu une trêve des adversaires et la promesse de négociations ultérieures qui doivent s'ouvrir le 1er mai. Cette trêve, en tout cas, j'en sais un qui est bien résolu à n'en pas tenir compte.

— Que veut-il faire ?

— Venir, jusqu'en la cour du duc Philippe, lui lancer un défi. Exiger de lui un combat à outrance. »

Un cri de terreur échappa à Catherine. Si Arnaud osait seulement défier le duc, il ne sortirait pas vivant de cette ville. Qui avait jamais entendu parler d'un prince régnant se mesurant en champ clos avec un simple chevalier... surtout pour un combat à outrance ! Violemment, elle reprocha au médecin d'avoir abandonné son ami dans une pareille crise de folie. Il fallait le raisonner, lui faire voir qu'il courait au suicide s'il tentait de mettre son projet à exécution, le retenir de force au besoin... Abou-al-Khayr hocha la tête :

« On n'arrête pas plus messire Arnaud qu'un torrent qui dévale la montagne. Il fera comme il l'a dit et si je suis venu ici, prétextant le désir que j'avais de voir un vieux juif fort savant qui réside secrètement non loin de cette ville, c'est parce que toi seule peux quelque chose pour lui.

— Que puis-je faire ? Je suis seule, sans forces, sans puissance.

— Tu as l'amour de Philippe... du moins Arnaud le croit et, si j'ai bien compris, il ne se trompe guère, à cela près qu'il te croit depuis longtemps la maîtresse de son ennemi. Quand il aura lancé son défi démentiel, ta main seule, sans doute, sera assez forte pour détourner de lui la fureur des Bourguignons. On ne refuse rien à la femme que l'on aime... surtout lorsqu'elle n'est pas encore vôtre.

— Où est Arnaud pour le moment ? »

C'était la première fois qu'elle se servait à haute voix de ce prénom que, si souvent, elle prononçait tout bas, pour le seul plaisir d'en sentir les deux syllabes rouler entre ses lèvres.

« Toujours à Bourg. Les ambassadeurs vont bientôt se séparer. Ton mari va rentrer prochainement et Arnaud ramènera l'évêque de Clermont auprès du roi Charles qui l'attend à Bourges. Ensuite... »

Le temps pressait. Le tempérament irascible d'Arnaud ne lui laissait qu'une très courte patience. Il était de ces gens qui, une fois leur décision prise, foncent droit devant eux pour la mettre à exécution sans se préoccuper des conséquences. La nouvelle du prochain retour de Garin satisfit Catherine en ce qu'elle lui faisait espérer pour assez prochaine sa présentation à la Cour. Il fallait qu'elle pût approcher le duc et le plus tôt serait le mieux...

La porte, s'ouvrant sous la main de Sara qui apportait Gédéon dont elle venait de nettoyer le perchoir, tira Catherine de sa méditation. Avec un cri de joie, Abou-al-Khayr bondit sur ses pieds et se précipita vers l'oiseau. Il se mit à le caresser en déversant sur lui une pluie de mots brefs, à la fois doux et rauques, dans sa langue natale. Catherine allait le mettre en garde contre le redoutable bec de l'oiseau, car Gédéon n'était rien moins que patient, mais, à sa grande surprise, elle vit que l'oiseau se tortillait sur son perchoir comme une jeune fille courtisée. Il dodelinait de la tête, se dandinait et roucoulait aussi tendrement qu'une tourterelle, exécutant avec le petit médecin un étrange duo d'amour. Désireux de montrer l'étendue de ses connaissances, Gédéon interrompit soudain ses roulades énamourées pour claironner :

« Gloirrrrrre... au duc ! »

Puis, dardant son œil rond sur sa maîtresse, il se mit à vociférer avec une nuance de défi :

« Garrrrrrin ! Affrrrrrrreux... Garrrrrin ! Affrrr-reux...

— Miséricorde, gémit Catherine. Qui a pu lui apprendre ça ? Si mon époux l'entend, il lui fera tordre le cou ! »

Abou-al-Khayr riait de bon cœur. Il tendit le poing et l'oiseau, docilement, vint s'y percher.

« Confie-le-moi ! Nous sommes si bons amis ! Et, dans ma chambre, personne ne l'entendra. Je lui apprendrai à jurer en arabe ! »

Le perroquet se laissa emmener, non seulement sans protester, mais encore avec une visible satisfaction. Il avait repris ses roulades de plus belle et Catherine, qui le regardait sortir appuyée à la cheminée, pensa qu'il faisait un couple étrangement bien assorti avec le Cordouan. Le turban d'Abou-al-Khayr et les plumes qui casquaient Gédéon étaient du même rouge éclatant. Mais, comme ils allaient refermer la porte sur eux, elle demanda encore :

« Pourquoi pensez-vous que je suis pour quelque chose dans les sentiments nourris par votre ami envers le duc Philippe ? »

Un sourire moqueur plissa entièrement le visage mobile du petit médecin. Le perroquet au poing, il s'inclina légèrement et répondit :

« Le sage a dit : « Il faut se garder de croire ce que « l'on voit de ses propres yeux », mais il n'a rien dit des oreilles. Certains hommes ont un sommeil bavard, fort instructif pour qui se trouve là. Que la paix d'Allah soit avec toi, rose parmi les roses ! »

Garin rentra deux jours plus tard, harassé, nerveux et visiblement de très mauvaise humeur. Catherine n'eut de lui qu'un salut distrait, un baiser qui ne fit qu'effleurer sa tempe, après quoi il lui annonça, comme une chose importante, qu'elle devait se préparer à être présentée sous peu à la duchesse douairière.

« Vous serez mise au nombre de ses dames de parage, ce qui achèvera votre formation mondaine. »

S'il éprouva quelque surprise en trouvant installé chez lui le médecin maure qui avait tant excité la curiosité des gens de Bourg durant son ambassade, il n'en laissa rien paraître. Catherine, d'ailleurs, le présenta comme un vieil ami de son oncle et, au contraire, Garin parut éprouver un vif plaisir de la rencontre. Il accueillit Abou-al-Khayr avec une courtoisie et une générosité qui charmèrent le petit médecin.

« En notre siècle où les hommes se déchirent comme des bêtes féroces, où l'on ne songe qu'à tuer, piller, voler, détruire de toutes manières, un homme de science penché sur la misère des pauvres corps humains est un envoyé de Dieu », lui dit Garin en manière d'accueil. Et il lui offrit de demeurer chez lui aussi longtemps qu'il lui plairait, approuvant le choix que Catherine avait fait, pour leur hôte, de la chambre aux griffons.

« Cette pièce commande le premier étage de l'aile ouest. Il serait facile d'y installer un laboratoire si vous vous décidez de demeurer ici quelque temps... ou même définitivement. »

A la surprise indignée de Catherine qui le considérait comme lié à Arnaud, Abou-al-Khayr se confondit en remerciements et accepta. Et comme, un peu plus tard, elle lui en faisait le reproche, il répliqua :

« Le sage a dit : « Tu serviras plus utilement ton « ami dans la maison de son adversaire, mais tu « paieras le pain que tu mangeras afin qu'il ne te

« soit rien reproché ! » Sur ce, et comme Garin s'était retiré, lui-même gagna son appartement pour y dire sa prière du soir.

La jeune femme se contenta de cette explication. Au surplus, elle était heureuse, malgré tout, qu'il demeurât chez elle. Avoir Abou-al-Khayr sous son toit, c'était l'assurance de parler d'Arnaud avec quelqu'un qui le connaissait bien, qui durant des mois ne l'avait pas quitté. Elle pourrait, grâce au médecin maure, apprendre à le connaître mieux. Il lui dirait sa vie de chaque jour, ce qu'il aimait et ce qu'il n'aimait pas. C'était un peu du jeune capitaine qui venait d'entrer dans l'hôtel de Brazey. Il allait cesser de n'être qu'un souvenir noyé dans l'ombre de la mémoire, une image inaccessible et douloureuse. La présence d'Abou lui rendait vie et chaleur. L'espoir, si longtemps refoulé, de l'atteindre un jour, renaissait, plus vivace et plus fort.

Dans la soirée, tandis que ses femmes la préparaient pour la nuit, Catherine prit un plaisir neuf à la contemplation de son propre corps. Sara, debout derrière elle, peignait longuement les mèches dorées jusqu'à ce qu'elles fussent aussi brillantes que le peigne précieux dont se servait l'ancienne tzigane et, pendant ce temps, trois servantes, après l'avoir lotionnée d'eau de rose, s'activaient à poser divers parfums sur les différentes parties de son corps. C'était Sara, qui dirigeait l'opération et avait composé le mélange utilisé par Catherine. Son long séjour chez le marchand Vénitien qui l'avait achetée jadis en avait fait une experte parfumeuse. Dix ans dans la boutique d'un apothicaire-épicier, cela laisse le temps d'apprendre, mais il n'y avait que peu de temps que Catherine lui avait découvert ce talent.

Sur les cheveux et les yeux, la servante posait

quelques gouttes d'extrait de violette, sur le visage et les seins de l'iris de Florence, de la marjolaine derrière les oreilles, du nard sur les jambes et les pieds, de l'essence de rose sur le ventre et les cuisses, enfin un peu de musc aux plis de l'aine. Le tout appliqué si légèrement que, lorsqu'elle se déplaçait, Catherine faisait voltiger autour d'elle une brise embaumée, pleine de fraîcheur.

Le grand miroir poli, précieusement encadré d'or et d'émaux de Limoges, renvoyait une image charmante, rose et dorée, d'un éclat si triomphant que les yeux de Catherine étincelèrent d'orgueil. Sa situation présente, le fait qu'elle était maintenant une femme très riche, lui permettait, au moins, de soigner sa beauté, d'augmenter encore si possible la splendeur de son corps pour en faire l'irrésistible aimant, le piège impitoyable et délicieux où se prendrait l'homme aimé. Elle voulait Arnaud de toute la force de son cœur exigeant mais aussi de toute l'ardeur de sa jeunesse épanouie. Et elle savait aussi que pour l'obtenir, pour le ramener entre ses bras, vaincu et passionné comme la nuit de leur rencontre, elle ne reculerait devant rien. Pas même, si la nécessité venait à s'en faire encore sentir, devant un crime !

Perrine, la jeune fille qui faisait office de parfumeuse, son ouvrage terminé, se retira de quelques pas, contemplant elle aussi l'adorable forme féminine que le miroir reflétait avec la flamme des bougies de cire fine.

« Comment notre maître ne serait-il pas éperdument amoureux ? » murmura-t-elle pour elle-même. Mais Catherine avait entendu. L'évocation de Garin, si éloigné de son esprit pour le moment, la ramena brutalement sur terre et la fit frissonner. Etendant la main, elle saisit avec impatience la robe de chambre posée sur un coffre, une sorte de longue dalmatique aux manches très larges qui s'ouvrait bas sur la poitrine et dont le tissu d'or, rebrodé de fleurs fantastiques aux éclatantes couleurs, avait été apporté de Constantinople par une caraque génoise. Elle s'en drapa vivement, glissa ses pieds dans de petites pantoufles assorties faites avec les chutes de tissu, et congédia ses servantes.

« Sortez toutes ! Laissez-moi ! »

Elles obéirent, Sara comme les autres. Mais, avant de refermer la porte la gitane se retourna, cherchant le regard de Catherine, espérant que l'ordre ne la concernait pas. Debout au milieu de la chambre, fixant les flammes de la cheminée, Catherine ne se retourna pas. Alors Sara sortit avec un soupir.

Quand elle fut seule, la jeune femme alla à la fenêtre, repoussa les lourds volets de bois peints et dorés qui rappelaient la décoration des poutres du plafond. Son regard plongea dans la cour de l'hôtel comme au fond d'un puits. Aucune lumière ne s'y montrait. Chez Garin, tout était obscur. Elle eut envie d'appeler Sara pour lui demander d'aller voir ce que faisait son mari, mais l'amour-propre la retint. Si elle envoyait chez lui sa servante, Dieu sait ce que Garin imaginerait ? Peut-être qu'elle désirait sa présence, alors que, justement, elle craignait cette présence et souhaitait apprendre qu'il ne lui rendrait pas visite ce soir-là. Mais Catherine se tourmentait à tort. Ni cette nuit, ni les nuits suivantes, Garin de Brazey ne vint frapper à la porte de sa femme ! Parfaitement illogique, celle-ci en éprouva quelque dépit...

Durant les jours qui s'écoulèrent entre son retour et la présentation de Catherine à la duchesse douairière, Garin de Brazey sembla prendre plaisir à faire admirer à sa jeune femme toutes les merveilles cachées de son hôtel. Pendant son absence, celle-ci avait pu prendre possession de ses propres appartements et aussi de toute la partie réservée aux réceptions et à la vie publique. Après la grande salle au plafond doré et historié, tendue d'admirables tapisseries d'Arras à fils d'or qui retraçaient la vie des prophètes, elle avait pu admirer plusieurs autres pièces qui lui faisaient suite, un peu plus petites mais décorées avec un luxe extraordinaire. Elles étaient toutes tendues de ce violet pourpré cher au maître de céans, décorées d'or et d'argent et, de plus, des merveilles d'orfèvrerie s'y entassaient avec des livres rares aux couvertures ornées de pierres fines, des coffres d'émail, des statues d'or, d'ivoire et de cristal, des tapis épais où le pied s'enfonçait jusqu'à la cheville, des instruments de musique taillés dans les bois les plus précieux et les plus rares. Elle avait aussi fait connaissance des énormes cuisines, agencées pour nourrir une véritable foule, du jardin planté de buis et de roses, des écuries, des resserres à provisions. Mais elle n'avait pas pénétré dans l'aile gauche que commandait une porte unique, en chêne aux énormes pentures de fer et toujours fermée à clef, ni dans les appartements de son mari. Cette aile s'ouvrait tout au fond de la grande galerie aux vitraux multicolores qui courait tout le long du premier étage de l'hôtel.

Lorsque Garin, après avoir saisi un flambeau allumé, ouvrit la mystérieuse porte, Catherine comprit pourquoi on la gardait si soigneusement fermée. L'aile gauche, d'aspect très féodal, éclairée seulement par d'étroites meurtrières, n'était en fait qu'une vaste resserre dans laquelle le grand argentier entreposait une foule de choses venues de tous les coins du monde et qu'il faisait revendre ensuite, avec grand profit, par ses nombreux agents. Car, à ses nobles et très honorifiques fonctions, Garin joignait un commerce de grande envergure qui, pour être secret et gêné actuellement par la guerre, n'en était pas moins très lucratif.

« Vous voyez, fit Garin mi-sérieux, mi-moqueur en la guidant à travers les salles bondées, je vous livre mes secrets. Dans l'unique but, d'ailleurs, que vous me fassiez la grâce de prendre ici tout ce dont vous aurez envie. »

Elle sourit pour le remercier puis, à sa suite, parcourut le vaste entrepôt les yeux grands ouverts d'admiration. L'une des chambres contenait des tapis, enroulés les uns sur les autres, répandant une odeur lourde et musquée, évocatrice de soleil et de pays lointains. Le chandelier que portait Garin faisait vivre un instant leurs couleurs chatoyantes. Tapis d'Asie Mineure, de Brousse, de Smyrne ou de Kush aux teintes chaleureuses, vert sourd ou bleu profond pour mieux faire chanter l'éclat des pourpres, tapis du Caucase aux harmonieux dégradés, tapis persans de Herat, de Tabriz, de Meched ou de Kashan, fleuris comme des jardins de rêve, boukharas somptueux, samarcandes éclatants et jusqu'à d'étranges tapis de soie du Khotan, à trames lâches, venus de la Chine fabuleuse.

D'autres pièces renfermaient les draps dorés de l'Euphrate, les fourrures précieuses, zibelines, hermines, renards et vairs de Mongolie, les selles et harnais de Kirman, les jaspes de Karashar, les lapis-lazulis de Badakshan, l'ivoire brut des forêts asiatiques, le santal blanc de Mysore. Puis les épices précieuses valant leur poids d'or, gingembre de La Mecque, girofle de Chine, cannelle du Thibet, poivre noir, cubèbe et muscade de Java, poivre blanc de Cipango [1], safran de la Caspienne, pistaches de Syrie, le tout enfermé dans des sacs empilés les uns sur les autres. Ces épices dégageaient une odeur enivrante qui faisait tourner la tête de Catherine et serrait ses tempes sous un début de migraine. Cet endroit était comme une caverne fabuleuse dans les profondeurs de laquelle s'allumait parfois l'éclat d'un métal, la couleur d'une étoffe, la blancheur crémeuse d'un ivoire ou le vert glauque d'un objet de jade. Au fond de la dernière pièce, Garin, qui avait refermé soigneusement la porte de la galerie, souleva une simple draperie de toile verte et découvrit une porte basse qu'il ouvrit à l'aide d'une clef prise à sa ceinture. Catherine se retrouva dans la chambre de son mari, derrière le grand fauteuil d'argent et de cristal où elle avait vécu, jeune fille, de si pénibles instants.

« J'ai encore d'autres trésors à vous montrer », fit Garin.

Un peu inquiète, elle se laissa guider vers le lit. Garin contourna sa masse imposante, ouvrit une nouvelle porte dissimulée par les rideaux de velours du chevet. Une petite pièce circulaire prise dans une tourelle d'angle, apparut. Trois énormes coffres de fer aux serrures imposantes en occupaient à peu près tout l'espace. Garin posa le chandelier sur une tablette scellée dans le mur, ouvrit l'un des coffres avec un effort qui fit gonfler les veines de son front. L'éclat jaune d'un monceau de pièces d'or se mit à luire dans l'ombre.

« La rançon d'un roi si besoin en était ! commenta Garin avec un sourire oblique. Le second coffre en contient autant. Quant à celui-ci... »

1. Japon.

Le lourd couvercle se releva, comme un rideau de théâtre sur une féerie de couleurs. Un amas de pierreries, de toutes tailles, de toutes nuances, montées ou non, fulguraient à côté de plusieurs coffrets, soigneusement rangés dans un angle et identiquement couverts de housses en velours violet. Les turquoises de Kirman s'y mêlaient aux perles rondes de Coromandel, aux diamants de l'Inde, aux saphirs de Cachemire et aux émeraudes de la mer Rouge. Il y avait aussi des corindons orange, des aigues-marines d'azur liquide, des opales laiteuses, des escarboucles sanglantes et des topazes dorées, mais pas une seule améthyste.

« Elles sont toutes dans les coffres expliqua Garin. Personne au monde n'en possède de plus belles, pas même le duc ! Je crois qu'il me les envie un peu... »

Il contemplait les pierres, une lueur au fond des yeux. Tout à coup, il parut avoir totalement oublié la présence de Catherine. Le reflet des flammes sur les gemmes colorait son visage d'étranges taches bigarrées qui lui prêtaient l'apparence maléfique d'un démon. Ses mains sèches plongèrent soudain dans l'amas fulgurant, en tirèrent un large collier barbare fait de grosses turquoises, maladroitement taillées, mais énormes, enchâssées dans une sorte de lourd grillage d'or figurant des serpents entrelacés. Avant que Catherine ait pu s'en défendre, Garin avait jeté le collier sur ses épaules. Ses mains, tremblant d'une fièvre soudaine, refermaient sur son cou le fermoir massif. Le collier était si lourd que Catherine eut l'impression d'une chape de plomb tombant sur elle. Il était aussi beaucoup trop large pour tenir tout entier dans le décolleté modeste de la robe en simple velours brun souligné d'une étroite bande de martre que portait la jeune femme. Les mains de Garin tremblaient toujours sur le cou mince.

« Cela ne va pas ! Cela ne va pas ! » gronda-t-il entre ses dents.

Il avait l'air égaré. Son œil noir brûlait et les plis profonds marqués autour de sa bouche se creusaient encore. Quittant soudain le fermoir du collier, les mains empoignèrent le décolleté de la robe, tirèrent brutalement. Le tissu se déchira avec un bruit sec. Catherine poussa un cri. Mais la fièvre qui le possédait sembla tout à coup abandonner Garin. Posément, adroitement, ses mains rabattirent la robe déchirée, découvrant audacieusement les épaules et les seins de la jeune femme. Il eut son étroit sourire oblique.

Le collier retombait maintenant tout à son aise. Le réseau d'or enveloppait totalement les épaules, descendait sur la poitrine dont il cachait en partie la nudité.

« C'est beaucoup mieux ainsi, fit Garin avec satisfaction. Mais on ne peut guère vous demander de sortir à moitié nue pour donner à cette pièce rare sa pleine valeur... bien qu'elle prenne ainsi un reflet étonnant. Gardez tout de même ce collier, ma chère, ne fût-ce qu'en réparation de cette robe perdue. Je m'excuse grandement, mais, vous le savez, je ne peux supporter les fautes d'esthétique. »

Une longue écharpe de velours, jetée sur la robe déchirée, permit à Catherine de rentrer chez elle sans éveiller les commentaires des domestiques. Dans ses deux mains, elle emportait le collier barbare et tremblait à son tour comme une feuille en regagnant sa chambre, où heureusement, Sara ne se trouvait pas. Cela permit à Catherine de changer rapidement de robe et de jeter dans un coin la toilette abîmée. Mais, une fois de plus, elle avait pu constater qu'avec Garin on ne savait jamais de quoi serait fait l'instant suivant.

Le soir, au souper, il fut très froid, ne lui adressa qu'à peine la parole et uniquement pour des commentaires parfaitement dénués d'intérêt sur le temps qu'il faisait. Après quoi, il mena sa femme jusqu'à sa chambre sans prolonger la veillée, salua correctement et tourna les talons.

« Pourquoi ne lui demandes-tu pas d'explications ? fit Sara tout en aidant sa maîtresse à se dévêtir. Il me semble que ce serait ton droit. Je me doutais bien que votre ménage n'était pas tout à fait normal, mais à ce point-là ! Encore vierge après plus d'un mois de mariage ! Je veux bien que ton mari ait été absent presque tout le temps, mais tout de même...

— Tu avais deviné quelque chose n'est-ce pas ? Rappelle-toi tes questions au matin de mes épousailles.

— Je savais que ton époux n'était pas resté longtemps auprès de toi cette nuit-là, mais je croyais que, depuis, il t'avait rejointe plusieurs fois. Comment deviner pareille chose ? »

Après l'incident du collier et le dîner glacial qui avait suivi, Catherine, plus vexée qu'elle ne voulait bien l'admettre n'avait pu retenir sa colère. Dans son dépit de se voir aussi clairement dédaignée, elle avait enfin confessé à Sara la vérité de sa vie conjugale, vérité limitée à si peu de choses. Sur le coup, la tzingara avait eu du mal à s'en remettre. Les poings sur les hanches, elle avait considéré Catherine avec un ahurissement comique.

« Quoi ? Rien ?... Vraiment rien ?

— Presque rien. La nuit de nos noces, il est venu dans ma chambre et il m'a dévêtue après m'avoir obligée à sortir du lit. Et ensuite, il m'a regardée longtemps comme si... comme si j'étais l'une de ces statuettes d'ivoire et d'albâtre qui sont dans sa chambre. Il m'a dit que j'étais très belle... et puis il est parti. Il n'est jamais revenu. Peut-être que je lui déplais.

— Tu es folle ? s'écria Sara avec un regard farouche. Lui déplaire ? Mais, malheureuse, regarde-toi dans une glace ! Il n'y a pas un homme au monde qui pourrait te résister si tu voulais t'en donner la peine. Et celui-là n'est pas bâti autrement que les autres. Il a retiré ta chemise, il t'a vue complètement nue... et, là-dessus, il est allé tranquillement se coucher à l'autre bout du château ? Mais c'est de la démence ! Il y a là de quoi faire tordre de rire tout le royaume. »

Tout en parlant, Sara secouait la robe qu'elle venait d'ôter à Catherine et l'étendait sur le lit pour la brosser avant de la ranger. Catherine la regardait faire d'un air désabusé.

« Pourquoi ? Il ne fait sans doute que respecter le contrat imposé par le duc ? Il m'a épousée, mais peut-être Philippe a-t-il exigé de Garin qu'il ne me touche pas.

— Vraiment ? Mais, petite malheureuse, quel homme digne de ce nom accepterait pareil marché sans se déshonorer à ses propres yeux ? De plus, comment un seigneur, un prince, s'abaisserait-il à le proposer ? Non. De deux choses l'une : ou bien, ce qui est invraisemblable, tu ne plais pas à messire Garin, ou bien ton mari n'est pas un homme. Après tout, il ne fréquentait guère les femmes, avant son mariage. On ne lui a connu aucune maîtresse, aucune aventure. Il a fallu un ordre formel pour qu'il prenne une épouse. Peut-être...

— Peut-être ?

— Peut-être que ses goûts ne vont pas aux femmes. C'est un vice courant en Grèce et en Italie d'où je viens. Nombre de femmes y sont délaissées parce que certains hommes leur préfèrent de jeunes garçons... »

Catherine ouvrait des yeux énormes.

« Tu ne crois tout de même pas que Garin soit comme ça ?

— Pourquoi pas ? Il a beaucoup voyagé, surtout aux Echelles du Levant. Il peut y avoir contracté ce vice honteux. En tout cas, il faut en avoir le cœur net.

— Je ne vois pas bien comment ? » fit Catherine en haussant les épaules.

Sara, lâchant sa brosse s'approcha d'elle, la fixant de ses prunelles rétrécies jusqu'à n'être plus que de minces fentes.

« Je t'ai dit que, si tu voulais t'en donner la peine, aucun homme digne de ce nom ne saurait te résister. Il faut que tu te donnes cette peine. Au fond, jusqu'ici tu n'as rien fait pour attirer ton mari à toi.

— Mais je n'en ai nulle envie ! protesta la jeune femme. Je ne comprends pas, c'est entendu, mais de là à m'offrir... »

Sara haussa les épaules et tourna le dos, brutalement, à la jeune femme avec un regard si chargé de mépris qu'il cloua Catherine sur place. Jamais Sara ne l'avait regardée comme cela.

« Tu n'es pas une femme ! fit dédaigneusement la gitane. Au fond, vous allez bien ensemble. Aucune femme, vraiment femme, ne peut admettre d'être ainsi dédaignée sans en demander les raisons. C'est une question d'amour-propre.

— Non, une question d'amour tout court. Tu sais très bien...

— ... que tu veux te garder pour je ne sais quel garçon qui ne veut pas de toi. Et tu espères sincèrement y arriver ? Mais malheureuse idiote, crois-tu donc résister longtemps au duc Philippe ? Tu préfères attendre que ton mari, puisque c'est là son rôle, te livre à lui, bien ficelée, bien pomponnée, comme une petite oie grasse à point. Tu vas accepter ce rôle d'esclave... toi ? Je vais te dire une chose : si tu avais seulement un peu de mon sang dans les veines, du vrai sang bien rouge, tout brûlant de fierté et d'orgueil, tu irais te jeter dans les bras de ton mari, tu le forcerais à faire envers toi son devoir d'homme... ne fût-ce que pour jouer à ce Philippe de Bourgogne le tour qu'il mérite. Mais ce qui coule dans tes veines, ce n'est que de l'eau. Laisse-toi donc livrer pauvre sotte, c'est tout ce que tu mérites... »

La foudre tombant sur Catherine ne l'aurait pas sidérée davantage que la violente sortie de Sara. Elle restait au milieu de la pièce, bras ballants, sans réaction. Sara retint un sourire puis ajouta, avec une douceur perfide :

« Le pire... c'est que tu meurs d'envie d'aller t'expliquer avec ton mari parce que tu es faite pour tout ce que tu voudras sauf pour la chasteté. Et aussi parce que tu es vexée comme un dindon !... »

Cette deuxième comparaison, empruntée à la basse-cour, eut raison de la stupeur de Catherine. Un flot de sang monta à ses joues et elle serra les poings.

« Ah ! je mérite uniquement de me laisser livrer comme une petite oie ! Ah ! je suis vexée comme un dindon ! Eh bien, tu vas voir. Va me chercher mes femmes.

— Que vas-tu faire ?

— Tu vas le voir. Après tout, tu as raison : je suis terriblement vexée ! Je veux un bain, tout de suite, et mes parfums... Quant à toi, si tu ne t'arranges pas pour me rendre irrésistible, je te ferai arracher la peau du dos à coups de fouet à mon retour.

— Si cela ne dépend que de moi, fit Sara en riant et en courant se pendre à une sonnette, ton époux va courir un grave danger. »

Quelques minutes plus tard, les femmes de Catherine accouraient. La baignoire d'argent fut remplie d'eau tiède et la jeune femme s'y plongea quelques minutes. Après quoi on la massa jusqu'aux orteils, on la poudra puis Perrine, la parfumeuse, fit son office sous la direction de Sara qui s'était réservé les soins de la chevelure. Pendant que les autres servantes s'activaient, elle brossa les longs cheveux soyeux jusqu'à ce qu'ils brillent comme de l'or pur et crépitent sous le peigne. Puis elle les laissa aller sur le dos de Catherine.

Leur travail terminé, les suivantes se retirèrent sur un geste de Sara qui entendait mener seule la suite des opérations.

« Que vais-je mettre ? demanda Catherine, l'œil interrogateur, lorsqu'elles furent sorties.

— Tu mettras ce que je te dirai de mettre », fit Sara, très occupée à relever maintenant les cheveux de la jeune femme sur le dessus de sa tête. Elle les emprisonna, tout en haut, dans un bracelet d'or garni de turquoises puis les laissa aller, formant une longue et brillante queue de cheval. Visiblement, elle prenait un très grand plaisir à son travail et souriait d'un air mystérieux.

Quelques minutes plus tard, Catherine, un flambeau à la main, quittait sa chambre. Elle savait par Perrine, envoyée aux nouvelles, que Garin n'avait pas encore regagné son appartement. Il s'attardait chez Abou-al-Khayr à parler médecine... Enveloppée d'une grande mante de taffetas bleu-vert doublée de lièvre gris pâle, ses pieds nus passés dans des mules assorties, la jeune femme se hâtait le long des couloirs. Elle voulait arriver chez Garin avant lui.

Lorsqu'elle atteignit la grande porte de chêne qui fermait la chambre de son mari, aucune lumière ne filtrait dessous. Elle appuya la main sur le vantail, la porte s'ouvrit révélant l'obscurité de la chambre. Levant son flambeau, Catherine fit quelques pas dans la pièce vide puis referma très vite la porte. Tout allait bien...

Elle en fit le tour, allumant les flambeaux préparés par le valet de chambre à la flamme de sa propre chandelle. Bientôt, la grande pièce somptueuse se mit à vivre sous les lumières. Le fauteuil d'argent et de cristal brillait comme un joyau mais ce fut le lit qui l'attira. Lentement, presque craintivement, elle gravit les deux marches de velours violet, puis resta là, regardant la sévère et fastueuse couche. Germain, le valet, avait fait la couverture et elle hésita un instant à se glisser dans les draps de soie violette. Mais, se rappelant les recommandations de Sara, elle préféra demeurer debout là où elle était. D'ailleurs, un pas rapide s'approchait dans la galerie...

Lorsque Garin ouvrit la porte de sa chambre, la première chose qu'il vit fut Catherine, debout auprès du lit, drapée dans la soie changeante de son manteau, qui le regardait, la tête fièrement levée. Son regard la quitta un instant pour faire le tour de la chambre illuminée, puis revint à elle, sans cacher sa surprise.

« Que faites-vous ici ? »

Sans répondre, avec seulement un sourire de défi,

elle laissa le manteau glisser à ses pieds et apparut, vêtue seulement du collier d'or et de turquoise qu'il lui avait donné quelques heures plus tôt. Sa fine silhouette se détachait nettement sur le fond sombre du lit avec l'auréole dorée de ses cheveux relevés qui ne cachaient rien de son long cou flexible, pareille à quelque déesse barbare.

Garin verdit, vacilla comme si une flèche l'avait frappé et s'appuya au mur, fermant les yeux.

« Allez-vous-en... balbutia-t-il d'une voix rauque. Partez... tout de suite !

— Non ! »

Cette fois, il ne parvenait ni à cacher son trouble profond, ni à retrouver le contrôle de lui-même. Catherine, déjà triomphante, perçut le désarroi de cet homme, toujours si maître de lui et en oublia toute pudeur. Sans faire le moindre bruit, sur ses pieds nus, elle s'avança vers lui, souriante, irrésistible.

« Non, je ne partirai pas, répéta-t-elle. Je resterai ici parce que c'est ma place, parce que je suis votre femme. Voyons, Garin, osez donc me regarder ! Avez-vous tellement peur de moi ? »

Sans ouvrir les yeux, il murmura :

« Oui ! j'ai peur de vous... N'avez-vous donc pas compris que je ne peux vous toucher, que je n'en ai pas le droit ! Pourquoi dès lors m'imposer cette tentation à laquelle je ne peux succomber. Allez-vous-en Catherine, je vous en supplie. »

Mais, au lieu de lui obéir, elle vint tout contre lui, glissa ses bras autour de son cou malgré lui, colla son corps au sien, l'enveloppant de son parfum, approchant ses lèvres du visage blême de l'homme. Garin, les yeux clos, avait l'air d'un martyr cloué au poteau de supplice.

« Je ne partirai pas avant que vous n'ayez fait de moi votre femme, comme tout vous en donne le droit. Je me moque des ordres de Philippe. Ils sont impies, hors nature et je les refuse. Je suis votre femme et s'il me veut, il devra se contenter de ce que vous m'aurez faite. Regardez-moi, Garin. »

Elle l'entendit gémir sourdement et il tenta faiblement de l'écarter, mais ne put se retenir d'ouvrir les yeux. Il vit alors, tout près du sien, le ravissant visage tentateur, les lèvres offertes, les beaux yeux humides et prometteurs. Contre lui, il sentait chaque forme du corps jeune et souple. La déesse d'or de tout à l'heure, qu'il avait crue un moment sortie de son imagination, était venue à lui, s'offrait à lui, intolérablement désirable. Il perdit la tête...

Enlevant Catherine dans ses bras, il l'emporta en courant jusqu'au lit, la lança sur la courtepointe de velours plus qu'il ne l'y étendit et se jeta sur elle. L'attaque avait été si brutale que Catherine retint un cri. La peur se glissait en elle tout à coup car elle se trouvait prise dans un ouragan de caresses violentes, brutales qui la meurtrissaient. Les mains de Garin la brisaient plus qu'elles ne la caressaient, ses lèvres la couvraient de baisers dévorants qui couraient de ses genoux à sa gorge. Il grondait comme un fauve affamé en pétrissant la douce chair féminine. Mais le plaisir, peu à peu, s'éveillait dans le corps de la jeune femme qui maintenant s'abandonnait à cette folie d'amour qui n'était pas sans agrément. Elle gémissait doucement sous les mains brutales de Garin mais se rassurait, se tendait d'elle-même dans l'attente d'une joie plus complète qu'elle pressentait. Ses mains tâtonnantes avaient ouvert le pourpoint de Garin, trouvé une poitrine maigre et velue, dure comme du bois sec et s'y attardaient... Au-dessus de sa tête renversée le ciel de lit tournoyait. Soudain, elle poussa un cri aigu : les dents de Garin, hors de lui, s'étaient plantées à la naissance de son sein droit...

Ce cri fit sur son mari l'effet d'une douche. Lâchant brusquement Catherine, il se redressa, sauta à bas du lit et la regarda d'un air égaré. Il haletait, le visage très rouge, le regard flamboyant.

« Vous m'avez fait perdre... la tête. Allez-vous-en maintenant. Il le faut. »

Elle tendit un bras vers lui pour tenter de le ramener, déçue, et furieuse de le sentir échapper encore.

« Non ! Revenez, Garin !... Pour l'amour du Ciel, oubliez le duc... Revenez à moi ! Nous pouvons être heureux ensemble, je l'ai senti ! »

Mais il repoussait doucement la main tendue, refermait son pourpoint avec des doigts qui tremblaient. Il hocha la tête. Son visage retrouvait sa pâleur. Une brusque envie de pleurer secoua Catherine. Des larmes de colère jaillirent de ses yeux.

« Enfin... pourquoi ? Dites-moi pourquoi ? Je vous plais, je le sens... Vous me désirez aussi, je viens d'en avoir la preuve. Alors pourquoi ? »

Lentement, Garin s'assit au bord du lit. Sa main caressa le joli visage en pleurs avec une infinie douceur, se posa sur la tête dorée.

Catherine l'entendit soupirer. Elle s'écria douloureusement :

« Osez dire que vous ne souffrez pas de cette contrainte inhumaine que vous vous imposez, osez le dire ? Je sens que vous êtes malheureux. Et pourtant, vous vous obstinez, stupidement, à nous faire mener, à tous deux, une vie ridicule, anormale... »

Le regard de Garin, subitement, s'échappa. Abandonnant la forme rose étendue sur le lit, il s'en alla vers les ombres de la pièce. A nouveau, il soupira. Sa voix se chargea d'une étrange douceur où passait une souffrance cachée et d'autant plus poignante.

« J'en ai telle peine au cœur, murmura-t-il. La vie était si belle jadis ! Telle peine que mon rire dut se changer en pleurs ! Jusqu'aux oiseaux des bois qu'afflige notre plainte ! Belle merveille que j'en perde courage ! Mais que dis-je, pauvre sot, dans le feu de ma rancœur ? Qui cherche la joie ici-bas, il l'a perdue ailleurs hélas ! à jamais hélas !... »

Catherine, interdite, l'écoutait, surprise par l'étrangeté des paroles.

« Qu'est-ce là ? » demanda-t-elle.

Garin eut pour elle un pâle sourire.

« Rien... pardonnez-moi ! Quelques vers d'un poète allemand qui s'en alla aux Croisades et que protégeait l'empereur Frédéric II. On l'appelait Walther von der Vogelweide... Voyez-vous, je suis comme notre ami Abou-al-Khayr ! j'aime beaucoup les poètes. Maintenant, je vous laisse, Catherine. Dormez ici, si tel est votre désir... »

Avant que Catherine ait pu le retenir, il avait traversé la chambre, disparu dans la galerie. Elle entendit son pas décroître... Alors, la colère l'emporta. Glissant à bas du lit, elle récupéra son manteau, ses mules, puis s'enveloppant hâtivement, regagna sa chambre en courant. Au bruit de la porte qui claquait derrière elle, Sara qui sommeillait sur un tabouret auprès du feu, sursauta, et, la reconnaissant, bondit sur ses pieds.

« Alors ? »

Rageusement, Catherine arracha le collier barbare et le lança de toute sa force à travers la pièce. Puis elle piétina le manteau de soie. Des larmes de fureur jaillissaient de ses yeux.

« Alors... rien ! sanglota-t-elle, absolument rien !

— Ce n'est pas vrai ?...

— Mais si, puisque je te le dis... »

Les nerfs de Catherine la lâchaient maintenant. Elle sanglotait nerveusement sur l'épaule de Sara sans même songer à enfiler un vêtement. La tzingara, sourcils froncés, la laissa se calmer un peu. Quand les sanglots s'espacèrent, elle passa un doigt léger sur la gorge de Catherine où la trace des dents de Garin se voyait, avec une gouttelette de sang.

« Et ceci ? Qu'est-ce que c'est ?... »

Catherine, vaincue, se laissa coucher comme un bébé puis, tandis que Sara soignait la petite blessure, elle raconta tout ce qui s'était passé entre elle et son mari. Elle conclut avec un haussement d'épaules :

« Il est plus fort que nous ne croyions, Sara... et terriblement maître de lui. Pour rien au monde il ne manquerait à la parole donnée à son duc. »

Mais Sara secoua la tête.

« Ce n'est pas cela. Il a bien failli manquer à cette parole et tu as été tout près de gagner. Je sens qu'il y a autre chose, mais quoi ?...

— Comment le savoir ? Que faire ?

— Rien ! Attendre. L'avenir, peut-être, nous renseignera.

— En tout cas, fit Catherine en se calant confortablement dans ses oreillers, ne compte pas sur moi pour recommencer une telle expérience. »

Sara se pencha pour embrasser la jeune femme, tira les rideaux du lit, puis sourit :

« Est-ce que je dois aller chercher le fouet à chiens pour la correction que tu m'avais promise ? »

Cette fois Catherine se mit à rire et cela lui fit un bien immense. Sa défaite de la soirée perdait de son importance à mesure que son corps retrouvait le calme et le bien-être. L'expérience avait été intéressante, après tout, mais au fond, il n'était pas mauvais qu'elle se fût ainsi terminée... puisqu'elle n'aimait pas Garin.

Ces consolantes réflexions ne l'empêchèrent aucunement de faire toute la nuit des rêves extravagants dans lesquels Garin et son irritant secret jouaient le principal rôle.

Catherine ne portait pas le collier de turquoises, que d'ailleurs elle avait pris en grippe, quand, la main posée sur le poing de son époux, elle pénétra dans la salle du palais ducal où se tenait la duchesse douairière de Bourgogne. Garin connaissait trop Marguerite de Bavière, mère de Philippe le Bon, pour avoir conseillé à son épouse autre chose qu'une assez simple toilette de velours gris portée sur une robe de dessous en toile d'argent assortie au hennin pointu, si haut que la jeune femme dut baisser la tête pour franchir le cintre de pierre de la porte. Un unique bijou, mais très beau, pendait à son cou, au bout d'une mince chaîne d'or : une très belle améthyste reliant entre elles trois perles en poire d'un merveilleux orient.

La salle de réception qui faisait partie des appartements privés de la duchesse était de dimensions réduites, meublée surtout de coffres et de quelques sièges massés auprès de la fenêtre où se tenait la princesse, assise dans un grand fauteuil armorié. Des carreaux de velours noir étaient éparpillés, à même le dallage, pour les filles d'honneur.

A cinquante ans passés, Marguerite de Bavière conservait de nombreuses traces d'une beauté qui avait été célèbre. Le port de sa tête fine demeurait inimitable et parvenait à faire paraître long un cou peu élevé. Ses joues avaient perdu la rondeur de la jeunesse et ses yeux avaient pâli un peu leur azur, mais leur regard restait direct et impérieux et le pli des lèvres un peu fortes trahissait un caractère énergique et obstiné. Le nez était long, mais élégant et bien dessiné, les mains admirables et la taille assez élevée.

Depuis la mort de son mari, Marguerite n'avait pas quitté le deuil et se vêtait de noir strict, mais somptueux. Sa robe et son hennin de velours noir s'ourlaient tous deux de zibeline, mais un très beau collier d'or, formant une guirlande de feuilles d'acanthe, luisait sous le voile de mousseline noire qui tombait de la coiffure, enveloppant le cou de la duchesse. Ce deuil sévère était moins inspiré, chez cette grande femme hautaine, par les regrets donnés à l'époux mort que par le souci inflexible de son rang. Bien plus séduisant que le revêche Jean sans Peur, avait été pour Marguerite le charmant duc Louis d'Orléans qu'à la Cour de France on lui avait prêté comme amant. Et les gens bien informés chuchotaient que, plus encore que la lutte d'influence, c'était la jalousie qui avait poussé Jean sans Peur au crime de la poterne Barbette. Jamais, pourtant, les lèvres serrées de Marguerite n'avaient laissé échapper leur secret. Elle était, pour son fils Philippe, une excellente mère et une collaboratrice dévouée. Entre ses mains fermes, la Bourgogne se portait bien et Philippe pouvait sans crainte se consacrer aux provinces du Nord.

Autour de leur mère, formant une couronne serrée parmi les demoiselles d'honneur, quatre des six filles de la duchesse étaient assises, travaillant avec elle au même ouvrage de broderie, une immense bannière de guerre, rouge écartelée d'une croix de Saint André blanche. Du premier regard, Catherine reconnut la jeune veuve du duc de Guyenne, Marguerite, et ressentit une sorte de joie à trouver là celle qui avait tenté de sauver Michel de Montsalvy pendant l'émeute de l'hôtel Saint-Pol. Elle attachait à cette rencontre une valeur de présage. Agée maintenant de vingt-neuf ans, la jeune duchesse n'avait pas beaucoup changé. Elle s'était seulement un peu alourdie, mais sa peau très blanche n'avait peut-être que plus d'éclat. Plus âgée de trois ans que son frère Philippe, elle était l'aînée de la famille.

Auprès de son éclat épanoui, sa sœur Catherine faisait étrangement terne. Elle avait une silhouette quasi diaphane, s'habillait sans éclat, comme une religieuse, de robes sombres et de guimpes sévères qui ne laissaient passer qu'un visage mince de furet aux yeux inquiets. Catherine était la malchanceuse de la famille. Fiancée une première fois, à dix ans, au comte Philippe de Vertus, elle avait appris six ans plus tard, au moment où le mariage devait être célébré, la mort glorieuse de son fiancé dans la boue d'Azincourt. Une autre union, avec l'héritier d'Anjou avait été projetée, mais la mort brutale du duc Jean, à Montereau, avait rejeté chacun des deux fiancés dans un camp ennemi, brisé le mariage projeté. Depuis, Catherine de Bourgogne refusait toutes les demandes.

Les deux autres princesses, Anne et Agnès, dix-neuf et dix-sept ans, encore filles, se contentaient d'être ravissantes, fraîches et gaies, mais les pauvres de Dijon chantaient déjà, avec vénération, les louanges d'Anne qu'ils proclamaient un ange descendu sur la terre.

Toutes deux accueillirent la révérence de Catherine

avec un franc sourire qui alla droit au cœur de la jeune femme.

« Voici donc votre épouse, messire Garin, fit la voix grave de la duchesse. Nous vous faisons grande louange : elle est admirablement belle et, cependant, sait garder la modestie qui convient à une jeune femme. Approchez, ma chère... »

Le cœur battant, Catherine s'approcha du fauteuil de la duchesse et s'agenouilla, gardant la tête inclinée. Marguerite sourit, en détaillant d'un œil approbateur la toilette de la jeune femme, son décolleté modeste et son front rougissant. Elle n'ignorait pas les vues un peu spéciales que son fils avait sur cette jeune femme et ne s'en offusquait pas. Il était normal qu'un prince eût des maîtresses et, si son orgueil s'était cabré devant l'élévation d'une fille du commun, elle admettait honnêtement que cette bourgeoise avait l'allure d'une grande dame et une beauté véritablement hors de pair.

« Nous serons heureuse de vous compter désormais au nombre de nos dames de parage, dit-elle aimablement. Notre grande maîtresse, la dame de Châteauvillain, auprès de qui nous vous ferons conduire plus tard, vous expliquera votre service. Saluez maintenant nos filles et prenez place sur ce carreau à nos pieds, près de Mlle de Vaugrigneuse... »

Elle désignait une jeune fille au visage ingrat mais somptueusement vêtue. Un brocart d'azur et d'argent faisait ressortir assez fâcheusement un teint jaune, hépatique. La jeune fille désignée eut, en s'écartant précipitamment du coussin assigné à Catherine, un dédaigneux mouvement des lèvres qui n'échappa pas au regard aigu de la duchesse.

« Nous tenons à ce que l'on sache, ajouta celle-ci, sans élever la voix mais d'un ton si tranchant que l'intéressée devint instantanément écarlate, que la naissance n'est pas tout en ce bas monde et que notre faveur peut en tenir lieu aisément. La volonté des princes a l'égal pouvoir d'élever la modestie là où il lui plaît et de courber plus bas que terre les fronts trop hardis... »

Marie de Vaugrigneuse se le tint pour dit et trouva même un sourire pour répondre à celui, timide, de Catherine.

Satisfaite d'avoir ainsi mis les choses au point, la duchesse se tourna vers Garin.

« Laissez-nous, maintenant, messire. Nous souhaitons nous entretenir avec votre jeune épouse de questions ménagères et féminines qui ne sont guère intéressantes pour des oreilles masculines. »

La duchesse, ayant vu le jour et passé toute sa jeunesse en Hollande, en avait apporté de solides qualités ménagères, l'amour de l'ordre et d'une maison bien tenue. Elle ne dédaignait pas de s'occuper elle-même du train du palais, veillait aux dépenses de sa maison, aux cuisines et même à la basse-cour. Elle savait, à l'unité près, le compte de ses draps, le nombre des dindons et si la dépense de chandelles était normale ou pas. De plus, elle avait le goût des animaux singuliers. Un marsouin était élevé dans un bassin creusé au milieu du jardin du palais et la duchesse donnait ses soins les plus tendres à un porc-épic pour qui elle avait fait construire une niche au bas de l'escalier de la tour Neuve [1]. Elle avait aussi un grand perroquet, un merveilleux cacatoès blanc à huppe rose qu'un voyageur vénitien avait rapporté pour elles des îles Moluques. Comme justement un page apportait l'oiseau, hiératique et grognon sur son

1. Aujourd'hui tour de Bar.

perchoir d'or, le sujet de conversation entre Catherine et la duchesse fut tout de suite trouvé. Catherine admira le plumage éclatant de l'oiseau avec une sincérité qui lui gagna le cœur de Marguerite, parla discrètement de son Gédéon sur lequel maintes et maintes questions lui furent posées avec un intérêt non dissimulé. La duchesse avait donné à son oiseau le nom de Cambrai qui avait vu son mariage avec le duc Jean. Elle s'amusa fort des méfaits de Gédéon et de son exil chez le petit médecin maure.

« Il faudra nous amener et l'oiseau et son gardien, fit Marguerite. Nous sommes curieuse de voir aussi bien l'un que l'autre. Et peut-être ce physicien infidèle pourra-t-il quelque chose pour nos maux, qui sont nombreux. »

La duchesse était si enchantée de sa nouvelle dame de parage, que, lorsque les écuyers de bouche apportèrent la collation, elle fit servir Catherine la première. Comme boisson, on servit du galant, ce vin cuit fortement aromatisé, que feu la duchesse Marguerite de Flandres avait mis à la mode et qu'elle ne dédaignait pas de fabriquer elle-même. Des gâteaux et surtout le boichet, fait de farine et de miel [1] composaient le léger repas.

Dans cette atmosphère de bienveillance et de sympathie, Catherine oubliait sa timidité. Elle sentit qu'elle se plairait, dans ce cercle, même si deux ou trois de ses nobles compagnes, comme Marie de Vaugrigneuse, lui faisaient grise mine. Elle grignota deux darioles et but un gobelet de galant avec plaisir. Garin lui avait dit que la duchesse appréciait les appétits vigoureux à la mode de son pays.

La collation se terminait et les valets emportaient

1. L'ancêtre du célèbre pain d'épices dijonnais.

les reliefs, quand un page vint annoncer à la duchesse qu'un chevaucheur de la Grande Ecurie du duc arrivait d'Arras avec un message urgent.

« Conduisez-le ici ! » ordonna Marguerite.

Quelques minutes plus tard, un pas rapide faisait résonner les dalles du vestibule sous une paire de solerets de fer. Un homme, pas très grand mais singulièrement vigoureux, portant l'uniforme de drap vert garni de plaques d'acier des chevaucheurs ducaux, entrait presque aussitôt et, conduit par un page, venait s'agenouiller aux pieds de la duchesse. Il avait ôté son casque poudreux qu'il tenait sous le bras et, de son tabard brodé aux armes ducales sortait un rouleau de parchemin qu'il tendit, tête respectueusement inclinée. Cette tête aux épais cheveux noirs coupés carrément, Catherine la regardait avec une surprise encore hésitante, mais qui, à mesure que la conviction se précisait, se faisait plus grande et plus joyeuse. Est-ce que vraiment, ce pouvait être lui ? Est-ce qu'elle n'était pas le jouet d'une illusion ? Le profil busqué était tellement semblable à celui dont elle avait gardé le souvenir.

« Vous venez d'Arras en ligne droite ? demanda la duchesse.

— En ligne droite, madame, et aux ordres de votre Grâce ! Monseigneur le duc, en personne, a daigné me recommander la promptitude. Les nouvelles que j'apporte sont d'importance. »

L'homme s'exprimait sans trouble, sans hardiesse non plus et le son de sa voix, un peu plus basse que jadis mais si familière, enleva à Catherine ses derniers doutes. Le chevaucheur de Philippe de Bourgogne, c'était Landry Pigasse, son ami d'enfance...

Il ne la regardait pas, ne tournait même pas la tête vers le groupe chuchotant et soyeux des filles d'honneur. Simplement, toujours à genoux, il attendait les ordres... Mais Catherine dut faire appel à toute sa bonne éducation pour ne pas bousculer tout le monde et sauter au cou de son camarade d'aventures. Hélas ! ce qui était permis à Catherine Legoix, ne l'était pas à la dame de Brazey surtout sous l'œil de la duchesse.

Celle-ci avait pris le parchemin au grand sceau de cire rouge et le déroulait en le tenant à deux mains. Sourcils froncés, elle parcourut le texte à vrai dire assez court. Son visage se creusa un peu, sa bouche se pinça et la curiosité de sa cour se changea en inquiétude. Les nouvelles étaient donc mauvaises ?

D'un geste, la duchesse congédia Landry. Il se releva, s'éloigna à reculons, suivi avidement par le regard de Catherine. Quand il eut disparu, la jeune femme réprima un soupir mais se promit bien de le faire rechercher dès qu'elle pourrait...

Marguerite de Bavière, un coude appuyé à son fauteuil et le menton dans la main gardait le silence. Elle réfléchissait profondément. Au bout d'un moment, elle se redressa, jeta un regard circulaire sur ses femmes, arrêta ce regard sur ses filles.

« Mesdames, dit-elle d'une voix lente, les nouvelles que nous mande notre seigneur et fils sont, en effet, d'importance. Il n'est pas trop tôt pour vous les communiquer. Dès maintenant, il nous faudra prendre nos dispositions afin d'accompagner auprès de Mgr Philippe celles de ses sœurs qu'il réclame... »

Tandis qu'un léger murmure s'élevait, la duchesse se tourna vers sa fille aînée qu'elle regarda gravement.

« Marguerite, dit-elle, le bon plaisir de votre frère est de vous mettre à nouveau en puissance d'époux. Il vient d'accorder votre main à un haut et puissant

seigneur, de belle réputation et de vieille noblesse.
— Qui donc, ma mère ? fit Marguerite qui avait pâli imperceptiblement.
— Vous devez épouser prochainement Arthur de Bretagne, comte de Richemont. Quant à vous, Anne... et la duchesse se tournait maintenant vers l'une de ses plus jeunes filles avec une émotion qu'elle ne parvenait pas à dissimuler.
— Moi, ma mère ?
— Oui, vous, mon enfant. Pour vous aussi votre frère a fait choix d'un époux. En même temps que les fiançailles de votre sœur il entend célébrer les vôtres avec le régent de France, le duc de Bedford... »
La voix de la duchesse avait faibli sur les derniers mots, couverte par le cri de la jeune fille.
« Un Anglais, moi ?
— Il est l'allié de votre frère, fit la duchesse avec un visible effort, et sa politique exige que les liens se resserrent entre notre famille et celle... du roi Henri. »
Du fond de la salle, un voix vigoureuse protesta :
« Il n'est d'autre roi de France que Mgr Charles et l'Anglais n'est qu'un larron. Sans cette damnée putain d'Isabeau, qui nie la naissance royale de son fils, il n'y aurait aucun doute là-dessus ! »
Une dame grande et forte qui drapait d'écarlate une carrure de lansquenet et dont les douces mousselines blanches, encadrant son visage, ne parvenaient pas à idéaliser les traits vigoureux et le semblant de moustache, avait franchi la porte en femme habituée à les voir s'ouvrir automatiquement devant elle. Loin de s'irriter de cette entrée fracassante, la duchesse la regardait venir en souriant. Nul à la cour n'ignorait que la noble dame Ermengarde de Châteauvillain, grande maîtresse de la maison de la duchesse avait

son franc parler, qu'elle était l'ennemie irréductible de l'alliance anglaise et l'eût proclamé en pleine cour de Westminster si ses convictions lui eussent paru nécessiter un tel éclat. Elle haïssait l'Anglais, ne permettait à personne d'en douter et la puissance de son courroux avait déjà fait reculer plus d'un vaillant chevalier.

« Ma mie, fit la duchesse gentiment, le malheur veut qu'il y ait doute !

— Pas pour moi qui suis bonne française autant que bonne bourguignonne ! Ainsi l'on va livrer cette agnelle à un boucher anglais ? » fit-elle en étendant vers la princesse Anne une main grande comme un plat, mais d'une étrange beauté. La pauvrette n'avait nul besoin qu'on l'encourageât à perdre contenance car, oubliant tout protocole, elle s'était mise à pleurer doucement.

« Le duc le veut, ma bonne Ermengarde. Puisque vous êtes si fidèle bourguignonne, vous savez que nul ne se peut opposer à sa volonté.

— C'est bien ce qui m'enrage ! » fit dame Ermengarde en se carrant dans le fauteuil qu'Anne de Bourgogne avait abandonné pour s'agenouiller près de sa mère. Soudain, son regard se fixa sur Catherine qui avait assisté, un peu éberluée, à son entrée tumultueuse. La belle et grande main se tendit vers elle :

« Est-ce là notre nouvelle dame de parage ? demanda-t-elle.

— C'est en effet dame Catherine de Brazey », fit la duchesse tandis que l'intéressée saluait, avec tout le respect requis, la comtesse de Châteauvillain. Celle-ci la regarda faire, répondit par un signe de tête, puis déclara avec bonne humeur :

« Jolie recrue !... Morbleu, ma belle, si j'étais votre mari je monterais une garde sévère autour de vous.

Je sais ici plus d'un seigneur qui n'aura bientôt plus d'autre idée que vous mettre en son lit le plus vite possible.

— Ermengarde !... reprocha la duchesse. Vous gênez cette petite.

— Bah ! fit dame Ermengarde avec un large sourire qui montra une redoutable rangée de solides dents blanches, un compliment n'a jamais tué personne quand il est sincère et je suppose que dame Catherine en a déjà entendu d'autres... »

La bonne dame eût sans doute discouru un bon moment sur ce sujet car elle aimait les contes gaillards et les histoires lestes. Mais la duchesse Marguerite se hâta de couper court en informant ses dames qu'elles étaient toutes invitées à préparer leurs coffres pour se rendre en Flandres et en les priant de la laisser seule avec « sa chère amie de Châteauvillain avec qui de fort importantes questions devaient être débattues ».

Au milieu des autres, Catherine fit la révérence et quitta la salle avec l'idée de se mettre à la recherche de Landry. Mais dans la galerie, Marie de Vaugrigneuse la retint par sa manche.

« J'admire beaucoup le velours que vous portez, ma chère. Est-ce chez monsieur votre oncle que vous vous fournissez ?

— Non, fit Catherine gracieusement, se souvenant des indications de Garin, ce sont les ânes de monsieur votre aïeul qui vont les chercher pour moi jusqu'à Gênes... »

CHAPITRE X

ARNAUD DE MONTSALVY

Dès qu'elle eut le loisir de le faire, Catherine essaya de retrouver Landry. Mais le logis des chevaucheurs ducaux se trouvait auprès des écuries où une dame de parage n'avait que faire sans l'aveu de la duchesse et, de plus, il lui fut répondu, par l'écuyer auquel elle s'adressa, que Landry Pigasse ne faisait que toucher terre à Dijon. Il se restaurait pour le moment et reprendrait la route le soir même, porteur de dépêches que le chancelier Rolin avait fait parvenir de Beaune dans la journée. Il devait franchir les portes de la ville avant la clôture...

N'osant insister, Catherine rentra chez elle, pensant que, si elle devait faire partie de l'escorte des princesses, elle aurait, en Flandres, toutes les chances de retrouver son ami d'enfance. Elle avait éprouvé une joie profonde à le revoir car il portait en lui certains liens rompus avec le passé, tous ceux qui l'unissaient encore à la boutique du Pont-au-Change, aux rues de Paris et au terrible jour de l'émeute.

Les semaines suivantes, elle n'eut pas le loisir de s'étendre longuement sur les réminiscences d'autrefois. Presque chaque jour, elle se rendait au palais ducal auprès de la duchesse douairière qui s'était prise d'amitié pour elle et réclamait volontiers ses services. Catherine s'était vue chargée, avec Marie de Vaugrigneuse, qui était la filleule de la duchesse, de la garde-robe de sa maîtresse. Cela n'allait pas sans coups de bec et coups de griffes car la sympathie n'était toujours pas née entre les deux jeunes femmes. Catherine se fût fort bien passée de cette petite guerre, la jeune fille ne lui inspirant qu'une indifférence dédaigneuse, mais son caractère entier ne lui permettait pas d'endurer patiemment les continuelles piqûres d'amour-propre dont la gratifiait Marie. Les tissus de l'oncle Mathieu et les ânes du grand-père Vaugrigneuse, dont l'anoblissement était assez récent et qui avait gagné sa fortune dans le commerce, clandestin, mais très rémunérateur, de ces intéressants animaux, faisaient la plupart du temps les frais de la guerre.

Autre sujet d'activité pour la jeune femme : le prochain départ vers les Flandres et les préparatifs du double mariage des princesses. Etant attachée à la garde-robe, Catherine s'occupait activement du trousseau des deux princesses, les aidait à choisir les tissus, les modèles de robes, harcelant dame Gauberte, la bonne faiseuse, avec l'aide vigoureuse, il est vrai, d'Ermengarde de Châteauvillain. Elle avait eu l'adresse de se faire une alliée de la redoutable grande maîtresse par l'offrande, gracieuse autant que discrète, d'une magnifique pièce de velours de Gênes, pourpre et or, prise chez l'oncle Mathieu et qui avait fait la joie de la comtesse. Celle-ci appréciait au plus haut point les couleurs violentes et surtout le rouge vif, qui, pensait-elle, ajoutait à sa majesté naturelle. La pièce de velours et l'irrésistible sourire de Catherine, joints à une incontestable compétence en matière d'élégance et de soins ménagers, avaient définitivement rangé la comtesse du côté de l'épouse du grand argentier.

Quant à la vie privée de la nouvelle dame de parage, elle était sans histoires. Les jours passaient, paisibles et sans à-coups auprès de Garin, presque tous semblables. L'argentier recevait peu, n'aimant pas à étaler outre mesure sa fortune parce qu'il savait combien la grande richesse attire la jalousie. S'il tenait à un certain décorum, à un faste réel dans l'enceinte de ses demeures, c'était pour la seule joie de ses yeux et son unique satisfaction personnelle. Aux grands banquets, aux fêtes bruyantes, il préférait une partie d'échecs au coin du feu, la compagnie d'un livre, la contemplation de sa collection d'objets rares et, depuis quelque temps, la compagnie d'Abou-al-Khayr dont il appréciait la science et la sagesse orientale.

Les deux hommes avaient de longs entretiens auxquels Catherine assistait fréquemment mais qui la faisaient bâiller d'ennui car elle ne s'intéressait pas, comme Garin, aux mystères de la médecine et à la science, dangereuse et subtile, des poisons. Le petit médecin maure, s'il était pour son époque un remarquable praticien, était encore beaucoup plus brillant toxicologue.

Enfin vint le temps où les princesses, Marguerite

et Anne, quittèrent Dijon avec leur suite. La longue file de chevaux, de haquenées, de chariots et de mules chargées de coffres, protégée par une puissante escorte armée contre les convoitises des pillards, franchit la porte Guillaume dans les derniers jours de mars. Bien vite, derrière elle, l'enceinte fortifiée et le dessin fantastique des tours et des clochers qui faisaient ressembler Dijon, de loin, à une forêt de lances, s'estompèrent.

La gaieté, normalement de mise dans une expédition de ce genre, était cependant absente du convoi comme Catherine le constata sans surprise. La santé de la duchesse Marguerite s'était altérée, dans les dernières semaines et à son profond regret elle avait dû renoncer à escorter ses filles. C'était la comtesse Ermengarde qui la représentait et devait chaperonner les deux princesses.

Bien assise sur sa selle, emmitouflée d'une immense pelisse couleur lie-de-vin et toute doublée de renard roux, Ermengarde de Châteauvillain chevauchait à côté de Catherine. Ni l'une ni l'autre ne parlait, préférant contempler la jeune verdure qui commençait à poindre sur les branches, respirer l'air vif du matin et jouir du soleil. Ce soleil qui entrait si difficilement dans les rues tortueuses, encaissées et empuanties de la ville... Catherine avait toujours aimé les voyages, même très courts, et celui-ci lui rappelait celui qu'elle avait fait l'année précédente avec l'oncle Mathieu et qui avait été si fertile en événements.

Quant à la comtesse Ermengarde, elle aimait aussi les voyages mais pour une tout autre raison que sa jeune compagne. Outre la curiosité extrême qu'elle portait à toutes choses, elle aimait se laisser porter, au long de routes interminables par le pas doux et mesuré de sa monture. Cela lui permettait de dormir très confortablement et elle retirait de ces siestes au grand air un grand bien-être et un appétit accru.

Le duc de Bourgogne attendait ses sœurs à Amiens, où devaient être célébrées les doubles fiançailles, fruit de négociations menées depuis plusieurs mois avec le régent anglais et le duc de Bretagne. Il avait fait choix d'une ville épiscopale, en principe neutre, pour ne pas peiner le duc de Savoie, puisque les négociations patronnées par ce dernier, n'étaient pas considérées comme rompues. Mais, en fait, l'évêque d'Amiens était à sa dévotion et il se trouvait chez lui autant que sur ses propres terres.

Lorsque le cortège des deux princesses arriva sur la Somme, après un voyage sans histoire à travers la Champagne dévastée, la comtesse Ermengarde n'avait guère fait entendre autre chose que des monosyllabes de plus en plus rogues à mesure que l'on avançait. C'est que, sur tout le passage de la fastueuse cavalcade, on n'avait guère rencontré que des hommes, des femmes et des enfants aux corps trop maigres et mal vêtus de haillons, des figures creusées par la faim où luisaient des regards de loups. Partout l'Anglais et les routiers, partout la misère, la faim, la peur, la haine. L'hiver qui se terminait avait été terrible. La famine, née des récoltes pillées et brûlées sur pied, avait ravagé des lieues et des lieues de terre, moissonné des populations entières. Nombre de villages étaient vides quand ils montraient autre chose que quelques madriers à demi calcinés. Ce voyage, commencé par Catherine avec un si vif plaisir tant que l'on était en Bourgogne, s'était mué peu à peu en un cauchemar permanent. Le cœur serré, la jeune femme fermait les yeux quand les hommes d'armes de l'escorte repoussaient avec brutalité, du bois de leurs lances, un groupe misérable qui osait demander la charité. Pourtant, chaque fois que le fait s'était présenté, la princesse Anne était intervenue avec indignation, reprochant violemment aux soldats leur dureté. Son cœur généreux se fondait de pitié à la vue de tant de misères et, inlassablement elle donnait, donnait encore, donnait tout ce dont elle pouvait disposer, laissant derrière elle un lumineux sillage de douceur et de compassion. Si Garin ne s'y était respectueusement, mais fermement opposé, elle eût distribué au long de sa route les trente mille écus d'or que portaient les mules et qui représentaient une partie de la dot princière, de cent mille écus, destinée au duc anglais. Cette dot entretenait une colère latente chez dame Ermengarde.

« Que lui faut-il encore à ce godon rapace ? confia-t-elle à Catherine quand les murs d'Amiens furent en vue. Il étrangle à plaisir le pays de France qu'il occupe contre toute justice, il prend pour femme la plus douce, la plus belle, la meilleure de nos filles et encore il réclame de l'or, lui qui devrait passer sa vie à genoux et baiser la poussière pour rendre grâce au ciel d'une telle faveur ! En vérité, je crève de rage, dame Catherine !... de rage, entendez-vous bien, quand je vois notre duc tendre la main à l'ennemi séculaire du Royaume et lui donner sa propre sœur...

— Je crois qu'il désire surtout se venger du roi Charles. Il le hait si fort.

— Il veut se venger, mais il souhaite encore plus prendre sa place, grogna la comtesse. C'est déloyauté de la part d'un vassal, même s'il est prince et même s'il veut oublier sa vassalité. Les lois de l'honneur ne se discutent pas ! »

Un sourire étira brièvement les lèvres de Catherine, séchées par le vent glacial qui s'était levé et chassait les nuages sur les tours d'Amiens.

« Des paroles dangereuses à prononcer, comtesse, dangereuses à entendre peut-être si le duc en avait vent », fit-elle malicieusement. Mais la grosse dame posa soudain sur elle un regard si fier et si direct qu'elle se sentit rougir.

« Il n'ignore point ma façon de penser, dame Catherine. Une femme de mon rang ne s'abaisse pas à dissimuler, même en face d'un duc de Bourgogne ! Ce que je vous dis à vous, je le dirais aussi bien à lui ! »

Catherine ne pouvait se défendre d'une certaine admiration. Ermengarde tonitruante, obèse, un peu comique même n'en était pas moins d'une grande et bonne race que rien, ni la graisse envahissante, ni les atours excentriques, ne pourraient jamais cacher. Sa grandeur, sa dignité étaient instinctives et surpassaient tous les petits travers humains. Amie sûre, elle était une ennemie redoutable. Il valait mieux être de son côté.

A Amiens, les princesses allèrent rejoindre leur frère. Il les attendait au palais de l'évêque, tandis que leur suite s'en allait prendre logement dans les maisons réservées à cet effet. Ermengarde, bien entendu, suivit celles dont elle avait la garde, tandis que Catherine et son mari s'installaient dans une maison, proche de la grande cathédrale blanche, et dont les fenêtres arrière donnaient sur un canal tranquille. Cette maison, petite mais confortable, appartenait à l'un des plus gros drapiers de la ville avec qui le grand argentier avait d'étroites relations d'affaires. Garin, par avance, y avait envoyé son majordome Tiercelin avec son valet, son secrétaire et les femmes de Catherine sous les ordres de Sara. Ils avaient apporté avec eux, sous bonne escorte, le plus gros des bagages et, en entrant dans la maison du drapier, Catherine trouva que tout avait été disposé au mieux pour l'accueillir. Le feu flambait dans les cheminées, sa chambre était douillette et tendue de toiles brodées, le lit fait et, sur une table, des violettes trempaient dans un pot de faïence peinte. Le repas était servi dans la pièce principale.

Cette installation, relativement modeste pourtant, était un rare privilège dans une ville surpeuplée, où le moindre lit se payait à prix d'or. Les nombreuses suites du duc de Bretagne, de Bedford, des comtes de Richemont, de Salisbury et de Suffolk avaient tout envahi. Plus d'un bourgeois d'Amiens était réduit à s'entasser dans une seule chambre avec sa famille et ses servantes pour laisser place aux gens, brutaux et arrogants pour la plupart, de tous ces seigneurs venus rencontrer le duc Philippe. Ce n'était, à toutes les maisons, qu'écussons accrochés aux fenêtres, pennons et bannières flottant au vent du soir. Les queues d'hermines noires sur champ d'argent de Bretagne couvraient toutes les maisons à l'est du palais épiscopal, tandis que les pals sanglants du comte de Foix occupaient le quartier ouest. Le sud appartenait aux roses écarlates de Lancastre, duc de Bedford. Le régent anglais à lui seul, avec le renfort des comtes de Salisbury et de Suffolk, occupait la moitié de la ville. Les Bourguignons, en général, s'entassaient au nord et les serviteurs de l'évêque d'Amiens, là où ils pouvaient.

Malgré sa fatigue, ce soir-là, Catherine ne put

trouver le sommeil. Toute la nuit, la ville retentit de chants, de cris, d'appels de trompettes si vigoureux que les maisons en tremblaient, préludant ainsi aux fêtes magnifiques annoncées par le duc Philippe. Et puis l'énervement s'ajoutait au vacarme du dehors. Dans la soirée, Garin s'était rendu au palais épiscopal, appelé par son maître. En rentrant, il était entré chez sa femme qui venait de se coucher. Elle bavardait avec Sara, tandis que la fidèle servante brossait et pliait les vêtements portés par sa maîtresse dans la journée.

« Demain soir, dit-il seulement, vous serez présentée à monseigneur au cours du bal des accordailles. Je vous souhaite une bonne nuit... »

Le lendemain, le palais de l'évêque rougeoyait dans la nuit comme un incendie. Les pots de feu couronnant ses créneaux, les flots de lumière pourpre et dorée que déversait chacune de ses fenêtres lancéolées s'allaient refléter sur l'immense ciselure blanche de la haute cathédrale, enveloppant pierres et statues d'une factice aurore. Chaque embrasure vomissait des cascades de soieries armoriées dégringolant jusqu'au sol, chaque colonnette supportait une bannière de soie et, sur la place où les gardes contenaient à grand-peine la foule des badauds de la ville, une étonnante fresque en couleurs violentes déroulait son faste. Seigneurs aux pourpoints rayonnants de pierreries, posant avec précautions leurs pieds chaussés d'absurdes chaussures à l'interminable poulaine dont certains relevaient le bout avec des chaînettes d'or retenues à la ceinture, portant avec une assurance inouïe d'énormes chaperons brodés et de longues manches déchiquetées qui tombaient jusqu'à terre, dames en robes de rêve sous l'échafaudage fantastique des hennins pointus, cornus, à bourrelets simples ou doubles, toutes, ennuagées de dentelles et de mousselines, toutes, scintillantes de joyaux, traînant après elles les aunes de brocart, de satin, de velours ou de lamé de leurs robes de fête. Tous, gardés de la foule par la double haie de fer des gardes, s'en allaient d'un pas nonchalant vers la fête comme autant d'étoiles étranges qui scintillaient un instant sous le feu des torches et qu'engloutissait l'ombre du porche. Toutes les fenêtres de la place étaient bondées de curieux et l'on y voyait comme en plein soleil tant le duc avait prodigué torches et chandelles.

D'une fenêtre du palais, Catherine regardait couler le fleuve étincelant des invités. Elle était arrivée dans l'après-midi avec ses femmes et les coffres contenant ses atours, car la Grande Maîtresse n'avait voulu laisser à personne le soin d'inspecter minutieusement sa toilette de présentation. Pour plus de sûreté et afin d'être certaine que la jeune femme, entraînée par la curiosité, ne se montrerait pas aux invités avant l'heure convenue, Ermengarde l'avait enfermée dans sa propre chambre, tandis qu'elle-même allait surveiller les toilettes des princesses. Prête et désœuvrée, Catherine regardait...

« Je me demande si Madame Marguerite et Madame Anne vous pardonneront votre beauté, ce soir. Car, en vérité, vous les éclipsez comme le soleil éteint les étoiles à l'aurore. Ce n'est pas permis d'être si belle, ma chère, c'est indécent, presque scandaleux ! »

Ermengarde avait l'air réellement offusquée, mais ses louanges n'en étaient que plus sincères. Pour une fois, cependant, Catherine n'en avait retiré aucune joie. Sans trop savoir pourquoi, elle se sentait triste, lasse, et, volontiers, elle eût retiré cette robe de fête pour aller se blottir au fond de son lit, dans la chambre au-dessus du canal vert. Jamais elle ne s'était sentie aussi seule !

Tout à l'heure Garin viendrait la chercher. Il la prendrait par la main et la conduirait vers la salle haute où s'assemblait la foule des invités. Là, elle ferait sa révérence au duc Philippe, aux princesses et à leurs futurs époux. Elle savait qu'elle retrouverait le regard gris dont, un instant, elle avait troublé le calme énigmatique. Elle savait que Philippe l'attendait, que cette soirée était l'aboutissement d'une volonté puissante, obstinée, mais de cela non plus elle ne retirait aucune joie. Que le puissant duc la désirât, qu'il l'aimât même, s'il en était capable, ne la touchait pas. Parmi les couples qui entraient au palais, elle en avait distingué un, très jeune. Un chevalier adolescent, blond comme l'était Michel de Montsalvy, imberbe et joyeux dans un costume de satin bleu sombre. Il donnait la main à une belle enfant, aussi blonde que lui-même, simplement couronnée de roses, fraîches comme sa robe de moire rosée. De temps en temps, il se penchait vers sa compagne, murmurait quelque chose qui la faisait sourire, rougir et Catherine devinait les doigts qui se serraient un instant, les paroles caressantes chuchotées et les baisers qui s'apprêtaient. Ces deux-là ne voyaient qu'eux-mêmes. Lui n'avait pas un regard pour les femmes, souvent très belles, toujours éblouissantes, qui les entouraient. Elle ne détournait pas ses yeux câlins du visage de son compagnon. Ils s'aimaient avec l'ardeur de très jeunes êtres et il ne leur serait même pas venu à l'esprit de dissimuler si peu que ce soit leur amour. Ils étaient heureux...

A l'aune de cet insouciant bonheur, la jeune femme mesurait le vide de sa propre existence. Un cœur avide et solitaire, un mari postiche qui ne la paraît que pour mieux la jeter dans les bras d'un autre, le désir d'inconnus qui ne l'émouvait pas malgré la fièvre de certaines nuits où le sang menait dans ses veines une infernale ronde, le mépris du seul homme aimé... triste bilan !

« Votre époux est là, dame Catherine », fit derrière elle la comtesse Ermengarde qu'elle n'avait pas entendu entrer. Elle était là pourtant, rutilante et formidable dans sa robe de velours rouge et or avec un hennin aussi haut qu'une flèche de cathédrale. Elle accaparait à elle seule tout l'espace et cachait presque Garin dont la silhouette vêtue de noir s'érigeait près de la porte.

Il s'avança de quelques pas, contempla un instant Catherine, puis prononça :

« C'est bien !...

— C'est mieux que bien ! s'insurgea Ermengarde. C'est impressionnant ! »

Le mot était exact. Catherine, ce soir, était impressionnante à force de simplicité voulue. Sa robe de velours noir, tout unie, retenue sous la poitrine par une large ceinture de même étoffe, n'avait d'autre ornement que la doublure de drap d'or de ses longues manches traînant jusqu'à terre. Mais dans cette absolue sévérité, l'audace du décolleté faisait chanter victorieusement l'éclat de sa peau. Carré devant, cernant tout juste la rondeur de l'épaule et découvrant presque la moitié des seins, il plongeait en pointe dans le dos, plus bas que les omoplates. En revanche, les manches très longues couvraient à peu près toute la main. Bien des femmes seraient aussi décolletées mais, grâce à la couleur sombre et mate de la robe, aucune ne paraîtrait aussi nue. Autre audace due à l'imagination de la comtesse de Châteauvillain, Catherine ne porterait pas de hennin. Ses cheveux magnifiques tombaient librement comme ceux d'une jeune fille sur ses épaules. Un seul bijou, mais fantastique : un diamant noir, fascinant comme une étoile maléfique, fulgurait sur le front de la jeune femme, retenu par un mince cercle d'or qui se perdait dans la chevelure. Cette pierre, d'un incomparable éclat, était le précieux trésor de Garin, la gemme la plus rare de sa collection. Il l'avait achetée à Venise, quelques années plus tôt, au capitaine d'une caravelle qui revenait de Calicut et il l'avait payée fort cher, mais moins cher, tout de même, que ne le méritait la beauté exceptionnelle du diamant. Le marin semblait avoir hâte de se débarrasser de la pierre noire. C'était un homme malade et le bateau avait souffert de son dernier voyage.

« Toutes les tempêtes de la terre se sont données rendez-vous pour nous donner la chasse depuis que je possède ce maudit caillou ! avait-il dit à Garin. Je suis heureux de m'en débarrasser car il m'a porté malheur. Tout ce qui peut tomber en fait de calamité sur un navire, je l'ai eu, jusqu'à la peste au large de Malabar. En bon chrétien, je dois dire que cette pierre est maléfique, aussi maléfique qu'elle est belle. Je l'aurais gardée peut-être parce que pour moi rien n'a plus d'importance, je mourrai bientôt ; mais son prix dotera ma fille... »

Garin avait payé et pris le diamant. Il n'était aucunement superstitieux et ne croyait pas au mauvais sort, chose rare à son époque. Il ne s'attachait qu'à un fait : la beauté de cette pièrre unique, volée, comme le lui avait avoué le capitaine vénitien, au front d'une idole, au fond d'un temple perdu dans la jungle.

Catherine connaissait l'histoire du diamant, pourtant elle ne craignait pas de le porter. Bien mieux, il la fascinait et tout à l'heure, quand Sara l'avait disposé sur son front, elle s'était prise à rêver de cette statue païenne dont, jadis, elle avait orné le visage.

« Il est temps de vous rendre dans la grande salle, dit la Grande Maîtresse. Monseigneur vient d'arriver et les princesses ne tarderont guère. Je me rends auprès d'elles. Courage !... »

En effet, dans les profondeurs du palais, un appel prolongé de trompettes venait d'annoncer l'entrée du duc Philippe.

« Venez ! » fit Garin brièvement en offrant son poing levé.

La grande salle offrait un spectacle si éblouissant qu'on ne remarquait même plus les magnifiques tapisseries d'Arras, représentant les douze travaux d'Hercule que Philippe avait apportées avec lui et qui couvraient les murs. Seigneurs et dames s'y pressaient sur le dallage noir et blanc, luisant comme un miroir d'eau où se reflétaient leurs silhouettes scintillantes.

Peut-être parce qu'il tranchait violemment sur cette assemblée colorée, Catherine ne vit que le duc en pénétrant dans la salle. Il était aussi noir qu'elle-même de vêtements, portant ce deuil perpétuel et hautain, qu'il avait juré de garder, dans la chapelle de la Chartreuse de Champmol, sur le corps de son père assassiné.

Il se tenait debout, sous un dais surélevé de plusieurs marches, où trois fauteuils avaient été disposés pour les trois ducs souverains, celui de Bourgogne occupant évidemment le milieu, l'Anglais la droite et le Breton la gauche. Le haut dossier de chaque fauteuil reproduisait, brodées en soies brillantes, les armes des trois princes, et le dais était de toile d'or. Sur ce décor-là aussi Philippe ressortait, mince et sombre. Mais un magnifique collier de rubis et d'or, pendant sur sa poitrine, relevait la sévérité de son costume.

Lorsque Catherine parut, toutes les conversations cessèrent. Un silence subit s'abattit sur la salle, si profond, si inattendu que les musiciens, dans leur tribune au-dessus de la porte, posèrent leurs instruments et se penchèrent pour voir. Interdite, Catherine hésita un instant, mais la main de Garin la soutenait et l'entraînait à la fois. Elle s'avança alors, les yeux baissés pour ne pas voir les regards attachés sur elle, surpris et ardents chez les hommes, non moins surpris mais envieux chez les femmes. Les chuchotements qui s'élevaient étaient bien suffisamment gênants.

Ermengarde avait raison. Ce soir sa beauté faisait scandale parce qu'aucune autre femme ne pouvait soutenir la camparaison... Catherine avait la sensation de s'avancer entre deux murs avides et malveillant qui ne lui feraient grâce d'aucun faux pas. Qu'elle chancelât et les murs se refermeraient sur elle pour l'écraser et la réduire à néant. Elle ferma les yeux un instant, prise d'un vertige. Mais la voix de Garin s'élevait, froide, mesurée.

« Daigne Votre Grâce me permettre de lui présenter mon épouse, dame Catherine de Brazey, son obéissante et fidèle servante... »

Elle ouvrit les yeux, regarda droit devant elle et ne vit que les longues jambes noires de Philippe, ses pieds chaussés de poulaines de velours brodé. La main de Garin, qui l'avait arrêtée au pied du dais, lui dictait impérieusement sa volonté. Elle fléchit le genou, baissa la tête tandis que sa robe s'étalait autour d'elle. La révérence fut un miracle de grâce lente et cérémonieuse. En se relevant, la jeune femme releva aussi les yeux. Elle vit que Philippe était descendu de son trône, qu'il lui souriait, tout près d'elle, et prenait la main que Garin venait d'abandonner.

« Vénus seule, madame, a le droit d'avoir tant de grâce et de beauté ! Notre Cour, si riche déjà en belles dames, va, par votre présence, devenir incomparable au monde, dit Philippe assez haut pour être entendu de toute l'assistance et, nous remercions votre noble époux de vous avoir conduite jusqu'à nous. Nous savons déjà en quelle estime vous tient notre auguste mère et il nous plaît qu'à tant de charmes vous alliez aussi la modestie et la sagesse... »

Un murmure s'était élevé dans la foule. Le nom de la duchesse douairière avait produit l'effet qu'en escomptait Philippe. Il élevait entre Catherine et la jalousie qu'éveille tout astre naissant, un mur de protection. On ferait tout pour abattre la future maîtresse du prince, mais, si la redoutable Marguerite la protégeait, l'attaque devenait plus difficile.

Un peu de rouge était monté aux joues pâles de Philippe et ses yeux gris brillaient comme glace au soleil, tandis qu'il détaillait avec un ravissement visible le visage de Catherine. Sa main tremblait légèrement autour des doigts menus, glacés par l'émotion et, à la grande surprise de la jeune femme, une larme brilla un court instant sous la paupière du prince. C'était l'homme de l'univers qui pleurait le plus facilement. Le moindre émoi, artistique, sentimental ou autre, lui arrachait des larmes et, lorsque son cœur était touché de douleur, il pouvait répandre de véritables torrents mais, cette curieuse particularité, Catherine l'ignorait encore.

Une dizaine de hérauts, portant de longues trompettes d'argent où pendaient des flammes de soie pourpre, franchirent les portes de la salle, se rangèrent sur une seule ligne et embouchèrent leurs instruments. Un appel fracassant retentit, rebondit jusqu'aux voûtes qui le renvoyèrent en ondes joyeuses sur l'assistance. La main de Philippe, à regret, laissa glisser celle de Catherine. Les princes invités arrivaient...

Trois hommes franchirent le seuil. En tête marchaient Jean de Lancastre, duc de Bedford, et Jean de Bretagne. L'Anglais, âgé de trente-quatre ans, roux et mince, avait la beauté célèbre des Lancastre mais une expression d'orgueil intense et de cruauté native qui, figeant ses traits presque parfaits, leur enlevait tout charme. Il avait un regard de pierre sous lequel se cachait une redoutable intelligence, un sens profond de l'administration. Auprès de lui, Jean de Bretagne, carré, aussi large que haut, paraissait rustre malgré son magnifique costume fourré d'hermine et son visage intelligent, mais le troisième homme était sans nul doute le plus intéressant. Carré, lui aussi, mais athlétique et d'une taille largement au-dessus de la moyenne, il semblait créé de tout temps pour porter l'armure. Ses cheveux blonds, coupés en couronne, coiffaient un visage affreux, couturé de blessures récentes et traversé d'une profonde balafre, mais les yeux, aigus, profondément enfoncés, avaient le bleu candide des yeux d'enfants et, quand un sourire se jouait sur ce visage ravagé, il en prenait un charme étrange. Arthur de Bretagne, comte de Richemont, n'était sans doute plus un beau seigneur malgré ses trente ans. L'effroyable journée d'Azincourt était inscrite en toutes lettres dans les blessures de son visage et, un mois plus tôt, il était encore au fond des geôles anglaises, prisonnier à Londres. Mais il était mieux qu'un vaillant soldat : un homme valeureux, que l'on devinait loyal. Richemont était le frère du duc de Bretagne et s'il acceptait de devenir le beau-frère de l'Anglais, c'était pour deux raisons : d'abord parce qu'il s'était épris de Marguerite de Guyenne, ensuite parce que ce mariage arrangeait la politique de son frère, tout entière tournée vers la Bourgogne pour le moment.

Catherine avait regardé avec intérêt le prince breton sans trop savoir pourquoi. Il était l'un de ces hommes qu'on ne peut voir sans souhaiter, aussitôt, en faire un ami tant on les sent solides et vrais dans leurs affections. Par contre, elle n'avait eu qu'un regard indifférent pour l'Anglais et ceux de sa suite. Les trois ducs, après s'être copieusement embrassés, venaient de prendre place sous le dais et une troupe de danseurs, portant de fantastiques costumes rouges et or qui étaient censés représenter des Sarrasins, s'élancèrent pour exécuter une danse guerrière en brandissant des sabres courbes et des lances. En même temps des serviteurs faisaient circuler des gobelets de vin et des fruits confits pour permettre aux invités d'attendre le festin qui aurait lieu un peu plus tard.

Le spectacle n'intéressait Catherine qu'à moitié. Elle était lasse et, à l'endroit où posait le diamant noir sur son front, elle éprouvait une douleur vague, comme si la pierre creusait sa chair. Elle souhaitait se retirer après l'arrivée des princesses qui ne devaient guère tarder... Le duc, assis sur son trône, tournait continuellement ses yeux vers elle tout en causant avec Bedford, mais cette attention l'agaçait plus qu'elle ne la flattait. Tout aussi pénibles lui étaient les nombreux regards toujours attachés à elle.

Une nouvelle sonnerie de trompettes annonça les princesses. Elles arrivèrent ensemble, identiquement vêtues d'argent, leurs longues traînes portées par de petits pages en velours bleu et satin blanc. Derrière elles, écarlate et satisfaite, venait dame Ermengarde. La Grande Maîtresse faisait planer sur l'assemblée un regard olympien. Ce regard, elle l'arrêta sur Catherine et la jeune femme y lut un sourire complice auquel elle répondit. Dans les grandes fêtes, dame Ermengarde appréciait surtout le souper et Catherine n'ignorait pas qu'elle se délectait d'avance, comme une grosse chatte, du repas qu'elle allait faire.

Le duc ayant présenté chacune de ses sœurs à son futur époux, le maître des Cérémonies allait s'avancer pour former le cortège vers la salle de festin quand un héraut d'armes apparut sur le seuil de la porte, sonna de la trompette et, d'une voix claire, lança :

« Un chevalier inconnu, qui refuse de dire son nom, demande à être reçu dans l'instant par monseigneur. »

Les conversations s'arrêtèrent. A nouveau ce fut le silence. La voix de Philippe le Bon s'éleva :

« Que veut ce chevalier ? Et pourquoi à cette heure et au milieu d'une fête ?

— Je l'ignore, monseigneur, mais il insiste pour parler à vous et cela tout justement au sein de la fête. Il jure sur l'honneur qu'il est de sang noble et digne d'être entendu... »

Le procédé était pour le moins surprenant et battait en brèche le protocole, mais le duc ne détestait pas la nouveauté. Ceci était étrange, inattendu au milieu d'un bal... Sans doute l'attention aimable d'un grand vassal désireux de rehausser l'éclat de la fête. Cette obstination à cacher son identité devait dissimuler une surprise. Il leva la main en souriant et ordonna :

« Que l'on nous amène donc, en ce cas, le chevalier mystérieux... Gageons que c'est là quelque galanterie de l'un de nos féaux sujets qui réserve aux dames et à nous-même, une joyeuse surprise... »

Un murmure satisfait salua cet ordre. L'arrivant qui se cachait ainsi soulevait une vive curiosité. Sans doute allait-on voir apparaître un magnifique cavalier portant un costume somptueux qui viendrait sous le masque d'un paladin d'autrefois dire des vers d'amour ou offrir au duc un galant compliment... Mais quand le chevalier mystérieux parut, le brouhaha s'arrêta net.

Dans le cadre des portes ouvertes, en armure d'acier noir, il s'érigeait comme une statue funèbre. Noir, l'épervier battant de l'aile au timbre de son heaume, noires les armes qu'il portait et qui n'étaient certes pas des armes courtoises, mais bien des armes de guerre. Ventaille baissée, silencieux, sinistre, il regardait l'étincelante compagnie. Il tendit à un garde la lourde épée qu'il tenait puis, lentement il avança vers le trône, au milieu de la stupeur générale. Dans le grand silence, le claquement des solerets de fer sur les dalles résonnait comme un glas. Le sourire s'était effacé des lèvres de Philippe et chacun retenait son souffle.

Le chevalier noir avançait toujours, d'un pas lourd qui avait l'implacable mécanisme du destin. Au pied du trône, il s'arrêta. Le geste qu'il fit alors fut aussi violent qu'imprévisible.

Arrachant son gantelet droit, il le jeta brutalement aux pieds de Philippe qui bondit, blême soudain de colère. L'assistance gronda.

« Comment osez-vous ? Et qui êtes-vous ? Gardes... Démasquez cet homme ! aboya Philippe blanc de rage.

— Inutile !... »

Sans se presser le chevalier portait les mains à son casque. Sans savoir pourquoi, le cœur de Catherine s'était mis à battre à tout rompre. Le sang, lentement, désertait son visage, ses mains. Une angoisse montait... Elle atteignit sa gorge, éclata dans un cri, vite étouffé sous les deux mains de la jeune femme. Le chevalier venait d'ôter son heaume. C'était Arnaud de Montsalvy.

Hautain et méprisant, il se tenait droit au pied du trône, le casque à l'épervier logé sous son bras gauche. Son regard sombre monta audacieusement jusqu'à celui de Philippe, s'y accrocha.

« Moi, Arnaud de Montsalvy, seigneur de la Châtaigneraie et capitaine du roi Charles, septième du nom, que Dieu veuille garder, je suis vers toi, duc de Bourgogne, pour te porter mon gage de bataille. Comme traître et félon je te défie en champ clos, au jour et à l'heure qui te plairont et avec les armes de ton choix. Je réclame le combat à outrance... »

Un véritable rugissement accueillit ce discours que la voix sonore d'Arnaud avait envoyé aux quatre coins de la salle. Un cercle menaçant se formait déjà derrière le jeune homme. Des seigneurs tiraient de leurs fourreaux les dagues légères qu'ils portaient et qui eussent été bien inefficaces contre une armure de bataille. Mais le cœur de Catherine défaillit de peur. Pourtant, d'un geste de sa main levée, Philippe de Bourgogne avait fait taire ses courtisans. La colère, peu à peu, s'effaçait de son visage, laissant place à la curiosité. Il se rassit, se pencha en avant.

« Tu ne manques pas d'audace, seigneur de Montsalvy. Pourquoi dis-tu que je suis traître et félon ? Pourquoi ce défi ? »

Arrogant comme un coq de combat, Arnaud haussa les épaules.

« La réponse à ces questions est inscrite sur les armes de ton principal invité, seigneur Philippe de Valois. C'est la rose rouge des Lancastre que je vois ici, c'est l'Anglais que tu traites en frère, à qui tu donnes ta sœur. Et tu me demandes en quoi tu trahis ton pays, prince français qui reçoit l'ennemi sous son toit ?...

— Je n'ai pas à discuter ma politique avec le premier venu.

— Il ne s'agit pas de politique, mais d'honneur. Tu es vassal du roi de France et tu le sais bien ! Je t'ai lancé un défi, le relèves-tu ou bien dois-je de surcroît te traiter de lâche ? »

Le jeune homme se baissait déjà pour reprendre son gantelet. Un geste du duc l'arrêta.

« Laisse !... le gant est jeté, tu n'as plus loisir de le reprendre. » Un mauvais sourire fit étinceler un instant les dents blanches d'Arnaud. Mais le duc poursuivait :

« Pourtant, un prince régnant ne peut se mesurer en champ clos avec un simple chevalier. Notre champion relèvera donc le gage lancé. »

Un éclat de rire insolent lui coupa la parole. Catherine vit se crisper les doigts de Philippe sur les bras de son siège. Il se leva.

« Sais-tu que je pourrais te faire saisir par mes gens, jeter en quelque basse fosse... »

Arnaud renonça soudain à tutoyer le duc :

« Vous pourriez aussi, seigneur duc, m'opposer dans le champ tous vos escadrons. Mais ce ne serait pas non plus vous conduire en chevalier. Sur le champ de mort d'Azincourt, où toute la noblesse de France tint à honneur de rompre les lances, sauf vous et votre noble père, plus d'un prince croisa l'épée avec plus simple gentilhomme que moi. »

La voix de Philippe atteignit alors, sous l'effet de la colère, un diapason aigu qu'on ne lui avait que rarement entendu et qui trahissait sa fureur mieux que ses paroles.

« Nul n'ignore combien grands furent nos regrets de n'avoir pu participer à cette glorieuse et désastreuse journée.

— N'importe qui peut en dire autant, huit ans après ! fit Arnaud goguenard. Moi j'y étais, seigneur duc, c'est peut-être ce qui me donne le droit de parler si haut. N'importe ! Vous préférez boire, danser et fraterniser avec l'ennemi, libre à vous. Je reprends donc mon gage et...

— Moi je le relève... »

Un chevalier gigantesque, portant un extravagant costume mi-partie rouge et bleu qui moulait strictement un torse épais comme celui d'un ours s'était avancé. Courbé rapidement avec une agilité dont pareille masse semblait incapable, il ramassa le gantelet. Puis se tourna vers le chevalier noir.

« Tu souhaitais t'affronter à un prince, seigneur de la Châtaigneraie, tu peux te contenter du sang de Saint Louis, même frappé de bâtardise... Je suis

Lionel de Bourbon, bâtard de Vendôme et je te dis, moi, que tu en as menti par la gorge... »

Catherine se soutenait à peine. Sur le point de défaillir, elle chercha instinctivement un appui. Elle rencontra le bras solide de dame Ermengarde qui se tenait près d'elle. Prunelles dilatées, narines battantes, la Grande Maîtresse piaffait comme un cheval de bataille qui entend la trompette. La scène jouée sous ses yeux, accaparait toute son attention et la ravissait visiblement. Elle couvait d'un regard brillant la silhouette vigoureuse et noire du capitaine de Montsalvy et une véritable houle soulevait sa poitrine généreuse... Le chevalier cependant contemplait avec un sang-froid absolu la gigantesque silhouette de son adversaire. L'examen dut le satisfaire car il haussa ses larges épaules vêtues d'acier.

« Va pour le sang du bon roi Louis, bien que je m'étonne de le voir aventuré dans une mauvaise cause ! J'aurai donc l'honneur, seigneur bâtard, de te couper les oreilles, à défaut de celles de ton maître. Mais retiens bien ceci : c'est au jugement de Dieu que je t'appelle. Tu as choisi de défendre la cause de Philippe de Bourgogne comme je l'attaque moi, au nom de mon maître. Il ne s'agit pas ici de rompre des lances courtoises en l'honneur des dames. Nous combattrons à outrance, jusqu'à la mort de l'un de nous, ou jusqu'à ce qu'il crie merci. »

Catherine poussa un sourd gémissement que Garin entendit. Il tourna vers sa femme un regard oblique, mais ne fit aucun commentaire. Dame Ermengarde aussi avait entendu. Elle haussa les épaules.

« Ne soyez pas si sensible, ma chère ! Le jugement de Dieu est une chose passionnante. Et j'espère bien que Dieu rendra justice à ce jeune chevalier. Il est magnifique, sur ma parole !... Comment s'appellet-il ? Montsalvy ? Un vieux nom je crois, fort bien porté ! »

Ces paroles de sympathie réconfortèrent un peu Catherine. Dans le concert de haine qui entourait Arnaud, elles étaient les quelques notes amicales qui rassurent. Une autre voix pourtant, s'élevait pour le jeune homme. Le duc venait de lui demander sèchement s'il avait un second pour la rencontre.

« Par la mordieu, s'écria Arthur de Richemont. S'il n'en a pas, je suis prêt à lui offrir mon épée. C'est un vaillant compagnon que j'ai vu combattre à Azincourt. N'y voyez pas offense, Monseigneur mon frère, mais seulement ancienne fraternité d'armes.

— Et je vous approuverais, Monseigneur, dit Marguerite, sa fiancée, d'une voix émue. Ce chevalier est le jeune frère d'un écuyer que j'ai eu jadis en ma maison de Guyenne, un gentil seigneur qui fut vilainement mis à mal par la populace parisienne, lors de ces affreux jours de la Caboche. J'ai imploré pour sa vie et mon père me l'a refusée. Si vous combattez pour Arnaud de Montsalvy, c'est doublement, mon cher seigneur, que vous porterez mes couleurs. Je n'approuve pas mon frère. »

Richemont, attendri, prit la main de sa blonde fiancée et la baisa tendrement.

« Douce dame, en vous choisissant, mon cœur ne s'était pas trompé. »

Mais, pendant ce temps, Arnaud, après avoir salué le Breton, avait désigné fièrement un autre chevalier, armé aussi de toutes pièces, qui était apparu au seuil des portes.

« Le sire de Xaintrailles soutiendra ma querelle si besoin est. »

L'arrivant, la tête découverte, offrait une tignasse rousse comme une carotte et un sourire moqueur. Il était, lui aussi, grand et solidement charpenté. Nommé, il avança de quelques pas, salua. Philippe de Bourgogne, avec effort, s'était levé de son siège, gardant cependant une main appuyée à l'accoudoir.

« Messires, dit-il, s'il plaît à Dieu et pour ne point souiller la terre de notre seigneur l'évêque d'Amiens, c'est à Arras, chez moi, et dans trois jours que se déroulera votre rencontre que Dieu jugera. Ma parole vous est donnée que vous y serez reçus courtoisement et en sûreté. Et maintenant, puisque ce soir est soir de fête, oublions la bataille à venir et joignez-vous à mes hôtes... »

L'orgueil était enfin venu au secours de Philippe. Il avait repris tout empire sur lui-même et nul ne pouvait plus deviner les sentiments tumultueux qui l'agitaient après cette insulte publique. Au plus haut point il avait le sens de sa dignité et de son rang de prince souverain. De plus, confiant dans la force formidable du bâtard de Vendôme, il pouvait, à peu de frais, s'offrir le luxe de se montrer magnanime et d'exercer, même envers un ennemi juré, les lois de l'hospitalité.

Mais froidement Arnaud de Montsalvy recoiffait son casque dont, d'un coup de doigt sec, il avait relevé la visière. A nouveau son regard noir défia les yeux gris de Philippe.

« Grand merci, seigneur duc ! Mais en ce qui me concerne, mes ennemis demeurent mes ennemis et je compte ceux de mon prince au premier rang de ceux-ci. Je ne bois qu'avec mes amis. Nous nous retrouverons dans trois jours, au champ clos... Pour l'heure, nous rentrons à Guise. Place ! »

Inclinant brièvement la tête, le chevalier tourna les talons et marcha lentement vers la porte. Mais avant qu'il ne se fût retourné, son regard avait glissé.

Un instant il s'était fixé sur Catherine et la jeune femme, au bord des larmes, avait vu un éclair traverser leurs noires prunelles. Elle avait eu un geste instinctif, à peine ébauché, des deux mains tendues vers lui, mais déjà Arnaud de Montsalvy était loin. Bientôt, les portes se refermaient sur les deux compagnons. Et, quand, la silhouette du noir chevalier fut évanouie, Catherine eut la sensation que toutes les lumières s'étaient éteintes à la fois et que la vaste salle était devenue sombre et froide.

Les trompettes alors sonnèrent pour annoncer le souper.

CHAPITRE XI

LE CHAMP CLOS

LE festin avait été un véritable supplice pour Catherine. Elle eût aimé demeurer seule, dans le silence de sa chambre, afin de pouvoir évoquer à loisir celui qui venait de réapparaître si brusquement dans sa vie. La vue d'Arnaud avait fait défaillir son cœur, mais ce cœur s'était ranimé avec le départ du chevalier, pour n'en battre que plus fort et plus obstinément. Lorsque la silhouette noire avait franchi la porte de chêne, Catherine avait dû faire appel à tout son bon sens et à tout son contrôle d'elle-même pour ne pas courir derrière lui, tant avait été violente l'impulsion qui la jetait vers le jeune homme. Elle ignorait quel accueil il lui eût réservé, mais pouvoir seulement lui parler, le toucher, sentir sur elle le poids sans douceur de son regard noir... pour ces humbles joies, la jeune femme eût donné tous les princes de la terre. Et pour se retrouver, ne fût-ce qu'une fugitive seconde, entre ses bras, elle eût joyeusement vendu son âme au Diable.

Durant toute la soirée, elle parla, sourit, accueillit les hommages qu'attirait sa beauté, mais ses lèvres et ses yeux agissaient machinalement. En réalité, Catherine n'était plus dans ce palais d'Amiens. A la suite de Montsalvy et de Xaintrailles, elle galopait sur la route de Guise où les gens du roi Charles avaient leur camp. Elle voyait, avec cette double vue de l'amour qui se trompe si rarement, la silhouette d'acier noir penchée sur l'encolure du cheval, le profil dur, les lèvres serrées dans l'ombre du casque, elle entendait le galop lourd des chevaux, le cliquetis des armes et jusqu'au battement du cœur d'Arnaud sous sa carapace de fer... Elle était avec lui, près de lui, contre lui, si proche que le cavalier lui semblait taillé dans la même chair que son propre corps... Elle ne prit pas garde à la sécheresse du ton de Garin quand il lui dit :

« Rentrons !... »

Parce que plus rien n'avait d'importance, ni Garin et sa richesse, ni Philippe et son amour, du moment qu'Arnaud s'était rapproché d'elle ! Le regard qu'il lui avait jeté, en quittant la salle, n'avait pourtant rien d'encourageant, si ce n'est peut-être qu'au milieu de la colère et du mépris, la jeune femme avait cru y lire une sorte d'admiration. Et c'est de cette faible lueur qu'elle éclairait son rêve. Il la haïssait sans doute, la méprisait plus que certainement, mais Abou-al-Khayr avait dit qu'il la désirait et, tandis qu'aux côtés de Garin, elle regagnait la maison sur le canal vert, Catherine sentait revenir en elle ses forces combatives. Le but de sa vie, elle venait de le voir là, tout près d'elle, un but qui n'avait plus rien d'inaccessible car, si l'orgueilleux comte de Montsalvy pouvait regarder dédaigneusement la nièce d'un drapier, par contre la dame de Brazey devenait digne de lui. Catherine comprenait que son mariage l'avait mise presque sur le même plan qu'Arnaud. Elle était partie intégrante de son univers d'orgueil et de splendeur, qu'il le voulût ou non et, ce soir, elle avait pu mesurer l'éclat et la puissance de sa beauté. Combien de fois le regard de Philippe ne s'était-il pas posé sur elle... et tant d'autres avec lui ? Tous étrangement semblables avec leur expression avide... Ce soir, Catherine se sentait de taille à balayer les autres obstacles dressés entre elle et son amour, jusque et y compris cette haine d'Arnaud pour les Legoix et qu'elle se jurait de lui arracher. Pourrait-il lui reprocher la mort de Michel quand il saurait qu'elle avait failli en mourir, que Gaucher son père avait été pendu, sa maison détruite ? Cet homme, jusque-là si lointain, Catherine savait maintenant qu'elle le voulait, de toutes les forces tendues de son âme et qu'elle n'aurait de cesse ni de repos tant qu'il ne l'aurait pas faite sienne sans retour possible.

Perdue dans son rêve, Catherine rentra chez elle, regagna sa chambre et se souvint alors de son mari, car elle s'aperçut que, pour une fois, il l'avait suivie jusque dans ses appartements. Appuyé d'un coude à la cheminée, il la regardait curieusement mais, sur son visage immobile, Catherine ne put rien déchiffrer. Elle lui adressa un vague sourire, tandis qu'elle abandonnait aux mains de Sara le long manteau de velours noir jeté sur sa robe.

« Vous ne vous sentez pas fatigué ? demanda-t-elle. Moi, je suis recrue. Ce monde, cette chaleur !... »

Tout en parlant, elle se dirigeait vers sa table à coiffer. Le miroir lui renvoya son image resplendissante, avivée encore par l'éclat sombre du diamant sur son front. Pensant que Garin ne l'avait suivie que pour récupérer la précieuse pierre, elle se hâta de dégrafer la chaîne d'or, tendit le joyau.

« Voilà ! je vous rends votre précieux trésor ! Je conçois que vous ayez hâte de le remettre en lieu sûr... »

Mais, d'un geste, Garin repoussa la main tendue. Sur ses lèvres minces passa un sourire de dédain.

« Gardez-le ! fit-il. Si je vous ai suivie chez vous, ce soir, ce n'est certes pas à son propos, mais bien pour vous poser une question : depuis combien de temps connaissez-vous messire de Montsalvy ? »

La question désarçonna Catherine qui, par habitude, chercha le regard de Sara. Mais voyant que son maître souhaitait demeurer chez sa femme, la tzingara s'était éclipsée, à sa manière silencieuse, les laissant seuls. La jeune femme détourna la tête, prit un peigne d'ivoire et commença à le passer doucement dans ses cheveux.

« Qui vous fait supposer que je le connaisse ?

— Votre émotion trop visible tout à l'heure. Vous n'auriez pas frémi ainsi pour un inconnu. Aussi souffrez que je réitère ma question : d'où le connaissez-vous ? »

Le ton de Garin était parfaitement courtois et sa voix ne s'était pas élevée au-delà de ses habituelles notes basses, mais Catherine ne s'y trompa cependant pas. Il voulait une réponse et l'obtiendrait. Le mieux était, sans doute, de lui dire la vérité, tout au moins une partie de la vérité, celle qu'il pouvait entendre. En quelques phrases, elle retraça la scène de la route de Tournai, quand Mathieu et elle-même avaient trouvé le chevalier blessé. Elle dit comment ils l'avaient transporté jusqu'à l'auberge et comme Abou-al-Khayr l'avait pansé et avait, ensuite, pris soin de lui.

« Comme vous pouvez en juger, fit-elle avec un sourire, c'est à la fois une vieille connaissance et une vague relation. Mais il était normal que je montrasse quelque émotion en le voyant reparaître aussi inopinément devant moi ce soir et dans de si tragiques circonstances.

— Tragiques est le mot, en effet. Il est probable, ma chère, que vous ne tarderez guère à pleurer cette « ancienne connaissance ». Le bâtard de Vendôme est un redoutable adversaire qui joint l'astuce et la souplesse du serpent à la force du taureau... Et le combat sera à outrance. Peut-être préférerez-vous n'y point assister, si vous êtes tellement sensible ?

— Quelle idée ? Je tiens au contraire à voir le combat. Monseigneur Philippe, d'ailleurs, ne nous y a-t-il pas conviés ?

— En effet ! Eh bien, donc, nous nous y rendrons puisque vous pensez pouvoir supporter ce spectacle. Je vous souhaite le bonsoir, Catherine... »

Un instant, la jeune femme eut envie de le retenir. Son attitude lui semblait bizarre. Elle souhaitait le faire parler afin de se rendre compte du crédit exact attaché par lui à ses explications, mais le désir d'être seule avec le souvenir d'Arnaud fut le plus fort. Elle laissa Garin s'éloigner, renvoya même Sara quand elle réapparut pour l'aider à se déshabiller. Elle n'avait envie de partager avec personne l'espoir qui la gonflait, chaud et secret comme une promesse de maternité, et qu'elle voulait porter jusqu'à ce qu'il répandît sur elle une pleine moisson de bonheur.

Pour le moment, un but unique, renfermé dans le mot : Arras. Elle voulait oublier qu'Arnaud y aventurerait dangereusement sa vie. Dans deux jours, les mêmes murs de la même cité les enfermeraient tous deux, sous le même ciel. Et Catherine se jurait de ne pas laisser Arnaud s'éloigner d'elle sans avoir tenté de le reprendre, quelles qu'en puissent être les conséquences.

Se loger dans Arras fut moins aisé pour les Brazey qu'à Amiens. Philippe de Bourgogne ménageait trop ses bons bourgeois artésiens pour les obliger à faire place à ses hôtes comme l'avait fait cavalièrement l'évêque d'Amiens. Aussi Catherine dut-elle s'empiler, avec Ermengarde de Châteauvillain, Marie de Vaugrigneuse et deux autres dames de parage des princesses, dans deux chambres que leur céda d'assez bonne grâce un lainier de la ville haute, tandis que Garin s'en allait rejoindre Nicolas Rolin et Lambert de Saulx dans une simple auberge. Cet arrangement ne déplaisait pas à Catherine qui voyait dans cette séparation momentanée un présage favorable à la réussite de ses projets.

L'annonce du combat du lendemain avait empli la ville à éclater. De partout, de tous les châteaux voisins et même de villes éloignées, on accourait. Des tentes se gonflaient, l'une après l'autre, jusque sous les murs de la ville. Arras paraissait jaillir d'un parterre d'énormes fleurs. On ne parlait que de la joute sur les places et dans les carrefours où des paris s'engageaient. Catherine enrageait de constater que, partout, on donnait le bâtard de Vendôme gagnant. Personne n'offrait cher de la peau d'Arnaud de Montsalvy et, comme, par-dessus le marché, nul ne se gênait pour proclamer hautement qu'il n'aurait pas volé son sort, si définitif fût-il, Catherine s'indignait de tout son cœur.

« Depuis quand la force brutale prime-t-elle la valeur ? s'écria-t-elle tandis qu'elle aidait dame Ermengarde à défaire ses coffres et à défroisser ses robes en vue du banquet du soir et de la joute du lendemain. Ce bâtard est fort comme un ours, mais cela ne signifie nullement qu'il doive vaincre...

— Peste ! ma chère, fit Ermengarde en lui enlevant prestement des mains la précieuse robe de velours de Gênes que, dans sa fureur, Catherine malmenait quelque peu, ce jeune présomptueux semble avoir en vous un chaud défenseur ! Pourtant vous devriez, ce me semble, porter tous vos vœux au bâtard qui va combattre pour l'honneur de notre duc. Est-ce que, par hasard, vous ne seriez pas aussi bonne bourguignonne que vous devriez ? »

Sous l'œil inquisiteur de la grosse dame, Catherine se sentit rougir et ne répondit pas. Elle se rendait bien compte qu'elle avait fait une faute, mais elle eût préféré se couper la langue plutôt que de revenir sur ses paroles. Ermengarde ne parut pas s'en formaliser. Elle éclata de rire et assena, sur le dos de la jeune femme, une claque si vigoureuse qu'elle faillit la précipiter tête première dans le coffre ouvert.

« Ne faites pas cette tête-là, dame Catherine ! Nous sommes seules, vous et moi, et je peux bien vous avouer que je fais, moi aussi, des vœux pour ce jeune insolent. Car, outre que je considère le roi Charles comme notre très légitime souverain, j'ai toujours aimé les beaux garçons, surtout quand ils sont assez braves pour être un peu fous. Et sacrebleu, il est beau le mâtin ! Je sais bien que si j'avais vingt ans de moins...

— Que feriez-vous ? demanda Catherine amusée.

— Je ne peux vous dire exactement comment je

m'y prendrais, mais il ne pourrait plus entrer dans son lit sans m'y trouver ! Et, morbleu, pour m'en tirer, il faudrait autre chose que sa grande épée... car, ou bien je me trompe fort ou bien ce garçon n'a pas seulement l'aspect d'un homme, il en a l'âme, cela se voit dans ses yeux. De plus, je jurerais qu'en amour c'est un maître. Cela aussi se sent quand on s'y connaît. »

Catherine fit toute une affaire de brosser la robe écarlate et de l'étendre sur l'immense lit qu'elle devait partager avec la Grande Maîtresse. Cela lui permettait de cacher la rougeur que les paroles un peu trop directes d'Ermengarde avaient fait monter à son front. Mais la comtesse avait des yeux particulièrement perçants.

« Laissez donc cette robe, s'écria-t-elle gaiement. Ne jouez pas les prudes et les sottes avec moi et ne vous cachez pas pour rougir à l'aise afin de me faire croire que mes paroles vous choquent. Je vous ai dit ce que je ferais si j'avais vingt ans de moins... si j'étais vous, par exemple.

— Oh ! s'écria Catherine scandalisée.

— Je vous ai déjà dit de ne pas faire la prude et j'ajoute : ne me prenez pas pour une sotte, Catherine de Brazey. Je suis une vieille bête, mais je sais lire sur un visage quand s'y peignent l'amour et le désir. Et il était fort heureux pour vous que votre époux n'y vît que d'un œil, au bal de l'autre soir. Il n'était pas un trait de votre visage qui ne proclamât votre amour pour cet homme. »

Ainsi, le secret que Catherine avait cru si bien enfoui au fond de son cœur pouvait se lire sans peine sur sa figure ? Qui d'autre, en ce cas, avait su s'en rendre maître et, parmi tous ceux qui assistaient à la fête de fiançailles, combien avaient compris le lien invisible et mystérieux tendu entre le chevalier noir et la dame au diamant nocturne ? Garin peut-être, qui s'était montré si taciturne depuis, ou encore le duc Philippe. D'autres femmes, sans doute, avec leurs yeux toujours à l'affût des faiblesses de leurs rivales pour s'en faire des armes mortelles...

« Ne vous tourmentez donc pas, poursuivit dame Ermengarde pour qui, décidément, le visage mobile de Catherine n'avait pas de secrets. Votre mari est borgne et quant à monseigneur, il avait bien trop à faire avec votre beau chevalier pour s'occuper de vous à cet instant. Et, ne vous déplaise, quand il y a au milieu d'elles un gaillard comme cet Arnaud, les femmes ne voient que lui et ne perdent pas leur temps à s'observer entre elles. Chacune pour soi !... Allons, ne vous torturez pas ainsi ! Tout le monde ne pratique pas la physionomie comme je le fais... et tout le monde n'est pas votre amie comme je le suis ! Votre secret sera bien gardé. »

A mesure qu'elle parlait, Catherine sentait sa gorge se détendre et l'inquiétude d'un instant fit place à un vif soulagement. Elle était heureuse aussi de découvrir auprès d'elle cette amitié inattendue et sûrement sincère. Ermengarde de Châteauvillain était célèbre pour la liberté avec laquelle elle affichait ses sentiments et, jamais au grand jamais, elle ne se fût abaissée à simuler quoi que ce fût, dût sa vie en dépendre. Elle avait bien trop le sentiment de sa noblesse pour cela. Mais la hauteur du rang ne l'empêchait pas d'être aussi curieuse que n'importe quelle autre femme. D'un geste sans réplique, elle prit Catherine par le bras, la fit asseoir auprès d'elle sur le grand lit et lui adressa un sourire rayonnant.

« Maintenant que j'ai deviné la moitié de l'affaire, contez-moi donc le reste, ma chère. Outre que je brûle de vous aider dans cette aventure, rien ne me plaît autant qu'une belle histoire d'amour...

— Je crains que vous ne soyez déçue, soupira Catherine... Il n'y a pas grand-chose à raconter. »

Il y avait longtemps qu'elle n'avait éprouvé pareil sentiment de sécurité. Dans cette grande chambre au plafond bas, éclairée seulement par les flammes de la cheminée, assise auprès de cette femme solide et sûre, elle vivait là une halte nécessaire, un précieux moment de confiance qui allait lui permettre, en se racontant, de faire le point de son propre cœur. Au-delà des murs, il y avait la ville agitée, la foule des hommes qui, demain, regarderaient deux de leurs semblables s'entr'égorger. Confusément, Catherine sentait qu'ensuite le temps du repos serait révolu, que la route ouverte devant elle serait difficile, qu'elle s'écorcherait les genoux et les mains aux pierres cruelles d'une voie douloureuse dont elle ne voyait encore que le premier méandre. Quel était donc ce vers qu'un jour Abou-al-Khayr lui avait murmuré ? « Le chemin de l'amour est pavé de chair et de sang. » Mais elle était prête à laisser sa chair lambeau par lambeau, son sang goutte à goutte aux épines du chemin, pour vivre son amour, ne fût-ce qu'une heure, parce qu'en cette heure unique elle saurait enfermer tout le souffle de sa vie et tout ce qu'elle avait d'amour à donner. Une remarque d'Ermengarde la ramena brutalement sur terre.

« Et si demain le bâtard de Vendôme le tue ? »

Une écœurante vague de peur monta des entrailles de Catherine, emplit sa bouche d'amertume, déborda de son regard affolé. La pensée qu'Arnaud pouvait mourir ne l'avait même pas effleurée. Il y avait en lui quelque chose d'indestructible. Il était la vie même et son corps paraissait fait d'une matière aussi solide que l'acier de son armure. Catherine rejetait de toutes ses forces l'image d'un Arnaud couché dans le sable de l'arène sous son armure défoncée que le sang doublait d'écarlate. Il ne pouvait pas mourir. La mort ne pouvait pas le prendre puisqu'il lui appartenait, à elle, Catherine !... Mais les mots d'Ermengarde traçaient dans la muraille de sa certitude une mince lézarde par laquelle s'infiltrait l'angoisse. D'un bond, elle fut debout, d'un geste elle atteignit sa cape, s'en enveloppa.

« Où allez-vous ? s'étonna Ermengarde.

— Je vais le voir !... Il faut que je lui parle, que je lui dise...

— Quoi ?

— Je ne sais pas ! Que je l'aime ! Je ne peux pas le laisser mourir au combat sans qu'il sache ce qu'il est pour moi... »

A demi folle, elle se précipitait vers la porte. Ermengarde l'attrapa au vol par un pan de son long manteau, l'empoigna aux épaules et l'obligea à s'asseoir sur un coffre.

« Etes-vous folle ? Les gens du roi ont dressé leur camp hors de la ville, près des lices, et le bâtard de Vendôme a élevé son tref de l'autre côté. Les gardes du duc Philippe entourent camps et lices, de concert pour une fois avec les Ecossais du roi de France que commande Buchan [1]. Non seulement vous ne pourrez pas franchir les portes de la ville, à moins de vous faire descendre par une corde le long des murailles, mais encore il vous sera impossible d'atteindre le camp. Et, en admettant même que vous le puissiez, je vous empêcherais, moi, d'y aller.

1. John Stuart, comte de Buchan, connétable de France. On ignore trop généralement que, durant la guerre de Cent Ans, l'Ecosse combattit aux côtés de la France.

— Et pourquoi donc ? » s'écria Catherine prête à pleurer. Les doigts vigoureux d'Ermengarde meurtrissaient ses clavicules. Pourtant elle ne parvenait pas à lui en vouloir parce que, sous la rudesse de la bourguignonne, elle sentait une tendresse bourrue. Sa large face rouge revêtit soudain une extraordinaire expression de majesté.

« Parce qu'un homme qui va se battre n'a aucun besoin que les baisers, les larmes d'une femme viennent amollir son courage, détremper sa résolution. Arnaud de Montsalvy vous croit la maîtresse du duc Philippe. Il ne s'en battra qu'avec plus de rage et plus d'ardeur. Il sera bien temps, s'il s'en sort vivant, de le détromper et de le tenter avec les douceurs de l'amour. »

Mais Catherine, d'une secousse sauvage, s'arracha des mains de son amie.

« Et s'il meurt ? Et si demain on me le tue...

— Alors, hurla Ermengarde, il vous restera à vous comporter en femme de cœur, à montrer que, née bourgeoise, vous méritez réellement votre rang ! Vous aurez le choix entre la mort à vous-même donnée, si vous ne craignez point Dieu, et le moutier où s'ensevelissent vivantes celles dont les blessures d'amour ne se peuvent guérir. Tout ce que vous pouvez faire pour l'homme que vous aimez, Catherine Brazey, c'est vous agenouiller ici, auprès de moi, et prier, prier et encore prier ! Monseigneur Jésus et Madame la Vierge, peut-être, protégeront ses armes et vous le rendront vivant... »

Le champ clos avait été tracé hors des murs de la ville, dans un vaste terrain nu que la Scarpe bordait sur sa plus grande largeur. Des hourds, ou échafauds de bois, imitant des tours et abondamment ornés de tapis, d'écussons, de banderoles et de bannières de soie, avaient été construits face à la rivière, en deux tribunes encadrant une grande loge dans laquelle le duc devait prendre place avec ses sœurs et ses hôtes princiers. A chaque extrémité de la longue lice, autour de laquelle le peuple s'entassait déjà, une grande tente avait été dressée pour chacun des adversaires, toutes deux gardées militairement. Lorsque Catherine arriva au champ clos en compagnie d'Ermengarde, elle enveloppa d'un coup d'œil rapide l'ensemble du décor, effleura d'un regard indifférent le grand tret de soie pourpre où flottait la bannière du bâtard de Vendôme et ses armes, le lion hissant rayé de la rouge barre sénestre de bâtardise.

Ses grands yeux violets s'attachèrent à l'autre tente autour de laquelle on pouvait voir les armures d'argent et les plumails de héron blanc des Ecossais du connétable, tandis que les cottes noir et argent des gardes de Philippe entouraient la tente du bâtard. Derrière les murs fragiles, faits de soie bleu France, Catherine bouleversée devinait la présence d'Arnaud plus sûrement qu'en regardant l'écu d'argent à l'épervier noir pendu à la porte. Les fibres de son cœur la tiraient impérieusement vers lui et leur tension se faisait douloureuse quand elle imaginait la solitude morale de l'homme qui, là-bas, se préparait à la mort. Alors qu'il y avait grand mouvement de foule autour du pavillon de Vendôme dans lequel pages et seigneurs entraient et sortaient sans arrêt en flot mouvant et bariolé, les draperies bleues d'Arnaud ne bougeaient pas. Seul un prêtre était entré !

« Si je n'étais sûr que notre jeune présomptueux est bien là, fit derrière Catherine une voix élégamment nasillarde, je supposerais que ce tref est vide ! »

Ermengarde de Châteauvillain, qui faisait toute une affaire du choix d'un coussin pour y établir son vaste séant, leva les yeux en même temps que son amie, découvrit un homme de vingt-sept ou vingt-huit ans, blond, mince et élégant, mais dont toute la personne dégageait un léger parfum de fatuité. Ce jeune homme était beau, très certainement, mais, selon le sentiment immédiat de Catherine, il le savait un peu trop. Ermengarde, cependant, haussait les épaules et ronchonnait, tout de suite bourrue :

« N'essayez donc pas d'être mauvaise langue, Saint-Rémy. Le jeune Montsalvy n'appartient certainement pas à la catégorie de ceux qui se dérobent au dernier moment... »

Jean de Saint-Rémy lui adressa un sourire narquois, enjamba sans cérémonie le gradin sur lequel les deux dames s'apprêtaient à prendre place et se retrouva à leur hauteur.

« Je le sais mieux que vous, dame Ermengarde. N'oubliez pas que j'étais à Azincourt. J'ai pu y voir les prodiges de valeur accomplis par un gamin qui ne devait pas avoir beaucoup plus de quinze ou seize ans ! Tudieu, quel lion ! Il vous maniait le fléau d'armes dans la mêlée avec l'aisance d'un paysan dans un champ de blé. En fait, si j'ai dit cela, c'était uniquement pour avoir une entrée en matière... afin d'être présenté à cette éblouissante dame que j'admire de loin depuis trois jours : la belle au diamant noir ! »

Il adressait à Catherine un si rayonnant sourire qu'elle acheva de lui pardonner sa fatuité. Acheva, car elle avait largement commencé lorsqu'il avait fait d'Arnaud un éloge si chaleureux. Le jeune homme lui parut infiniment plus sympathique, moins enluminure de missel sous son magnifique pourpoint vert, si cousu de minces rubans d'or qu'il avait l'air d'une chevelure blonde sous le vent. Une plume arrogante surmontait, sur sa tête, une sorte de toquet en forme de pot de fleurs, comme aucun homme n'en portait sur la lice. Ermengarde se mit à rire.

« Que ne le disiez-vous plus tôt sans chercher midi à quatorze heures ! Ma chère Catherine, vous voyez devant vous messire Jean Lefebvre de Saint-Rémy, natif d'Abbeville, conseiller privé de Mgr le duc, grand spécialiste ès blason, lambel, armoiries de tout poil, et arbitre incontesté des élégances de la Cour. Quant à vous, mon cher ami, vous pouvez saluer dame Catherine de Brazey, épouse de notre grand argentier et dame de parage de la duchese douairière. »

Saint-Rémy salua Catherine avec toutes les marques d'une vive admiration, détaillant d'un œil connaisseur sa toilette et sa parure.

« On ne peut voir Madame et ne pas tressaillir d'aise, fit-il avec enthousiasme. Rien de plus élégant que cette toilette dont la simplicité voulue met si heureusement en valeur ces magnifiques améthystes. Dès mon arrivée dans ce hourd, je n'ai vu qu'elle et, si vous le permettez, je m'en délecte. Oui, c'est le mot, je m'en délecte ! »

Catherine, en effet, portait ce jour-là les améthystes que Garin lui avait offertes pour leurs fiançailles et, afin que rien ne vînt détourner l'attention de la splendeur des pierreries, sa robe était de simple satin blanc à reflets mauves, mais un merveilleux satin souple qui épousait les courbes de son corps jusqu'aux hanches, comme un drap mouillé. Le hennin était fait du même satin, recouvert d'une fine dentelle blanche qui retombait en nuage sur les épaules découvertes de la jeune femme. Elle s'était parée avec un soin tout particulier et quasi désespéré. Pour regarder

Arnaud risquer sa vie, elle s'était voulue plus belle que jamais. Il fallait qu'il la vît, qu'il pût la distinguer parmi tous les autres spectateurs.

Elle et Ermengarde étaient arrivées de bonne heure afin d'être bien placées dans la tribune réservée à la maison des princesses mais, depuis quelques instants, le fragile et brillant édifice s'emplissait d'une foule de nobles spectateurs : dames et damoiselles en atours brillants, jeunes seigneurs bavards et excités, graves conseillers et aussi quelques vieux chevaliers qui venaient réchauffer leurs souvenirs à la vue des exploits d'autrui. Catherine vit arriver Marie de Vaugrigneuse et remarqua le pincement des lèvres de la jeune fille en constatant que la dame de Brazey avait place au premier rang.

Pendant ce temps, Jean de Saint-Rémy s'était installé auprès d'elle et bavardait sans arrêt, commentant telle ou telle toilette, nommant les arrivants avec une verve et un esprit, souvent acérés, mais amusants. Par-dessus Catherine placée entre eux deux, Ermengarde lui donnait la réplique et leurs propos distrayaient la jeune femme de son angoisse. Pourtant, elle ne put se retenir de demander :

« Vous avez déjà vu combattre le comte de Montsalvy, messire de Saint-Rémy ? Est-ce que vous pensez, comme chacun ici, qu'il n'a aucune chance devant le bâtard de Vendôme ? »

Ermengarde laissa échapper un énorme soupir, à la fois compréhensif et ennuyé, mais Saint-Rémy étendit ses longues jambes et se mit à rire. Il se pencha confidentiellement vers sa voisine :

« Ne le répétez pas, car je me ferais honnir. Je crois, moi, que le bâtard aura bien du mal à venir à bout de messire Arnaud. Lionel a pour lui une force de taureau, mais Montsalvy tient debout... et il a le plus affreux caractère que je connaisse dans tout le royaume de France. Il se gardera bien de mourir, sauf s'il y est absolument forcé. Et cela dans le seul but de contrarier son adversaire... »

Il se mit à rire, d'un air nonchalant, un peu niais, mais qui donnait bien le change sur son exact degré d'intelligence. Catherine, extraordinairement remontée, d'un seul coup, lui fit écho. Elle se sentait soulagée d'un grand poids et la confiance lui revenait. Mais, à son grand regret, il ne lui fut pas possible de continuer la conversation car, dans la grande loge centrale toute tendue de velours pourpre à crépines d'or, le duc Philippe et les princes faisaient leur entrée. Une immense ovation les salua. Philippe était vêtu de noir à son habitude, un vaste chaperon sur la tête et un collier de diamants, gros comme des noisettes, autour du cou. Il était pâle mais impassible. Catherine remarqua qu'il laissait, un instant, son regard peser sur le champ clos où éclataient les vivats du petit peuple contenu par les barrières, mais qu'il ne souriait pas. Avec lui apparurent les deux couples de fiancés : Bedford, impassible et terriblement Anglais, conduisant Anne d'une main solennelle, puis Richemont et Marguerite qui se souriaient, tout occupés d'eux-mêmes. Le duc de Bretagne venait entre les deux couples et les nobles spectateurs prirent place dans les fauteuils armoriés préparés pour eux. Derrière celui de Philippe, dans l'ombre, Catherine aperçut son mari et Nicolas Rolin. Les deux hommes discutaient et ne regardaient pas la lice.

A peine assis, le duc Philippe fit un geste de la main. Vingt trompettes s'alignèrent devant les tribunes, embouchèrent leurs instruments et lancèrent, vers le ciel qui se couvrait de nuages, un strident appel. Catherine sentit ses mains se glacer, ses joues se creuser tandis qu'un frisson glissait le long de son échine : le moment du combat était venu ! Entre les cordes, tendues en travers de la lice et qui coupaient le champ clos de part et d'autre d'un étroit couloir, s'avança Beaumont, héraut d'armes de Bourgogne, un bâton blanc à la main. Derrière lui se rangèrent six poursuivants d'armes en tabard armorié. Jean de Saint-Rémy les nomma tout bas à Catherine. C'étaient Fusil, Germoles, Montréal, Pélerin, Talant et Noyers. Le jeune conseiller semblait extrêmement surexcité.

« Monseigneur m'a promis qu'au jour où il créerait l'ordre de chevalerie dont il rêve comme emblème de sa gloire, j'en deviendrai le roi d'armes ! confia-t-il à Catherine.

— Ce serait merveilleux », fit machinalement Catherine qui s'en moquait éperdument. Toute son attention était centrée sur Beaumont. Il proclamait, dans le silence qui avait suivi l'appel des trompettes, les termes et clauses du combat. Depuis vingt-quatre heures, les hérauts des deux partis parcouraient la ville en répétant, à chaque carrefour, ces mêmes clauses. Catherine les savait par cœur. Mentalement, elle récitait en même temps que Beaumont : « ... les armes choisies sont la lance et la hache d'armes. Il sera couru six lances de part et d'autre... » Les mots frappaient, sans entrer, son oreille et sa mémoire. De tout son cœur, tandis que s'achevait la proclamation, Catherine adressait une fervente prière à la petite vierge noire de Dijon, à Notre-Dame de Bon Espoir...

« Protégez-le, implorait-elle fiévreusement, protégez-le, douce mère du Sauveur ! Faites que nul mal ne lui advienne. Qu'il vive, surtout, qu'il vive... même si je devais le perdre à jamais ! Qu'au moins je puisse penser qu'il respire quelque part, sous le même ciel que moi. Sauvez-le-moi. Notre-Dame, sauvez-le !... »

Puis, d'un coup, sa gorge se sécha. A l'appel du héraut, le bâtard de Vendôme, à cheval et armé de toutes petites pièces, était arrivé au petit trot et se rangeait devant le duc. Avec terreur, Catherine regarda le gigantesque chevalier, ses armes d'acier bleu, son cheval roux disparaissant sous la cotte de soie et le caparaçon pourpre. Sur son casque, entre deux cornes de taureau s'érigeait un lion d'or, son emblème. Il avait l'air d'un mur rouge et gris ! Il était hallucinant ! Catherine, fascinée, ne pouvait en détacher ses yeux mais un cri de surprise, sorti de mille poitrines, la fit sursauter.

« Oh ! fit Saint-Rémy à la fois admiratif et scandalisé, quelle audace !... ou quelle faveur insigne !... »

Ermengarde était restée sans voix. Quant à Catherine, elle vit, comme dans un rêve, Arnaud sortir à cheval et tout armé de son pavillon. Au pas lent de son destrier noir, il s'avança jusqu'à la tribune ducale dans un silence impressionnant. Le gigantesque Lionel de Vendôme le regardait approcher avec une insolite expression de respect. C'est que celui qui s'avançait n'était plus le chevalier à l'épervier de l'autre soir. Par faveur insigne, sans doute, comme le disait Saint-Rémy, Arnaud de Montsalvy portait les armes du roi de France !

Par-dessus son armure, il portait une cotte de soie bleue fleurdelisée d'or, assortie à la housse qui enveloppait le cheval jusqu'aux sabots. Bleu et or étaient les lambrequins de cuir découpés qui tombaient du casque et protégeaient la nuque. Sur le heaume, enfin, l'épervier noir et la couronne comtale avaient fait place à une haute fleur de lis d'or à chaque pointe de laquelle brillait un gros saphir. Le cheval, lui aussi, portait, sur la tête, la fleur de lis. Une seule chose indiquait qu'il ne s'agissait pas là du roi en personne : autour du casque, la couronne royale avait été remplacée par un simple tortil bleu et or. Ventaille relevée, laissant voir son visage immobile, Arnaud s'avançait sous les armes royales, splendide image de chevalerie, éclatant symbole féodal qui forçait le respect.

« Il est magnifique ! fit auprès de Catherine la voix enrouée d'Ermengarde. C'est l'archange saint Michel en personne ! »

Saint-Rémy, lui, hocha la tête avec un peu de tristesse et de scepticisme :

« Il serait à souhaiter qu'il le fût vraiment ! Les fleurs de lis ne doivent point mordre la poussière ou le roi est déshonoré ! Et Monseigneur est blême ! »

C'était vrai. Se tournant vers Philippe, Catherine vit qu'il avait l'air d'un spectre. Entre le noir du chaperon et celui du pourpoint, le visage allongé était gris avec des reflets verdâtres. Les dents serrées, il regardait venir cette admirable image d'un souverain qu'il voulait renier. Ses yeux gris qui ne cillaient pas, se fixaient surtout sur la fleur de lis du heaume, réplique exacte de celle qu'il portait lui-même à son propre casque lorsqu'il revêtait l'armure. Le reproche était sanglant pour ce prince Valois qui recevait l'Anglais. Mais il lui fallait se dominer.

Avec ensemble, les deux chevaliers, côte à côte mais séparés par les couloirs de cordes, abaissaient leur lance vers la tribune. Catherine tremblait de tous ses membres et serrait ses mains l'une contre l'autre à les meurtrir en un geste qui lui était familier quand elle était émue. Elle vit, à quelques places de Philippe, une belle jeune femme, somptueusement vêtue, se pencher et attacher une écharpe rose brodée d'or à la lance du bâtard après avoir adressé un sourire triomphant au duc. Jean de Saint-Rémy chuchota :

« La dame de Presles ! La plus récente maîtresse de monseigneur ! Elle montre ainsi les vœux qu'elle forme pour la cause de son amant, en donnant ses couleurs à son champion. Elle a donné un fils à Philippe et se croit déjà duchesse ! »

Catherine eût donné tout au monde pour pouvoir accrocher, elle aussi, à la lance d'Arnaud, le léger voile de mousseline qu'elle avait entre les mains. Mais, dans la grande loge, quelque chose se passait. La princesse Marguerite s'était levée et, tournée vers Arthur de Richemont, demandait :

« Me permettez-vous, monseigneur ? »

Sa voix claire fut entendue de tous. Richemont inclina la tête avec un sourire un peu amusé qui plissa son visage couturé. Les larmes aux yeux, car elle se souvenait des prières douloureuses de la princesse à l'hôtel Saint-Pol, Catherine vit Marguerite se pencher et, avec un sourire ému, attacher son voile, du même bleu que les caparaçons du chevalier à la lance du champion royal.

« Messire Dieu vous donne bon courage, Arnaud de Montsalvy ! Votre frère était mon ami et votre cause est noble ! Je prierai pour vous ! »

Sous l'armure, Arnaud s'inclina presque à toucher le cou de son cheval :

« Grand merci, gracieuse dame ! Je me battrai donc également pour l'amour de vous et du vaillant capitaine qui va être votre heureux époux. J'en suis fier et mourrai plutôt que vous décevoir ! Dieu vous donne bonheur aussi grand que votre noble cœur ! »

Le visage de Philippe de Bourgogne avait frémi. En un instant il eut dix ans de plus. Sans regarder son frère, Marguerite regagna sa place. Maintenant les deux adversaires se tournaient le dos et rejoignaient une extrémité de la lice où leurs écuyers préparaient des lances. Lances de frêne et de fer à la pointe aiguë et non lances courtoises de bois léger. Près de l'écuyer d'Arnaud, Catherine reconnut la tignasse rousse de Xaintrailles qui devait rencontrer ensuite le sire de Rebecque, second de Vendôme. A nouveau les trompettes sonnèrent. Puis, d'une voix forte, le héraut Beaumont cria :

« Coupez cordes et heurtez bataille quand vous voudrez ! »

Sous le couteau des poursuivants, les cordes tombèrent à terre. La lice était libre, le combat commençait. Lance en arrêt, l'écu au coude, les deux combattants s'élancèrent l'un vers l'autre.

Un instant, Catherine ferma les yeux. Elle avait l'impression que le lourd galop des chevaux chargés de fer, sous lequel résonnait la terre durcie, passait sur son propre cœur. Dans la tribune, chacun retenait son souffle. La main d'Ermengarde se posa, impérieuse, sur celles de la jeune femme.

« Regardez donc ! Le spectacle en vaut la peine et une noble dame doit savoir tout regarder en face. » Puis, plus bas : « Regardez morbleu ! Votre mari a les yeux fixés sur vous. » Catherine ouvrit les yeux aussitôt.

Il y eut un choc violent, un cri énorme jaillit de toutes les poitrines. Les lances avaient frappé juste le centre des boucliers. Le coup avait été violent. Les deux adversaires avaient plié sur leur selle mais n'avaient vidé les étriers ni l'un ni l'autre. Au petit trot, ils repartaient déjà vers les bouts de la lice pour prendre des lances neuves aux mains des écuyers.

« Je crois que nous allons voir un très beau combat, fit tranquillement Saint-Rémy de sa voix affectée. Ce coup était remarquable ! »

Catherine le regarda de travers. Cet enthousiasme sportif la choquait car il lui paraissait peu de mise là où il s'agissait de vies humaines. Elle chercha à le blesser :

« Comment se fait-il que, né à Abbeville, vous ne soyez pas au roi de France ? » lui lança-t-elle dans une intention nettement provocatrice. Mais il ne se formalisa pas.

« J'y étais, fit-il tranquillement. Mais la cour d'Ysabeau est pourrie et l'on ne sait si celui qui se dit Charles VII est vrai fils de France. Je préfère le duc de Bourgogne.

— Cependant, vous semblez faire des vœux pour Arnaud de Montsalvy ?

— Je l'aime beaucoup. S'il était Charles VII, je n'aurais pas la joie d'être auprès de vous car je serais auprès de lui.

— Le fait qu'il serve le roi devrait vous suffire ! » fit Catherine sévèrement. Mais Ermengarde lui fit signe de se taire. Les deux chevaliers fonçaient à nouveau l'un vers l'autre avec une ardeur accrue. Trop d'ardeur, peut-être, car, cette fois, il ne se passa rien. Le cheval du bâtard fit un écart au moment de croiser le destrier d'Arnaud. Les lances dévièrent et les cavaliers, sur leur élan, coururent encore quelques toises avant de faire volte-face et de regagner leurs camps. En revenant vers son pavillon, Arnaud avait relevé un instant la ventaille de son casque pour respirer mieux. Tandis qu'il défilait au petit trot devant les tribunes, Catherine accrocha son regard. Elle vit se crisper fugitivement le beau visage dur du jeune homme. Alors, de tout son cœur, elle lui sourit. L'amour à cette minute illumina son visage avec tant de force qu'Arnaud tressaillit. Il baissa la tête, fit mine de resserrer à son bras l'écharpe bleue qu'il y avait nouée. Son arrêt devant la tribune avait été minime, mais il avait inondé Catherine d'une joie nouvelle. Pour une fois, en croisant le sien, le regard d'Arnaud n'était pas dédaigneux. Il y avait dedans une chaleur qu'elle avait désespéré d'y revoir un jour. Mais la minute précieuse était déjà écoulée. Le combat reprenait le chevalier dans son cercle infernal.

Les adversaires rompirent encore deux lances sans résultat appréciable. Sous les poussées de géant du bâtard, Arnaud pliait parfois mais demeurait en selle. A la cinquième course, pourtant, la lance de Lionel vint frapper le casque du jeune homme juste au rivet d'attache gauche de la ventaille. Catherine crut qu'il avait la tête emportée. Mais tête et heaume tenaient bien. La ventaille seule tomba d'un côté, découvrant le visage du jeune homme que rayaient deux filets de sang.

« Il est blessé ! s'écria Catherine à demi soulevée. Dieu tout puissant ! »

Les muscles de sa gorge l'étranglaient. Le cri franchit à peine ses lèvres devenues aussi blanches que sa robe. Ermengarde se pendit littéralement à son bras pour l'obliger à se rasseoir.

« Ne vous donnez pas ainsi en spectacle, morbleu ! Du calme, ma mie, du calme ! On vous regarde !

— Ce n'est pas grave, fit Saint-Rémy les yeux sur le blessé. Une estafilade, sans doute causée par le rivet en s'enfonçant.

— Mais il a été blessé à la tête, il y a si peu de temps ! » gémit Catherine avec tant de douleur et d'angoisse que son voisin la regarda pensivement. Il eut un bref sourire.

« Il semble que je ne sois pas le seul Bourguignon à former des vœux pour le chevalier du roi Charles ? fit-il gentiment. Je vous dirai donc, comme la comtesse Ermengarde, de ne point vous tourmenter. Le gaillard est solide. Il en a vu d'autres... »

Là-bas, Arnaud achevait d'arracher, d'une main impatiente, la ventaille pendante. De l'autre, il prenait le pot d'eau que lui tendait Xaintrailles et se désaltérait hâtivement, à longues goulées. Catherine vit que le bâtard en faisait autant. Tous deux empoignèrent, à la même fraction de seconde, la sixième et dernière lance.

Si les deux hommes demeuraient en selle, le combat se poursuivrait à cheval, mais à la hache. Arnaud, avec son visage découvert, avait le désavantage. Comme pour le souligner, Lionel de Vendôme referma son casque d'un geste sec. Arrachant des mottes d'herbes de leurs quatre pattes, les coursiers s'élancèrent. Catherine se signa précipitamment. Le choc des lances fut terrible. Le bâtard avait mis toute sa force dans ce dernier coup. Atteint à l'épaulière, Arnaud fut littéralement arraché de sa selle. Projeté en l'air, il alla retomber sur une barrière, à cinq pas de son cheval qui, affolé, s'enfuit. Mais la violence de sa propre attaque avait déséquilibré Lionel. Le coup porté par la lance d'Arnaud, bien que tombant à faux, avait fait le reste. Il vida les étriers, glissa lourdement sur le sol qu'il toucha dans un tintamarre de ferraille.

« Quelle chute sans grâce ! commenta Saint-Rémy narquois à l'usage de Catherine. Mais elle a du moins l'avantage d'égaliser les chances. »

La culbute de Vendôme avait été grandement utile à son adversaire. Souple comme un chat malgré les cinquante livres de fer qu'il avait sur le dos, malgré aussi une nouvelle blessure, bientôt visible quand le sang commença à s'élargir sur la cotte fleurdelisée, au défaut de l'épaule, il avait sauté sur ses pieds. Mais, gêné par les pointes de ses longues poulaines d'acier, il avait vivement arraché ses solerets avant de saisir la hache d'armes plantée non loin de lui. Il était presque devant Catherine à cet instant et la jeune femme le vit avancer sur son adversaire à petits pas courts, les prunelles rétrécies, la targe au coude gauche et la hache levée. A son tour, Lionel de Vendôme se redressait. Debout, face à face, la différence de taille entre les deux adversaires était criante. Arnaud mesurait à peu près un mètre quatre-vingt-trois ou quatre, mais, auprès des deux mètres dix du bâtard, il semblait petit. Dans la poigne de Lionel, la hache avait l'air d'un tronc d'arbre emmanché d'acier gris. Sans reprendre haleine et sans en laisser le temps au bâtard, Arnaud avait bondi. Il voulait vaincre et vaincre vite. Ses blessures, le sang qu'il perdait, ne lui laissaient que cette seule alternative et Catherine le sentait dans sa chair même. Elle souffrait, physiquement, pour lui. La hache rebondit sur l'armure de Vendôme qui s'apprêtait à frapper. D'un mouvement vif, Arnaud sauta de côté, évita le coup qui l'eût assommé, revint à la charge, frappa encore... Le heurt des haches sur l'acier retentissait avec un bruit de cloches, faisant jaillir des étincelles. Le chevalier du roi porta alors un coup qui arracha les « vivats » des assistants. Sa hache s'abattit sur le timbre du heaume de Lionel, tranchant net le lion d'or qui roula dans le sable. Le rugissement de rage du bâtard fut entendu de tous. Il se dressa de toute sa hauteur, empoignant la hache à deux mains pour assommer l'insolent qui venait de le découronner. Mais ses poulaines de fer le gênaient.

Il buta, faillit tomber et Arnaud n'eut aucune peine à détourner le coup avec le manche de sa cognée. Catherine devina qu'une fureur aveugle possédait Vendôme. Il voulait tuer, tuer vite ! Ses coups, rapides mais peu précis l'épuisaient sans avoir toute l'efficacité désirable. Il frappait en aveugle, possédé par la rage. Arnaud, au contraire semblait se faire plus froid d'instant en instant. Il saisit son moment, porta plusieurs coups de tranchant à la visière de Lionel qu'il fit sauter, découvrant la face rouge et suante de son ennemi. Le bâtard tendit la main pour empoigner la hache du jeune homme mais celui-ci la lança loin de lui et se jeta sur le géant, les griffes de fer de ses gantelets visant le visage. Vendôme, sentant les serres du chevalier lui labourer la face eut un mouvement de recul, glissa et s'écroula à terre. Arnaud se laissa tomber sur lui, continuant avec acharnement son travail d'écorcheur. Le bâtard, brusquement vidé de ses forces, aveuglé à demi, beuglait comme un bœuf à l'abattoir. On l'entendit crier merci !

Arnaud, un genou sur la gorge de son ennemi, fit un geste pour tirer sa dague, mais se ravisa. Il se releva, secouant ses gantelets dont le sang dégouttait puis, avec dédain :

« Dieu a jugé ! s'écria-t-il. Relève-toi ! Un chevalier du roi de France n'égorge pas l'ennemi vaincu. Tu as crié merci. Je te fais grâce... duc de Bourgogne ! »

Sans rien ajouter, sous les vivats impartiaux de la foule amassée le long des barrières de la lice, il se détourna. Catherine bouleversée le sentait s'affaiblir comme si c'eût été son propre sang qui s'écoulait sur la terre. En s'acheminant vers son pavillon, Arnaud titubait comme un homme ivre. Son écuyer et Xaintrailles accoururent juste à temps pour le recueillir dans leurs bras au moment précis où il perdait connaissance et s'écroulait.

« Les lis de France n'ont point mordu la poussière, fit gravement Saint-Rémy. C'est peut-être un présage... »

Catherine le regarda mais, cette fois, son expression était indéchiffrable. Nul ne pouvait dire si le gentilhomme était satisfait ou mécontent de l'issue du combat. Peut-être n'osait-il se réjouir quand le dépit crispait le visage glacé de Philippe où roulaient des larmes de colère. Elle haussa les épaules avec mépris, se leva, ramassant sa robe, et entreprit de gagner la sortie du hourd. Ermengarde l'arrêta.

« Où allez-vous ?

— Vous le savez bien ! Et vous savez aussi que, cette fois, vous n'aurez pas le pouvoir de m'arrêter. Personne n'a ce pouvoir. Pas même le duc !

— Qui vous dit que j'y songe seulement ? fit la comtesse en haussant les épaules. Courez, mon beau papillon, courez vous brûler les ailes. Quand vous reviendrez, je verrai ce que je peux faire pour éteindre l'incendie. »

Mais Catherine était déjà loin.

CHAPITRE XII

SOUS UN TOIT DE SOIE BLEUE

CATHERINE eut quelque peine à se frayer un passage dans la foule excitée qui, maintenant, débordait de partout et que les gardes ne contenaient plus. On s'écartait, pourtant, devant cette belle dame superbement vêtue. Elle souriait sans bien s'en rendre compte au grand tref azuré qui, par-dessus les têtes, semblait lui faire signe. Quand elle parvint auprès de la tente, l'Ecossais de garde hésita une seconde mais, à la vue de ses joyaux, de sa toilette qui annonçaient son rang, n'osa pas lui interdire l'entrée. Il se recula, saluant courtoisement, roulant des yeux émerveillés au-dessus d'une imposante moustache rousse et poussa la galanterie jusqu'à relever lui-même, devant elle, le pan de soie bleue qui fermait le pavillon. Et Catherine vit Arnaud...

Il était étendu sur une sorte de lit bas, aux mains

de son écuyer qui lui prodiguait ses soins. En fait, Catherine ne vit de lui, en entrant, que ses cheveux noirs et le haut de son front étayés par un coussin de soie bleue. Les pièces d'armure que l'on avait dû ôter hâtivement jonchaient le sol hormis le heaume à fleurs de lys et les gantelets sanglants posés sur un coffre. C'était la première fois que la jeune femme pénétrait sous la tente d'un chevalier et les dimensions l'en étonnèrent. Le tref, à l'intérieur, formait une très vaste chambre octogonale, entièrement tendue de tapisseries et de rideaux de soie. Il y avait des meubles, des coffres, des fauteuils, des bahuts supportant aiguières et coupes à boire, des armes un peu partout et surtout un effroyable désordre. L'écuyer avait ouvert auprès du lit, un grand coffret contenant la pharmacie de campagne du chevalier. Une odeur de beaume à la fois piquante et douce en émanait, odeur que Catherine reconnut aussitôt pour l'avoir respirée à l'auberge du Grand-Charlemagne lorsque Abou-al-Khayr soignait Arnaud.

Personne n'avait remarqué son entrée. L'écuyer lui tournait le dos, Arnaud, caché par ce dos, ne la voyait pas et, dans un angle, Jean de Xaintrailles qui se préparait à en découdre avec le sire de Rebecque, se faisait armer par son écuyer personnel tout en chantonnant une chanson d'amour dont les paroles curieusement s'imprimèrent dans l'esprit de la jeune femme :

Belle, quelle est votre pensée ?
Que vous semble de moi ? Point ne me le célez,
Car, me donnerait-on l'or de dix cités,
Je ne vous prendrais point, si ce n'est votre gré.

Catherine entendit Arnaud, que les soins devaient

faire souffrir jurer entre ses dents, puis grogner :
« Tu chantes faux !... »

Le chevalier rouquin se retourna pour répliquer quelque chose. Ce faisant, il vit Catherine et les paroles de la chanson se changèrent entre ses dents en un léger sifflement admiratif. Il repoussa son écuyer d'une bourrade, s'approcha avec un large sourire.

« Belle dame, fit-il en saluant aussi gracieusement que le permettait sa carcasse de fer, une aussi charmante visite à l'instant du combat est pour un chevalier digne de ce nom le plus précieux réconfort. Je ne pensais pas que mes mérites eussent déjà fait assez de bruit pour que la plus belle des femmes vînt à moi dès avant la fin des joutes. Me ferez-vous la grâce de m'apprendre qui vous êtes ? »

Catherine lui sourit gentiment mais se hâta de le détromper :

« Pardonnez-moi, messire. Ce n'est point vous que je viens voir céans, c'est lui, acheva-t-elle en désignant Arnaud qui, au son de sa voix, avait bondi entre les mains de son écuyer et, assis maintenant, la regardait avec un mélange d'étonnement et de fureur.

— Encore vous ! s'écria-t-il peu galamment. Vous seriez-vous donné à tâche d'accourir à mon chevet chaque fois que je reçois un horion ? En ce cas, ma chère, vous aurez fort à faire... »

La voix était dure, le ton ironique, mais Catherine s'était juré de ne pas se mettre en colère. Elle lui sourit avec une tendresse inconsciente.

« Je vous ai vu perdre connaissance, messire. J'ai craint que votre blessure à la tête ne se fût rouverte. Vous perdiez beaucoup de sang tout à l'heure.

— Je vous ai déjà priée de ne pas vous soucier de moi, madame, fit Arnaud hargneux. Vous avez un mari, à ce que l'on m'a dit et, si vous avez de la compassion à dépenser, allez plutôt la porter à votre amant. Le duc Philippe en a le plus grand besoin ! »

Xaintrailles, dont les vifs petits yeux marrons allaient de l'un à l'autre, entra dans la conversation :

« Cet ours auvergnat n'est pas digne de votre sollicitude, madame. Vous devriez la reverser sur quelqu'un d'infiniment plus digne. Sur mon honneur j'ai grande envie de laisser Rebecque me faire quelques bosses si je peux espérer recevoir ensuite les soins d'aussi douces mains. »

Arnaud écarta du même geste et son ami et son écuyer. Il portait encore les pièces de l'armure jusqu'à la ceinture, mais, au-dessus, était seulement vêtu d'une chemise de lin blanc. Largement ouverte sur la poitrine, elle laissait voir l'emplâtre que l'on venait de poser sur la blessure.

« Je n'ai rien ! que des égratignures ! fit-il en se levant avec effort. Va donc te battre, Rebecque t'attend. Et je te rappelle que, si je suis un ours auvergnat, tu en es un autre... »

Xaintrailles plia deux ou trois fois les genoux pour voir si les jointures de sa carapace jouaient bien, passa la cotte de soie à ses armes et prit son heaume des mains d'un page, un casque impressionnant sommé d'une tour et garni de lambrequins multicolores.

« Je vais, je tue Rebecque et je reviens ! fit-il avec bonne humeur. Pour l'amour de Dieu, madame, ne vous laissez pas impressionner par le maudit caractère de ce garçon et ne quittez pas ce pavillon avant mon retour afin que j'aie la joie de vous contempler encore. Il y a ici des gens qui ont plus de chance qu'ils n'en méritent ! »

Saluant à nouveau, il sortit en reprenant sa chanson au point où il l'avait laissée : « Las, si vous me déniez votre amour... »

Arnaud et Catherine demeurèrent seuls car les deux écuyers et le page étaient sortis sur les pas de Xaintrailles pour voir la joute. Ils étaient debout en face l'un de l'autre, seulement séparés par le coffret d'onguents laissé à terre par l'écuyer. Peut-être aussi par cet invisible antagonisme élevé entre eux et qui les rejetait chacun dans un camp ennemi. Catherine subitement ne savait plus que dire. Elle avait tant désiré cette minute, tant souhaité se retrouver seule avec lui que la réalisation du rêve la laissait sans force, comme un nageur épuisé par la tempête et qui, enfin, atteint la grève... Les yeux levés sur Arnaud, elle ne se rendait pas compte du tremblement de ses lèvres, de son regard humide. Tout son corps n'était qu'une imploration, une supplication de ne pas lui faire de mal. Lui aussi la regardait, sans colère cette fois, avec une sorte de curiosité. La tête un peu baissée, il détaillait le visage doré que la dentelle du hennin idéalisait, la bouche ronde, exquise et rose, le petit nez court, les grandes prunelles dont les coins extérieurs se relevaient légèrement vers les tempes.

« Vous avez des yeux violets, remarqua-t-il doucement, comme pour lui-même. Les plus beaux que j'aie jamais vus, les plus grands ! Jean a raison, vous êtes merveilleusement belle, merveilleusement désirable... digne d'un prince ! » ajouta-t-il avec amertume. Brusquement son visage se ferma, son regard reprit sa dureté. « Maintenant, dites-moi ce que vous êtes venue faire ici... et ensuite allez-vous-en ! Je croyais vous avoir fait comprendre que nous n'avions rien à nous dire. »

Mais la parole et le courage étaient revenus à Catherine. Ce sourire qu'il avait eu, ces mots qu'il avait dits, c'était plus qu'il n'en fallait pour la jeter à la conquête de l'impossible. Elle n'avait plus peur, ni de lui, ni des autres. Il y avait entre eux quelque chose d'invisible que le jeune homme, peut-être, ne percevait pas mais qu'elle sentait dans chaque fibre de son être. Arnaud aurait beau dire et faire, il ne pourrait empêcher qu'elle fût, en esprit et pour jamais, soudée à lui aussi complètement que s'il l'avait faite sienne, par la chair, dans l'auberge de la croisée des chemins. Très doucement, sans effroi et sans hésitation, elle dit :

« Je suis venue vous dire que je vous aime. »

Le mot prononcé, elle se sentit délivrée. Comme cela avait été simple et facile ! Arnaud n'avait pas protesté, ne l'avait pas injuriée comme elle avait craint qu'il fît ! Non, il avait seulement reculé d'un pas en portant une main à ses yeux, comme si une trop vive lumière l'avait frappé, mais un long moment après, il avait murmuré sourdement :

« Il ne faut pas ! C'est là du temps et de l'amour perdus ! J'aurais pu, moi aussi, vous aimer parce que vous êtes belle et que je vous désire. Mais il y a entre nous des abîmes qui ne se peuvent combler et que je ne saurais franchir sans horreur, même si, un instant, je laissais la chaleur de mon sang l'emporter sur ma volonté. Allez-vous-en... »

Au lieu d'obéir, Catherine s'avança vers lui, l'enveloppant de ce parfum, à la fois complexe et délicieux, que Sara s'entendait si bien à préparer. La douce senteur émanant de ses vêtements combattait victorieusement l'odeur de sang et de beaume qui emplissait la grande tente. Elle fit un autre pas vers lui, sûre d'elle et de son pouvoir. Comment pourrait-il lui échapper alors qu'elle voyait sa main trembler et son regard se détourner ?

« Je vous aime, répéta-t-elle, plus bas et plus ardemment. Je vous ai toujours aimé, depuis la minute où je vous ai vu. Souvenez-vous... Souvenez-vous de cette aube où, à votre réveil, vous m'avez trouvée auprès de vous. Rien d'autre alors n'occupait votre esprit... sinon que je vous plaisais. Et moi, j'ai accepté vos caresses, j'ai été bien près de m'abandonner tout entière sans pudeur et sans regrets ! Parce que je ne m'appartenais déjà plus et que, du fond de mon âme, je vous avais fait don de moi-même. Pourquoi détournez-vous la tête ? Pourquoi ne me regardez-vous pas ? Est-ce que je vous fais peur, Arnaud ? »

C'était la première fois qu'elle osait lui donner son nom, mais il ne se révolta pas. Par bravade, il la regarda au fond des yeux.

« Peur ? Non. Je n'ai pas peur de vous, ni de vos sortilèges. De moi, peut-être... et encore ! Que venez-vous me parler d'amour ? Croyez-vous donc que je puisse être dupe de vos paroles ? Vous les prononcez si aisément, ma belle, qu'il faudrait être bien fou pour y croire ! »

Il s'animait à mesure qu'il parlait, chauffant ainsi sa colère qui était sa meilleure défense.

« Vous ne croyez pas à mon amour ? gémit Catherine atterrée. Mais... pourquoi ?

— Parce que les mots dits à tous n'ont aucune valeur, voilà tout ! Comptons ensemble, voulez-vous ? J'imagine que vous les avez dits à votre gracieux époux... et au duc Philippe, puisqu'il est votre amant ? A qui encore ? Oh ! peut-être à ce jeune et charmant capitaine qui vous courait après pour vous escorter sur la route de Flandres ? Cela fait donc au moins trois, plus tous ceux que j'ignore. »

Malgré la promesse qu'elle s'était faite de ne point se fâcher, Catherine n'y put tenir. Ce ton persifleur était intolérable alors qu'elle venait à lui avec des mots d'amour. Son visage s'empourpra brusquement. Elle frappa du pied.

« Cessez donc de parler de ce que vous ignorez ! J'ai dit que je vous aimais et je le redis... Je dis maintenant que je suis pure... malgré le mariage, car mon époux ne m'a point touchée !

— Ni le duc ? lança Arnaud avec hauteur.

— Ni le duc ! Il me recherche mais je ne suis point à lui... ni à personne sauf à vous... si vous voulez !

— Qui me prouve que vous dites la vérité ? »

La colère de Catherine tomba aussi soudainement qu'elle s'était levée. Elle enveloppa le jeune homme d'un rayonnant sourire.

« Oh !... mon doux seigneur, c'est chose bien facile à prouver, il me semble ! »

Elle n'en dit pas plus. Ce fut lui qui fit un pas vers elle, attiré irrésistiblement par le clair visage qui brillait si doucement dans l'ombre bleue de la tente. Catherine lut, sur le visage crispé du chevalier, une irrésistible tentation, le même désir sans masque qu'au matin de Tournai. Elle sentit qu'il oubliait à cet instant tout ce qui n'était pas l'adorable forme féminine si proche de lui, qu'elle tenait sa victoire ! Elle enjamba sans le quitter des yeux, le coffret aux onguents, se coula contre la poitrine d'Arnaud et, dressée sur la pointe des pieds, glissa les bras autour de son cou et offrit ses lèvres. Il se raidit. Elle sentit la contraction de tous ses muscles comme si son corps tentait instinctivement de la repousser. Dérisoire défense ! La séduction du corps souple collé au sien agissait sur le jeune homme comme un filtre. Il perdit le contrôle de sa volonté à l'instant précis où Catherine, cessant de vouloir elle aussi, se laissait emporter par la passion et la tempête de ses sens.

Tout s'effaça : les murs bleus de la tente, l'heure, le lieu, et jusqu'au vacarme qui venait du champ clos où trois mille gosiers braillaient avec ardeur.

Arnaud étreignit Catherine, l'écrasant contre sa poitrine avec une brutalité sauvage. Possédé d'une faim profonde, vieille de plusieurs mois et qu'il n'avait jamais réussi à assouvir, il s'empara des jolies lèvres, si fraîches et si roses, qui tentaient sa bouche, se mit à les dévorer de baisers passionnés. Il la serrait si fort contre lui que Catherine, bouleversée de bonheur, sentait contre son sein droit les battements affolés de son cœur. Leurs deux souffles ne faisaient plus qu'un et la jeune femme crut mourir sous cette bouche exigeante qui aspirait sa vie même...

Perdus dans leur extase amoureuse, ils vacillaient sur leurs jambes amollies, noués l'un à l'autre comme deux arbustes solitaires au milieu d'une lande battue de la tempête. Ils n'entendirent pas revenir Xaintrailles, rouge, soufflant comme un forgeron et la lèvre fendue. Le chevalier, son heaume défoncé sous le bras, s'arrêta à la porte avec un haut-le-corps. Mais un large sourire silencieux s'étendit sur son visage carré. Sans se presser et sans quitter des yeux le couple enlacé, il entra, se versa une rasade de vin qu'il avala d'un trait. Puis, après avoir enjoint d'un geste autoritaire aux écuyers d'avoir à rester dehors, il commença sans se presser, à ôter lui-même les différentes pièces de son armure. Il en était à la cubitière droite quand Arnaud, levant légèrement la tête, l'aperçut... et lâcha si brusquement Catherine qu'elle dut se raccrocher à son épaule pour ne pas tomber.

« Tu ne pouvais pas dire que tu étais là ?

— Je m'en serais voulu de vous déranger, riposta Xaintrailles. Ne vous gênez surtout pas pour moi ! J'achève de m'éplucher et je sors... »

Tout en parlant, il continuait d'ôter les pièces d'acier. Il en était maintenant aux cuissards, plus avancé en cela que son ami qui avait toujours les siens. Catherine, nichée contre la poitrine d'Arnaud, le regardait faire en souriant. Elle n'éprouvait aucune honte, ni même aucune gêne d'avoir été surprise ainsi dans les bras de l'homme qu'elle aimait. Arnaud était à elle, elle était à Arnaud, l'entrée même de Garin n'eût rien changé ! Le jeune homme avait passé un bras autour d'elle, comme s'il avait peur qu'elle lui échappât, mais il continuait à surveiller le déshabillage de Xaintrailles.

« Rebecque ? interrogea-t-il. Qu'est-ce que tu en as fait ?

— Il aura du mal à s'asseoir pendant un moment et il doit avoir une énorme bosse au crâne, mais il est entier.

— Tu lui as laissé la vie ?

— Parbleu ! Il ne méritait pas mieux, ce jeune blanc-bec ! Si tu l'avais vu : il tenait sa hache comme un cierge d'église. Ma parole, j'en étais tout attendri... »

Xaintrailles avait fini d'ôter sa carapace. En chemise et chausses collantes, il procédait à une rapide remise à neuf avec un parfum dont il versait de généreuses ondées sur ses cheveux roux. Puis il prit dans un coffre un pourpoint court, en velours vert brodé d'argent, chaussa d'interminables poulaines de même tissu. Ceci fait, il adressa à Catherine un profond et cérémonieux salut !

« Je me jette à vos genoux, trop belle dame ! Et je m'en vais au-dehors pleurer ma mauvaise étoile... et votre manque de goût. En même temps, je referai connaissance avec le bon vin de Beaune. Ces sacrés Bourguignons ont au moins cela de bon ! leurs vins ! »

Il sortit, splendide, majestueux et soupirant à fendre l'âme. Arnaud se mit à rire et Catherine avec lui. L'immense bonheur qu'elle éprouvait à cet instant, lui rendait cher chacun des êtres et des choses qui entouraient son bien-aimé. Xaintrailles aux cheveux rouges lui plaisait. Pour un peu elle eût éprouvé de l'affection pour lui...

Mais Arnaud, maintenant, revenait à elle. Doucement il la fit asseoir sur le lit de camp, prit entre ses deux mains le ravissant visage ému pour mieux le contempler. Il se pencha vers lui.

« Comment as-tu deviné que je t'appelais, murmura-t-il, que j'avais désespérément besoin de toi ? Tout à l'heure, quand la mort était si près de moi, j'ai eu envie de bondir dans cette tribune et de te voler un baiser pour, au moins, quitter ce monde avec le goût de tes lèvres... »

Il l'embrassait à nouveau, à petits coups rapides et doux qui couvraient son visage. Catherine le regardait avec adoration.

« Tu ne m'avais donc pas oubliée ? demanda-t-elle.

— Oubliée ? Oh non ! Je te maudissais, je te haïssais... ou du moins j'essayais, mais t'oublier ? Quel homme, ayant tenu dans ses bras un instant la beauté même, parviendrait à l'oublier ? Tu ne sauras jamais combien de fois j'ai rêvé de toi, combien de fois je t'ai serrée contre moi, je t'ai caressée, je t'ai aimée... Seulement, ajouta-t-il avec un soupir, ce n'était jamais qu'un rêve et il fallait toujours en venir au réveil.

— Il n'y aura pas de réveil maintenant, s'écria Catherine passionnément puisque tu tiens la réalité entre tes mains et que tu sais que je t'appartiens déjà... »

Il ne répondit pas, sourit seulement et la jeune

femme ne résista pas à l'envie de poser un baiser sur ce sourire. Personne ne souriait comme lui, avec cette jeunesse, cette chaleur aussi. Ses dents éblouissantes mettaient une lumière sur la peau brune de son visage. Arnaud s'était levé soudain.

« Laisse-moi faire », murmura-t-il.

Avec des gestes adroits, il ôtait une à une les épingles qui maintenaient le hennin de Catherine, ôtait le fragile édifice de satin et de dentelles et le déposait auprès de son casque. Puis il libéra les cheveux de la jeune femme qui s'étalèrent en masse dorée, somptueuse sur ses épaules.

« Quelle merveille ! s'extasia-t-il, les mains noyées dans le flot d'or vivant. Une autre femme eut-elle jamais pareille parure... »

Il était revenu près d'elle et l'enfermait à nouveau dans ses bras, cherchant ses lèvres, son cou, sa gorge. Le lourd et magnifique collier d'améthystes pourpres le gênait. Il l'ôta, le jetant à terre comme une chose sans valeur puis s'attaqua à la ceinture orfévrée de la robe. Mais brusquement Xaintrailles reparut. Il ne souriait plus.

« Encore toi ? s'écria Arnaud, furieux d'être dérangé. Mais qu'est-ce que tu veux à la fin ?

— Pardonnez-moi, mais je crois que le moment est mal venu pour les jeux de l'amour. Il y a quelque chose qui ne va pas, Arnaud.

— Quoi ?

— Les Ecossais ont disparu. Il n'y a plus un seul des nôtres autour de cette tente... ni sur la lice, d'ailleurs ! »

Arnaud se releva d'un bond, malgré Catherine qui tentait de le ramener près d'elle. La sensibilité à vif de la jeune femme lui faisait sentir qu'il se passait quelque chose. Il y avait une menace sur son amour, elle en avait le pressentiment, aigu comme une douleur physique.

« Si c'est une plaisanterie... commença le jeune homme.

— Est-ce que j'ai l'air de plaisanter ? »

C'était vrai. Xaintrailles était pâle et l'inquiétude se lisait sur son visage. Mais Arnaud, tout au désir de se débarrasser de lui au plus vite haussa les épaules.

« Ils sont à boire avec les gens de Bourgogne. Tu n'imagines tout de même pas qu'ils seraient partis sans nous ?

— Je n'imagine rien, je constate. Nos gens ne sont plus là eux non plus... »

A regret, Arnaud se dirigeait déjà vers la porte, mais avant qu'il l'eût atteinte, la draperie se souleva sous la main d'un homme à la mine arrogante qui resta debout sur le seuil. Derrière lui, Catherine put voir briller les armes et les cuirasses d'une troupe de soldats.

Le nouveau venu était jeune, une trentaine d'années peut-être et portait de magnifiques armes damasquinées d'or, une cotte de brocart rouge, mais il déplut à Catherine. Elle se souvenait l'avoir déjà vu dans l'entourage du duc, sans pourtant y attacher la moindre importance. Elle n'aimait pas sa bouche mince, serrée au-dessus d'un menton volontaire et qui, dans le sourire, ne s'entrouvrait jamais. Un sourire comme en ce moment, à la fois triomphant et cruel. Quant aux yeux, à fleur de tête, ils étaient atones à force de froideur. Mais nul n'ignorait, en Bourgogne, quel impitoyable seigneur était Jean de Luxembourg, général en chef des armées bourguignonnes. Pour le moment, il regardait les deux chevaliers avec l'expression du chat qui s'apprête à croquer des souris.

Mais, si inquiétante que fût son expression, elle ne sembla émouvoir ni Arnaud ni Xaintrailles. Celui-ci, de sa voix goguenarde, apostrophait le Bourguignon :

« Le seigneur de Luxembourg ? Hé, qu'est-ce qui nous vaut l'honneur ? »

Luxembourg quitta sa pose nonchalante et s'avança de quelques pas, suivi de ses hommes. L'un après l'autre, ceux-ci franchissaient la porte et se postaient dans la tente, armes menaçantes, cernant les deux hommes et la jeune femme sur qui glissa le regard du chef.

« Il semble, messeigneurs, que vous vous soyez attardés plus que de raison, fit-il avec un violent accent nordique. Messire de Buchan et ses hommes galopent depuis longtemps sur la route de Guise...

— C'est faux ! lança Arnaud avec force. Jamais le connétable ne nous aurait abandonnés ainsi... »

Luxembourg se mit à rire et ce rire glaça le sang dans les veines de Catherine.

« A vrai dire... Il croit bien galoper à votre suite. Nous lui avons fait croire que vous aviez pris les devants pour rejoindre une dame fort en peine de vous. Quant à ceux qui gardaient cette tente, nous n'avons eu aucune peine à nous en rendre maîtres.

— Ce qui veut dire ? interrogea Arnaud avec hauteur.

— Que vous êtes mes prisonniers et que je compte vous apprendre le respect qui est dû à mon seigneur le duc. Il serait trop facile, en vérité, de venir insulter les gens jusque chez eux et, ensuite, de s'en retourner tranquillement. »

Fou de rage, Arnaud avait bondi sur son épée et en menaçait le Bourguignon, mais quatre hommes se jetèrent sur lui, le maîtrisèrent promptement, tandis que les quatre autres, avec un bel ensemble, tombaient sur Xaintrailles. Celui-ci les laissa faire avec un superbe détachement.

« Est-ce ainsi, hurla Arnaud, que vous respectez les lois de la chevalerie et celles de l'hospitalité ? Voilà donc ce que valent la parole et la sauvegarde de votre maître.

— Laisse donc, fit Xaintrailles avec mépris, son maître passe son temps à pleurer comme une femme sur le sort de la chevalerie. Il s'en proclame le plus fidèle soutien, mais il marie sa sœur à l'Anglais. C'est un Bourguignon, cela dit tout ! Nous avons agi comme des fous en nous fiant à la parole de ces gens-là... »

Jean de Luxembourg avait pâli et levait déjà la main pour frapper Xaintrailles, mais Catherine avait bondi et s'interposait.

« Messire, s'écria-t-elle, savez-vous bien ce que vous faites ?

— Je le sais, madame, et m'étonne de vous trouver encore ici chez ces gens, vous que notre duc honore de son amour. Pourtant, vous n'avez rien à craindre et je ne lui dirai rien de votre présence céans. Il est inutile de le chagriner. De plus je vous dois quelques remerciements pour avoir retenu ces messieurs... »

La voix furieuse d'Arnaud lui coupa la parole.

« C'était donc cela ? Voilà pourquoi tu es venue ici, avec tes yeux humides et tes mots d'amour, sale petite putain ! Ma parole, j'ai failli te croire, j'ai failli oublier mon frère massacré, ma vengeance et la haine que j'ai vouée à tes pareils... tout cela à cause de toi...

— Ce n'est pas vrai ! Je te jure que ce n'est pas vrai ! s'écria Catherine désespérée en se jetant sur le jeune homme que les archers maintenaient par les bras et les épaules. Je t'en conjure, ne crois pas cela, je ne suis pas la maîtresse de Philippe, je ne savais pas que l'on te tendait un piège... Tu ne veux pas me croire ? Je t'aime Arnaud !... »

Elle voulut glisser ses bras au cou du jeune homme, mais il se raidissait contre elle, relevant le menton pour qu'elle ne pût atteindre son visage. Le regard du chevalier fila par-dessus la tête de la jeune femme, atteignit Jean de Luxembourg.

« Sire capitaine, fit-il froidement, s'il vous reste seulement l'ombre du respect que vous devez à vos pairs en chevalerie, emmenez-nous au plus vite ou bien ôtez de là cette fille dont votre prince veut bien se contenter, mais dont la véritable place est au bordel. Je vous prie de me débarrasser de son contact puisque je ne suis pas libre de le faire moi-même.

— C'est trop juste ! répliqua Luxembourg. Otez cette femme de là, vous autres, et emmenez les prisonniers au château... »

Deux archers s'approchèrent de Catherine qui tentait encore de s'accrocher à Arnaud, l'arrachèrent du jeune homme et la jetèrent brutalement sur le lit sous l'œil du capitaine bourguignon.

« En vérité, fit celui-ci, ce pauvre Garin de Brazey ne méritait pas le sort que lui a fait monseigneur : encanaillé par ordre et plusieurs fois cocu, c'est trop pour un seul homme ! »

Secouée de sanglots convulsifs, Catherine éperdue vit les gardes emmener Arnaud. Son visage semblait changé en pierre et il franchit le seuil sans même un regard pour elle. Xaintrailles suivit entre ses gardiens toujours aussi détendu. Il chantonnait à nouveau sa chanson de tout à l'heure : « Belle, quelle est votre pensée ? Que vous semble de moi ?... »

Catherine demeura seule dans le pavillon de soie bleue, seule avec les armes abandonnées et tous ces objets masculins que, tout à l'heure sans doute, les hommes de Jean de Luxembourg viendraient piller. Mais elle ne regardait rien, pour le moment, de ce qui l'entourait. Ecroulée sur le lit bas, la tête entre ses bras, elle sanglotait sur son espoir déçu, son amour bafoué, renié, sali... Comme il s'était vite détourné d'elle, comme il s'était hâté de l'accuser, acceptant sans le moindre examen les paroles de Luxembourg parce que cet homme, un ennemi pourtant, était comme lui, un homme noble, un chevalier ! Entre la parole de l'un de ses pairs et les serments d'une fille du peuple, même passionnément aimée, Arnaud de Montsalvy n'hésiterait jamais ! Pour la seconde fois, il l'avait rejetée de lui, avec quelle brutalité, quel mépris ! Les insultes qu'il lui avait lancées au visage, comme autant de soufflets, brûlaient le cœur de la jeune femme sans que les larmes parvinssent à en adoucir la cuisante souffrance. Elles soulageaient un peu les nerfs, mais ne pouvaient rien sur la blessure trop fraîche.

Elle resta là, ensevelie dans son chagrin, oubliant le temps, le lieu. Plus rien n'avait d'importance puisque Arnaud l'avait rejetée, puisqu'il la haïssait... Pourtant, vint le moment où les larmes, lasses de couler, se tarirent, où quelque chose de la réalité surnagea dans cet océan de désespoir qui roulait la malheureuse dans ses flots amers : le sentiment qu'il y avait mieux à faire que pleurer. Catherine était de ces êtres aux sentiments violents, excessifs, dont les colères sont redoutables, les désespoirs extrêmes mais, qui, justement, trouvent leur usure dans leurs propres violences. On ne s'abandonne pas facilement lorsqu'on est jeune, belle et en pleine santé. Au bout d'un long moment, elle releva la tête. Ses yeux rougis lui faisaient mal et sa vue n'était pas nette mais, la première chose qui la frappa, ce fut, sur le coffre même, son hennin de satin blanc posé auprès du heaume à la fleur de lis... Elle vit, dans le rapprochement des deux coiffures, un symbole, comme si la tête d'Arnaud fût encore emprisonnée sous l'emblème royal et la sienne propre coiffée de l'absurde et charmant édifice...

Avec peine elle se leva, alla jusqu'à un miroir accroché au mur de soie au-dessus d'une cuvette d'étain et d'une aiguière. La glace lui rendit l'image déprimante d'un visage rouge et tuméfié aux paupières gonflées, aux joues marbrées. Elle se jugea défigurée, méconnaissable : avec quelque raison d'ailleurs, les larmes produisant rarement sur une femme autre chose qu'un affreux brouillage des traits et des couleurs. Avec décision, elle vida dans la cuvette le contenu de l'aiguière, enfouit son visage dans l'eau parfumée de fleur d'oranger et s'obligea à y demeurer, ne relevant la tête que de temps en temps pour respirer. La fraîcheur lui fit du bien. Peu à peu les vertus calmantes de l'oranger agirent sur sa peau. Son cerveau fonctionna mieux et la douleur, lentement, fit place à une nouvelle ardeur combative. Lorsqu'elle releva sa figure ruisselante pour l'enfouir à nouveau dans une serviette de soie abandonnée là par Xaintrailles, elle avait pris la détermination de continuer à se battre. La meilleure façon de prouver à Arnaud qu'elle n'était pour rien dans le guet-apens tendu par Luxembourg, n'était-elle pas de le tirer de prison au plus tôt ? Or, pour cela, il n'y avait qu'un seul moyen, une seule puissance : le duc Philippe.

Afin de laisser à son visage le temps de reprendre son aspect normal, Catherine s'obligea à s'étendre un moment sur le lit, la serviette mouillée sur les yeux. Puis elle se recoiffa, refit soigneusement ses nattes, rajusta son hennin. Regardant autour d'elle, elle chercha son collier d'améthystes si dédaigneusement jeté par Arnaud, le vit au pied du fauteuil, le ramassa et le remit à son cou. Il lui parut lourd et froid. Il pesait tout le poids de l'esclavage auquel l'avait condamnée Philippe de Bourgogne en faisant d'elle l'épouse de Garin, afin de l'amener plus sûrement à son propre lit.

Le miroir, cette fois, lui renvoya l'image d'une éblouissante jeune femme, d'une parfaite élégance mais dont la parure de fête ne faisait que mieux ressortir l'expression tragique. Elle s'obligea à sourire, faillit se remettre à pleurer et détourna la tête de la glace. Au moment où elle allait sortir, elle avisa le heaume d'Arnaud abandonné sur la table. L'idée que le jeune homme souffrirait de savoir l'emblème de son roi aux mains des ennemis la traversa. Elle ne voulait pas imaginer Jean de Luxembourg maniant avec un sourire sarcastique le signe royal qu'Arnaud avait porté à la victoire avec tant d'orgueil. Elle chercha autour d'elle quelque chose pour l'envelopper, avisa une bannière noire frappée de l'épervier d'argent des Montsalvy, l'arracha de la hampe et entortilla le casque qu'elle fourra avec décision sous son bras. Puis elle sortit du pavillon pour regagner Arras.

A sa grande surprise, comme elle repassait derrière les tribunes pour gagner la sortie des lices, elle trouva Jean de Saint-Rémy qui faisait les cent pas, mains dans le dos, dans l'attitude de quelqu'un en attente. L'apercevant, il vint vers elle avec empressement.

« Je me demandais si vous sortiriez un jour de ce maudit pavillon. J'ai vu qu'il s'y passait bien des choses et je me demandais ce que vous deveniez, dit-il avec une volubilité tout à fait inaccoutumée chez lui.

— Est-ce donc moi que vous attendiez ?

— Et qui d'autre, belle dame ? Un galant homme n'abandonne pas une femme quand elle se fourvoie chez l'ennemi... Je n'osais avancer, bien que j'aie vu nos rudes jouteurs sortir du tref sous vigoureuse escorte...

— Parlons-en ! explosa Catherine trop contente d'avoir une occasion de se mettre en colère. Il est joli votre duc...

— Le vôtre, ma chère ! coupa Saint-Rémy scandalisé.

— Je vous défends de dire une chose pareille. Je refuse de servir un homme qui se conduit de façon aussi abominable, qui fait arrêter des chevaliers venus sous la garantie de sa bonne foi parce qu'ils ont eu le malheur d'être les plus forts... C'est ignoble ! Cela... Cela n'a pas de nom ! »

Saint-Rémy lui adressa un sourire des plus indulgents comme fait une bonne dont l'enfant capricieux trépigne et casse tout.

« Tout à fait d'accord. C'est ignoble ! Mais vous êtes bien sûre, jolie dame, que monseigneur soit au courant de cette... mise à l'abri des deux chevaliers royaux ?

— Que voulez-vous dire ? »

Jean de Saint-Rémy haussa les épaules et remit d'aplomb son fantastique toquet que le vent dérangeait.

« Que messire Jean de Luxembourg est tout à fait homme à avoir pris la chose sous son bonnet. Cela lui ressemblerait assez ! Venez-vous ?

— Où cela ?

— Mais... chez monseigneur, voyons ! C'était bien

là votre idée, j'imagine ? J'ai d'ailleurs arrêté tout près d'ici une litière qui vous attend. Vous y serez mieux pour gagner le palais que sur vos adorables petits pieds... surtout en trimbalant un heaume que vous avez là sous le bras, qui doit vous gêner fort. Donnez-le-moi donc, je vais vous le porter. »

Un instant, muette d'étonnement, Catherine éclata brusquement de rire. Quel garçon étrange était ce Saint-Rémy ! Sous son air fat et endormi, il devait cacher un esprit particulièrement vif qui en faisait un ami précieux à l'occasion. Elle lui tendit la main avec un charmant sourire.

« Merci de m'avoir si bien devinée, messire de Saint-Rémy. J'aimerais que nous fussions amis, vous et moi... »

Le jeune homme ôta sa toque et balaya le sol de sa longue plume en se courbant devant la jeune femme.

« Je suis déjà votre esclave, madame... mais j'accepte avec grande joie cette proposition. Veuillez prendre ma main pour aller jusqu'à votre équipage. »

Et, en offrant à Catherine son poing fermé pour qu'elle y posât sa main, le casque d'Arnaud sous son autre bras, il conduisit sa compagne jusqu'à une litière fermée qui attendait plus loin.

CHAPITRE XIII

UNE ÉTRANGE NUIT

La nuit tombait lorsque la litière déposa Catherine devant le palais communal où le duc Philippe avait ses appartements. Elle était passée auparavant chez elle pour changer sa robe de satin blanc un peu fripée contre une autre, en simple velours noir. Le hennin avait fait place à un tambourin de même velours posé sur une résille d'or où se serrait la masse des cheveux. Il n'y avait personne dans la chambre que la jeune femme partageait avec dame Ermengarde. La comtesse devait être auprès des princesses, à son service de Grande Maîtresse et Catherine ne s'était pas attardée à l'attendre. Dans la litière, Jean de Saint-Rémy patientait.

Quand la jeune femme et son compagnon parurent devant le corps de garde, l'archer en faction voulut les empêcher de passer. Mais Saint-Rémy, d'un ton sans réplique, lui ordonna d'aller chercher l'officier de service. Un autre soldat fut chargé d'aller quérir le capitaine. En attendant, Saint-Rémy rendit à Catherine le fameux heaume qu'il n'avait pas lâché.

« Reprenez-le. Je vais vous confier à l'officier de garde et ensuite je vous laisserai aller seule. Dans cette affaire, je ne pourrais vous être d'un grand secours. Ma présence ne servirait qu'à indisposer monseigneur qui se croirait obligé à la sévérité. Seule avec lui, une jolie femme s'en tire en général très bien... »

Catherine allait le remercier quand le soldat revint, l'officier sur les talons. La chance, ce soir-là, était pour Catherine ; l'officier de garde était Jacques de Roussay. La reconnaissant, il pressa le pas, et vint à elle avec un large sourire :

« Vous avez demandé à me voir, dame Catherine ? Quelle grande joie ! Que puis-je pour vous ?

— Dire à monseigneur le duc que je désire l'entretenir un moment et sans témoin. Il s'agit d'une chose de la plus haute importance... »

Le visage ouvert du jeune capitaine se rembrunit. De toute évidence, il y avait quelque chose qui n'allait pas et, comme Saint-Rémy, discrètement, saluait et se retirait, il tira la jeune femme à part.

« C'est que monseigneur est à sa toilette. Il se prépare pour le souper que, ce soir, il offre aux échevins et aux dames de la Cité. De plus, je ne vous cacherai pas qu'il est d'une humeur... Il a même cravaché Briquet, son chien favori, pour une broutille. Jamais personne ne l'a vu ainsi. Il faut avouer qu'il y a un peu de quoi. Sincèrement, dame Catherine, je ne saurais trop vous conseiller de remettre à demain votre visite. Je ne suis pas sûr que même vous soyez reçue courtoisement. »

Depuis la scène affreuse qui lui avait enlevé Arnaud, il s'était opéré en elle une transformation. Plus rien ne lui faisait peur. Elle fût allée trouver Lucifer dans son antre brûlant si bon lui avait semblé. Jacques de Roussay reçut d'elle un regard sévère :

« Messire, dit-elle sèchement, l'humeur de monseigneur m'importe peu ! Ce que j'ai à lui dire intéresse son honneur et si vous avez peur de m'annoncer, eh bien, je m'annoncerai moi-même, voilà tout ! Je vous souhaite le bonsoir ! »

Joignant le geste à la parole, elle ramassa ses jupes d'une main et s'élança sous la voûte. Roussay rougit de colère et la rattrapa.

« Je n'ai pas peur, madame, et la meilleure preuve est que je vais vous annoncer dans l'instant. Mais n'en prenez qu'à vous de ce qui pourra advenir ! Je vous aurai prévenue.

— Allez toujours, je me charge du reste... »

Quelques instants plus tard, Catherine entrait chez le duc. En l'apercevant, elle comprit que Jacques de Roussay n'avait rien exagéré en ce qui concernait l'humeur du prince. Il ne se retourna même pas lorsqu'elle lui fit la révérence. Debout devant l'une des fenêtres de sa chambre, d'où l'on apercevait la Grand-Place éclairée de torches, il tournait le dos à la porte et se tenait là, mains nouées dans le dos, tête nue et vêtu d'une ample robe de chambre de velours pourpre. Sans bouger, il jeta :

« Votre insistance à me déranger est étrange, madame. Vous apprendrez, pour votre gouverne, que je ne donne ce droit à personne et que, lorsqu'il me plaît de voir quelqu'un, je l'appelle. »

La veille même, cette algarade eût peut-être fait

rentrer Catherine sous terre mais, à cette seconde, elle ne l'émut nullement.

« Fort bien, monseigneur, je me retire ! Après tout, il m'importe peu que l'on vous connaisse à partir de ce soir pour le prince le plus dépourvu d'honneur de la Chrétienté ! »

Philippe bondit et se retourna tout d'une pièce. Il avait la même expression glaciale qu'au champ clos, mais deux taches rouges marquaient ses pommettes pâles.

« Mesurez vos paroles ! fit-il rudement et ne prenez pas pour excuse le fait que je vous ai, un jour, montré de l'indulgence...

— Et même un peu plus ! Mais je m'en vais puisque je déplais à monseigneur. »

Elle amorçait déjà un demi-tour quand la voix de Philippe la cloua sur place.

« Restez ! Et expliquez-vous ! Quelle est cette histoire d'honneur dont on me rebat les oreilles ? Mon honneur se porte, sachez-le, le mieux du monde. Le fait que mon champion ait été battu n'a rien d'avilissant car son vainqueur est vaillant...

— Vraiment ? fit Catherine avec une insolence calculée. Le fait, en effet, n'aurait rien de déshonorant si vous ne l'aviez rendu tel en faisant jeter ce vaillant vainqueur dans une basse-fosse... »

Une sincère surprise se peignit sur le visage de Philippe et Catherine sentit son courage s'accroître. Saint-Rémy avait raison. Le duc ne paraissait pas au courant.

« Que voulez-vous dire ? Qu'est-ce que ce conte de bonne femme ? Allons, parlez... De quelle basse-fosse est-il question ?

— De celle où messire de Luxembourg a dû jeter à cette heure les chevaliers de Montsalvy et de Xaintrailles après avoir éloigné le connétable de Buchan sous un faux prétexte. Comment appelez-vous cela, monseigneur, en matière de chevalerie ? Moi, qui suis de sang roturier, j'appelle cela forfaiture. Mais je vous l'ai dit, je ne suis pas princesse... Encore, s'il se fût agi d'un simple chevalier insolent. Mais l'homme qui a vaincu le bâtard de Vendôme portait ceci... à quoi le simple respect de votre sang vous commandait de ne pas toucher ! »

De pâle, Philippe était devenu blême. Ses yeux gris, rivés au casque fleurdelisé que Catherine venait de dévoiler, ne cillaient pas. Il paraissait changé en statue de sel. La jeune femme, alors, se permit un petit rire qui le fouetta.

« Donnez-moi ce casque, madame, et m'attendez ici. Je jure par le sang de mon père que, si vous en avez menti, vous irez vous-même finir la nuit dans une de ces basses-fosses qui vous tiennent si fort au cœur. »

Catherine plongea dans une impeccable révérence.

« Allez, monseigneur. J'attendrai ici... sans crainte. »

Saisissant le casque, Philippe sortit à grands pas de la chambre. La visiteuse l'entendit ordonner à l'archer de garde de ne laisser sortir sous aucun prétexte la dame de Brazey.

Très calmement, celle-ci s'installa dans un fauteuil près de la cheminée où l'on avait allumé un grand feu parce que la soirée était fraîche. Elle savait qu'elle n'avait rien à redouter et attendait Philippe sans inquiétude. Il ne tarda d'ailleurs pas à reparaître. Il avait toujours à la main le casque qu'il posa sur une table. Catherine se leva précipitamment et attendit. Le duc resta immobile et silencieux, bras croisés sur la poitrine, tête baissée. Soudain, comme quelqu'un qui prend son parti, il se redressa, vint à la jeune femme. Elle vit que son regard était toujours aussi sévère.

« Vous aviez raison, madame. Un de mes amis a cru servir ma cause en faisant du zèle intempestif. Les deux chevaliers seront relâchés... demain matin.

— Pourquoi demain ? s'insurgea aussitôt Catherine. Pourquoi leur infliger une nuit pénible, dans un cachot, après un si rude combat ?

— Parce qu'il me plaît ainsi, dit le duc avec hauteur. Et aussi pour vous punir. J'ai appris, en effet, madame que vous portiez un très vif intérêt à ces messieurs. Saint-Pol [1] vous a trouvée dans leur tente, vous, l'une de mes sujettes ? Voulez-vous me dire ce que vous y faisiez ? »

Si bonne envie qu'eût Catherine de jeter la vérité au visage de Philippe, car, à cette minute, elle le haïssait de tout son cœur, elle sentit la jalousie latente sous les paroles. Elle comprit qu'en avouant son amour pour Arnaud, elle mettrait en danger la vie du jeune homme. Armant son visage d'une expression insouciante, elle haussa les épaules.

« Autrefois, quand j'étais petite fille, à Paris, j'ai connu messire de Montsalvy. Mon père qui était orfèvre travaillait pour sa famille. Quand je l'ai vu tomber, j'ai eu peur qu'il n'eût été mis à mal et suis allée m'enquérir de sa santé. Voilà tout. Dois-je, pour vous plaire, oublier mes amis d'enfance ? »

Au regard de Philippe, elle vit qu'il hésitait à la croire. L'instinctive méfiance envers tous et toutes qu'il tenait de son père le retenait sur la pente menant à cette femme si belle. La tenant sous son regard, il demanda durement :

« Tu es bien sûre qu'il ne s'agit pas d'une histoire

1. Jean de Luxembourg était comte de Saint-Pol.

d'amour ? Je ne le tolérerais pas, sais-tu bien ?... » D'un geste brusque, il avait passé un bras autour de la taille de Catherine, l'amenait tout contre lui sans que son regard s'adoucît.

« C'est à moi que tu dois appartenir, tu le sais, à moi seul. Songe à la peine que je me suis donnée pour t'élever jusqu'à moi. Tu as épousé l'un de mes dignitaires, tu appartiens à ma Cour, tu es dame de parage de ma mère... Je n'ai pas coutume de me donner tant de mal pour une femme... Il y en a si peu qui en valent la peine ! Mais toi, tu n'es pas comme les autres. Il était injuste de te laisser croupir dans les basses classes, avec cette beauté qui aurait dû te valoir un trône. J'espère que tu apprécies ton sort. »

Catherine se penchait en arrière sur le bras de Philippe pour éviter le contact de sa bouche qui, subitement, lui faisait horreur. Mais elle n'osait pas le repousser catégoriquement à cause de ce regard immobile qu'il avait et qui lui faisait peur, moins pour elle que pour Arnaud. Il se penchait, plus bas, encore plus bas sur sa bouche. Elle ferma les yeux pour ne plus le voir. Pourtant, il ne l'embrassa pas. Ce fut contre son oreille qu'elle sentit les lèvres de Philippe qui chuchotaient :

« Dans le petit cabinet voisin, tu trouveras tout ce qu'il te faut. Va ôter cette robe et reviens... Je ne veux plus attendre. »

Un affolement la prit. Elle ne s'attendait pas à cette brutale exigence. Voyons, il était tard, il y avait fête au palais... il y avait aussi Garin qui devait la chercher ! Philippe ne pouvait la garder, pas ce soir !...

« Monseigneur, fit-elle d'une voix dont elle s'efforçait de masquer le tremblement, songez qu'il est tard... que mon époux m'attend...

— Garin travaillera toute la nuit avec Nicolas Rolin. Il ne s'inquiétera pas de toi. Et puisque tu es venue à moi, je te garde... »

Il la lâchait, la conduisait vers la petite porte auprès de la cheminée. Plus morte que vive, Catherine cherchait désespérément un biais pour s'échapper.

« L'on m'avait dit que vous aviez peu de temps...

— Pour toi, j'ai tout le temps !... Va vite !... Sinon je pourrais croire qu'en venant ici tu avais en vue tout autre chose que le souci de mon honneur... et que le chevalier t'est plus cher que tu ne veux bien l'avouer. »

La jeune femme se sentit frissonner. Elle était prise au piège. Le moment qu'elle avait redouté depuis ses fiançailles était venu et dans les pires circonstances. Alors qu'elle eût tant aimé demeurer seule, enfermée chez elle, pour retrouver un peu de calme et pleurer tout à son aise la terrible scène du pavillon bleu, il lui fallait se donner à un homme qu'elle n'aimait pas, qu'elle détestait même. La vie aventurée d'Arnaud lui en faisait un devoir. Il fallait payer sa liberté au prix le plus élevé et elle comprenait maintenant pourquoi Philippe refusait de délivrer ses prisonniers avant le matin. Il voulait cette nuit en gage.

Le duc referma la petite porte et elle se trouva dans un réduit sans fenêtre qu'éclairaient deux bouquets de bougies dans des candélabres d'or. Sur une sorte de dressoir bas étaient disposés des flacons de parfum, des boîtes d'onguents, le tout en or émaillé de vives couleurs. Un grand miroir carré trônait au milieu, reflétant la douce lumière des chandelles et la petite pièce, toute tendue de velours pourpre, avait l'air d'un écrin. Sur un tabouret couvert de même tissu, attendait une robe faite de voiles azurés assortie à de petites pantoufles de satin de même couleur posées devant.

Catherine embrassa tout cela d'un regard morne et soupira. Il n'y avait à cette pièce d'autre accès que la porte par laquelle elle était entrée et puis, si même il y en avait eu, cela n'aurait guère changé les choses. A quoi bon ? Puisque c'était là son destin, il était inutile de tenter d'échapper. Tôt ou tard, Philippe aurait le dernier mot. D'un geste las, elle ôta le tambourin de velours de sa tête, le lança dans un coin, bientôt suivi de la résille. Quand ses cheveux tombèrent sur son dos, elle se mordit les lèvres pour ne pas pleurer. Il y avait si peu d'heures qu'Arnaud avait fait le même geste, avec quelle tendre impatience. De toutes ses forces, Catherine essaya de rejeter loin d'elle ce souvenir trop précis et trop proche. Elle se mit à se dévêtir avec un colère hâtive. La robe chut à ses pieds, puis la fine chemise de dessous. Nerveuse elle saisit la robe de voile, la fit passer par-dessus sa tête, ôta ses bas, ses escarpins de velours et glissa ses pieds nus dans les petites pantoufles. Le regard indifférent qu'elle jeta au miroir lui révéla que la toilette de nuit enveloppait son corps d'une brume assez épaisse qui en laissait entrevoir les contours, mais masquait les détails trop précis. Puis, rejetant ses cheveux en arrière d'un mouvement de tête où entrait du défi, elle avala sa salive et se dirigea résolument vers la porte qu'elle ouvrit.

Or, quand elle entra dans la chambre de Philippe, cette chambre était vide.

Le premier mouvement de Catherine en se voyant seule dans la chambre fut de courir à la porte par laquelle elle était entrée. Mais, sous sa main, la porte résista. Elle était fermée à clef. Avec un soupir résigné, la jeune femme revint vers la cheminée. Malgré le feu flambant, elle frissonnait un peu dans le vêtement trop léger. La chaleur brûlante l'enveloppa bientôt tout entière, lui communiquant une sorte de réconfort. Au bout de cinq minutes, elle se sentait mieux, plus vaillante pour subir ce qui l'attendait. Philippe avait dû s'absenter mais, sans doute, ne tarderait-il pas à revenir.

Comme pour lui donner raison, une clef tourna dans la serrure. La porte en s'ouvrant fit entendre un petit grincement.. Catherine serra les dents, se retourna... et se trouva en face d'une chambrière en bonnet et tablier de lin blanc qui lui faisait la révérence.

« Je viens faire la couverture », dit la nouvelle venue en désignant le lit. Catherine, dès lors, se désintéressa d'elle jusqu'à ce que la jeune fille reprît la parole :

« Monseigneur le duc prie Madame de bien vouloir souper et se coucher sans l'attendre. Monseigneur sera probablement retenu et implore le pardon de Madame... Je vais apporter le souper dans l'instant. »

Debout sur la dernière marche du lit, la chambrière tenait le coin des draps rabattu comme pour engager Catherine à s'y glisser. Celle-ci accepta l'invitation muette.. Elle ôta ses pantoufles et se coucha. Cette journée l'avait épuisée et, puisque le fameux souper des échevins lui accordait un répit, autant en profiter pour se reposer. La nuit était tout à fait venue au-dehors et le vent se levait. On l'entendait gémir dans la cheminée où les flammes, par instants, se couchaient.

Confortablement calée dans les multiples oreillers de soie, Catherine se trouva bien. Au fond, la chambre de Philippe lui procurait cette solitude tant désirée qui eût été impossible dans l'espace réduit des deux pièces partagées avec Ermengarde et les trois autres filles. En pensant à son amie, la jeune femme sourit. Dieu sait ce que la grosse comtesse allait imaginer ? Peut-être que Catherine s'était fait enlever par Arnaud et galopait maintenant vers Guise en croupe du chevalier ? Cette image évoquée faillit bien balayer d'un seul coup tout le courage si péniblement accumulé depuis quelques heures. Il ne fallait surtout pas penser à Arnaud si elle voulait garder la tête froide. Plus tard, oui, quand l'épreuve qui se préparait serait passée. Elle aurait alors tout le temps d'examiner ce qu'il y avait à faire.

Quand la jeune camériste revint avec le plateau du souper, Catherine fit honneur à ce qu'on lui servait. Elle n'avait rien mangé depuis la veille. En quittant son logis, à la fin de la matinée, elle avait été incapable de prendre quoi que ce fût, malgré les objurgations d'Ermengarde. Cela ne passait pas. Maintenant son corps jeune et sain réclamait. Elle avala un bol de bouillon aux œufs, la moitié d'un poulet rôti, une tranche de pâté de lièvre et quelques prunes confites, le tout arrosé d'un gobelet de vin de Sancerre. Puis, repoussant le plateau dont la chambrière, réapparue, la débarrassa, elle se laissa aller de nouveau dans ses oreillers. Elle se sentait mieux. Comme la jeune fille demandait respectueusement si elle désirait encore quelque chose, Catherine s'inquiéta de savoir où était le duc. On lui répondit qu'il venait tout juste d'entrer dans la salle des banquets et que le festin était en son début.

« Alors, fermez les rideaux et laissez-moi, dit la jeune femme, je n'ai besoin de rien. »

La chambrière tira les rideaux du lit, salua à nouveau et se retira sur la pointe des pieds. Au fond de son lit, Catherine tenta de faire le point de sa situation actuelle et aussi de préparer son attitude, tout à l'heure, quand le duc reviendrait et qu'il exigerait le paiement de ce qu'il semblait considérer comme une créance. Mais la fatigue et la légère lourdeur née de la digestion s'unissant à la douce chaleur et au confort du lit, Catherine ne tarda pas à s'endormir d'un profond sommeil.

Quand elle rouvrit les yeux, elle constata avec stupeur que les rideaux du lit étaient ouverts, qu'il faisait grand jour et que, si Philippe était bien dans la chambre, il n'était pas à côté d'elle. Debout auprès d'une fenêtre, vêtu de la même robe de chambre que la veille, il écrivait sur un grand lutrin de fer forgé chargé de plusieurs rouleaux de parchemin. Le grincement de la longue plume d'oie et le chant lointain d'un coq emplissaient seuls le silence de la pièce. Au mouvement que fit Catherine en s'asseyant dans le lit, il tourna la tête vers elle et lui sourit :

« Vous avez bien dormi ? »

Jetant sa plume, il s'avança vers le lit, monta les deux marches et s'appuya d'un coude à l'une des colonnes, la dominant ainsi de toute sa haute taille. Catherine regardait tour à tour le duc et le lit dans lequel elle se trouvait et qui était aussi ordonné que si elle ne faisait que s'y glisser à la minute. Son expression fit rire Philippe.

« Non... je ne vous ai pas touchée. Lorsque je suis revenu, au petit matin, car la fête s'est prolongée fort tard, vous dormiez si bien que je n'ai pas eu le courage de vous réveiller... quelque envie que j'en ai eue. Et je n'aime pas l'amour avec une partenaire inconsciente. Mais que vous voilà belle et fraîche ce matin, mon cœur ! Vos yeux brillent comme des escarboucles et vos lèvres... »

Quittant sa pose nonchalante, il s'était assis sur le bord du lit, l'enfermait dans ses bras avec une grande douceur, sans la serrer le moins du monde. Lentement, avec une sorte de recueillement, il l'embrassa, fermant à demi les yeux. Une pensée absurde et saugrenue traversa l'esprit de Catherine. Il lui rappelait exactement l'oncle Mathieu dans sa cave de Marsannay, quand il goûtait le vin précieux d'un tonneau ! Par contre, les lèvres de Philippe avaient une étrange habileté qui ne rappelait en rien la brutalité un peu vorace d'Arnaud. Son baiser était une véritable caresse, contrôlée, pensée et tendant uniquement à éveiller le plaisir dans un corps de femme. Son contact était léger, léger... mais Catherine se sentit défaillir. Elle avait l'impression d'être sur une pente glissante qui l'entraînait, de plus en plus vite, vers quelque chose qu'elle ne discernait pas. Il n'y avait rien à quoi elle pût se raccrocher... C'était un vertige délicieux et terrible où le cœur n'entrait en rien. Mais le corps, lui, s'en grisait sournoisement.

Lorsque, sans quitter sa bouche, Philippe la recoucha, elle eut un petit soupir et demeura immobile, attendant ce qui allait suivre. Or, il ne se passa rien. Avec un autre soupir, énorme celui-là, Philippe la lâchait, se redressait :

« Quel dommage que j'aie à faire pour l'heure, ma mie ! En vérité, c'est la chose la plus aisée du monde qu'oublier tout auprès de vous. »

Malgré ses paroles, il paraissait étrangement maître de lui. Il souriait mais ses yeux gris demeuraient froids. Catherine, mal à l'aise, eut la sensation qu'il l'observait. Sans cesser de la regarder, il retourna auprès du lutrin, prit une petite cloche posée dessus et sonna. Un page parut, salua :

« Va dire au capitaine de Roussay que je l'attends, avec qui il sait. »

Puis quand le jeune garçon, sur un nouveau salut, se fut éclipsé, il revint à Catherine, expliqua :

« Pardonnez-moi de me livrer en votre présence aux affaires de l'Etat, fit-il avec un sourire courtois qui n'atteignait pas ses yeux. Mais je désire en terminer devant vous avec celle-ci, afin que vous soyez pleinement satisfaite et rassurée. J'espère que vous serez heureuse... »

Avant que Catherine, qui n'avait rien compris à ce petit discours, ait pu répondre, la porte de la chambre s'était ouverte sous la main du page. Trois hommes entrèrent. Le premier était Jacques de Roussay mais, en reconnaissant les deux autres, Catherine se mordit les lèvres pour ne pas crier : c'étaient Arnaud et son ami Xaintrailles.

Etranglée par une douleur aussi fulgurante qu'un coup de dague, elle sentit la vie l'abandonner. Le sang quittait son visage, ses mains, pour refluer tumultueusement à son cœur qui parut s'arrêter. Elle comprenait maintenant le piège auquel l'avait prise Philippe afin de s'assurer qu'elle ne lui avait pas menti en prétendant qu'une simple amitié d'enfance la liait à Montsalvy. Dans ce lit que le soleil éclairait en plein et dans ce vêtement diaphane qui laissait deviner son corps, auprès de Philippe en robe de chambre, elle était clouée au pilori. Comment Arnaud pourrait-il douter encore de ses relations avec le duc ? Elle ne voyait de lui qu'un profil figé. Il ne la regardait pas mais, lorsqu'il était entré, elle avait reçu en pleine figure son regard chargé de mépris.

Catherine souffrait comme jamais elle n'avait souffert, cherchant désespérément quelque chose à quoi se raccrocher, une aide quelconque. Sentant le regard aigu de Philippe sur elle, elle faisait des efforts surhumains pour cacher sa détresse, pour retenir les larmes qui montaient. Comme elle eût aimé se jeter hors de ce lit, courir vers Arnaud, lui crier que rien n'était vrai, qu'il ne devait pas croire cette odieuse mise en scène préparée pour lui seul, qu'elle était toujours digne de lui, toujours à lui. Mais elle n'avait même pas le droit de baisser les yeux, de laisser couler les larmes qui montaient, montaient, et encombraient sa gorge serrée. Montrer, si peu que ce soit, la torture endurée et la colère de Philippe se déchaînerait contre le jeune homme. Qui pouvait savoir jusqu'où irait la fureur jalouse de ce prince que l'on appelait déjà un peu partout le grand-duc d'Occident ? La mort pour Arnaud, pour Xaintrailles aussi peut-être... alors que Catherine n'aurait sans doute pas la suprême joie de mourir avec eux... Figée, les mains nouées au creux de ses genoux, elle resta immobile, résignée tout à coup mais implorant intérieurement le Ciel que tout allât vite, très vite...

Le silence qui lui avait paru si mortellement long n'avait, en fait, duré que quelques secondes. La voix de Philippe s'élevait, nonchalante, aimable... Sans doute était-il satisfait du peu de réaction des acteurs réunis par lui.

« Des excuses vous sont dues, messires, et je vous ai fait venir ici pour vous les offrir, bien sincèrement ! Je crains que messire de Luxembourg ne se soit laissé entraîner par une affection, un peu trop chaude peut-être, pour notre couronne. Il a oublié que vous étiez mes hôtes et, comme tels, sacrés. Veuillez donc me pardonner cette nuit inconfortable que vous venez de passer. Vos équipages vous attendent et vous êtes libres... »

S'interrompant, il se dirigea vers le lutrin, y prit le parchemin qu'il écrivait tout à l'heure et le tendit à Xaintrailles.

« Ce sauf-conduit vous permettra de regagner Guise en toute sûreté. Quant à vous, messire... »

Il se tournait maintenant vers Arnaud, tirait d'un coffre le casque à la fleur de lis et le lui tendait :

« ... quant à vous, c'est avec joie que je vous rends ce heaume que vous avez porté avec tant de gloire et de vaillance. D'honneur, messire, j'ai grand regret que vous fussiez si fidèlement attaché à mon cousin Charles, car j'eusse aimé faire votre fortune...

— Elle est faite, monseigneur, répliqua Arnaud froidement... et tout entière au service de mon maître, le roi de France. Mais je n'en remercie pas moins Votre Grandeur de sa courtoisie. Je la prie également d'oublier certains termes... un peu vifs, peut-être, employés par moi à son endroit... »

Il s'inclinait maintenant, courtois mais raidi dans son orgueil, tandis que Xaintrailles, à son tour, remerciait le duc. Celui-ci leur adressa encore quelques paroles gracieuses puis leur accorda permission de se retirer. Saluant avec ensemble, ils se dirigeaient vers la porte quand Philippe les retint.

« Remerciez aussi ma douce amie que voici. C'est à dame Catherine que vous devez d'être libres, car c'est elle qui, tout agitée, est venue cette nuit me dire l'état où l'on vous avait réduits. Vous vous connaissez, je crois, de longue date... »

Cette fois, il fallait bien qu'elle les regardât. Ses

yeux craintifs, incertains se posèrent sur Arnaud, mais elle se sentit tellement misérable qu'elle préféra regarder Xaintrailles. Celui-ci, un sourire goguenard aux lèvres, la contemplait d'un air connaisseur qui rendait pleine justice à sa beauté, mais n'en contenait pas moins une forte dose d'insolence.

« De longue date, en effet... » fit Arnaud sans la regarder. Son visage fermé évoquait un mur sans porte ni fenêtre. Jamais encore Catherine ne l'avait senti si loin d'elle. Il n'ajouta rien. Ce fut Xaintrailles qui présenta à « dame Catherine » les remerciements des deux amis. Elle s'entendit lui répondre aimablement. Elle sentit que ses lèvres ébauchaient mécaniquement un sourire...

Les deux chevaliers sortirent et la jeune femme, brisée, retomba sur ses oreillers. Il était temps que l'abominable scène prît fin. Elle était à bout. Et pourtant, la comédie n'était pas encore terminée. Philippe revenait vers elle, se penchait sur le lit et couvrait de baisers ses deux mains glacées.

« Vous êtes heureuse ? J'ai fait ce que vous vouliez ?

— Tout ce que je voulais, monseigneur... fit-elle d'une voix éteinte. Vous avez été... très généreux.

— C'est vous qui l'êtes. Car vous me pardonnez, n'est-ce pas, d'avoir douté de vous ? Hier, lorsque vous êtes venue prier pour ces hommes et surtout quand Luxembourg m'a dit qu'il vous avait trouvée dans leur tref, j'ai été jaloux comme jamais, encore, je ne l'avais été.

— Et maintenant, fit Catherine avec un pauvre sourire, vous êtes rassuré ?

— Tout à fait, mon ange... »

Le page de tout à l'heure, en réapparaissant, interrompit Philippe. Il venait rappeler timidement à son maître que le Conseil allait se réunir et que le chancelier Rolin le réclamait. Philippe jura entre ses dents...

« Il me faut vous laisser partir, adorable Catherine... une fois encore, car j'en sais qui jaseraient si vous ne rentriez pas à votre logis. Mais c'est la dernière fois, j'en jure mon honneur, que vous me quittez ainsi. Ce soir je vous ferai chercher... et rien ni personne ne viendra nous déranger. »

L'embrassant légèrement sur les lèvres, il s'éloigna à regret en l'avertissant qu'il allait lui envoyer des femmes pour l'aider à sa toilette.

Catherine demeura seule. Et cette solitude était celle du prisonnier sur lequel se referment les portes de la geôle, claquent les verrous, tintent les chaînes ! Arnaud devait galoper sur la route de Guise, libre ! Elle restait...

TABLE

Prologue : « DIES IRAE »

PREMIÈRE PARTIE

LA ROUTE DE FLANDRES
(1422)

DEUXIÈME PARTIE

LE GARDIEN DU TRÉSOR

DU MEME AUTEUR

chez le même éditeur :

Romans :

CATHERINE : IL SUFFIT D'UN AMOUR..., *Tome I.*
CATHERINE : IL SUFFIT D'UN AMOUR..., *Tome II.*
BELLE CATHERINE, *Tome III.*
CATHERINE DES GRANDS CHEMINS, *Tome IV.*
CATHERINE ET LE TEMPS D'AIMER, *Tome V.*
PIÈGE POUR CATHERINE, *Tome VI.*

*

MARIANNE, UNE ÉTOILE POUR NAPOLÉON, *Tome I.*
MARIANNE ET L'INCONNU DE TOSCANE, *Tome II.*
MARIANNE JASON DES QUATRE MERS, *Tome III.*
TOI, MARIANNE..., *Tome IV.*

*

Récits historiques :

LES REINES TRAGIQUES.
AVENTURIERS DU PASSÉ.
PAR LE FER OU LE POISON.
LE SANG, LA GLOIRE ET L'AMOUR.

Les éditeurs étrangers ci-dessous ont publié dans leur langue les romans de Juliette Benzoni.

GRANDE-BRETAGNE	:	HEINEMANN LTD.
		PAN BOOKS.
		FONTANA.
ALLEMAGNE	:	LOTHAR BLANVALET VERLAG.
		DEUTSCHEN BUCHERBUND.
ÉTATS-UNIS	:	G. P. PUTNAM'S SONS.
		BERKELEY.
		AVON BOOKS.
ITALIE	:	ALDO GARZANTI EDITORE.
SUÈDE	:	BO WAHLSTROMS BOKFORLAG.
NORVÈGE	:	CAPPELENS FORLAG.
		DREYERS FORLAG.
FINLANDE	:	TAMMI PUBLISHING C°.
DANEMARK	:	BRANNER OG KORCHS.
HOLLANDE	:	ZUID HOLLANDSCHE UIT.
ESPAGNE	:	EDITORA DELOS AYMA.
		EDITORIAL BRUGUERA.
TURQUIE	:	ATA SARAY HAN.
ISLANDE	:	HILMIR.
ARGENTINE	:	EDITORIAL BRUGUERA.
GRÈCE	:	GALAXIAS.
		VRADINI.
YOUGOSLAVIE	:	OTOKAR KERSOVANI (*serbo-croate*).
		PRIMORSKI TISK (*slovène*).
		PROMURSKA ZALOZBA (*slovène*).
ISRAEL	:	M. MIZRAHI.
PORTUGAL	:	LIVRARIA CLASSICA EDITORA.
TCHÉCOSLOVAQUIE	:	ÉDITIONS TATRAN.

IMPRIMÉ EN FRANCE PAR BRODARD ET TAUPIN
58, rue Jean Bleuzen - Vanves - Usine de La Flèche.
LIBRAIRIE GÉNÉRALE FRANÇAISE - 14, rue de l'Ancienne-Comédie - Paris.
ISBN : 2 - 253 - 00732 - 3

30/4104/3